DÖDENS ÄNGEL

EN KUSLIG MORDMYSTERIEROMAN

DS TOMEK BOWEN – BRITTISK DECKARTHRILLER

BOK 6

JACK PROBYN

CLIFF EDGE PRESS

E-bokens ISBN: 978-1-80520-283-7
ISBN: 978-1-80520-292-9
Första upplagan

Besök Jack Probyns webbplats på www.jackprobynbooks.com.

KAPITEL
ETT

H ennes kropp böljade och gungade i takt med musiken, höfterna roterade elegant, axlarna rörde sig fritt, huvudet föll hit och dit medan kemikalier och substanser sipprade genom blodomloppet. Hon hade ögonen stängda för att kunna förlora sig fullständigt, låta sig bli ett med ljudvågorna. Hon drog fingrarna på ena handen genom håret när den tunga basen sköt genom kroppen med varje slag.

Runt omkring henne, med ögonen fortfarande stängda, hörde hon sorlet från människor, dussintals, hundratals, som skrek, ropade varandra rakt i ansiktet i ett försök att prata, flirta och förhoppningsvis, om de hade tur, knulla innan kvällen var över.

Några hade redan kommit fram till henne, fulla, alkoholen ångade ur deras andedräkt, doften av deras rikligt applicerade aftershave fastnade i halsen på henne, alla i hopp om att chansa. Och det hade funnits några som hon faktiskt hade intresserat sig för, som hon hade pratat med i mer än trettio sekunder innan hon oundvikligen vände dem ryggen och fortsatte dansa. För de utvalda få hade turen varit framme. Halv tur, ska sägas, eftersom hon inte gått längre än att dela ut sitt nummer. Ville de ha hela paketet fick de lägga in mer arbete, mer ansträngning än så. De var tvungna att göra sig förtjänta av det.

Hon fortsatte att dansa, gunga, kroppen och musklerna slappnade av, gav efter för transen som musiken lagt på henne. Allt detta var en inlärd sport, en konst. De senaste månaderna hade hon lärt sig att verkligen släppa taget, att befria sig från de begränsningar och den oro hon la på sig själv, att gå in i ett annat tillstånd, eteriskt och nästan utomkroppsligt.

Plötsligt, mitt på dansgolvet, blev hon medveten om att hon behövde dricka, fylla på lite av vätskan hon ständigt kissade och svettades ut, och med muggen stadigt i handen, ögonen fortfarande stängda, förde hon armen mot munnen. Det kändes som en förlängning av kroppen, som om någon annan gjorde rörelsen åt henne, och i några ögonblick sökte hennes läppar efter sugröret, tungan stack ut ur munnen som huvudet på en sköldpadda som sticker upp ur sitt skal. En sekund senare kände hon hur sugröret stacks in i munnen. Hon öppnade ögonen och såg en man stå alldeles framför henne, som styrde sugröret med fingrarna, ett varmt leende i ansiktet. Hon kände halvt igen honom. James? Ashton? Percy? Eller något annat knasigt namn? Det var en av dem. Tillbaka för en andra runda. Lade ner grovjobbet, gjorde verkligen ett försök att lämna klubben med mer än hennes mobilnummer, som hon ändå skulle spärra för alla samtal inom tolv timmar.

Mannen lutade sig närmare henne och lade en hand på hennes midja. När han gjorde det fick hon en pust av nyapplicerad aftershave, tjock, kväljande, men ändå en av de mer angenäma, uthärdliga. Kanske hade han tagit på den på toaletten och blivit flådd på en förmögenhet av toalett-vakten. Hon undrade vilken han hade valt: Armani, Yves Saint Laurent, Dolce & Gabbana, Boss? Hon kände till dem allihop, men den här gick henne förbi, ändå dröjde igenkänningen kvar längst bak i huvudet.

"Kan jag bjuda dig på en till drink?" ropade han, orden knappt hörbara.

Innan hon hann svara kände hon en annan hand på sig. Den här gången var det hennes vän, Elodie, som grep tag i hennes arm och drog henne därifrån. En stund senare var hon återförenad med sin trio av vänner.

"Varför gjorde du så där?" frågade hon, förvånad över hur sluddriga hennes ord lät.

"Han försökte lägga något i din drink tidigare", svarade Elodie och lutade sig mot hennes öra. "Jag sa åt honom att dra åt helvete när han köpte den första åt dig. Jag bad barpersonalen byta ut den."

Hon tittade ner på sin drink och undrade om hon skulle se någon indi-kation på att den blivit spetsad, men kom sedan ihåg vad Elodie just hade sagt till henne, att hon tittade på fel mugg.

"Jag sa ju att du måste vara mer försiktig", dundrade Elodie och satte en hand i sidan. "Du måste vara mer vaksam, gumman."

Hon slog undan väninnans hand med en avfärdande gest och vände sedan uppmärksamheten tillbaka mot mannen, som hade dröjt sig kvar skamset i utkanten av gruppen, dansat, skrapat ihop fötterna i otakt med musiken, låtsats att han inte hörde något av deras samtal trots att kroppsspråket sa att han hört allt. Sedan hasade hon sig mot honom, benen och knäna vek sig. Hon hade stått i klackar för länge. Antingen det eller så var det alkoholen som for genom ådrorna. Hon visste inte hur mycket hon hade druckit, men hon var tillräckligt erfaren för att veta att hon fortfarande hade kontroll över kroppen, fortfarande hade huvudet med sig. När hon kom fram till mannen räckte hon honom sin drink att hålla en stund och drog sedan ner kjolen över låren tills den låg på en anständig nivå. När hon var nöjd tog hon tillbaka drinken, vände honom ryggen och började dansa mot honom, rulla höfterna, deras kroppar åtskilda av mindre än en tum, gradvis allt närmare kontakt, tills hon kände hans skrev mot sin bak. Hon kände värmen och stanken av hans andedräkt i nacken. Hon kände också tvekan, en kort paus medan han väntade med att lägga händerna på hennes kropp. Först en på midjan, sedan den andra runt bröstkorgen, som om hon var hans ägodel, hans trofé för kvällen. Han hade gjort anspråk på henne, och hon lät honom gärna tro det.

Låt honom tro att han hade turen på sin sida.

Medan de dansade började hon känna hans halvstyva penis pressas hårdare mot henne, peta på henne som ett barn som försöker väcka en sovande hund. Han fick peta hur mycket han ville, men hon hade bestämt att den här hunden skulle förbli sovande.

Hon mötte vännernas blickar och njöt av tryggheten i sitt nya sällskap. Ibland försökte han kyssa henne i nacken och till och med ta chansen på läpparna, men varje gång vek hon undan och fortsatte reta honom. Hämnd för att han försökt spetsa hennes drink. Hon visste vad hennes vänner tänkte just nu: att hon var dum, vårdslös, att hon inte hade kontroll och inte förstod vilket farligt läge hon satte sig i. Men det visste hon visst. Hon hade varit med om mycket värre än det här. På det stora hela var att dansa med en man på en nattklubb tämligen beskedligt jämfört med vad hon hade sett, gått igenom, upplevt. Hennes vänner var inte redo att höra om det.

Kanske en dag. Men inte nu, inte när hennes närmaste vän stirrade på varenda rörelse hon gjorde och försökte mana fram mod att ingripa.

Hon och hennes nya följeslagare blev kvar så i tio minuter till, med kropparna låsta mot varandra, var och en nöjd av helt olika skäl. Tills Elodie till slut, efter att ha sett nog, sa att det var dags att gå. De hade en Uber som väntade utanför och de ville inte missa den.

När hon drogs bort kom mannen, nu hungrigare än någonsin, efter henne, följde henne som ett barn och höll henne i handen mot utgången.

"Låt henne vara!" skrek Elodie mannen i ansiktet och försökte slita isär dem.

"Kan jag följa med er?" frågade han.

Tonen i hans röst var mer än hoppfull, nästan på gränsen till bönfallande.

"Dra åt helvete", svarade Elodie.

"Vad sägs om att du följer med mig hem?"

Orden var indränkta i desperation. Hans sista försök att få till det.

Hon bestämde sig för att dingla med moroten framför honom.

"Du har mitt nummer", sa hon medan hon drogs bort från klubben. "Sms:a mig."

När taxidörren stängdes bakom henne såg hon mannen rota i fickorna och ta fram sin telefon.

KAPITEL
TVÅ

Ä ven i djup sömn ser hon vacker ut. Mild, elegant, änglalik. Hennes ögonlock fladdrar mjukt när ögonen rör sig under dem, den enda livssignalen i hennes annars livlösa kropp. Till och med bröströrelserna är knappt märkbara under hennes svarta, åtsittande klänning.

Jag hukar mig bredvid henne ner på knä, med fötterna platt mot underlaget, så att knäna hamnar i en fyrtiofemgradig vinkel, pressar in armbågarna mot höfterna, lutar mig framåt, håller örat precis ovanför hennes mun och näsa och lyssnar till de allra svagaste viskningarna av andedräkt när de smeker min kind. Sedan låter jag fingertoppen på pekfingret löpa över hennes hals, från motsatt sida hela vägen in mot mig, och känner hur brosk och ben rör sig därunder. Jag stannar när jag känner pulsen, det enda som håller henne vid liv, som flyttar blodet från en del av kroppen till nästa. Svag, men ändå stadig, rytmisk. I tystnaden förstärks den, dränker ljudet av min andning, ljudet från gatan nedanför.

Dunk-dunk.

Dunk-dunk.

Dunk-dunk.

Allt som skulle krävas är en enda rispa med bladet, en djup skåra in i venen, in i livets tunnel, för att få allt det där vackra, perfekta blodet att rinna ut ur hennes kropp.

Men inte än. Det finns saker jag måste göra först. Saker jag måste uppleva. Innan jag går vidare till nästa steg i vår tid tillsammans vill jag ta in en sista inre bild av henne i det här tillståndet. Smutsig, skitig, oren – horaaktig. Det måste allt ändras. Jag måste återföra henne till hennes änglalika tillstånd.

Jag lyfter mig bort från hennes kropp och rullar över henne på mage. Baktill knäpps klänningen med en dragkedja, och kanten skär in i hennes hud. Men hon har knappt något kroppsfett, så det bular inte ut på sidorna. Långsamt drar jag ner klänningen hela vägen till svanken tills den blir tillräckligt lös för att befria henne ur den. Ytterst varsamma rörelser krävs. Inget för brådstörtat, inget för drastiskt. Tiden, mer än något annat, är det viktigaste. Jag vill njuta av det här, frossa i det, minnas det resten av mitt liv.

När jag försiktigt har tagit av klänningen från hennes kropp, vikt den prydligt till en liten fyrkant och lagt den bredvid hennes högklackade skor, betraktar jag hennes figur. I kväll har hon valt att inte ha bh och låtit allt hänga fritt. Men jag blir glad att se att hon fortfarande har underkläder – tunna, i spets, nästan ingenting – att hon åtminstone har sparat lite värdighet. Jag tar av det som är kvar av hennes kläder och lägger det bredvid klänningen. Nu är hon helt naken, skimrande under lamporna. Jag badar i åsynen av hennes nätta figur, fullt utvecklad och proportionerlig på alla rätta ställen. Hennes bröst lutar åt ena sidan och nu kan jag se bröstkorgen höjas och sänkas. Allt med henne är perfekt. Hennes tånaglar, hennes fötter, hennes smala vader, hennes smala lår, hennes vulva, höftbenens två knotor som sticker ut, hennes lilla, prydligt inbuktade navel, hela vägen upp till synliga revben och nyckelben. Allt är blottat. Och allt är för mig.

Men det är inte perfekt-perfekt.

Det finns några småsaker, några mindre skavanker. Som tvådagarsstubbet på benen och i armhålorna. Som den lilla hårtofsen på hennes blygdben. Det tjocka svarta håret på underarmarna som hon alltid har skämts över. Ända upp till de tunna vita hårstrån som har vuxit fram på hennes hals och överläpp. Det flagnade nagellacket på fingrar och tår som desperat behöver målas om. Den slarvigt påstrukna mascaran som måste tas bort. Allt detta är bara skavanker och irritationsmoment som skämmer hennes skönhet.

Det är fortfarande mycket arbete kvar innan hon kan bli den ängel hon alltid var menad att vara.

Lyckligtvis finns det gott om tid.

KAPITEL
TRE

T omek satt och vårdade kvällens andra pint, smackade med läpparna för att riktigt njuta av smaken. I kväll provade han en ny öl. Någon IPA, fruktigt hipstertrams, skit bryggd med kärlek och en beundransvärd men naiv företagsidé som planterade ett träd för varje beställning. Men trots sin snobbiga inställning till allt som inte var en pint Heineken eller Guinness märkte han att han faktiskt gillade den. Han hade vidgat vyerna lite och han njöt av det. Han ville dock inte gå händelserna i förväg och testa allt på menyn; han hade bara provat den planetsräddande ölen för att Abigail hade rekommenderat den. I kväll var hennes kväll, och han ville inte göra henne besviken. Så pass att han hade bokat stället hon bett om, druckit ölen hon rekommenderat och burit kläderna hon valt åt honom. Ursprungsplanen hade bestått av en stilig blå- och rosarandig skjorta med ett par cremefärgade chinos, varpå hon hade sagt: "Du går fan inte ut och ser ut så där." Till hans stora förtret; det var ju inte som att han inte hade köpt outfiten just för kvällen, som om han inte hade lagt någon tanke på den. En halvtimme på M&S som han aldrig skulle få tillbaka.

Till slut hade hon valt en enkel vit T-shirt under en högkragad tröja åt honom. Den var hemsk och kliade, och han kände sig som ett fån – ett *uber*-fån – där han satt mitt i restaurangen och såg ut som om han kommit direkt från åttiotalet. Men det var hennes speciella kväll, och han ville inte säga något.

När han ställde ner ölen på bordet kliade han sig på halsen med fingret och vände uppmärksamheten mot Kasia. I kväll hade hon tagit på sig sitt finaste par jeans och en liten satinskjorta, tillsammans med ett fullt lager smink. Hon höll på att sms:a någon, en kompis antagligen, och hade varit uppslukad av mobilen de senaste tio minuterna.

"Hur var skolan i dag, Kash?" frågade han.

"All right."

Som alltid. Antingen det eller "okej". Tonfallet hos en tonåring i en turbulent, omvälvande period. Tomek tänkte att han nog hade varit lika sluten som hon i den åldern.

"Vilka lektioner hade du?"

"Det vanliga."

"Toppen. Vilka då?"

Hon skickade klart sms:et – eller Snapchat, eller Facebook, eller Instagram, eller TikTok; vad det nu var hon använde – innan hon gav honom sin fulla uppmärksamhet.

"Öh... matte, kemi, biologi, fysik och idrott."

"Wow. Rätt mastig dag. Särskilt med alla de tråkiga ämnena."

Nu förstod han varför hon inte var på humör att prata om det.

"Japp."

Tomek kände att han inte skulle få ut mer av henne hur mycket han än försökte, så han lät det vara. Abigail, hans flickvän sedan fyra veckor, tyckte att det var hennes tur att komma in i samtalet.

"Din pappa säger att du skulle vilja äga ett café en dag."

Kasia vände tillbaka uppmärksamheten mot mobilen. "Mm. Någon gång. Kanske."

"Tja, jag tycker det är en jättebra idé. Men det är mycket jobb. Tror du att du är redo för utmaningen?"

Fler enstaviga svar. Mer stirrande på mobilen.

"Jag tror att du har det i dig", fortsatte Abigail, höll i foten på vinglaset med fingrarna och snurrade glasets botten med den andra handen. "Om du någon gång behöver någon som hjälper dig att skriva en affärsplan är jag din tjej!"

Kasia höjde långsamt huvudet. Tomek kunde se på hennes ansikte vad hon tänkte – "Du kanske inte ens finns kvar när jag kommer dit i livet" – men som tur var sa hon det inte. I stället svarade hon stumt: "Mm. Okej. Kanske." Sedan vände hon tillbaka uppmärksamheten mot den svarta spegeln i handen.

Innan Tomek hann ingripa kom maten. Lammlägg med plommonsås, sautérad potatis och stekta grönsaker till honom. Beef Wellington serverad med lök och tryffel i en rödvinsjus till Abigail. Och en kycklingburgare med pommes till Kasia. Stapelföda för vilken tonåring som helst i sin kräsna fas. Tomek mindes inte att han hade haft någon sådan period, men han hade hört historier från Nick om hans tre barn som gått igenom liknande faser. Vägrade äta för att de inte var hungriga, avskydde synen, lukten och smaken av allt nyttigt, valde alltid det flottigaste och mest kaloririka på menyn, slutade i frysta chicken nuggets och pommes till varenda måltid i veckan. I den åldern, som i Kasias fall, märktes det dock inte; tack vare deras hypersnabba ämnesomsättning och ständiga rörelse i skolan och på aktiviteter efteråt var de konstant i farten, gjorde alltid något, brände bort fettet. Ändå hade Tomek bestämt sig för att hålla ett vaksamt öga på det i bakgrunden. Orosmomentet med henne var att det kunde utvecklas till en ätstörning, ett komplex. Hon hade gått igenom så mycket de senaste månaderna att han skulle ljuga om han sa att han inte oroade sig för det sociala tryck hon utsattes för i skolan. Och eftersom hon inte ville öppna sig för honom om det, kunde han bara låta tankarna skena.

Men det här handlade inte om Kasia. Det här handlade om Abigail, om hennes stora kväll, hennes skäl att fira.

Bredvid honom sträckte Kasia sig efter kniv och gaffel, utan hänsyn till etiketten. Tomek stoppade henne. Han höjde sitt glas, och väntade sedan på att tjejerna skulle göra detsamma.

"Skål för Abigail", sa han och lyfte det lite högre, "den nya chefredaktören för *Southend Echo*. För Abigail."

"För Abigail..." sa Kasia halvhjärtat.

"För mig", lade Abigail till med självgodheten hos någon vars ego just nu var lika högt som månen.

I vanliga fall hade den sortens beteende gnagt på Tomek. Men inte i kväll. Det var hennes speciella kväll, och hon var värd det. Hon hade slitit så hårt de senaste månaderna att det var skönt att äntligen se det ge utdelning. För några veckor sedan hade grundarredaktören på *Southend Echo*, en av Essex största och mest populära tidningar, gripits för människohandel för sexuella ändamål. Han, tillsammans med ett antal andra ur Southends politiska elit, hade hamnat på fel sida av en brottsutredning som hade påverkat dussintals liv. Som en följd blev chefsposten ledig. Till en början var det en tjänst som ingen ville ha, som om den var besudlad av den förre redaktörens beteende, hans doft invävd i tygklädseln på stolen, hans fingeravtryck över hela möblemanget, en outplånlig fläck. Men så fick Abigail den briljanta idén – och modet – att söka tjänsten. Hon hade satt Tomek ner en kväll och förklarat för honom varför hon passade för jobbet. En miniintervju. I slutet av den hade han rått henne att köra, att hon inte hade något att förlora. I hans ögon var hon rätt person för jobbet, även om det inte var honom hon behövde övertyga. Den bördan föll på tidningens styrelse, och följaktligen inleddes en lång process där hon skulle ta fram en tre-, sex-, nio- och tolvmånadersplan för hur hon skulle öka intäkterna och höja företagets anseende. Om lokala företag inte ville annonsera hos dem, skulle inga pengar komma in. Om det inte fanns pengar, fanns det inga jobb, inga kollegor. Till slut hade styrelsen gillat hennes plan och erbjudit henne tjänsten.

"Vad är det första på din att-göra-lista som ny chefredaktör?" frågade Tomek medan han började hugga in på maten.

"Jag måste säga upp Sami och Khalid."

"Aj."

"Ja. De kastar mig verkligen rakt in på djupt vatten."

Inte lika djupt som de *kommer att vara när de inser att de inte kan betala hyran nästa månad.*

"Hellre du än jag", sa han.

"Men se det från den ljusa sidan, du och jag kommer att jobba mycket närmare. Mycket mer ryggkliande…"

"Euw!" Kasia tappade kniv och gaffel på bordet. "Inte det här igen! Jag är trött på att ni två pratar som om ni var i någon porrfilm!"

"Hur vet du vad porr är?" frågade Tomek och sneglade misstänksamt på henne.

"Det här har vi redan pratat om! Jag vet sånt här! Och jag vill inte prata mer om det!" Hon drog servetten från knät och slog i den mot bordet, reste sig ur stolen, och ljudet av trä som skrapade mot keramik ekade genom restaurangen.

"Vart ska du?"

"På toaletten, om det är *okej* för dig?"

Tomek lät henne gå utan att svara. Restaurangen de var på var alldeles för fin för att de skulle ställa till en scen. Högklassig, lyxig och med en dyr nota som matchade. När hon var utom hörhåll återgick han till maten.

"Kanske låter vi det samtalsämnet dunsta", sa Abigail.

"Varför?"

"För att det inte är värt det. Det är gammal mark. Vi har varit igenom det förut. Släpp det."

Tomek sneglade mot toalettdörren och försäkrade sig om att hon inte var på väg tillbaka på ett tag.

"Vad menade du med att vi skulle gnida oss mot varandra?"

"Jag sa aldrig något om att gnida oss mot varandra", svarade Abigail.

"Du har tagit mina ord ur sitt sammanhang, och det uppskattar jag inte. Jag pratade om oss, du och jag, tidningen och polisen."

Just det. Självklart. Hävarm, det var det som allt kokade ner till. Hon skulle vilja använda sin makt som tidningens chefredaktör för att få ut information av honom om det senaste fallet. Han medgav att det hade hänt tidigare, men då utan att maktdynamiken mellan dem förändrades. Då hade de varit på samma nivå. De hade båda gjort det för att främja sina respektive karriärer. Nu, med skillnaden mellan dem, skulle det utan tvekan förändras. Det gick inte att undvika.

Tomek sneglade mot toalettdörren igen. Den hade öppnats och Kasia strosade tillbaka mot dem, utan att skynda sig.

Innan hon nådde bordet lutade sig Abigail fram och sänkte rösten.

"Fast om du nu skulle vilja gnida oss mot varandra i kväll, så skulle jag inte ha något emot det."

Det var ju hennes kväll, trots allt.

KAPITEL
FYRA

R egnet piskar mig i ansiktet så hårt att det tränger in i ögonen och tvingar mig att blinka. Jag försöker vifta bort det, men det är lönlöst. Håret är genomblött, byxorna klibbar mot låren och strumporna blir snabbt blöta trots att mina skolskor ska vara vattentäta. Men jag struntar i det och fortsätter. Adrenalin rusar genom mig som en stark och våldsam drog.

Adrenalin och rädsla.

Uppblandat med en aning ångest.

Jag är sen. Och Michał väntar på mig. Brorsan Michał. Min äldre, större, starkare bror som alltid slår mig i armbrytning eller en riktig brottningsmatch.

Jag har just korsat vägen. På andra sidan, hundra meter bort, ser jag ungarna utanför närbutiken. De är där som vanligt, driver runt, hänger över styrena på cyklarna, öppnar sina energidrycker och porrtidningar. Jag tror till och med att en av dem är på väg att pilla ut en cigarett ur paketet, den lilla jävla idioten. Han tror väl att han är den hårdaste unge som någonsin satt sin fot på planeten. Han fattar inte att han är ett jävla kukhuvud.

Jag ignorerar dem och vänder tillbaka blicken mot parken. Några hundra meter upp längs vägen, på högra sidan. Samma ingång som jag gått in genom dussintals, hundratals gånger före och efter skolan – och tusentals gånger sedan dess. Utanför ingången står en ensam, övergiven gatlykta, vapenstålgrå och rostig, täckt av hundpiss, med ett matt natriumljus som läcker ut över marken. Men inget av det är starkt nog för att tränga in i parken. Den är inhöljd i mörker. Ett tjockt, klibbigt, olycksbådande mörker som påminner mig om nätterna hemma i Polen, under strömavbrotten.

Jag tvärstannar utanför parken. På marken har en liten lerpöl bildats. Över en meter bred och en meter lång. I mitten står en metallgrind, täckt av rost, färgen flagnar. Jag greppar den med händerna och skjuter, med hjälp av tårna, upp mig i luften och över pölen. Jag undviker precis geggan, men mitt slit är förgäves. Hela stället är för fan skitigt och täckt av lera överallt. Jag kunde lika gärna ha rullat mig i det innan jag gick in; det hade inte gjort någon skillnad.

Jag tittar ner på mina skor när jag hör det. Ljudet, från höger. Kvidandet, stönandet, fnissandet. Jag tittar dit, men jag kan inte se någonting, bara konturen av lekplatsen. Gungorna, rutschkanan, gungbrädan och karusellen. Och gestalterna som står där.

Sedan börjar jag fokusera, snäva in. Ljudet av däck som rullar över asfalten tonar långsamt bort, och bullret av regn som piskar ner i leran falnar, tills allt jag hör är ljudet av min andning. Ansträngt efter att jag just sprungit.

Långsamt, anande vad som finns framför mig, sänker jag blicken en aning och ser kroppen som ligger i bråtet, hopfallen i en hög. Min bror. Michał. Sedan höjer jag blicken, och i mörkret kan jag se hans mördare, hans ögon, gula och genomträngande som en katts. Nathan Burrows står över Michał.

Men det finns ett problem.

Det är bara han.

Ensam.

Ingen annan.

Bara Nathan och Michał. En gärningsman, ett offer.

Jag försöker röra mig, men jag är fastfrusen på stället. Något håller mig tillbaka. Som om någon lagt armarna över mina axlar och håller mig kvar, som den gången pappa höll mig i en björnkram för att hindra mig från att springa efter Dawid i trädgården. Även om jag var mindre än han, bara några centimeter, var jag ändå beredd att ge igen lika bra som jag fick.

Precis som nu.

Jag är uppeldad. Jag måste få veta vad som har hänt med Michał. Jag måste få veta varför han inte rör sig.

Till slut, efter tio, tjugo sekunder, känner jag hur bojorna börjar släppa, hur greppet lossnar. Och jag kliver fram. Jag går närmare.

Ett steg blir två.

Två blir tre.

Och innan jag vet ordet av springer jag, spurtar, rusar mot Nathan Burrows. Så fort den lille jäveln ser mig komma vänder han sig om och drar i väg i full fart. Men den här gången tar jag upp jakten. Jag följer honom till lekplatsens bortre del, genom en liten bussklädd gång. Tegel och bråte från byggarbetet i närheten skräpar ner marken. Valv av björnbärssnår och rankor hänger ner ovanifrån.

Ljudet av hans fotsteg, tätt följda av mina, ekar längs stigen. I slutet finns ett mjukt, dovt, ynkligt natriumskimmer. I övrigt är vi insvepta i mörker och förlitar oss på våra ögons förmåga att se igenom allt, urskilja suddet och formerna.

Men Nathan är snabbare än jag. Han drar ifrån. Jag har ingen chans. Han har fem, sex år på mig.

I slutet av gången svänger han vänster. Innan jag hinner dit snubblar jag, foten hakar i en uppstickande platta eller stenbit, och jag far handlöst omkull och krossar min matlåda och vattenflaska på kuppen. Men det skiter jag i. Jag måste följa honom. Jag måste jaga honom.

När jag har hävt mig upp på fötter stapplar jag till slutet av gången, känner smärtan svälla i knät och händerna. Det är ingenting jämfört med den smärta Michał kände, säger jag till mig själv. Men när jag når fram till gatlyktan är Nathan Burrows borta, försvunnen, uppslukad av gatans halvljus.

Det dröjer inte länge innan jag tänker på Michał, så jag vänder och går tillbaka mot honom. För ett ögonblick önskar jag att jag inte hade gjort det. Jag önskar att jag hade stannat där jag var. Jag önskar att jag inte ens hade gått från skolan.

Jag önskar att jag inte hade varit sen från början.

Han ligger där på marken, utan jacka, skorna bortkastade, byxorna nere vid knäna, väskan kastad åt sidan, innehållet utvält och utspritt över asfalten. Mina ögon rör sig från hans överkropp och nedåt. Stora bitar av skallbenet saknas, och hans tjocka blonda hår har klibbats ihop av karmosinrött, vita bitar av blottlagd hjärn- och benvävnad glittrar fuktigt i det svaga ljuset. Hans ögon – hans jävla ögon – har krossats med tegel och batterisyra har hällts i dem. Beviset ligger på hans ansikte och i vecket vid hakan: två batterier, buckliga där de sprätts upp av en sten eller en tegelbit.

Övre halvan av kroppen har lämnats ifred. Det är först när jag kommer till den nedre halvan som jag vill kräkas. Hans penis – något jag aldrig har sett förut, förutom när vi delade badkar som små – har huggits sönder, stympats med en kniv. Blod fortsätter att sippra från den som om det vore den sista del av honom som lever.

Tårar börjar välla upp i ögonen när jag ser ner på min döde bror, bilderna av hans kropp borrar sig långsamt in i mitt huvud, öppna för trettio års plågor och tolkningar. Jag vill titta bort. Jag vet att jag borde, men jag kan inte. Något, som pappas armar runt mig i trädgården, tvingar mig att stanna, att se. Att ta in den skuld jag står i till honom. Att suga upp de mardrömmar och den skuld jag vet kommer att hemsöka mig resten av livet.

Jag var för sen.

Jag hade kunnat rädda honom.
Jag borde ha räddat honom.

KAPITEL
FEM

Tomek drog av täcket från kroppen och svängde benen över sängkanten. På nattduksbordet bredvid hans huvud låg telefonen, inkopplad och på laddning. Han petade på den med fingret, såg att klockan var strax före fyra på morgonen, och drog ur sladden. Yrvaken, gäspande och kliande sig i armhålan, gick han mot garderoben på andra sidan rummet. Abigail sov djupt, de milda ljuden av hennes andning (man kunde aldrig kalla det snarkningar, *aldrig*; hon vägrade tro att hon gjorde det, trots att hon gjort det hela livet) pressades ut genom näsborrarna. Hon såg så fridfull ut när hon sov, men han visste att hon kunde vakna när som helst. Hon var en av de mest lättväckta han kände. Subtila rörelser var viktiga.

Med båda fötterna stadigt på heltäckningsmattan, på de ställen som inte hade några knarrande golvbrädor, knep Tomek tag i handtaget med fingrarna och öppnade det varsamt. Då och då – vid tjugo grader, fyrtio, åttio – skrek gångjärnen åt honom. Varje gång sneglade han tillbaka mot Abigail, men hon låg kvar och sov, oberörd av ljuden. IKEA-garderoben var ett kaos: minst ett dussin par skor slängda i botten och spelade sitt eget Jenga; kalsonger och strumpor slarvigt instoppade i ett litet fack; för många galgar och kläder för klädstången som löpte tvärs över toppen. Men det han letade efter låg i det översta facket, hårt inskjutet längst in. Han hade lagt det där i tryggt förvar. Bortom Abigails och Kasias nyfikna blickar. Han fiskade inne i facket och tog ut saken. Sedan bar han den in i vardagsrummet och var noga med att inte trampa på någon av de knarriga brädorna. Vid matbordet drog han ut en stol och satte sig, och lade ner saken på bordsskivan.

Det var ett tunt kuvert: ett brev från HMP Wakefield, ett brev från Nathan Burrows. Det hade kommit den morgonen, på hans lediga dag, medan Kasia var i skolan. Han hade hållit det i tio minuter, stirrat på det och tvekat om han skulle öppna det, medan orden från det första brevet han fått spelade om i huvudet. Till slut hade han låtit det vara. Det var inte värt att förstöra Abigails stora kväll. Han hade inte velat bli distraherad. Men efter mardrömmen han just haft...

Han var säker på att det fanns ett samband: den andre gärningsmannen, den som hade varit inlåst i Tomeks hjärna sedan den där eftermiddagen för trettio år sedan, hade saknats i hans mardröm. Precis som Nathan hade sagt att det skulle vara.

Det fanns ingen annan där, Tomek. Jag dödade honom helt själv. Du har inbillat dig det här hela tiden.

Tomek drog djupt efter andan innan han vände på brevet och sprättade upp det med tummen. Så snart det var ur kuvertet höll han andan och började genast läsa:

Käraste Tomek,

Snälla akseptera mina ursäckter för förseningen. Jag har vart bissy här i Wakefield. Dom har öppnat en ny bissniss-lärnings-utväcklings kurss och jag har gått på några av dom för å försöka lära mej om bissniss. Men jag har haft problem med läsmatrialen. Jag lär mej långsamt, och jag hoppas du kan förlåta mej. Ha tålamod. Jag har min sellkamrat som hjälper, men ibland är han minst lika dålig.

Hursom, hur är det med dig? Hur är det med Kasia? Hur är det med Abigail? Jag såg på nyheterna om hennes befordran. Säg gärna åt henne att jag säger grattis. Jag gissar att hon är väldigt nöjd och stolt. Det borde du vara också.

Förra gången menade jag att fråga hur dina föräldrar mår? Hur har dom haft det? Om dom vill komma och hälsa på mej, så är dom mer än välkomna. Jag ska ingenstans! Kanske kunde ni göra en fin familjedag av det. Glöm inte att bjuda med Dawid också. Sa Dawid nånsin till dig att han kom och hälsade på mej en gång? Det är många år sen nu. Vi pratade, vi diskuterade. Det fanns saker han ville veta, så jag berättade. Oroa dig inte, jag sa samma sak till honom som jag sa till dig. Att jag, tyvärr, dödade Michał ensam. Det var ingen annan med mej. Ibland tänker jag att det vore bättre om det var det, du vet? Så att jag kunde dela lite av skulden jag känner för vad jag gjorde med din bror med dom, men den lyxen får jag aldrig. Jag är ledsen att du trodde det här så länge. Det måste ha varit så smärtsamt för dig hela den här tiden. Jag vill göra rätt med dig. Det är därför jag ville öppna dialogen. Svara gärna. Jag hoppas du kan hitta tiden. Jag vet att du är en bissy man men det vore trevligt att prata med dig igen. Om du nånsin vill prata i telefon, för det kan vara mycket mycket lättare, så har jag just fått ett nytt nummer – säg inte till vakterna! Ha ha! Jag har skrivit det på baksidan av det här brevet åt dej. Snälla tappa inte bort det. Jag saknar din röst och skulle vilja höra den igen.

Tänker på dej.

NB

Under Nathans initialer fanns en underskrift, och mycket riktigt stod det ett mobilnummer på baksidan. Elva siffror, skrivna med den prydligaste tänkbara handstilen så att det inte kunde bli någon förväxling, ingen risk att Tomek slog in fel nummer i sin telefon.

Fitta.

Fittafittafittafittafitta.

Så många tankar, så många känslor som skramlade runt i huvudet. Plötsligt mådde han illa, en djup knut drog åt i magen (och det var inte maten). Sedan gick känslan över nästan lika snabbt som den hade kommit, och han möttes av en gammal vän: vrede. Samma känsla som han hade haft när han läst det första brevet. Han hade velat hoppa in i brevet och strypa Nathan medan han skrev det. Han hade velat slita ut hans ögonglober och hälla batterisyra i dem. Han ville ha vedergällning för de vedervärdiga saker han hade gjort mot hans bror.

Det påminde honom.

Den andre.

Dawid.

Den lille jäveln, som hälsade på Nathan utan att säga något till någon. Vad hade de pratat om? Vad hade Dawid frågat Nathan? Och varför hade han hållit det hemligt för dem i alla dessa år? Hade han trott att ingen någonsin skulle få veta?

Tomek fick plötsligt ett begär att lyfta luren och fråga honom, få svar på de där frågorna och fler därtill. Men det var för tidigt, det var fortfarande mörkt ute. Det fick vänta, ett samtal för en annan dag.

Han tittade på brevet igen, läste igenom det en gång till. Han bekymrade sig över tre saker: ett) Dawids hemliga möte med Nathan Burrows, två) hur Nathan hade kunnat veta om Abigails befordran när nyheten bara hade kommit ut veckan innan, och tre) att han började tro på Nathan. Han övervägde på allvar möjligheten att det inte hade funnits någon annan gärningsman, att han hade inbillat sig det den där eftermiddagen och under de trettio år som följt.

Han slöt ögonen och lät tankarna gå tillbaka till mardrömmen han just haft; den hade varit så levande, så påtaglig. Det hade varit en av de klaraste mardrömmar han någonsin kunde minnas. Och ändå, hade något av det varit sant? Hur mycket var fakta, hur mycket en fiktion som hans hjärna och undermedvetna skapat? Hela tiden hade han föreställt sig en andra gärningsman där. Men kanske fanns det en anledning till att han aldrig hade kunnat se ansiktet tydligt. Kanske fanns det en anledning till att polisen aldrig hittat en andra gärningsman eller några bevis som tydde på att någon annan hade varit där. Tänk om Tomeks spruckna och sköra sinne hade trollat fram honom, en bokstavlig hjärnspöksfigur, en oskyldig och generisk form som hans hjärna hade vridit och manipulerat till en gestalt? Det var en fråga han brottats med otaliga gånger genom åren, och nu drog hans senaste, hans tydligaste mardröm hittills, honom i en annan riktning. Bort från den identitet han hade byggt upp.

Och namnet, Charlie, namnet han en gång hade hört i en mardröm som hade tänt ett nytt hopp – tänk om det också var fel? På senare tid hade han försökt brottas med den frågan, en som han hade lite mindre tilltro till, bara för att det var samma namn som någon som varit inblandad i en mordutredning vid den tiden, och han hade övertygat sig själv om att det hade varit hans undermedvetna som ropade till honom. Varför skulle ett namn, efter trettio år, plötsligt komma till honom? Det gick inte ihop. Han visste att hjärnan fungerade på mystiska sätt, men inte så mystiska. Det fanns oftast något bakom det som hände.

Han började tänka att inget av det hade varit verkligt över huvud taget.

Just som han skulle riva pappersarket i två delar hörde han ett ljud; vardagsrumsdörren som gnisslade upp, följt av ljudet av naglar som skrapade mot trä. Tomek vred runt på fötterna så snabbt att han kände ryggraden ge vika under trycket.

"Vad— Vad gör du vaken?" frågade han Abigail när hennes huvud stack in genom springan i dörren.

"Jag frös. Jag kände inte att du låg bredvid mig."

"Så du vaknade?"

"Jag hade inte min myskompis."

Tomek grimaserade. "Jag kommer tillbaka strax. Ge mig bara en minut."

"Vad gör du?" frågade hon.

"Skriver i min dagbok."

Det var inte en ren lögn. Men det var inte hela sanningen heller. Just nu ville han inte att hon skulle få veta. Inte för att han inte litade på henne med informationen, utan för att han inte ville att hon skulle få panik över att Nathan Burrows, en mördare som avtjänade ett livstidsstraff, kände till intima detaljer om henne.

"Hade du en mardröm till?" Hon närmade sig försiktigt och lade en tröstande hand på hans rygg.

"Ja."

"En hemsk?"

"Nej", ljög han. "Men den var mer förvirrande än de andra."

"Du kan berätta om den senare. Nu måste du gå tillbaka till sängen. Du ska upp tidigt i morgon."

KAPITEL
SEX

Tomek lyckades inte kväva gäspningen när han lämnade rättssalen. Nattens hackiga och fragmenterade sömn hade gjort honom trött och dimmig, som om han var tonåring igen och ville ligga kvar i sängen till lunch. Det var hans tredje besök vid Southends Crown Court på de senaste tre dagarna. Han hade varit där som vittne i samband med mordet på en man på Two Tree Island, ett litet saltkärr i Leigh-on-Sea. Offret, Reece Cartwright, hade slagits hårt i bakhuvudet och lämnats att dö av just det ögonvittne som påstod sig ha hittat honom. Enligt hans bekännelse, som kom kort efter att teamet hade hittat mordvapnet kastat i snåren i närheten, hade offret stoppat gärningsmannen mitt på stigen och börjat trakassera honom, berusad och påverkad av något annat. När offrets närmanden inte hade avtagit slog cyklisten honom över huvudet i ett försök att avskräcka honom, men dödade honom i stället. En enkel självförsvarshandling hade nu förvandlats till en mordutredning och snart också fängelse. Frågan juryn nu stod inför var dock om det rörde sig om mord eller dråp. Tomek, med alla sina års erfarenhet, anade att mannen skulle fällas för dråp. Det fanns inte bara inga bevis för att de två någonsin hade varit i kontakt före det ödesdigra ögonblicket, utan själva gärningens karaktär tydde på att det på något sätt var en olycka, ett enstaka slag som gick fel. Det var ett olyckligt slut för en man som, enligt hans vänner och familj, gick igenom några av livets allra djupaste svackor.

Det fina med att gå till domstolen var att den låg bara trettio sekunder från kontoret, så inom en halv minut var han tillbaka på CID:s högkvarter och på väg mot stabslokalen. När han kom dit gick han raka vägen till köket och började fixa en kopp kaffe. DCI Cleaves, teamets chef, hade nyligen lyckats hitta tillräckligt med pengar i budgeten för att köpa en automatisk kaffemaskin av toppklass – med digitalt gränssnitt, kapacitet för 20 liter kaffebönor och eleganta ytor – som krävde att en tekniker från företaget de köpt den av kom och rengjorde och servade den varannan vecka. Det var, kort sagt, en av de bästa saker Tomek någonsin hade sett, snäppet under de pråliga, överdrivna kaffemaskinerna man såg på ställen som Starbucks och Caffè Nero. Fast bättre. Det behövdes varken skumma mjölken eller rengöra vattenmunstyckena efter varje användning – maskinen gjorde allt åt en. Strax efter att den kommit hade det blivit ett ståhej, en febrig upphetsning, och köer av hans kollegor hade bildats, alla otåliga att få använda maskinen. Vid ett par tillfällen hade Tomek tvingats ingripa och sära på några av dem, kila emellan för att avstyra ett bråk innan det blev fult, och sedan, när allt var över, smita före i kön. Trots att den nu var två veckor gammal hade teamets fascination för kaffemaskinen inte lagt sig, och det stod fortfarande en kö framför honom när han kom tillbaka. DC Nadia Chakrabarti, teamets HOLMES-registrerare och actioner, ansvarig för att hantera allas uppgifter under de olika utredningar de hade igång samtidigt, höll just på att ställa muggen under munstycket när Tomek frågade: "Behöver du en hand med det där, Nads?"

"Jag är gravid," snäste hon. "Inte ett jävla vårdfall."

Åtta månader, för att vara exakt. På väg att spricka. Längesedan hon borde ha gått på mammaledighet. Flera i teamet, inklusive HR, hade föreslagit att hon skulle utnyttja tiden innan barnet kom: koppla av, varva ner lite, men hon hade sagt att hon inte ville ha tråkigt, att hon inte tänkte sitta hemma hela dagarna och göra ingenting annat än att vänta på att stunden skulle komma, inte när det fortfarande fanns ett berg av arbete som behövde göras. Ett berg av arbete som, trots hennes skärpa, nu även omfattade att lära sig använda kaffemaskinen ordentligt; Tomek såg henne kämpa i några ögonblick medan hon höll ena handen på magen och med den andra letade efter rätt knapp att trycka på.

"Är du säker på att du inte skulle behöva en hand? Gravidhjärna igen?"

Hon frustade, vände sig om och blängde på honom.

"Om du nämner gravidhjärna en gång till, krossar jag huvudet på dig så att *du* får gravidhjärna."

"Halvvägs där, polare. Tror att mina föräldrar och bröder redan gjorde det mesta av jobbet åt dig."

Ännu ett frust, ännu en blängning. Tomek brydde sig föga, smet sedan förbi tre medlemmar av den civila stödpersonalen, bad om ursäkt med en artig viskning på det där brittiska sättet, och stannade bredvid Nadia. Rop och buanden kom bakom honom.

"Hon är gravid! Jag hjälper bara någon som behöver det."

"Du kommer att behöva hjälp om du fortsätter," sa hon och tittade sedan tillbaka på knapparna.

"Svårt val," sa han, "du tar ju samma som alltid."

Blicken i hennes ansikte antydde att hon ville ge honom en smäll, men orkade inte. I stället släppte hon ut en lång utandning och lät spänningen rinna av. "Okej. Gör det du. Varm choklad, tack."

"En varm choklad och en flat white på gång!" sa han till ännu en kör av suckar och utrop. Han vände sig mot kön. "Hörrni! Ingen av er ville hjälpa den här gravida kvinnan. Det är bara rätt att jag får min rättmätiga belöning."

"Du är en sådan martyr, Tomek," pikade Nadia. "Det är ett under att du inte har fått riddarslag eller en CBE – eller någon av de andra."

Han pekade mot kön bakom sig och sa: "Jag gör det för mina fans. Jag gör det inte för mig själv."

"Pah! Och jag har Kim Kardashians kropp."

Efter några ögonblick var Nadias varma choklad klar, och när han skulle räcka den till henne satte han sin egen mugg under munstycket och tryckte på knappen för sin dryck. När han vände sig tillbaka mot Nadia såg han att hon tittade på honom, förvirrad, med ögon stora som koppens kant. Och så såg han ner på golvet. Hon hade tappat drycken i golvet, spillt ut innehållet över plattorna och krossat muggen.

Men det var inte den enda vätskan han såg. Hennes byxor, hennes lår, hade mörknat.

"Nads...?"

"Jag tror att vattnet just gick."

KAPITEL
SJU

Tomek hade varit sämre än värdelös, flaxat omkring som en duva på kokain, knuffat kollegor i teamet åt sidan och orsakat småolyckor när de stötte i skåpen och slog handlederna i lådhandtagen. Men värst var när han hade börjat skrika. Hans order – åtminstone var det så han såg dem – var inget annat än osammanhängande tjut, sådana man kan höra från en strandad säl som försöker ropa på hjälp. Han var en mardröm, och vid ett tillfälle hade Nadia stannat mitt på kontoret, tagit honom i axlarna, gett honom en örfil och sedan lugnt och tydligt sagt: "sätt dig, håll käften och andas." Hon var den som borde ha freakat ur, tappat förståndet, inte Tomek. För honom var det en skrämmande prövning. Ge honom en seriemördare eller en jakt i hög fart – i bil eller till fots – vilken dag som helst, och han skulle vara hur cool som helst, men det här... det här kändes som att träffa en tjej för första gången; han kunde inte prata ordentligt, han kunde inte sluta svettas, och han var rätt säker på att det kom lite kiss också.

Det kom därför som en rejäl överraskning när Nadia gav honom tillåtelse att köra henne till sjukhuset. I en sådan här situation, sa hon, när hon behövde komma dit så fort som möjligt, var det det *enda* tillfället hon litade på att han kunde göra någonting alls som rörde hennes graviditet (även om det rent tekniskt skulle bli det sista han kunde göra, bortsett från att förlösa barnet; det valde han att inte nämna). I stället nickade Tomek frånvarande, osäker, med ett dussin tankar, bilder och scenarier som for genom huvudet där han satt på kontoret, lyssnade på hennes röst och följde hennes andningsövningar. Men all den oron och tvekan försvann så fort han kände poolbilens stumma lädersäten krama om kroppen.

När han hade startat motorn vände han sig mot henne och sa: "Nadia, det är en ära att få köra dig när du behöver det som mest."

Flämtande, med ansiktet förvridet av smärta, vände hon sig mot honom, blottade tänderna och skrek honom rakt i ansiktet: "Kör! Annars gör jag det själv, för fan!"

Det var inget alternativ för Tomek, så han for genom trafiken, körde mot rött ett par gånger (eventuella böter skulle han skicka till hennes man senare) och sladdade in utanför akuten på Southend Hospital. Där lade han beslag på en rullstol i en korridor och, med känslan av att vara Jack Reacher som röjer sig igenom en stad utan att ta några fångar, dundrade Tomek genom korridorerna och såg till att hon blev omhändertagen så fort det bara gick.

Nadias man, Sharif, kom en halvtimme senare. Vid det laget var barnet på god väg och Nadia hade skickats till ett av rummen längs de många korridorerna. Mannen var panikslagen och uppgiven, och Tomek gjorde sitt bästa för att stilla hans oro och lugna honom, men eftersom han själv inte direkt var något under av lugn fanns det ingen tyngd i det han bad Sharif göra. Det sista han såg av mannen innan han sprang in i förlossningsrummet var en blick av chock och skräck, som om insikten om vad som skulle hända de kommande trettio minuterna – och de kommande trettio åren av hans liv – plötsligt hade gått upp för honom.

Tomek hade bestämt sig för att stanna. Inte för att han ville se barnet, utan för att han var så överväldigad av alltihop att den där plötsliga känslostormen han känt på kontoret kom tillbaka och rotade honom vid platsen. Av någon outgrundlig anledning kände han sig berörd av barnets födelse, och medan han väntade bestämde han att det var en tankebana han inte ville ge sig in på än. Kanske aldrig.

Ett räckte, tack.

Lite drygt en timme senare kom Sharif tillbaka till väntrummet, rusade in genom dörrarna. Så fort han fick syn på Tomek stannade han upp.

"Vad gör du fortfarande här?" frågade Sharif, innan han vände sig till sin egen familj, som hade droppat in i väntrummet under förlossningen.

Tomek reste sig ur stolen och knäppte händerna. "Hur mår hon? Hur mår bebisen?"

"Bra. De mår båda bra. Både mamma och son är friska och glada."

Nyheten möttes av jubel från Nadias och Sharifs familjer. Händer skakades, kroppar omfamnades. Det var en varm, underbar scen att bevittna som fick Tomek att le. Sedan insåg han att han var den udda fågeln och inte hade någon anledning att vara där.

"Jag för vidare nyheten till teamet," sa han lågt till Sharif när han gjorde sig redo att gå.

Precis när han skulle öppna dörren ropade Sharif tillbaka honom och frågade om han ville se barnet innan han var tvungen att gå. Ja, svarade Tomek utan att tänka. Men när han vandrade längs korridoren, allt närmare den nyfödde, började Tomek förstå hur Sharif hade känt det. En knut bildades i magen, en klump i halsen. Lamporna i korridorerna verkade dämpas, och väggarna verkade sluta sig kring honom, som i en skräckfilm. Men så fort Sharif öppnade dörren för honom försvann allt det, och rummet fylldes av ett strålande sken som fick till och med de blekaste färger att lysa.

Tomek hade inte varit med vid Kasias födelse. Helt enkelt för att han inte visste något om den. Han hade inte sett henne födas. Han hade inte hållit henne i sina armar för första gången. Han hade inte upplevt något av det. Detsamma gällde de första tretton åren av hennes liv. Men här och nu fick han uppleva det i andra hand.

Nadia, iklädd sjukhusrock, satt upp i sängen och vaggade barnet i famnen.

"Tomek," sa hon och lät blicken vandra mellan Sharif och honom, "är du kvar?"

"Jag... förlåt. Jag kunde inte förmå mig att åka tillbaka. Inte förrän jag visste hur allt var. Hur mår han?"

"Hur snäll som helst. Bedårande. Inga problem alls."

Tomek gick försiktigt fram, så att inga hastiga rörelser skulle störa den stilla, sovande bebisen. När han nådde Nadias säng lutade han sig närmare för att betrakta barnet. Den lille låg inbäddad i en filt, utom ansiktet som pryddes av en tunn hårtofs och lite kroppsvätska som fortfarande höll på att torka i pannan. Ögonen var hopknipna och de små läpparna rörde sig snabbt.

"Han kommer bli en riktig pratkvarn, den där," sa Tomek. "Det garanterar jag. Har ni något namn?"

"Inte än."

"Vad sägs om "Tomek"?"

"Varför skulle vi göra det?"

"För utan mig hade du inte fött honom – i alla fall inte här."

Sharif och Nadia utbytte en blick.

"Du skämtar?"

Tomek kunde inte slita blicken från barnet. "Jag känner att jag har varit en del av hans födelse. Jag känner att jag hade *något* med det att göra." De utbytte ännu en blick. "Ja," sa hon. "Du har rätt. Det var femtio procent jag. Fyrtionio procent Sharif. Och en procent du, för att du fick in mig genom dörrarna. Vi hade verkligen inte klarat det här utan dig. Mellan oss tre har vi fått ett barn. Grattis."

Tomek var så överväldigad av glädje att han lät Nadias pik passera.

"Men jag tror inte att vi kommer kalla vårt barn Tomek," sa hon, strängare den här gången.

"Varför inte?"

"För om *du* ska vara någon måttstock... vill jag helt enkelt slippa strulet."

Tomek förstod det och uppskattade hennes uppriktighet. "Hur stor är han?"

"Nio pund och nio uns," svarade Sharif.

"Herrejävlar, Nads. Vad har du matat honom med?"

"En strikt diet av grodlår, kaviar och svamp. Vad tror du?"

Det var då Tomek såg Nadia i sin mest oförställda, mest sårbara skönhet. Hår och ansikte var täckta av svett, och påsarna under ögonen såg redo ut att checkas in på en förstaklassflygning till andra sidan jorden. Ändå strålade hon på något sätt, som om hon bar all världens glädje i sig, fångad i hennes uttryck och leende. Tomek visste inte vad som pågick i hans huvud – var det så här det känns att bli bebissugen? – men han gillade det inte.

"Nästa gång är det han som rullar in dig genom sjukhusdörrarna," sa han. "Men då kommer du vara gammal och skröplig."

Skimret i hennes ansikte falnade en aning. "Jag kanske är full av mediciner och smärtstillande just nu, Tomek, men jag *kommer* att strypa dig om du säger en enda sak till som kan få mig att bli upprörd. Och tro inte att jag låter bli bara för att du är min överordnade..."

Tomek förde handen till pannan i en låtsassalut. "Javisst, kapten. Uppfattat, kapten. Och med det sagt ska jag lämna er ifred."

Varken Sharif eller Nadia invände. Och det kunde han inte klandra dem för. Han hade redan övertrasserat sitt välkomnande, och det sista de ville när de delade den här dyrbara stunden med varandra var att han hängde kvar och påminde dem om sin enprocentiga insats på deras livs lyckligaste dag. En procent som han skulle försöka att inte leva alltför mycket på de kommande dagarna.

Innan han gick, pussade han Nadia på kinden, strök den lille över pannan och skakade sedan hand med Sharif.

När han nådde dörren ropade Nadia honom tillbaka.

"Tomek?"

"Ja..."

"Om du säger till någon på stationen hur bedrövlig jag ser ut, sätter jag eld på allt du älskar."

KAPITEL
ÅTTA

T omek hade inte fått komma upp för luft på närmare tjugo minuter. Så fort han hade satt sin fot genom dörrarna till stabsrummet, hade kollegorna omringat honom, pepprat honom, bombarderat honom med ett dussin frågor i sekunden. De var som en utsvulten flock hyenor, desperata, och Tomek var verkligen deras byte, och informationen de ville ha var köttet på hans ben. Han hade börjat förstå hur det kändes för kändisar som jagas av paparazzi, när nästan varje aspekt av deras liv granskas. Hans kollegor, särskilt Rachel och Martin, hade velat ha uppdateringar ögonblick för ögonblick. De tre orden, "Och sen då? Och sen då? Och sen då?", hade förts upp på kontorets svartlista. Han ville inte höra, se eller ens tänka på de orden på länge.

Efter att ha mättat den hungriga skaran med sin lätt förskönade historia (han tog den där enda procenten upp till angenäma fyra eller fem), gick han mot sitt skrivbord. Han hann så långt som att lägga handen på ryggstödet till sin stol när han hörde kriminalinspektör Victoria Orange ropa hans namn från andra sidan kontoret.

Med en tung suck tog Tomek ett ögonblick för att samla sig innan han gick dit.

"Om jag måste förklara vad som hände en gång till säger jag upp mig", sa han till henne.

Hon dröjde kvar i dörrkarmen, med armarna i kors över bröstet. Hon hade på sig ett par prydliga byxor och en klarorange blommig skjorta som lyste upp rummet. "Jag har redan hört", sa hon.

"Hur?" Han försökte dölja överraskningen och den svaga avsmaken i rösten, men det lyckades inte.

"Sharif", svarade hon. "Han ringde mig från sjukhuset för att berätta att både mor och son var pigga och krya."

"Så du visste, men ville inte säga något till resten av gruppen?"

"Inte när jag visste hur de skulle äta upp dig levande när du kom tillbaka. Jag måste medge, det var faktiskt rätt sevärt."

Tomek blängde på henne.

"Hur som helst, kom in. Det finns något jag tror att du vill höra."

När Tomek klev över tröskeln till hennes kontor slog en vägg av kall luft emot honom. Av någon outgrundlig anledning hade hon luftkonditioneringen på i mitten av mars, när det fortfarande var under tio grader ute, och hade varit det de senaste veckorna. Han stängde dörren bakom sig och blev stående, balanserande på vänster fot.

"Vad har jag gjort?"

"Det är synd att det är din standardreaktion, men jag ska inte ljuga, till och med jag är förvånad över att jag inte kallat in dig för någon förseelse eller för ditt mindre lyckade beteende."

"Då måste det vara allvarligt."

"Precis tvärtom." Victoria rundade sitt skrivbord och satte sig, och borstade undan håret ur synfältet. "I morse, medan du var borta, kom en kvinna in. En kvinna som heter Rose Whitaker, tillsammans med resten av familjen. De har kommit för att anmäla en försvunnen person."

"Okej." Han gjorde sig redo för vad som skulle komma, och fruktade det värsta, även om han, med tanke på hur samtalet låtit hittills, visste att det på det stora hela nog inte skulle vara det.

"Du behöver inte se så rädd ut. Jag tänker inte sparka dig."

"Det skulle du inte ens kunna om du ville", sa Tomek trotsigt. "Det är bara min polare Nick som kan göra det."

Victoria skakade på huvudet. "Nu börjar jag bli tveksam. Kanske var det här inte en så bra idé trots allt."

Tomek drog ut stolen mittemot och satte sig. "Nej, nej. Jag lyssnar. Låt höra, syrran."

Pistolgesten han sköt av mot henne gick inte hem. Hon suckade tungt genom näsan och lutade sig fram, med armbågarna mot skrivbordet.

"Jag hade tänkt utse dig till utredningsledare för den här utredningen."

"Jag?"

"Ja."

"*Jag?*"

"Ja. Är du döv?"

"Varför?"

"För att du har upprepat dig två gånger nu."

"Nej, jag menade: varför jag?"

"Nu gör du det igen. Du fortsätter säga ordet "jag"."

Tomek öppnade munnen för att rätta henne, men då såg han den självgoda minen i hennes ansikte och förstod. Han låtsades skratta. "Jag fattar. Du ska vara rolig."

"Smaka på din egen medicin. Jag är säker på att du hade gjort samma sak om rollerna varit ombytta."

Tomek valde att inte svara på det, för hon hade helt rätt.

"Jag tycker att du har förtjänat chansen att testa att leda en sådan här utredning på egen hand. Du blir utredningsledare, och det betyder att du ansvarar för allt som följer med. Nick och jag har bestämt att det är på tiden. Men vi kommer att hålla ett vakande öga på dig, se till att du inte fuckar runt med budgeten och allt."

"Budget?" Tomeks ögon lyste upp. "Får jag leka runt med alla de där pengarna?"

"Herregud", viskade hon och skakade på huvudet. "Vad har jag gett mig in på? J—"

Hon tystnade så fort hon såg den självgoda minen som nu spred sig i hans ansikte.

"Touché, Bowen. Touché. Men du får inte mycket av den, det kan jag säga gratis. Och jag kan bara ge dig en nerskalad grupp också."

"Varför?"

"För att det finns andra åtaganden. Det är för mycket på gång just nu för att ge dig full bemanning."

"Okej. Vilka får jag?"

"Det är ditt val."

"Hur många?"

"Två... på sin höjd tre."

Tomek behövde inte ens tänka. Namnen dök upp i huvudet direkt.

"Chey och Rachel."

"Varför funderar du inte lite?"

Tomek kände tvekan i hennes röst.

"Jag har bestämt mig. Jag vill ha Chey och Rachel, tack."

Som om de vore spelare i en NFL-draften.

Hon suckade långsamt och försökte att inte avslöja att hon var miss-
nöjd med beslutet.

"Bra. Du kan få dem. Och nu ut härifrån. Familjen väntar på dig där
nere i mötesrum ett."

KAPITEL
NIO

Tomek hade känt sig som en lärare som är sen till ett föräldramöte med skolans smartaste unge. När han klev in i rummet tittade familjen Whitaker upp på honom, allt annat än imponerade, som om de hade väntat i timmar och undrade vad deras skattepengar egentligen gick till.

När han kom in lade han ett block på bordet och presenterade sig för familjen. De var tre stycken. Rose Whitaker, en kvinna i trettioårsåldern som såg ut att ha tagit mode råd från Kate Middleton och de tabloider som dokumenterade varenda outfit, med undantag för alla smycken hon bar. Fingrarna var täckta av diamantringar, ett armband på varje handled, ett stort halsband med ett hjärtformat hänge som dinglade mellan skjortknapparna, och ett par örhängen som Tomek tyckte var betydligt mer diskreta än resten av ensemblet. Tomek ville inte gissa vad allt hade kostat, för det var säkert mer än han hade på något av sina bankkonton, och han hade en så bra dag att han inte ville få den sänkt på något vis.

I sällskap med henne, insåg han snabbt, var Roses svärföräldrar, Daphne och Roy Whitaker, ett par i slutet av femtioårsåldern som såg ut att ha varit gifta i trettio år, och bara några av de åren hade varit njutbara. Även de såg ut att bära mer än vad Tomek ägde, fast i form av sina designkläder. Märkligt nog drogs Tomeks blick till mannens manschettknappar: ett par blå och röda, diamantprydda trafikflygplan. Roy Whitaker såg ut att vara typen som var rätt lättsam men kunde slå om när som helst, och då skulle inte många gilla det. Daphne Whitaker, å andra sidan, satt spikrakt, med hopknipna läppar och en min av tyst dom över ansiktet. Tomek fick intrycket att hon var familjens tysta matriark som behärskade dem alla med en huvudnick eller en smalare blick.

"Så ..." började Tomek och kände sig plötsligt en smula skrämd av dem alla. "Jag förstår att ni ville anmäla en försvunnen person?"

"Ja," svarade Roy och lade en hand på sin hustrus knä. "Vår dotter, Angelica."

Tomek antecknade namnet.

"Hon är vår lilla ängel," fortsatte Roy.

"Det är jag säker på. När såg ni henne senast?"

"Vi har inte sett henne de senaste dagarna," svarade Daphne med tunn, avmätt röst.

"Och ni tror att hon har varit försvunnen hela den tiden?"

"Nej." Den här gången svarade Rose, som lutade sig fram i stolen. Hon såg på Roy och Daphne innan hon fortsatte, nästan som om hon sökte deras godkännande. "Jag såg henne senast i går eftermiddag. Hon jobbar åt mig i min smyckesbutik på Leigh Broadway."

Det förklarade de bländande mängderna diamanter överallt på hennes kropp. Och nu när hon nämnde det, lade han märke till smyckena på svärföräldrarna också. Att de antagligen hade fått dem i present genom åren gjorde att han inte längre var särskilt imponerad.

"Äger du Whitaker's, precis bredvid Tangerine, på Broadway?" frågade han.

Rose nickade, och ansiktet fylldes av stolthet. "Skyldig på alla punkter."

"Ah, trevligt. Jag har sett den, går ofta förbi, men aldrig gått in. Har alltid blivit lite avskräckt av ..."

"Av priserna?"

Tomek blev lite förlägen. "Ja. Och att jag, tills nyligen, inte har haft någon att köpa till."

Men nu hade Abigail kommit in i hans liv, nu hade hon just fått sin stora befordran, och nu skulle hon fylla år om ett par veckor ... han kanske fick ändra sina vanor.

"Det är inte *så* dyrt," förklarade Rose. "Vi vänder oss till alla slags budgetar. Du borde komma in någon gång, och om du kan hjälpa oss att hitta Angelica blir jag glad att ge dig samma rabatt som resten av familjen fått."

Angelica.

Namnet dök upp i hans huvud i klarröda bokstäver.

"Angelica. Just det. Var var vi?" Han konsulterade sina anteckningar.
"Du höll på att förklara varför du var den sista som såg Angelica ..."
"För att hon jobbar åt mig," förklarade Rose och strök håret bakom örat.
"Hon jobbar med mig under lågsäsongen."
"Lågsäsongen?"
"Under vintermånaderna, när de inte behöver henne lika mycket. Hon är flygvärdinna. På TUI."
Tomek klottrade ner det i sitt block.
"En flygvärdinna?"
"Ja," svarade Roy med en smula stolthet. "Hon var otroligt bra på sitt jobb, men i sådana företag är de mest hektiska månaderna på sommaren, så när det blir lugnare har de förstås inte behov av lika mycket personal och får låta folk gå. Det är inte en helt pålitlig inkomst, och det betyder att hon är utan arbete sex månader om året och behöver ett jobb, men vi har tur som har Rose i familjen som är snäll nog att ge henne jobb resten av året. Vi har försökt genom åren att övertyga henne om att byta företag, gå över till en mer ... respektabel och trygg tjänst i branschen ..."

"... men konkurrensen om de rollerna är så hård att bara en handfull personer väljs ut varje år, vilket jag kan intyga," fyllde Daphne i. När hon sa det sträckte hon på ryggen och rynkorna i ögonvrårna slätades ut när uttrycket byttes mot självstolthet.

Rose lutade sig fram och pekade på sin svärmor. För Tomeks skull förklarade hon: "Daphne var flygvärdinna på BA hela sin karriär, och Roy var pilot."

"Det var så vi träffades," tillade Roy.

Tomeks blick föll på mannens manschettknappar, som han vred tankspritt mellan fingrarna.

"Vi hade förstås älskat om hon hade följt familjetraditionen, så att säga, och gått med i BA-besättningen – jag kontaktade till och med några av mina tidigare kollegor för att se om de kunde lägga in ett gott ord eller putta upp henne på listan – men hon vägrade. Sa att hon ville göra saker på sitt sätt."

Tomek mindes ett samtal han haft med Kasia några veckor tidigare. De hade suttit på ett café, njutit av lite frukost och kaffe, när Tomek skämtade om hennes slutledningsförmåga och att bli polis. Då hade hon sagt blankt nej, och att hennes dröm var att någon gång öppna ett kafé. Tomek hade inga problem med det. Det var hennes liv. Hon var fri att fatta sina beslut – inom rimliga gränser, förstås – och om hon behövde göra misstag längs vägen skulle han alltid finnas där för henne. Men för familjen Whitaker, kände Tomek, var det inte likadant. Han anade att de hade bråkat många gånger om Angelicas val, och att hon ständigt hade känt att hon inte levt upp till sina föräldrars förväntningar. Den relationen ville Tomek inte ha med sin dotter.

"Kan du gå igenom vad som hände när du såg Angelica senast?" frågade Tomek och riktade frågan till Rose.

"Självklart," sa hon och borstade bort ett ludd från kjolen så att den såg nästan felfri ut, som ny. "Vi jobbade i butiken. Det var en lugn dag, liksom de senaste, så jag sa att hon kunde gå några minuter tidigare. Hon skulle ut i går kväll och ville hinna göra sig i ordning. Dessutom är det inte så mycket kvar för mig att göra på slutet. Det som tar längst tid är att plocka ut alla smycken ur skyltfönstren och lägga dem i kassaskåpet."

Tomek nickade, men det där brydde han sig inte om. Han frågade vart Angelica hade varit på väg kvällen innan.

"Ute med ett gäng vänner."

"Hur många?"

"Fyra totalt, inklusive Angelica."

"Vet du vad de heter?"

"Bara förnamn. Lite konstigt om hon hade pratat om dem med fullständiga namn, eller hur?"

"Precis. Sa hon hur hon känner dem?"

"Från jobbet. De är alla flygvärdinnor," svarade hon. "De lärde känna varandra på TUI, men jag tror att hon sa något om att de nu jobbar på olika företag. De splittrades med åren, men de har hållit kontakten – om jag inte minns fel kan en av dem ha varit en vän från skoltiden också." Hon vände sig till Roy och Daphne. "Elodie ... tror jag hon hette. Säger det er något?"

Deras ansikten var uttryckslösa. De såg på varandra och skakade långsamt på huvudet. Det var uppenbart att de visste väldigt lite om sin dotters liv, att de kanske hade tagit avstånd från hennes val, och att Rose, av de tre, var den som kände henne bäst.

"Det är inget problem," fortsatte Tomek. "Vi kan säkert hitta dem på något sätt. Sa hon vart de skulle?"

"Memo Night Club i Southend. Känner du till den?"

"Jag kanske är gammal, men inte så gammal. Jag har dessutom gripit ett par personer utanför där, så jag känner till den ganska väl."

Att klubben kunde ha ändrats lite invändigt sedan Tomek var där senast må vara, men han var nästan säker på att typen av manliga gäster inte hade gjort det.

"När du sa hej då till henne i går kväll, hur verkade hon? Arg? Ledsen? Upprymd?"

"Upprymd, till hundra procent. Hon såg verkligen fram emot att träffa sina vänner. Sa att hon inte hade varit ute på länge, att det var en sista sväng innan säsongen drar igång igen."

Tomek nickade och fortsatte att klottra i sitt block.

"Och när märkte du att något var fel? Antagligen när hon inte dök upp på jobbet i morse?"

"Korrekt."

"Har hon någonsin gjort något liknande förut? Har hon någonsin sjukanmält sig, kommit för sent?"

De senaste minuterna hade Tomek riktat sina frågor till Rose och helt ignorerat Angelicas föräldrar som om de inte ens var där, och i ögonvrån såg han hur Roy stramade till av djup frustration.

"Vår lilla ängel är en mycket respektabel, punktlig och tillmötesgående person. Hon skulle inte bara ha sjukanmält sig eller dragit sin kos utan goda skäl. Det är inte som att hon tar sovmorgon – vi har kollat hennes hem och hon har inte varit där. Nej, något har hänt henne och vi kräver att få veta vad. Vi behöver er hjälp att hitta henne."

Det besvarade en av Tomeks kommande frågor: om någon hade varit i hennes bostad för att se att hon inte var där. Men det besvarade fortfarande inte hans ursprungliga fråga. Han vände sig till Rose och väntade på att hon skulle svara.

"Hon har ... förlåt, Roy ... hon har kommit sent ett par gånger, efter utekvällar, men det har aldrig varit *för* illa – tjugo, trettio minuter här och där. Fyrtiofem, *max*. Hon har aldrig varit så här fräck. Aldrig gett mig någon anledning att oroa mig för var hon kan vara. I morse tror jag att jag ringde hennes mobil typ femtio gånger, och inget svar. Hon brukar vara klistrad vid den där förbaskade prylen. Då visste jag att något var fel, som Roy sa. Det är därför vi är här."

"Jag förstår," sa Tomek. "Så du skulle säga att det här är ovanligt för henne?"

"Ja."

"Hur är hon när hon är ute? Eller i allmänhet?"

"Varför är det viktigt?" frågade Daphne.

"Tja ..." Tomek gjorde en liten paus. "Om hon har gått ut på nattklubb med vänner och börjat prata med någon i baren, så kan hon ha följt med dem hem."

"Åh, nej. Nej, nej, nej. Inte vår Angelica. Hon är festens mittpunkt, ja.

Mycket utåtriktad, pratar alltid med folk, alltid med ett leende på läpparna – det är en del av jobbet, det sitter i ryggmärgen – men hon går inte hem med vem som helst."

"Ingen påstår det, fru Whitaker."

Daphne slog sin man på armen. "Säg åt honom, Roy. Han har fel om vår Angelica."

Roy tittade ner i knät, snurrade på flygplansmanschettknappen några varv, så att den liksom hamnade i en nedåtgående spiral, innan han svarade. "Absolut," sa han, men intonationen i rösten motsade orden. "Vår dotter var en helgon ... hon var en ängel."

"Vänta bara tills Johnny är tillbaka," lade Daphne till, och började vifta med pekfingret åt Tomek, som om det var honom hon borde rikta sin ilska och frustration mot. "Han kan berätta allt om hur hon är. Han kommer att säga samma sak som vi."

"Vem är Johnny?" frågade Tomek med en axelryckning. Tålamodet började tryta.

"Angelicas bror, min man," svarade Rose.

"Var är han nu?"

"Borta i jobbet. Dublin. Han är på väg tillbaka i eftermiddag. Han lyckades få ett tidigt flyg tillbaka till Southend Airport efter att jag berättade vad som hänt."

Tomek gav henne ett tacksamt leende. Av de tre var hon den som allra mest ville hjälpa till, som var beredd att vara ärlig om Angelica och vad som kunde ha hänt henne. Medan hennes föräldrar var blinda för sin egen relation till dottern. Tomek visste vilken av familjemedlemmarna han skulle luta sig mot för information framöver. I slutet av mötet informerade han dem om nästa steg: att de skulle skicka ett team hem till henne; att de skulle övervaka hennes telefon; och att de skulle tala med hennes vänner och alla från kvällen innan. Viktigast av allt sa han att han skulle hålla dem uppdaterade. De skulle få information efter behov, och som SIO skulle bara han avgöra vilken information de behövde.

KAPITEL
TIO

Tomek tog emot kaffemuggen med ett tack och balanserade den försiktigt på knät. Han var inte sugen, men hade tagit emot den av artighet. Av de två var det den han hade kommit för att träffa som behövde den mer. Elodie Lockets första ord till honom hade varit, "Fy fan, jag är så bakis." Och det syntes: det härjade ansiktet, de spruckna blodkärlen i ögonen av sömnbrist, det rufsiga håret, färgen som hade runnit ur ansiktet av uttorkningen. Som om det inte räckte satt gårdagens smink fortfarande kvar i den tjugonioårigas ansikte, klumpigt och i strimmor. Han ville inte veta hur hennes kudde såg ut, men i bakgrunden hörde han en tvättmaskin mitt i ett program och antog att hon redan låg steget före honom.

Elodie bar en snygg Primark-pyjamas prydd med jordgubbar och bananer, med en stickad sjal runt sig. Hon bodde i ett delat hus med två andra tjejer och en kille, som alla hade låtit dem använda vardagsrummet för deras samtal. Stället gav Tomek studentkollektivkänsla, med skrapmärken på väggarna, den gula återvinningslådan fylld med tomma vodka- och ölflaskor och möglet i hörnen och på väggarna som ingen av dem hade orkat göra något åt. Huset var i bedrövligt skick, men Elodie, å andra sidan, var det inte. Under bakfyllan och det klumpiga sminket såg hon välordnad ut, och sättet hon satt på soffkanten och drog sjalen tätt om sig fick det att verka som att hon ville ha så lite kontakt som möjligt med möblerna och luften här inne. Tomek fick intrycket att hon inte ville vara där mer än han. Och han var beredd att slå vad om pengar att hennes rum var det renaste av allas.

"Jag är här för att prata med dig om din vän, Angelica Whitaker", började han och ställde ner kaffet på golvet. När han tog fram penna och anteckningsbok såg han en insekt krypa mot muggen underifrån soffan, som en av leksakerna i *Toy Story* som lurade i skuggorna.

"Angelica? Vad har hänt henne?"

"Hon dök inte upp på jobbet hos sin svägerska i morse. Hennes familj har anmält henne försvunnen. Jag vill bara ställa några frågor om gårdagskvällen och om din relation till Angelica. Och allt annat du kan berätta som du tror kan vara viktigt."

När han talade flög Elodies hand till munnen och hon började andas tungt, den lilla kroppen hävde sig för varje andetag.

"Herregud. Är hon försvunnen?"

"Vi försöker att inte dra några förhastade slutsatser", svarade han. "I de flesta sådana här fall dyker personen förr eller senare upp, oskadd och i säkerhet, om än lite förvirrad."

"Men det tror du inte om Angelica, eller hur?"

Just nu visste Tomek inte vad han skulle tro.

"Vad får dig att säga det?"

"Eftersom du pratar med mig. På grund av igår kväll. Du tror att något kan ha..." Och sedan bröt hon ihop i en flod av tårar, kroppen skakade och krampade – och inte för att värmen var avstängd i huset. Tomek flög upp från soffan och skyndade till badrummet, och önskade genast att han låtit bli. Han slet loss toarullen från hållaren och skyndade tillbaka, räckte den till henne och bad om ursäkt för att han inte visste var de riktiga näsdukarna fanns.

"Det finns inga", sa hon snörvlande.

En minut eller två gick medan Elodie grät i pappret, smetade ut tårarna och sminket över ansiktet. När hon var klar såg hon ut som en kvinnlig version av Jokern; svarta kladdar stora som apelsiner omgav hennes ögon, och spår av läppstift som han inte hade lagt märke till tidigare smetade hennes kinder. Han började tvivla på om hon var så samlad som han först hade trott. När hon till slut lugnade sig lutade hon sig fram, stödde armbågarna mot knäna, stirrade ner i toapappret i händerna, lekte med det, rev sönder det mellan fingrarna.

"Berätta om i går kväll", sa Tomek mjukt. "Ta den tid du behöver."

"Vad... vad vill du veta?"

"Allt. Börja från början."

Innan hon gjorde det drog hon in snoret, harklade sig och satte sig rakt, samlad.

"Kom igen, El", sa hon till sig själv. "Kom igen. Det här fixar du." Hon skakade på huvudet, slog sig ett par gånger på kinderna, och plötsligt slätades ansiktet ut, som om hon blivit en annan person. Skakningarna hade slutat, den snabba andningen, tårarna, snörvlandet – till och med fingrandet på pappret hade upphört. Någonstans i hjärnan hade hon slagit om en strömbrytare och nu var hon sinnebilden av lugn och beslutsamhet.

"Vi hade bestämt det för evigheter sen. Det är en av våra grejer. Precis innan sommarhögsäsongen drar igång tillbringar vi de sista veckorna med att gå ut och fira, njuta, för vi vet att vi inte kommer kunna det de kommande månaderna. Säsongen är så intensiv att vi inte alltid kan ses eller höras, och det blir ännu svårare när några av oss är i olika länder. De här kvällarna är vårt sista ryck, om man vill kalla det så. Och i går var inget undantag. Det var jag, Ange, Xan och Zoë. De fyra ryttarinnorna, kallar vi oss. Vi har hållit ihop i åratal. Ange och jag gick i skolan tillsammans och gick in i branschen samtidigt. Sen träffade vi Xan och Zo när vi jobbade på TUI. Som tur är är vi oftast baserade på Southend Airport eller Stansted, så under lågsäsongen är vi aldrig alltför långt ifrån varandra."

"Vart gick ni i går kväll?" frågade Tomek.

"Memo i Southend."

"Vilken tid kom ni dit?"

Elodie tog fram mobilen och låste upp den. Några sekunder scrollade hon efter svaret. "22.53", sa hon. "Zoë och jag gick in först för att köpa drinkarna medan de andra ville ta ut kontanter."

"Vilken tid åkte ni därifrån?"

Mer bläddrande i mobilen. Den här gången vände hon skärmen mot honom. "01.15", sa hon. På skärmen fanns hennes Uber-app, med förarens namn, den exakta tiden de hade blivit upphämtade och rutten de hade åkt hem. Tomek sträckte ut handen efter den och tog den från henne. Han studerade kartan, noterade lokala landmärken och punkterna där de hade stannat.

"Har jag rätt i att ni släppte av Angelica först?"

Elodie nickade. "Hon bor närmast."

"Och ni andra?"

"Jag bor längst bort. Eller, nej, det stämmer faktiskt inte. Xanthia bor längst bort, men hon sov hos Zoë i natt eftersom hon bor ända borta i Chelmsford och ingen av oss tjänar tillräckligt för att kunna betala taxi hela vägen dit."

Tomek räckte tillbaka mobilen. Han undrade hur det gick för Chey och Rachel, som pratade med Angelicas andra vänner.

"Var dina vänner lika fulla som du?" frågade han.

Elodie tryckte in mobilen mellan benet och soffans sida och drog sjalen tätare om sig.

"Vi var alla rätt fulla. Vi hade tagit några på Last Post innan vi gick till Memo. Men av oss alla skulle jag säga att Ange var fullast. Jag menar, jag har sett henne när det är som värst, och hon var väldigt nära det."

"Värst hur då?"

Elodie sänkte blicken mot golvet och tvekade, försjunken i tankar. "De här killarna bara fortsatte köpa drinkar åt henne. Fyra–fem stycken. Jag tappade räkningen vid något tillfälle och slutade bry mig. Men hon var över dem hela tiden, gnuggade sig, dansade."

"Händer det ofta?"

"Som du inte skulle tro. Hon får alltid mest uppmärksamhet när vi är ute. Det är som att alla män bara flockas kring henne, som om hon har någon slags kuksignal som kallar på alla rövhål. Men hon gör aldrig något med dem, aldrig ens en kyss. Hon gillar att reta dem. Hon låter dem köpa en drink, och sen går hon vidare till nästa. Det blir en billig utekväll, men också idiotiskt. Jag har varnat henne så många gånger för riskerna. Därför går vi alltid ut tillsammans och håller koll på varandra."

Tomek anade att det fanns något Elodie inte berättade.

"Hur menar du?"

"Alltså, i går var det en kille, okej? Lång, mörk och snygg – precis hennes typ, in i minsta detalj – genomsvettig och med ögon stora som själva jävla DJ-borden, okej? Han kommer fram till henne i baren och försöker drogga hennes drink. Jag såg det inte, men Xan gjorde det. Vi försökte säga till någon men ingen lyssnade, så vi gick till en annan del av klubben. Han hittade oss ett par minuter senare och gick direkt på Ange igen. Han var besatt av henne, som om han hade stånd och ville gnida av sig mot henne."

"Men ni lät honom inte?"

"Jag önskar. Vi sa till henne att han hade försökt drogga hennes drink tidigare, men hon brydde sig inte. Hon sa åt oss att lita på henne och sen drog hon i väg med honom, dansade med honom, gnuggade sig mot honom."

Tomek försökte låta bli att föreställa sig den tjugonioåriga Angelica som rullade höfterna mot en kille som var helt väck, för han var rädd att flickan i bilden skulle förvandlas till hans egen dotter. Hon var fortfarande bara tretton, och han ville inte tänka tanken att det kunde vara hon en dag – om så lite som fem år – som satte sig själv i fara, utlämnad åt vidriga män som den Elodie just beskrivit.

"Hände det något mellan dem?" frågade han.

"Nej. Vi drog bort henne och sen åkte vi hem innan något kunde hända."

"Hur reagerade han?"

"Han följde efter oss ut från klubben."

"Följde han efter er i taxin?"

Elodie stannade upp och stirrade ner i mattan igen. "Jag vet inte. Jag såg inte. Vi var så fokuserade på att ta oss därifrån att jag liksom glömde bort honom."

Tomek gjorde en anteckning om att besöka nattklubben. Det var länge kvar till öppning, men han kunde garantera att det ändå skulle finnas personal på plats som förberedde allt inför en lördagskväll med alkoholstinn dekadens och upptåg.

Hittills var allt begripligt. Gänget hade gått ut, haft kul, åkt hem, och någon gång mellan att de klev ur taxin och att hon skulle dyka upp på jobbet på morgonen hade Angelica försvunnit. Hon hade lämnat sitt hem och inte kommit tillbaka.

"Har hon någonsin gjort något liknande förut?"

Det dröjde inte länge innan Elodie svarade. "Massor av gånger."

"Alltså att hon gått hem, lämnat huset strax efter mitt i natten och att ingen har kunnat få tag på henne?"

"Åh! Var det det du menade?" Elodie kliade sig i nacken. "Det har hon bara gjort ett par gånger. Förlåt, jag trodde du menade om hon har dansat med killar på klubben tidigare, för det gör hon jämt. Hon är alltid den som snackar med killar när vi är ute – det hjälper ju att de alltid kommer fram till henne först, som jag sa, men hon älskar det."

"När har hon gått ut mitt i natten tidigare, Elodie?" frågade Tomek och försökte få henne tillbaka på spåret.

"Med ett par av sina ex. Kröp tillbaka till dem för ett snabbt ligg, trots att vi hade varnat henne."

Tomek började förstå att det här var en kvinna som gjorde som hon ville, struntade i vännernas råd även när de var för hennes eget bästa och inte verkade bry sig om följderna. Ganska långt ifrån den änglalika bild hennes föräldrar hade av henne.

"Är det möjligt att hon gjorde samma sak i går kväll?"

Elodie funderade en stund. "Möjligen. Men hon har inte varit med Sammy på ett par månader nu."

"Sammy är ett av hennes ex, antar jag?"

"Ja. Och före det hade du Cole. Det är de två senaste hon haft det senaste året eller så. De brukar inte vara så länge."

"Varför inte?"

"Hon får det hon vill ha av dem och går vidare. Ibland tar de det bra – bara för att de är ute efter samma sak och är glada att det är hon som gör slut, då ser de inte ut som rövhål – medan andra inte gör det."

"Och vilka kategorier passar Sammy och Cole in i?"

Mungiporna höjdes när hon kvävde ett skratt. "Sammy är väldigt mycket i den andra kategorin, medan Cole... han kunde inte bry sig mindre om att de gjorde slut. Ganska säker på att de bara var knull-kompisar."

Tomek tittade ner i sin mugg. Nu hade ett tjockt lager smuts och tvåligt skum lagt sig ovanpå. Han betraktade det misstänksamt när det rörde sig och skälvde i en osynlig vind, som om det fanns så mycket bakterier och mögel i det att det hade fått eget liv.

"Förlåt för det där", sa hon. "Jag har sagt åt dem så jävla många gånger att sluta använda min mugg, och när de ändå gör det har de inte ens anständigheten att jävla diska den ordentligt."

Tomek kunde relatera. Han hade bott i diverse delade boenden i mitten till slutet av tjugoårsåldern. Inte för att han gillade att bo med folk, utan för att han inte hade råd med ett eget ställe. Han hade flyttat hemifrån vid arton och blev senare utslängd från en exflickväns, där han hade bott då. Därifrån följde en rad nätter på vänners soffor, där han gjorde sitt bästa för att vara så ren och respektfull som möjligt, följt av en mängd lediga rum och delade lägenheter tills han till slut lyckades få ett eget. Det var så värdefullt för honom att han blev kvar där i lite drygt ett decennium, fram till för några månader sen när han och Kasia tvingades flytta på grund av platsbrist.

Han tog upp muggen och räckte tillbaka den till henne, med en blick som uttryckte medlidande.

"Är det något mer du tycker att jag borde veta?" frågade han medan han reste sig från soffan. "Något annat du såg i går kväll? Var det någon som följde efter er? Något du tycker kan vara värt att titta närmare på?"

Hennes blick föll mot mattan, och benet studsade upp och ner. Då lade Tomek märke till hennes målade tånaglar för första gången. Röda, förföriska. Det fanns en tid, för bara några år sedan, då han skulle ha hamnat i säng med en kvinna i hennes ålder, någon betydligt yngre. Vissa kvinnor han hade varit med gillade honom för hans ålder, andra för hans jobb och den fantasi som följde med det. Men allt hade varit ytligt, fysiskt, två kåta människor som möttes i desperat behov av någon annans uppmärksamhet. Han hade gärna gett den och de hade mer än gärna tagit emot den. Det hade börjat förändras sen Kasia kom in i hans liv, men det fanns stunder, ögonblick, när drifterna kvävde honom, suddade ut den förnuftiga, logiska delen av hjärnan och fick honom att backa bakåt. Han satt stadigt på staketet, bara ett andetag eller två från att gå tillbaka till sitt gamla liv, ett där han hittade sin tillfredsställelse och näring i en yngre kvinnas beröring. Samma känsla rusade genom blodet nu när han betraktade hennes röda tånaglar, och blicken vandrade längre och längre uppför hennes ben.

I det ögonblicket märkte Elodie hur hans blick kröp uppför henne, men hon gjorde inget för att stoppa honom eller täcka benet. I stället strök hon håret bakom örat igen.

"Nej..." sa hon långsamt. "Det finns inget mer som jag tycker att du borde veta."

KAPITEL
ELVA

Memo nattklubb hade varit ett stående inslag på Southends huvudgata och i den underjordiska klubbscenen – bokstavligen, eftersom klubben låg två trappor ner – i över trettio år, sedan tidigt 90-tal. Ägaren, Jimmy Rayner, hade designat och byggt den, och trots en skakig och turbulent historia hade den fortsatt att överleva medan resten av huvudgatan och andra nattklubbar hade rasat samman. Genom åren hade den fått ta emot flera smeknamn. Vissa positiva, andra nedsättande, från sådant som Messy Memo till Mandy Memo, vilket följde på en helg av flitig droganvändning och resulterade i hårdare restriktioner och större dörrvakter vid dörrarna och ute på dansgolvet. Klubben var berömd för sina Monday Night Memo, eller MNM som det snabbt kom att kallas, och hade en gång varit värd för stjärnor som Danny Dyer, Professor Green och pojkbandsgruppen JLS i slutet av 00-talet. Att gå till Memo var en sorts övergångsrit för alla som antingen bodde i Southend eller inom en radie på cirka 16 kilometer. Och när de behövde ett ställe med gott om nattöppna kebab- och pizzerior, med lätt tillgång till taxi och transport hem, var det perfekt. Och på höjden av 90-talets rave- och danskultur, som hade greppat tag i och runnit igenom varenda tjugoåring i den generationen, erbjöd det den perfekta mixen. Tomek hade varit där otaliga gånger (otaliga, främst för att han varit så full att han inte kom ihåg många av kvällarna), och han hade till och med strulat med några av tjejerna från sin skola där. På det stora hela hade han varma minnen av stället.

Trots att klubben hade funnits där så länge hade inget förändrats.

Ingången till byggnaden var fortfarande ett hål i väggen som man kom in i via samma träddörrar, hänglås och kedja, som Tomek mindes från sitt första besök. Det var ett under att det inte hade varit fler inbrott eller mer skadegörelse under åren. Ovanför dörrarna stod klubbens namn, spraymålat på väggen, antagligen för att hindra folk från att förstöra skylten eller för att den inte skulle bli en säkerhetsrisk. Till och med rökområdet, avgränsat av metallbarriärer som svetsats fast i marken, var lika litet som det varit för tjugo år sedan. Inget på utsidan hade förändrats. Men det var just det som gjorde det så vackert, så historiskt. Som ett slott, eller Buckingham Palace, en plats med lokalhistorisk betydelse. Det var för älskat för att moderniseras eller uppdateras på något sätt. Det var en del av Southends arv, en del av dess historia, och ingen vågade röra det.

Nedervåningen var som utsidan. Gammal och orörd, fortfarande med samma svängda trappa som han en gång hade hasat nerför, vaggande, hållande i räcket för stöd; den första baren som ofta korkade igen och orsakade alltför många gräl när egon krockade; de kladdigaste dansgolv mänskligheten känner till; DJ-båset längst bak på dansgolvet, med podier på var sida, och ytterligare barområden i samma hörn; det andra dansgolvet som spelade en annan sorts musik, för en annan publik.

Allt kom tillbaka till honom när han klev av det sista steget. Klädd i sina finaste skor, de pösiga jeansen, den tighta V-ringade Topman-tröjan som visade mer bröst än den någonsin borde, polarna vid sin sida, alkoholen som redan pulserade genom ådrorna, skulle hans kropp vibrera i takt med musiken. Män och kvinnor skulle vara överallt, dansa, ha kul, ett tjockt lager av rök som hängde i luften och snabbt fyllde hans lungor. Kön till toaletterna som aldrig verkade bli kortare, men det var okej för du skaffade alltid en ny bästa vän medan du väntade på att få pissa – eller till och med när du stod bredvid någon mitt i strålen.

Tomek hade gjort det mesta av de där dagarna i tjugoårsåldern, och en del av det hade spillt över in i trettioårsåldern. Även om delar av honom saknade det insåg han att han var alldeles för gammal för sånt nu. Han var fyrtio, för helvete. Ingen som ville vara det minsta respektabel borde hålla på med sånt i hans ålder.

Nere vid trappans slut tog han sig genom den stora valvgången som band samman det första dansgolvet med det andra. Där inne var lamporna tända, och han såg klubbens interiör i fullt ljus. Det gjorde honom skärrad. Det var som att gå in i en starkt upplyst biosalong. Desorienterande och förvirrande. Sätena och golvet var skabbigare än man först trott, täckta av popcorn och klibbiga läskskvättar, och det kändes helt enkelt fel att vara där. Bakom baren väntade chefen, Marcus Rayner, Jimmys yngre bror. Ordet som omedelbart slog Tomek var *Oasis*, ett av världens största band. Marcus såg ut som om han fortfarande fastnat på 90-talet, med långa polisonger, pottfrisyr, parkas och runda solglasögon. Det enda som saknades i Liam Gallagher-hyllningen var ett mer framträdande monobryn.

"Är du detektiven som ringde?"

"Definitivt, kanske."

"Va?"

Tomek suckade djupt, oförmögen att dölja sin besvikelse.

"Ja, jag är detektiven. Har du ordnat det jag bad om på telefon?"

"Jag har inspelningarna, men snubbens skift börjar inte förrän vid tio."

"Så kan du ringa honom och få honom att komma ner tidigare, som jag bad om?"

Liam Gallagher-imitatören höjde hakan i en mikroaggressiv gest. Tomek var den som hade all makt, och det visste han.

"Det kommer sabba mitt schema. I kväll blir jag en man kort, och dessutom en lördag – vår mest hektiska kväll."

Tomek ryckte på axlarna. "Det är inte mitt problem. Jag tycker att, med tanke på allt klubben gått igenom tidigare, borde du vara van vid att göra allt du kan för att hjälpa polisen i deras utredningar."

Tomek syftade på en händelse som inträffat vid millennieskiftet. En tjej hade blivit sexuellt ofredad på en av herrtoaletterna. Det hade varit en lugn kväll, och angriparen hade släpat in henne, stängt dörren bakom dem och därefter förändrat hennes liv oåterkalleligt. Det hade varit en av de mörkaste dagarna i klubbens historia, men inte i närheten av hur mörk den varit för offret. En bojkott följde i ungefär två månader, innan det föll i glömska och folk insåg att de fortfarande behövde ett ställe att gå ut på och att London var för långt bort.

"Vi samarbetade fullt ut under den utredningen", sa Marcus.

"Ingen säger att ni inte gjorde det. Allt jag säger är att nu har något liknande hänt igen och vi behöver er hjälp."

"Men det hände inte i våra lokaler, jag vill göra det glasklart."

Glasklart. Tomek skrattade åt ordvalet. Som om det frikände honom från all skuld, ungefär som när en politiker tvättade händerna rena från oskyldiga offer och barns blod för att han inte tryckte på avtryckaren, bara sålde kulsprutorna och sprängmedlen till den som gjorde det.

"Det vet jag", svarade Tomek, "men du har ett ansvar för dina gäster och en av dem, tjejen vi försöker hitta, var nära att få sin drink drogad i går, men hennes kompisar såg det och räddade henne. Så, tänker du ringa eller inte?"

Tomek gav mannen en hård, oberörlig blick. Marcus höll den i goda två sekunder innan han till slut gav med sig och stack handen i fickan efter sin telefon. Mindre än en minut senare bekräftade Marcus att den anställde som hade jobbat i baren i går kväll skulle komma direkt för att prata med Tomek. Han var bara tio minuter bort.

"Det var väl inte så svårt?"

Marcus sa ingenting när han vände ryggen åt Tomek och öppnade en dörr som såg ut som om den var målad på väggen. Under alla sina år där hade han aldrig sett den förut. Det var som något ur en science fiction-film, sättet den skar ett hål i väggen på.

Tomek följde efter mannen in, och försökte hålla tillbaka sin upprymdhet.

"Så det är här magin sker", konstaterade han.

"Ingen magi. Bara business. Ingen magi whatsoever. Jag tänker inte låta er komma in och drogtesta stället."

"Jamen, ser du, nu när du sa det där vill jag bara ta med några killar och se vilka preparat vi skulle hitta."

Marcus ögon blev pliriga.

"Jag skojar. Visa mig bara vad du har så är jag ur vägen sen."

Marcus behövde inte höra det två gånger. Det lilla rummet var ett kontor, komplett med överdimensionerat skrivbord, usel stol som hade fler hål än ett rivjärn, en dator, två skärmar och en liten hylla med överfyllda pärmar som balanserade farligt på kanten. Det var trångt, instängt, men märkligt nog ombonat. Tomek undrade hur många enskilda samtal och personalsamtal Marcus hade haft där inne – antingen för att skrämmas eller göra ett närmande. Strax därpå väckte Marcus datorn, loggade in på sitt konto, och som väntade på dem på skärmen fanns en rörlig bild av Angelica Whitaker på dansgolvet, pratande med en man, hans ansikte tryckt mot sidan av hennes huvud. Tomek kände igen henne direkt. Innan han kom dit hade Chey bekräftat att de hittat Angelicas konton i sociala medier. Hon hade tre privata på olika plattformar och ett extra Instagramkonto som hon använde som reseblogg, där hon dokumenterade sina äventyr runt Europa i jobbet. Varje konto hade tusentals följare, med hundratals gilla på varje inlägg, och dussintals kommentarer under. Det skulle ta lång tid att gå igenom allt, och med minskad bemanning hade Tomek börjat undra om saker skulle halka efter. Eller så kanske de inte behövde det. Kanske tittade han just nu på personen som visste var hon fanns – mannen som rörde vid Angelicas midja, förde händerna längre och längre ner, tills hon gled undan. Tomek kände en knut bildas i halsen; han fick alltid en kuslig känsla när han såg ögonblicken före någons död eller försvinnande, som om han med facit i hand kunde göra något åt det. Ibland ville han bara skrika åt skärmen. "Gå inte åt det hållet!", "Gå inte hem, gå tillbaka till din kompis i stället!" Det var som att se en skräckfilm där man ifrågasatte det där stereotypa blonda offret och hennes idiotiska beslut att gå in i det mörka rummet ensam, och himlade med ögonen när hon jagades ut igen för att senare falla offer för en knivbeväpnad galning i kostym eller clownmask. Förutom att det här var annorlunda. Det här var inte underhållning. Det här var verkligheten.

Och Angelica Whitaker var fortfarande försvunnen.

Tomek tillbringade de nästa fem minuterna med att titta på materialet. På Angelica som dansade, gnuggade sig mot mannen, precis som hennes vänner sagt att hon gjort. På mannen som höll henne tätt intill sin kropp, hans hand svävande över hennes drink vid flera tillfällen. Sedan hur hon drogs bort från äcklet, och hur äcklet följde efter henne uppför trappan som en vilsen valp. Utanför hade kamerorna visat hur tjejerna lämnade, hoppade in i baksätet på Ubern, medan mannen blev kvar, övergiven. Tomek bad Marcus fokusera kamerorna på honom när han hade tagit sig in i klubben igen. Filmen visade då att han stannade i klubben nästa timme, vinglade över dansgolvet, glodde på kvinnorna, valde ut sina nästa offer, ända tills ljuset tändes och de han dansat med insåg vilket misstag de gjort. När alla tagit sig mot utgången raglade mannen nerför huvudgatan och försvann till slut ur bild. I slutändan tyckte Tomek inte att mannen var värd att gå vidare med, men det skulle inte skada att skicka någon för att prata med honom. Det enda problemet var att hitta hans namn och adress.

"Hur betalade han inträdet?"

Marcus ryckte på axlarna, utan att vara till någon hjälp. Tomek bad honom spola tillbaka tills de såg mannen anlända till klubben. Tillsammans såg de honom betala med ett bankkort. Tomek antecknade tidsstämpeln och bad att få se hans inpassering ur en annan vinkel. Den här gången visade det mannen gå fram till dörrvakterna, räcka över sitt ID, och dörrvakten skannade det under ett blått ljus. En sekund senare exploderade en förstorad version av mannens körkort upp på skärmen, med en grön bock överlagrad. Tomek bad Marcus pausa materialet och zooma in. För att vara övervakningsfilm, som ju är beryktat sämre än TV-apparater från 1950-talet, var den här förvånansvärt högteknologisk, och Tomek kunde utan problem läsa mannens namn: Adam Egglington.

Han tog ett foto av mannen med sin mobil just som den anställde dök upp och blev stående tafatt i dörröppningen. Kinderna var blossande och varm luft flåsade snabbt ut genom mun och näsa.

"Här har du", sa Marcus till Tomek och pekade på den unge mannen som inte var äldre än tjugofem. "Han är din."

Utan att säga något tog Marcus fram ett USB-minne, kopierade över materialet och räckte det till Tomek. Innan Tomek hann tacka mannen föste han honom till baren och sa: "Behöver du mig är jag här inne. Förhoppningsvis har du allt."

Tomek anade att chefen ville lägga till: "För om du inte har det, får du komma tillbaka en annan gång."

Med det stängde Marcus dörren bestämt och lämnade Tomek och bartendern ensamma vid baren. Den unge mannen hette Adrian och hade jobbat på Memo i sex veckor.

"Tack för att du kom hit", sa Tomek till honom.

"Jag är fortfarande på provanställning. Jag hade inte så mycket val. Och du är ju polis... så det måste vara allvarligt. Har det hänt något?"

Tomek förklarade situationen. Adrians ögon blev stora när han lyssnade, och han såg plötsligt rädd ut, som om det var han som anklagades för att ha något med Angelicas försvinnande att göra.

Tomek visade honom ett foto på Angelica som Elodie skickat, följt av ett annat som de hittat på Xanthias sociala medier. Det var ett fotografi av alla fyra tjejerna, poserande och leende mot kameran, mitt inne på Last Post, deras sista stopp innan de tog sig till Memo.

"Minns du att du såg den här kvinnan i den svarta klänningen?"

Adrian tog telefonen från Tomek och granskar den. Läpparna smalnade och kinderna stramade. "Förlåt", sa han. "Men hon ringer ingen klocka. Jag menar, jag serverade många människor i går kväll." Händerna skakade nervöst när han lämnade tillbaka telefonen till Tomek. "De... de ser liksom likadana ut allihop, och vi hade supermycket att göra. Jag minns inte specifikt att jag serverade henne."

Tomek försökte lugna mannens nerver med ett varmt leende, men det syntes tydligt att han var omskakad av nyheten att hon försvunnit, som om han på något sätt bar ansvaret och skulle bära bördan att hitta henne.

"Vad sägs om den här killen? Han sågs dansa med henne och köpa hennes drinkar. Det rapporterades också att han försökte lägga något i en av dem."

Den här gången kände Adrian igen mannens ansikte direkt.

"Ja. Jag minns honom. Två tjejer kom fram till mig med en drink jag just hade hällt upp och sa att det var något i den. Jag visste inte vad jag skulle göra, så jag sa till en av killarna på golvet, men jag tror inte att de gjorde något åt det... Jag blev distraherad av några andra kunder och glömde det helt." Han satte händerna mot huvudet. "Herregud! Jag har klantat mig, eller hur? Jag sabbade det rejält. Fan... Jag visste att jag borde—"

Tomek lade en lugnande hand på mannens axel. Hans snabba andning stannade upp direkt, och han verkade komma tillbaka för ett ögonblick. När han hade fått kontroll på andningen sa Tomek: "Det är okej. Hon kom inte till skada. Han skadade henne inte. Och han skadade ingen annan. Du gjorde ditt jobb. Låt det bara bli en läxa till nästa gång."

"Fan..." fortsatte Adrian, fortfarande vilse i sina egna tankar. "Det var det. Jag kommer sabba min provanställning. Jag kommer behöva hitta ett nytt jobb. Jag—"

Tomek lade en hand på hans andra axel. Det var det bästa han kunde göra för att inte ge tjugofemåringen en örfil.

"Ditt jobb är lugnt. Om min interaktion med Mr Rayner är något att gå efter tror jag inte att han bryr sig särskilt mycket om vad du gjorde eller inte gjorde. Ditt jobb är säkert. Du har inget att oroa dig för."

KAPITEL
TOLV

E n kontroll i polisens interna databas på stationen visade att Adam Egglington var känd sedan tidigare. De senaste två åren hade han gripits för fylleri och störande uppträdande längs Southends huvudgata, med ett ytterligare gripande för samma brott vid strandpromenaden, utom att han i det senare fallet hade hittats naken från midjan och nedåt, liggande på stranden, stirrande ut i månskenet, medan han torkade bort sand från ställen där den aldrig var menad att vara. Så den griperande polisen hade lagt till förargelseväckande beteende i anmälan. Det senaste gripandet hade skett för sex veckor sedan, och om han inte hade flyttat under tiden, hoppades Tomek att han stod utanför rätt lägenhet.

Han knackade på dörren till en tvårumslägenhet i två plan i Lee Chapel South, en kort promenad från Basildon Hospital, och väntade. När inget svar kom tog Tomek ett steg tillbaka från verandan, ut på den igenvuxna framgräsmattan, och tittade upp mot sovrumsfönstret. Gardinerna var fördragna och skymde sikten, förutom att en liten vädringsruta stod öppen upptill.

Tomek försökte dörren igen. Den här gången kikade han in genom fönstret bredvid, kupade händerna runt ansiktet och kisade. Men det var lönlöst. I ett sista försök, innan han gick vidare till grannarna, hukade han sig ner, öppnade brevinkastet och precis när han skulle ropa Adams namn, slog en våldsam, stickande stank emot honom och kastade honom baklänges ner på betongplattorna. Lukten var så stark att den fastnade i halsen, och i några sekunder efteråt försökte Tomek hosta upp den men slutade med att hulka och torrkräkas på farstun. Det var lukten och smaken av spya, spya som hade stått och surnat, förruttnat och stelnat hela dagen.

Tomek tyckte inte om tankarna som började bubbla upp och bestämde sig för att tillkalla uniformerad förstärkning. Larmoperatören i telefonen sa att det skulle dröja minst fem minuter innan de var på plats. Fem minuter för länge.

Han bestämde sig för att inte vänta. Tomek bankade på ytterdörren en sista gång, och när det fortfarande inte kom något svar knackade han på grannens dörr. Kvinnan som öppnade var rädd och misstänksam mot honom, men så snart han visade sin legitimation slappnade hon av lite.

"Du råkar inte ha en nyckel, va?" frågade Tomek. Det var långsökt, men ibland förbiser man de enklaste lösningarna.

Grannen skakade på huvudet.

"Har du någon slags hammare?"

Kvinnan stirrade bestört på honom, med små, glansiga ögon. Han sneglade ner på hennes hand, såg en ring och frågade: "Gift?"

Hon nickade, blicken fortfarande vild, som om hon hade en utomkroppslig upplevelse. Hon var i kamp-eller-flykt-läge och just nu gjorde hon varken det ena eller det andra, absolut jävla ingenting.

"Har din partner något vi kan använda?"

"Han... han är inte hemma."

Tomek svor. Det sista han ville var att lägga tid på att rota igenom en helt främmande människas hus och trädgårdsskjul.

Och då kom han på det.

Trädgården!

Utan att fråga smet Tomek förbi grannen och skyndade mot de små altandörrarna på husets baksida. Grannen, i sitt förvirrade tillstånd, var några sekunder efter, hjärnans kugghjul behövde tid för att ställa om och förstå vad som hände i hennes hem.

"Nyckel", sa han till henne, irriterad. "Jag behöver en nyckel. Jag måste ut i trädgården."

Hon pekade på en liten kruka som satt fastkilad i hörnet på en annan fönsterbräda. Tomek sträckte sig dit, tog nyckeln och gick ut. Trädgården stod i tidig vår. Blommorna började slå ut, gräset var igenvuxet, och livet återvände till träden. Och luften var fylld av det. Det hade kunnat vara trevligt att sitta där ute, om det inte vore för sjukhuset runt hörnet och sirenerna som ylade varannan sekund.

Tomek vände blicken mot Adam Egglingtons hus. De två var nästan identiska: köksdörren, altandörrarna som öppnades mot trädgården, fönstret ovanför. Det var som att se sig i en spegel. Han stannade upp och vägde sina alternativ. Som han såg det fanns bara ett: han skulle behöva bryta sig in och ta konsekvenserna senare.

Innan han tog sig över staketet sökte han igenom grannens trädgård efter något tillräckligt tungt för att krossa glaset. Han fann det i form av en tegelsten som hade lossnat i en liten rabatt. Han böjde sig ner för att plocka upp den och precis när han skulle kasta den över staketet ropade grannen: "Vad gör du? Du kan inte ta den där."

Tomek betraktade föremålet i handen. "Det är en tegelsten. Kommer du verkligen sakna den?"

Innan hon hann svara kastade han den över staketet framför sig. Det var inte förrän han ställde sig mot staketet som han insåg att han hade kastat den över fel staket. Grannen hade distraherat honom och kroppen hade varit vänd åt andra hållet när han slängt iväg den.

"Åh, för fan! Förlåt!"

Han böjde sig ner igen, en ny tegelsten, och fick använda mer kraft för att bända upp den ur marken den här gången. Nu var han skyldig henne och hennes man två tegelstenar. Han kastade den över rätt staket och, med ett fågelbad som stöd, hävde han sig över in i Adams trädgård. Landningen var mjuk, kroppen rullade runt över det igenvuxna gräset och ogräset. Efter några sekunders letande, med fingrarna som trevade genom undervegetationen, hittade han till slut tegelstenen. När han rusade mot huset, armen spänd bakåt, redo att kasta, stannade han när han såg hur en man framträdde i molnens spegling i fönstret. Adam Egglington låg på sin soffa, raklång på rygg, med ansikte och hals täckta av spya. Bröstkorgen rörde sig inte, och när Tomek knackade på glaset kom ingen reaktion. Tomek kupade händerna mot rutan och kikade in. I det falnande ljuset kunde han se mannens ansikte, kritvitt under det tjocka stänket av spya. Han var fullt påklädd, fortfarande i samma kläder som kvällen innan. Han måste ha kommit hem, däckat i soffan och varit så full att han kvävts av sin egen spya. Synen påminde Tomek om gången han nästan råkat ut för samma sak. Han hade varit nitton, gått ut på en rejäl kväll med polarna och vaknat på sidan med en pöl av spya bredvid huvudet, krustig utanpå, mjuk och svampig inuti, som en havrekaka av kroppsvätskor. I flera dagar efteråt kände han stanken hett i näsborrarna, men det som verkligen stannade kvar var nära-döden-upplevelsen, den obevekliga insikten att han kunde ha dött om kroppen hade vridits ytterligare nittio grader. Det var allt som hade stått mellan honom och döden. Något så godtyckligt som en nittio graders vinkel.

Innan han hann tänka mer på det tilltog sirenerna, och han insåg att det var förstärkningen han kallat på som rullade upp utanför huset. Han tog ett språng över staketet, rusade tillbaka genom grannens kök och fann dem i framträdgården. Två förvirrade ansikten mötte honom.

"Nej, ni är inte på fel ställe", sa han till dem. "Men jag har hittat honom. Han ligger i vardagsrummet längst bak i huset. Har ni en murbräcka?"

En av de uniformerade nickade och vände sig mot fordonet. Han kom tillbaka med en stor murbräcka i handen.

"Toppen", sa Tomek, och såg på när mannen började drämma det tunga metallredskapet mot den svaga ytterdörren i trä. Den hade inte en chans, och efter ett slag vek den sig och gav vika.

Men Tomek kunde inte följa med in. Något höll honom orubbligt fast där han stod och höll honom kvar utanför när vinden tog i och svepte kring honom.

Han stod inte ut med att se mannen ligga i en pöl av sin egen spya, för innan han hade hunnit vända bort blicken för några ögonblick sedan hade han bara kunnat se sig själv där, lite längre och större, som tog upp mer av utrymmet, täckt av sin egen spya. Han stod inte ut med att titta och bli påmind om vad som hade kunnat bli.

KAPITEL
TRETTON

Tanken på bilden satt fortfarande kvar i huvudet när han gick in i stabsrummet. Han hade inte lyckats skaka av sig den under hela tiden som teknikerna och den uniformerade personalen hade tagit hand om Adam Egglingtons kropp och fört bort den. Inpräntad, outplånlig. Varje gång såg han sitt eget ansikte i stället för Adams.

I MIR väntade Chey och Rachel på honom. Tomek hade sagt åt dem att förbereda sin info inför mötet. Vanligtvis skulle en inspektör kräva en skriftlig rapport från varje medarbetare som aktivt jobbade i en utredning, någon som var där ute i frontlinjen. Men Tomek gillade inte rapporter. De var ett ständigt gissel för honom, och det var inte så han ville leda utredningen. Om han inte orkade skriva dem från första början, kunde du ge dig fan på att han inte skulle orka läsa dem heller.

"Vad säger du, chefen?" frågade Chey med pigg röst.

"Jag säger ingenting alls, för de närmaste tio minuterna vill jag bara lyssna."

"Och kanske ta en liten tupplur också, ser det ut som", lade Rachel till utan att be om ursäkt. "Jag har sett ensamstående morsor se mindre trötta ut än du."

Ett leende flimrade över Tomeks ansikte. Han kunde alltid lita på sitt team – särskilt dem han själv hade valt – för att få upp humöret. Gnabbandet mellan de tre var utan tvekan det bästa på kontoret (enligt Tomek, bara) och det var delvis därför han hade valt just dem: lite ljus i det han anade skulle bli en annars mörk och deprimerande utredning.

Tomek drog ut en stol från bordet och sjönk ner på den. Det var bara första dagen på utredningen och redan kände han sig tömd. Som om han inte hade något kvar att ge. Var det så här Nick kände det dygnet runt? Var det därför han alltid suckade, för att han hade fått nog för tjugo år sedan och nu bara hängde kvar vid en skör tråd?

"Var vill du att vi börjar, chefen?" frågade Chey.

"Från början. Har vi någon aning om var hon är?"

Chey skakade på huvudet. "Hennes telefon är fortfarande avstängd, och har varit det sedan de tidiga morgontimmarna. Jag har kontaktat hennes operatör för mer information och jag borde ha den till i morgon bitti."

Tomek vred sig på stolen och tittade på väggen med whiteboardtavlor som löpte längs ena sidan av rummet. Anteckningarna och bilderna från en tidigare utredning satt kvar där, och väntade på att rivas ner, och Tomek hittade en liten tom yta på tavlan bredvid Chey och Rachel. Han grep en penna och torkade bort en liten smutsfläck från ytan.

"Hur ser tidslinjen ut?" frågade han och skrev på whiteboarden. "Hon och hennes vänner lämnade Memo 01.15. Enligt Elodie Lockets Uber-konto släpptes Angelica av vid sin lägenhet prick 01.28, tretton minuter senare." Tomek drog allt detta ur minnet, medan de två andra letade igenom sina anteckningar och korsade sin information mot det han sa. "Hon skulle vara på jobbet på Leigh Broadway senast klockan nio." Han drog en linje mellan de två tiderna, gick över den flera gånger och lämnade utrymme för att fylla i luckorna. "Det ger oss ett tidsfönster på sju timmar då hon kan ha försvunnit. Vad kan ni lägga till?"

Chey konsulterade sina anteckningar. "Sista pinget från hennes telefon till en mobilmast kom 01.52, vilket är..." Han pausade medan han räknade ut tidsskillnaden. "Strax över tjugo minuter efter att hon kom hem."

Tomek antecknade tiden och händelsen på tavlan. "Okej. Så antingen stängde hon av den själv, batteriet tog slut, eller så stängde någon annan av den åt henne. Har vi några ögonvittnen som sett henne lämna huset vid den tiden?"

Rachel skakade på huvudet. "Inget än. Av det jag har samkört med uniformen och från de grannar jag själv pratade med var det ingen som såg henne eller hörde henne. Det var mitt i natten. Alla sov."

"Okej. Och hur är det med hemövervakning? Har någon hört av sig med film från kameror?"

Chey och Rachel skakade på huvudet i takt, med samma urskuldande min i ansiktet.

"Något mer?"

Ännu en synkron skakning på huvudet.

"Så hon bara... försvinner?"

Tomek drog fingrarna genom håret och kliade sig i nacken, smärtsamt medveten om att båda höll ögonen på honom, honom i förarsätet, den som ledde utredningen. Två par förväntansfulla ögon som väntade på att han skulle säga vad de skulle göra. Han var inte säker på att han gillade det. Han hade inga idéer. Förr, när någon annan hade lett utredningen, hade han kunnat komma med svaren, med lösningarna utan problem. Kanske för att han inte bar någon annan människas liv på sina axlar – att han på något sätt kände sig ett steg bortkopplad – eller kanske för att det var en egogrej, en chans att bevisa sig för Victoria och Nick. Men nu när han hade gjort det, nu när han hade visat att han *var* kapabel, kändes det som att han föll redan vid första hindret, och han hade ingen aning om åt vilket håll han skulle gå härnäst.

Kom igen, Tomek, sa han till sig själv. Antingen håller du käften och fortsätter stappla fram, vad som än står i vägen, eller så vänder du nu och går tillbaka till startlinjen.

Han bestämde att det andra inte var ett alternativ.

"Vi har ett fönster på sju timmar då hon kan ha försvunnit. De två möjligheter jag ser är, ett: hon lämnade bostaden under den tiden och har inte kommit tillbaka än, eller två: någon tog sig hem till henne. Så enkelt är det." Han vände blicken mot tavlan igen, ritade en cirkel i mitten av det som fanns kvar av den vita ytan och drog två raka streck därifrån. Ett för att hon hade gått hemifrån, det andra för att någon hade gått hem till henne. "När vi har slagit fast vilken av de här det är kan vi bygga den stora bilden utifrån det." Han tryckte på pennans kork med ett tillfredsställande och påtagligt *klick*, och återvände sedan till sin stol. "Under tiden, berätta allt ni har om Angelica Whitaker. Vad vet vi om henne som kan hjälpa oss?"

Båda spanarna tittade ner i sina anteckningar och undvek frågan. Till slut samlade Chey mod och började tala först.

"Jag har börjat gå igenom hennes Instagram, eftersom det är den hon uppdaterar mest regelbundet. Hon har två profiler. Den ena är ett privat konto, som hon använder betydligt mindre, medan det andra är en rese-blogg/influencer-grej. Hon har flera tusen följare, men har också flera tusen inlägg på vart och ett av dem. Det kommer att ta en hel del tid att sålla igenom allt. Men av den snabba research jag gjort och de första par inläggen jag tittat på verkar hon posta grejer om sig själv och om sitt liv också. Vad hon gör, var hon är. Men hon skriver inte så mycket i bildtexterna – ibland är det bara en eller två emojis."

"Kan de betyda något för någon?"

"Möjligen. Jag skulle behöva analysera vilka som gillar och kommenterar."

Tomek nickade. "Rach?"

Kriminalassistent Rachel Hamilton harklade sig innan hon talade. "Xanthia Demetriou, en av Angelicas närmaste vänner, sjöng hennes lov. Hon hade inte ett ont ord att säga om henne. Festens mittpunkt, alltid sprudlande, alltid utåtriktad och på att gå ut, hon trivdes med alla och alla trivdes med henne. Snäll, omtänksam, full av livslust, alltid där för henne. Det lät nästan som att hon var förälskad i henne."

"De känner varandra från jobbet, va?"

"Typ", förklarade Rachel. "De träffades på jobbet. Men Xanthia jobbar nu på ett apotek. Inte karriärbytet hon ville ha, men marknaden för flygvärdinnor är tajt just nu. Det var allt hon kunde hitta. Förhoppningsvis kan hon få något nästa år."

"Vad hade hon att säga om i går kväll?"

"Bara att hon hade kul. Och hon minns tydligt att hon såg Angelica öppna ytterdörren och stänga den bakom sig. Så enligt henne kom hon definitivt in i lägenheten."

"Och Zoë?"

"Backade upp allt Xanthia sa. Hon såg Angelica gå in i sin lägenhet utan problem."

Frågan som återstod var hur hon hade tagit sig ut igen.

KAPITEL
FJORTON

D et skrälliga ljudet från Kasias billiga Dell-laptop nådde dem i soffan. Hon hade låst in sig i sitt sovrum efter middagen och tittade utan tvekan på något av sina harmlösa, hjärndöda realityprogram eller någon av romcom-serierna som verkade finnas överallt på de olika strömnings-tjänsterna. När han loggade in på Netflix eller Amazon Prime bombarde-rades han av tonårsdraman och program som algoritmen matade Kasia med för att hålla henne kvar. Det räckte för att få honom att tappa lusten att titta på något alls. Och möjligen att sluta betala räkningen helt och hållet. Men han visste att det skulle vara som att hugga av henne en arm, eller åtminstone binda den bakom ryggen medan han tvingade henne att fånga fjärrkontrollen. Så i stället skulle han göra det anständiga och fort-sätta att knyta näven varje gång han såg autogirona dras varje månad.

I kväll däremot var han väldigt mycket för strömningstjänsterna. Abigail var här, och han hade låtit henne välja kanal. Han hade ingen aning om vad hon hade satt på, men det lät honom stänga av hjärnan och låta tankarna driva dit de behövde. Medan hon var uppslukad av sitt program gick han vilse i djupa funderingar som: varför kallas byggnader för byggnader när de redan är byggda, och varför säger vi att vi kommer upp för luft när vi inte ens är under vatten? De där gåtorna hade han brot-tats med i goda fem minuter när Abigail lade upp benen i hans knä och krävde att han skulle massera hennes fötter.

"Har du inte suttit vid ditt skrivbord hela dagen?" frågade han henne.

"Ja. Men i *klackar*. Du fattar inte hur det är." Hon vickade på tårna framför hans ansikte. "*Snälla*. De har gjort så ont i dag."

Han himlade med ögonen och sa: "Du är mer diva än jag. Och jag avskyr när jag har hårgelé i håret och det regnar ute!"

"*Snälla*", bad hon, utan att ha lyssnat på något av det han just sagt.

"Okej, om jag får mina fötter masserade efteråt? Jag har en ljuvlig knöl på stortån som måste knådas ut."

Tomek hade aldrig sett henne se så äcklad ut.

"Det är jävligt äckligt. Jag tänker inte gå i närheten av dina fötter."

"Men jag har stått på mina hela dagen..."

Hans försök att charma henne med en bedårande, oskyldig ögonfransviftning gick inte hem.

"Mycket att göra?" frågade hon och slappnade av i tårna, medan Tomek började knåda dem med tumme och knogar som om de vore deg.

"Väldigt."

"Vad hände?"

"En kvinna i slutet av tjugoårsåldern anmäldes saknad av familjen. Hon var ute i går kväll med några vänner, blev avsläppt vid sin lägenhet och försvann sedan. Hennes chef, som råkar vara hennes svägerska, sa att hon inte dök upp på jobbet i morse."

"Har ni inte hittat henne?"

"Hade vi det, skulle jag inte tänka på henne."

"Du tänker på en annan kvinna?"

"Inte på det sättet", sa han och skakade på huvudet. Han slutade massera hennes fötter, och hon vickade på tårna för att påminna honom om att fortsätta.

"Jag skämtade", sa hon, vände sedan tillbaka blicken till teven i två sekunder innan hon återgick till honom. "Tror du att hon kan vara död?"

Tomek anade vart samtalet var på väg.

"Vet inte."

"Tror du att något har hänt henne?"

"Inte säker."

"Tror du att ni kommer att hitta henne?"

Han svarade inte.

"Gick hon hem med någon under utekvällen? Kan det vara den personen? Tänk om det är någon av hennes vänner? Eller kanske gick hon ut på en promenad och någon kidnappade henne..."

Tomek visste att hon fiskade efter information, och sköt en laddning spaghetti rakt i ansiktet på honom för att se vad som fastnade. Men han tänkte inte bita på, och han tänkte definitivt inte äta av det.

"Lyssna", sa han och släppte taget om hennes fot, "när tiden är rätt, delar vi med oss av informationen till dig."

"Varför har ni inte redan gjort det? Om det här är ett försvinnande kan vi hjälpa er. Ge oss all information ni har, visa hur hon ser ut, så kan vi få ut det. Vilka spår har ni?"

"Inga. Än."

"Varför ljuger du för mig?"

"Jag ljuger inte."

"Jo, det gör du. Jag ser när du ljuger för mig. Jag gillar inte att du döljer något för mig."

All mjukhet och lekfullhet hade försvunnit ur hennes ton. Nu var den irriterad, stram. Professionell.

"Jag talar sanning", insisterade han. "Vi har inga spår."

"Varför gör du så här mot mig? Varför vill du inte hjälpa mig? Jag har precis börjat på det här nya jobbet. Jag skulle verkligen behöva något sånt här. Det vore riktigt bra för mig att få exklusiviteten på det här."

"Du överreagerar."

"Nej, det gör jag inte. Det är du som ljuger för mig, som håller saker undan för mig. Vem mer har du berättat det här för? Vem har flirtat med dig för att få informationen?"

"Menar du som du brukade?"

Hon slog ifrån sig mot honom. En liten spark mot låret, som en hammare som slog ner. Den var liten och gjorde inte det minsta ont, men det fanns avsikt bakom. Och han blev genast påmind om varför han inte gav sig in i långvariga relationer. De två tidigare hade varit liknande. Hans första flickvän, Kasias mamma, hade verbalt och känslomässigt miss- handlat honom, ständigt undergrävt honom och fått honom att känna sig liten. Hans andra officiella flickvän, som visade sig vara en seriemördare, hade, bortsett från själva mördardelen av sin personlighet, varit neurotisk, svartsjuk och lite psykotisk. Det var allt han någonsin hade känt till. Allt han var van vid. Kanske hade han en typ – en typ som fick honom att känna sig pytteliten och värdelös.

"Du överreagerar", upprepade han.

En spark till. Hårdare den här gången.

"Nej, det gör jag inte. Vi behöver den här storyn, Tomek. I dag körde vi en förstasida, en blixtnyhet om ett gäng ungar från London som tog med en krabba på tåget hela vägen till strandpromenaden i Southend så att den kunde "leva sitt bästa liv".

"Och gjorde den det?"

En spark till. Den här gången missade den målet och var nära att träffa skrevet.

"Det är den sortens skit vi har kört på sistone. En jävla krabba! Vi skrapar i botten av den jävla tunnan."

Tomek fnissade. "Var fick de tag i krabban?"

"På allvar? Tycker du att det är roligt?"

"Jag kan inte fatta att du inte gör det."

"Det här är mitt jävla jobb vi pratar om, och du bara skrattar åt det. Jag kan inte fatta att det är det första du tänker på. Det här är min karriär. Om du inte kan ta mig på allvar, vem fan ska då göra det?"

Kanske krabban, tänkte Tomek, men han höll det för sig själv. I stället gick han tillbaka till att tänka på byggnader och att vara under vatten, och hur han just då kände att han kämpade för att komma upp till ytan.

KAPITEL
FEMTON

L iam Dennis hade aldrig känt sig så levande, så full av adrenalin. Han ville springa genom väggar, hoppa från byggnader, dyka över tågspåren. Hans tonårskropp visste inte hur den skulle hantera det, hur den skulle processa det. Men James och Ethan gjorde det. De hade erfarenhet av sådant här, visste vad de höll på med. Var i stånd att *behärska* sig. De hade föreslagit det för honom den eftermiddagen i skolan: att smyga ut mitt i natten medan hans mamma och pappa sov, bryta sig in, använda sina konstnärliga färdigheter, och sedan ta sig hem igen innan någon vaknade. Som om ingenting hade hänt. Risken för Liam var att stöta på sin pappa. Han vaknade alltid svintidigt för att åka till jobbet, och Liam var nojjig att han skulle råka gå upp vid fel tillfälle, när Liam kom hem, fullt påklädd, andfådd, med händerna täckta av sprayfärg. Men Ethan hade sagt åt honom att inte oroa sig, att det bara spädde på upplevelsen, gjorde den starkare på något vis.

Liam var inte helt säker på hur, men han tog Ethans ord för vad de var. Han var inte i position att göra något annat.

Det var strax efter två på natten. Det var becksvart ute, och allting var tyst, bortsett från ljudet av vinden som tog upp löv och släppte dem några centimeter bort på en ny viloplats. Så tyst hade han aldrig hört det. Ingen trafik, inga tåg, inte ens ljudet från Themsens mynning nådde dem.

Ethan räknade med att de inte skulle behöva mer än en halvtimme, och fullt påklädda, med huvorna långt neddragna över huvudena, gav de sig av mot platsen. De hade bestämt att träffas på andra sidan järnvägsspåren som skar genom landskapet mot Southends huvudgata. Det var smidigare för Ethan, och som gruppens inofficiella ledare var det som han sa som gällde.

Deras första hinder var tågspåren, med sjuhundrafemtio volt som pulserade genom dem. Liam hade aldrig korsat spår tidigare, aldrig haft behov av det. Men han hade läst skräckhistorierna. Om självmord, om ungar som hoppade över dem mitt i natten och skadade sig allvarligt.

Men inte han, inte i natt. Han skulle se till att inget hände.

Eftersom det var hans första natt ute med dem hade Ethan och James bestämt att han skulle gå först. Att det bara var rättvist. En initiering, en chans att bevisa sig. Så, i mörkret, där de enda ljuskällorna var de gulaktiga natriumlamporna i fjärran, klev Liam ut på den grusiga ytan bredvid de strömförande spåren. I tystnaden kunde han höra elen rusa genom dem, och han kände ett surr i luften, som tryckte mot benen som ett kraftfält. Försiktigt lyfte han benet högt i luften, som han lärt sig på karaten, vred på höfterna och sänkte det sedan, ned i en djup sumoknäböj. Sedan upprepade han proceduren för nästa del av spåret. Högt, vrid, sänk, böj.

Högt, vrid, sänk, böj.

Högt—

Det var först vid det tredje spåret som han hörde ett annat ljud. Precis när han skulle vrida på höfterna såg han Ethan och James sprinta över gruset, hoppa över varje metallorm med lätthet, som om det var lika enkelt som att hoppa över en sten på marken. De två skrattade åt honom när de nådde andra sidan, retade och hetsade honom; ljudet av deras skratt sögs upp av träden och häckarna runtom.

"Jävla helvete", sa han för sig själv, medan han såg ner på metallrälen alldeles framför sig. "Kom igen. Det här fixar du. Som att hoppa över en glidtackling."

Han sänkte benet, backade några steg och stabiliserade andningen, benen axelbrett isär, armarna längs sidorna, andades djupt – hans bästa Cristiano Ronaldo-frisparksimitation. Sedan, när han kände sig tillräckligt trygg, sprintade han mot sina vänner. Ett spår. Två spår. Ljudet från burkarna i ryggsäcken skallrade i öronen.

Och så var han över. Klart. Lättare än han hade trott.

Han tittade tillbaka på de sovande ormarna, på avståndet han hade tagit sig, och kroppen svällde av stolthet. Han kände sig osårbar, adrenalinet nådde nya höjder.

"Kom igen, ditt pucko", sa James och slog honom i ryggen. "Nu drar vi!"

James grep tag i väskeln och drog upp honom för en svag slänt, genom en tät rad häckar. Liam grimaserade och skyddade ansiktet när taggar och brännässlor piskade honom, skar i knogarna och underarmarna. Några smärtsamma ögonblick senare kom de ut på en villagata, full av hus som var alldeles för fina och dyra för hans smak. Han var van vid området hemma; här kändes det som att ingen pratade med någon, ingen sa någonting. Inte som hemma på området, där alla kände alla – även om det inte alltid var så bra.

De brydde sig dock föga om husen, eftersom skattkistan de letade efter bara låg en kort bit bort.

Han hade inte hört talas om Park Road Methodist Church förrän vid lunch. Han hade ingen aning om vad den hade använts till, ingen aning om hur länge den stått där, bara att den varit tom och igenbommad i åratal. Ingen gick någonsin dit, hade de sagt, vilket gjorde den till det perfekta stället att gå till.

De höll ner huvudena när de tog sig fram längs de tysta villagatorna. Flera uppfarter var fyllda med minst två bilar, medan resten av fordonen stod ute på gatan. Det var släckt i alla hus, och den enda ljuskällan längs hela sträckan var en ensam gatlykta som blinkade till då och då.

En minut senare kom de fram till metodistkyrkan. Den var mycket mer imponerande än Liam hade väntat sig, men när han stirrade på den kände han en överväldigande impuls att springa därifrån; som om den var besudlad av onda andar, hemsökt av djävulen. Han var inte det minsta religiös eller andlig, men en illavarslande föraning hade plötsligt smugit sig över honom och sa att det här var en dålig plats att vara på. Att de borde vända och sticka, springa sin väg och aldrig komma tillbaka. Men det kunde han inte säga. Inte när James och Ethan var där. Inte när de skulle berätta för hela skolan och såga honom vid fotknölarna i morgon. Kanske var det tvivel, kanske var det rädsla som kallade honom tillbaka. Men de känslorna hade han känt förut, och det här var inget sånt.

"Vad väntar du på, kompis?" frågade Ethan.

Liam blev förvånad när han såg att de båda hade tagit sig fram till en sidoingång, en trädörr med ett klent hänglås som sista försvarslinje.

"Du är väl inte rädd, bror?"

Liam skakade på huvudet och försökte kontrollera klumpen i halsen.

"Nä. Jag bara... jag kollade bara på den."

Han ville inte vara där.

Han ville inte vara där.

Utan att säga något mer slöt han tyst upp vid de två, och stod närmare än han brukade. I sin ryggsäck hade Ethan med sig en bultsax. Varifrån han fått den visste inte Liam, men när han särade på handtagen för att få in bygeln i käftarna, stannade han upp.

"Vad är det?" frågade James.

"Det är olåst. Det är redan avklippt."

Han ville inte vara där.

Han ville inte vara där.

"Kanske har någon redan gjort det", sa James.

"Kanske. Men jag var här härom natten, och då var det inte så. Tror du att det är Henry och de där andra?"

"Det kan det vara," svarade James med en axelryckning.

Ingen sa något mer om saken. Sedan vände sig de två pojkarna mot Liam och såg förväntansfullt på honom.

"Kör då, kompis", sa Ethan.

"Vadå "kör då, kompis"?" svarade Liam.

"Du först. Det är reglerna. Första gången du är ute med oss får du gå först."

Men han ville inte gå först. Han ville inte vara där.

"Det är lugnt. Du kan gå. Visa hur man gör", sa han och försökte maskera rädslan i rösten.

"Dörren är ju redan öppen. Det enda du behöver göra är att trycka."

"Var inte en mes", fyllde James i.

"Ja. Bara öppna den för fan. Det är inte så jäkla stor grej. Bara tryck. Vi är precis bakom dig."

Liam insåg snabbt att han inte hade något val i frågan. Han hade kommit så här långt. Han hade redan hoppat över fyra tågspår, köpt och betalat för sprayburkarna de skulle använda. Han hade investerat tid, pengar och energi – för att inte tala om den brutala utskällning han skulle få av sina föräldrar om de någonsin fick veta – och därför kunde han inte backa nu. Vad skulle de tycka om honom?

"Kompis, kommer du eller? Tror jag känner hur håret börjar bli grått."

Liam ignorerade James pik och trängde sig förbi honom.

Första gången han hoppade över spåren, tänkte han. Första gången han bröt sig in i en övergiven kyrka.

Långsamt tryckte han på dörren. Gångjärnet gnisslade högt, ljudet ekade genom hallen. Den kändes tung i armarna och han var tvungen att använda hela sin tyngd för att få den framåt. Till slut, när glipan var stor nog, klev han in. Luften där inne var kylig, äldre, som om den hade suttit där och väntat länge.

Att andarna hade väntat där länge.

Ljuset utifrån sipprade knappt in i byggnaden, så han tog upp mobilen och slog på ficklampan. En bred kägla av skarpt vitt ljus lyste upp betonggolvet. Dörren öppnades mot en liten del av kyrkan. Han hade halvt väntat sig att se rader av bänkar och stolar som vetter mot ett altare någonstans, men det fanns ingenting. Golvet var helt tomt.

Bakom honom smög Ethan och James in, rörelserna försiktiga, trevande, precis som hans. Det var ändå tröstande att han inte var den enda som knep ihop röven.

Han ville inte vara där.

De ville inte vara där.

Liam släppte ner väskan på golvet och låtsades dröja med att gå längre in i kyrkan genom att ta fram sina sprayburkar. Men Ethan och James hade samma idé och en stund senare, med väskorna kvar på golvet, gick de mot kyrkans främre del, med vägen upplyst av ficklamporna på deras mobiler.

De hann bara några steg innan de såg kroppen på golvet. Kritvit i det redan vita skenet från deras lampor, låg den där naken och stirrade upp i taket.

De onda andarna.

Pojkarna frös till ett ögonblick, mållösa och chockade.

Ethan var först att reagera, vilket bevisade att han faktiskt var mest rädd av dem alla, genom att sprinta ut därifrån; hans skrik höll på att spräcka Liams trumhinnor. Strax efter kom James, som dundrade in i Liam på vägen och fick honom att vakna till.

Sedan var det Liams tur. Han vred runt på framfötterna och rusade ut därifrån, snavade över väskorna på golvet och brakade in i dörren på vägen ut. När han hade hävt sig upp från marken anslöt han till de andra ett ögonblick senare, alla flåsande, panikslagna, skrikande för full hals ute i det fria innan de sprang iväg tillbaka mot spåren, tillbaka hemåt.

Den här natten hade varit full av första gånger.

Första gången han hoppade över spåren.

Första gången han bröt sig in i en övergiven kyrka.

Och nu kunde han lägga till första gången han såg en död kropp på listan.

KAPITEL
SEXTON

Tomek kämpade för att hålla ögonen öppna. Hans andra sömnlösa natt på två dygn. Samtalet, som meddelade att en kropp hade hittats, kom strax efter tre på morgonen, tjugo minuter efter att han till sist hade slutit ögonen och känt hur han slumrade till bredvid Abigail, vars tidigare beteende hade hållit honom vaken.

Ansvaret att åka ut till brottsplatsen föll normalt på den biträdande utredningsledaren, men eftersom han inte hade utsett någon, nominerade han sig själv – och ringde sedan både Chey och Rachel på vägen. Han ville ha dem båda där också, rödögda och rastlösa. Nödsamtalet hade ringts av Vanessa Carmen, en granne som bodde rakt mittemot Park Road Methodist Church. Hon hade rapporterat att hon hört skrik inifrån kyrkan. Först hade hon trott att det var ett slags spöke, en återvändande ande som kom för att störa grannarnas nattsömn. Men när hon hade sett tre unga pojkar, inte äldre än tonåringar, spurta bort från byggnaden med huvorna neddragna över ansiktena, svor och gormade, skrek efter sina mammor, då hade hon förstått att något inte stod rätt till. Men hon hade inte varit modig nog att ta reda på vad.

"Det där stället har alltid gett mig kalla kårar", sa hon när hon visade in Tomek i vardagsrummet. "Jag var nära att inte flytta in på grund av det. Jag vet inte vad det är. Bara... något med det."

Din fantasi..., tänkte Tomek, men höll det för sig själv. Medan han väntade på att brottsplatsen skulle säkras och att rättsläkaren skulle komma, tyckte Tomek att det var värt att prata med huvudvittnet för att få ut så mycket information som möjligt, men det visade sig att hon redan hade berättat allt för larmoperatören i telefon: att hon hade väckts av höga skrik, som hon först trott var en slags poltergeist, sedan hade hon tittat ut genom sovrumsfönstret, bara för att upptäcka att det var tre tonårspojkar som flydde från kyrkan.

"Och du fick inte se någon av deras ansikten?"

"Jag önskar att jag hade. Men de sprang åt andra hållet, mot järnvägen."

Tomek tyckte inte att det var värt att lägga resurser på att försöka hitta pojkarna. Inte än. Inte förrän han kunde bekräfta vad som fanns i kyrkan. Efter en kort tystnad tackade Tomek henne för vittnesmålet och gästfriheten och gick sedan mot utgången.

"Jag är ledsen att jag inte gick in och tittade", sa hon i dörren.

"Det är lugnt. Det är vårt jobb."

"Vet du vad som finns där inne?" Hon pekade mot kyrkan och sänkte rösten, som om det de pratade om var en väl förborgad hemlighet.

Tomek vände sig mot kyrkan.

"Det vet jag inte", sa han.

Men jag har en väldigt stark känsla av att jag vet vem som är där inne.

"Jag lär strax få veta."

———

Över fyra timmar senare var Tomek klädd i sin vita forensiska overall och förberedde sig mentalt på att gå in i kyrkan. Inpasseringen i den Grade II-klassade byggnaden skedde nu via huvudentrén, på byggnadens framsida, under de hotfulla och skrämmande spirorna. På så vis riskerade man inte att kontaminera sidodörren som pojkarna hade använt. Med honom var Chey, Rachel, Lorna Dean från Home Office, rättsläkaren, och Rory Stevens, brottsplatschefen. Genom en smal springa i dörren såg Tomek en hel liten armé av brottsplatsutredare i vita overaller röra sig där inne, badande i ett forensiskt vitt ljus från strålkastarna som hade ställts upp.

Tomek stod först i kön att gå in. Innan han gjorde det, tog han ett ögonblick för att betrakta byggnadens konstruktion: arkitekturen, hantverket, den kentiska stenen, uteplatsen som hade vuxit igen av ogräs och växter sedan den stängdes på nittiotalet, jorden som vinden hade virvlat upp och strött längs byggnadens kant, färgen som hade börjat flagna och lossna, de blyinfattade fönstren som hade spikats igen och negligerats – en byggnad som glömts bort, lämnad efter när den nya tiden fortsatte att gå framåt och utvecklas.

När Tomek äntligen fick klartecken att gå in, drog han djupt efter andan och steg över tröskeln.

Det tog en stund för ögonen att vänja sig vid det skarpa vita ljuset inne i kyrkan, men när de gjorde det, trädde tablåen fram: Angelica Whitakers prydliga kropp låg naken på det kalla betonggolvet. Hon låg poserad på rygg, benen raka, hoppressade, tårna pekande mot skyn. Armarna var placerade i fyrtiofem graders vinkel från kroppen. Hennes huvud vilade perfekt, och brösten hängde på varsin sida om bröstkorgen. Inget av det chockerade Tomek. Han hade sett nakna kroppar – döda, nakna kroppar – förut. Men det som verkligen rubbade honom var änglavingarna som hade målats bakom henne på golvet. Änglavingar som målats med omsorg, tid och noggrannhet. Änglavingar som hade målats med blod.

Tomek kände en knuff i ryggen. Han hade inte märkt det, men han hade stannat, och knuffen var att Chey råkade gå in i honom.

"Jesus Kristus", mumlade Chey.

"Kanske inte bästa platsen för hädelse, Chey", svarade Tomek när han rörde sig runt kroppen och höll rejält avstånd till Angelicas armar och vingarna.

Han och resten av teamet gick på stegplattorna som forensikerna hade lagt ut. Nu granskade han hennes kropp mer i detalj. Ett ansikte till ett namn. En naken kropp som stämde mot det han hade sett på ett Instagram-inlägg och ett färskt foto från familjen. På inget av dem såg Angelica Whitaker så smal och undernärd ut som hon gjorde nu framför honom. Revbenen var lika framträdande som solen på himlen, höftbenskammarna stack ut som kyrkans två spiror, och kinderna såg ut som om hon antingen hade fötts med osannolik genetik eller hade pumpat in en massa botox och gjort en hel del ingrepp. Av bilderna på hennes sociala medier skulle hennes kropp inte se ut så här. Ännu mer förbryllande var att det knappt fanns några tecken på likfläckar. Tomek hade ingen aning om hur länge hon hade varit död, men med tanke på den vaxartade hudfärgen och lukten som börjat uppstå, hade det gått mer än några timmar, vilket tydde på att hon dött samma kväll som hon försvann. Vid det laget, ungefär tjugofyra timmar senare, borde allt blod ha börjat sjunka, ge vika för gravitationen och samlas vid kroppens lägsta punkter. Men längs ryggen och baksidan av låren syntes väldigt lite av det. Inte alls så mycket som han hade väntat sig.

Lorna Dean gav röst åt hans tankar.

"Jag skulle förvänta mig att se mycket mer", sa hon, hennes eldröda hår nästan brann igenom overalltyget. "Även på någon i *hennes* storlek." En lätt ton av avund letade sig in i rösten när hon sa det. "Jag kan inte heller se några fysiska skär- eller sårskador på utsidan, vilket betyder att det inte finns någon *uppenbar* dödsorsak."

"Kan hon ha överdoserat?" frågade Tomek och tänkte tillbaka på övervakningsfilmen från kvällen hon försvann, och Adam Egglingtons hand som svävade över hennes drink vid två tillfällen.

"Möjligt."

Tomek hukade sig ner. Knälederna knakade och knarrade när han rullade fram på tådynorna och kämpade med balansen. Han lät blicken löpa längs Angelicas kropp, nu i förhoppning om att den nya vinkeln skulle ge honom ett annat perspektiv, en annan fingervisning om hur hon hade dött. Som Lorna hade sagt fanns inga fysiska märken på kroppen, inga knivhugg, inga stickmärken i armvecken – ingenting. Hennes hud, muskler och allt på utsidan var intakt, och gav ifrån sig ett mjukt sken under det vita ljuset. Det tydde på att dödsorsaken var inre. Att hon möjligen hade överdoserat, eller fått en stroke eller hjärtinfarkt av det som Adam Egglington hade försökt ge henne – och kanske lyckats med. Fast Tomek trodde inte att något av det var troligt. Snarare var det här någon annans verk. Någon som hade tillfogat henne döden på ett annat sätt. Och han ville veta hur.

"Varifrån kommer allt det här blodet?" frågade Chey när han sträckte fram ett finger för att röra vid det.

"Inte!" ropade Rory Stevens, hans djupa barytonröst studsade mot väggarna. "Varför skulle du vilja röra vid det?"

"För att se om det fortfarande var vått."

"Eller så kan du helt enkelt ställa den förbannade frågan. Det finns inget behov av att stoppa händerna i saker. Gjorde du så där mycket som barn? Stack du in handen i brödrosten när den var på, kanske? Lekte med knivar? För i helvete, kompis—"

"Passa dig", avbröt Tomek och pekade mot altaret. "Herren lyssnar."

Rorys panna rynkades under luvans överkant. "Jag tror att han har större demoner att jaga, eller hur?" Sedan pekade han på ängeln på golvet. "Jag kan säga att blodet har torkat, så du behöver inte röra vid det. Använd bara ögonen, tack. Vi är alla vuxna här. Jag är rätt säker på att vi klarar det." Han flyttade fingret mot änglavingarna bredvid Angelicas kropp. "Vi har tagit flera prover på blodet. Förhoppningsvis kommer allt från samma kropp, annars blir det lite bökigt. Vi har tagit hudprover, hittat några hårstrån, dammat efter fingeravtryck, sökt efter fibrer och spår, och allt är fotograferat och dokumenterat. Vi skickar i väg allt för analys så fort som möjligt. Vi har också gått igenom inpasseringspunkterna, och påsarna med behållare som lämnats på golvet. Det behövs en second opinion, men bultsaxen vi hittade på golvet ser för liten ut för att vara den som bröt upp låset där borta." Den här gången pekade han mot trädörren i andra änden av kyrkan. "Vilket tyder på att gärningsmannen tog in kroppen där, men inte kunde stänga den."

"Var är hennes kläder?"

Rory ryckte på axlarna. "Vi har letat högt och lågt, men inga spår av dem."

Tomek nickade eftertänksamt. "Några fotavtryck eller fingeravtryck vid dörren?"

"Ett par stycken. Vissa tydligare än andra. När de kommer tillbaka till labbet kör vi dem mot IDENT1. Vi borde ha något att berätta för dig om det där innan dagen är slut."

Tomeks definition av slutet på dagen var en annan än andras, och nu när deras försvinnandeutredning just hade uppgraderats till mord, skulle det inte finnas något slut på dagen: dagarna skulle flyta ihop och ta vid där den förra slutade, utan något slut i sikte. Inte förrän de kunde hitta sin gärningsman.

"Några fingeravtryck någon annanstans?" frågade Rachel när hon slingrade sig förbi Chey och rörde sig mot Angelicas huvud. "Några på hennes kropp?"

Rory skakade på huvudet. "Inga."

"Ingenting alls?"

"Jag kan låta teamet kolla igen, men vi använde två olika metoder."

Rachel hukade sig vid Angelicas huvud. "Gärningsmannen måste ha haft någon form av handskar. Jag kan tänka mig att det är i stort sett omöjligt att dra in kroppen här utan så mycket som ett fingeravtryck."

Ingen sa något när hon lutade sig fram och zoomade in på Angelicas ansikte.

"Och de har sminkat henne", lade hon till.

"Vad menar du?" frågade Tomek.

"Annat smink."

"Hur då?"

"Herregud", fortsatte hon för sig själv. "Det är bättre än något jag någonsin har lyckats åstadkomma. Jag vet att jag inte använder så mycket, men—"

"Rach", avbröt Tomek strängt.

Konstapeln noterade tonfallet och förklarade. "Jag tittade på bilderna som hennes vänner tog under kvällen, och där hade Angelica inget läppstift. Men nu har hon det. Hennes ögonfransar var inte nedkletade med mascara, men nu är de det. Hennes kinder var inte rosade det minsta, men nu är de det. Och hennes ögonbryn..." Hon zoomade in ännu mer. "De ser ut som att de trådats, eller formats lite."

Tomek övervägde detta. Han tog sig runt kroppen och stannade på andra sidan, mittemot Rachel. Han mötte hennes blick.

"Kan hon ha gjort det här själv när hon kom hem?"

"På tjugo minuter? Inte en chans. Kanske om hon är proffs, men det tror jag inte. Och jag har sett flygvärdinnor förut – de gillar att ta god tid på sig med sminket, särskilt när de jobbar. Dessutom tar det minst en timme för mig att se ut så här varje morgon, och det här är bara halvbra."

"Halvbra? Du? Aldrig", sa Tomek.

"Håll käften."

Han behövde inte höra det två gånger.

"Vem det än är som gjort det här har lagt ned rejält med tid, omsorg och arbete på att få henne att se ut så här. De måste ha tillbringat lång tid med kroppen. Antingen är någon förtjust i henne, eller så är de rätt störda i huvudet."

"Eller både och", lade Tomek till.

KAPITEL
SJUTTON

Rose Whitaker hade stängt sin smyckesbutik tidigt för att kunna vara med familjen och höra de senaste nyheterna. De fyra, tillsammans med Tomek och DC Anna Kaczmarek, teamets familjesambandsman, hade samlats i Daphne och Roys rymliga vardagsrum. De bodde drygt trettio minuter bort, i den pittoreska staden Witham, nära Brentwood, en plats som blivit känd genom realityserien *The Only Way Is Essex*. Trots skenet av välstånd – med sina Barbourrockar, väskor från Joules, pikétröjor från Ralph Lauren och byxor från Nautica – bodde Roy och Daphne i ett anspråkslöst hus med två sovrum. Huset byggdes i början av 1900-talet och hade ekbjälkar i taket, klinkergolv från en lokal stenhuggare och en öppen spis i tegel. I vardagsrummet stod två soffor, vända mot en liten tv i rummets hörn. Längs väggarna stod flera modellflygplan på hyllor och fotografier av Roy och Daphne genom åren; bilder på dem i olika länder, med årtal och plats ingraverade i ramarna. Tomek räknade snabbt till fjorton. Fjorton länder som han bara hade drömt om att besöka. Mauritius. Bali. Thailand. Australien. Nya Zeeland. Och flera till. Och det var bara i vardagsrummet; i hallen, trappan och köket fanns dussintals till. Ovanför öppna spisen stod dessutom diverse artefakter och minnessaker från varje land som de hade tagit med sig hem. Mest intressant var ett litet träinstrument i form av en maracas som var målat med röda, gula och vita prickar. Under det satt en liten platta med texten *South Africa, 2003*.

Tomek höll just på att stirra på den när en kopp te räcktes honom. Han tackade Daphne och tog en snabb, artig klunk medan Daphne återvände till sin plats och lade handen på sin mans knä. Från vänster satt Rose, Roy, Daphne och deras son, Johnny, alla instuvade i samma fyrsitssoffa. I ena änden satt Johnny framåtlutad, armbågarna mot knäna, händerna sammanflätade, vänster knä studsade om och om igen, blicken fixerad på Tomek. Av hans plågade uttryck, smala ögon och sammanpressade läppar syntes det tydligt att han kämpade mot tårarna. Att han redan visste vad som var på väg. När man såg familjemedlemmarna sitta bredvid varandra skulle Tomek inte ha sagt att de var släkt. Det fanns ingen likhet mellan Johnny och någon av hans föräldrar. Mannen var fysiskt mycket större än sin far, med bredare axlar, tjockare ben som trädstammar och mer markerade muskler. Näsan var smalare, öronen låg lite mer mot huvudet och skallen var ovalt formad jämfört med Roys och Daphnes rundare skallar. För att inte tala om Johnnys tunnhårighet, som måste ha hoppat över Roys generation. På det hela taget var Johnny Whitaker välsignad med det utseende hans far aldrig hade haft. Detsamma gällde Angelica.

"Hur var Dublin, Johnny?" frågade Tomek och överrumplade honom.

"Dublin?"

"Ja. Rose sa att du hade varit borta i jobbet."

"Ah, just det." Han blev försagd, nervös. "Det var… bra. Bara en rutinresa. Inget särskilt."

"Bra."

När den lilla avstämningen var avklarad harklade sig Tomek och förberedde sig på att säga samma sak som han sagt hundratals gånger genom åren, ord som aldrig blev lättare.

"Jag är ledsen att behöva säga det här," började han, med lugn, neutral röst, "men jag tyckte att det borde komma från mig. I morse, för några timmar sedan, hittades en kropp som vi tror är er dotter mitt i en kyrka."

Det gälla skriet lämnade Roy Whitakers mun innan Tomek hann fortsätta. Han började genast snyfta och föll med huvudet i händerna, kroppen skakade när tårarna kom. Samtidigt flög Johnny Whitaker upp ur soffan och började gå av och an, händerna knutna till nävar, kroppen spänd.

"Nej," sa han. "Nej, nej, nej. Hon kan inte vara död. Det är inte hon. Det kan inte vara hon." Sedan vände han sig mot Tomek och riktade ett hotfullt finger mot honom. "Hur vet du att det är hon?"

"Vi vet inte med säkerhet," sa Tomek, fortfarande behärskat.

"Så då kanske det inte är hon ändå?"

"Herrn," sa Anna mjukt. "Vi har skäl att tro att offret i fråga är din syster. Kroppen har nu förts bort så att vi kan genomföra en rättsmedicinsk undersökning. Och vi kommer att behöva att någon kommer ner och identifierar kroppen åt oss. Jag förstår att det här är en fruktansvärd och smärtsam chock för er alla, men vi måste få kroppen identifierad så snabbt som möjligt för att vår utredning ska kunna fortsätta."

"För helvete, nej. Jag går inte ner dit. Jag kan inte! Någon annan får göra det!" skrek Johnny så högt han kunde, medan han sjönk ihop till en boll och grät mot knäna. När Rose märkte sin mans uppenbara obehag skyndade hon fram för att trösta honom med en kram. När hon böjde sig ner vid hans sida stötte han bort henne och knuffade henne ner på stengolvet. Hon kom snabbt på fötter igen och dröjde osäkert bredvid sin man, utan att kunna dölja den generade minen i ansiktet. Bredvid henne, i soffan, hade Daphne lagt armen om sin man och gungade honom fram och tillbaka som ett barn.

"Min änglaflicka," sa Roy mellan hackiga andetag och tårar. "Hur... hur såg hon ut? Var hon... var hon... Led hon?"

"Det är för tidigt för oss att säga," svarade Tomek. "Obduktionen kommer förhoppningsvis att ge svar på många av de frågorna."

"Hur... hur dog hon?" fortsatte Roy.

"Återigen, det är för tidigt att säga. Obduktionen kommer att visa det."

"När är obduktionen?" frågade Daphne, med starkare, mer samlad röst.

"I morgon bitti."

Plötsligt slutade Johnny gråta och reste sig, rak i ryggen. "Varför måste vi vänta? Varför så länge?"

"Det är den tid vi har fått."

"Det är för fan skitsnack! Varför kan ni inte göra det direkt? Jag vill veta—"

Tomek reste sig från soffan och ställde sig mellan Johnny och Anna. De skilde sig inte mycket i längd, och de var byggda ungefär likadant, men Tomek hade gjort mer bruk av sin och var mer än beredd att ingripa om det behövdes.

"Lyssna," sa han, "jag förstår att du är upprörd. Men vi försöker bara göra vårt jobb. Vi vill hitta den som gjorde det här mot din syster lika mycket som du, okej?"

"Jag ska döda dem! Jag ska fan döda dem!"

Rörelsen var så plötslig, så snabb, att det inte fanns tid för Tomek att reagera eller ens rycka till. I ett nafs hade Johnny ryckt närmaste fotoram från väggen, slitit loss den från kroken och kastat den över Annas huvud in i matbordet. Glaset krossades mot ytan och spreds över golvet. När Tomek väl reagerade hade mannen redan plockat upp det sydafrikanska instrumentet och slungat det åt samma håll tvärs över rummet. Tomek grep tag i mannens händer och höll honom tillbaka. Rose kom till hans sida och lade handen mot sin mans ansikte, tvingade honom att möta hennes blick. De höll varandras blick i en bråkdels sekund – till synes tillräckligt för att säga det som behövde sägas – och sedan drog hon ut honom ur vardagsrummet och in i köket, och slog igen dörren bakom dem.

"Jag är ledsen för hans skull..." började Daphne, mjukare än tidigare.

"Han har alltid... han har alltid haft ett hett temperament."

"Det är lugnt. Det är inget vi inte är vana vid."

"Ni försöker bara göra ert jobb."

Tomek uppskattade omtanken med ett mjukt leende och gick tillbaka till sin plats, sträckte sig efter sin mugg. Länge höll han den mot läpparna. Ljudet av gräl, snyftningar och jämmer sipprade in från köket och ekade i Roys snyftningar rakt framför dem.

Samtidigt hade Daphnes uttryck blivit tomt, frånvarande. Hon var helt försjunken i tankar och stirrade på platsen på väggen där ramen och instrumentet just hade hängt. När hon talade, överraskade det honom.

"Var hittade ni hennes kropp, detektiv?"

"Park Road Methodist Church," svarade Tomek.

Roy lossade sig ur Daphnes armar och de såg på varandra.

"Park Road?"

"Känner ni till den?"

"Det är... det är där barnen döptes," förklarade Daphne. "Vi var bland de sista som använde den innan pengarna tog slut."

Tomek lade det på minnet.

"Tror du att mördaren kan ha vetat det?" frågade Daphne.

"Möjligen," sa Tomek, men han avstod från att lägga till det han egentligen tänkte: Antingen det, eller så hade mördaren råkat hitta en övergiven byggnad och använt den som sin ateljé.

Daphne måste ha läst uttrycket i hans ansikte, för hon sa: "Ni har inte berättat hur ni fann henne, detektiv."

Tomek svalde djupt innan han svarade.

"Är ni säkra på att ni vill höra det?"

Daphne och Roy möttes med en blick och nickade samtidigt.

"Hon var naken," förklarade han. "Hon låg på rygg, mitt i kyrkan. Runt hennes kropp hade vingar målats i vad vi tror var hennes blod. Det fanns inga uppenbara fysiska skador eller sår på kroppen, så vi tror inte att hon led. Men vad jag kan säga är att vi kommer att göra allt i vår makt för att hitta den som gjorde det här mot er dotter, och Anna här kommer att hålla er uppdaterade om allt som kommer in, när det kommer in."

Tomek lät Angelicas föräldrar få tid att hålla om varandra, vara med varandra i det här ögonblicket då deras liv just hade spruckit, slitits isär.

Det dröjde innan någon sa något. Till slut var det Roy som gjorde det. Ansiktet var blossande rött, ögonen blodsprängda, trådar av snor hängde från näsan.

"Jag kan inte fatta det," sa han. "Min älskade änglabebis, min flicka. Jag kan inte fatta att hon är borta."

KAPITEL
ARTON

Anna hade vikit sig för Whitakerfamiljens påtryckningar och ordnat så att de skulle få identifiera Angelicas kropp så snart det praktiskt var möjligt. Nästan fyra timmar efter deras första möte, och totalt nästan tio timmar sedan kroppen först hade hittats, hade Angelica flyttats från kyrkan till bårhuset på Southend Hospital. Just nu var Anna där nere med dem och bekräftade Angelicas identitet inför obduktionen på morgonen. Samtidigt var Tomek i MIR tillsammans med Chey, Rachel och kriminalassistent Oscar Perez, eller Kapten Faktiskt, som han mer kärleksfullt kallades. Sedan utredningen hade klassats som mord hade Tomek fått ta in en extra person i teamet, och därmed hade antalet ökat från två till tre. Det var fortfarande löjligt få för en mordutredning, men Tomek var övertygad om att han hade de bästa för jobbet.

De hade låst in sig i MIR de senaste trettio minuterna och satt upp en lapp på dörren där det stod att de inte fick störas. En granne till Angelica – någon som bodde längre upp på gatan – hade skickat in ett knippe klipp från sin övervakningskamera vid ytterdörren. Det innehöll material från natten då hon försvann, men Chey hade också begärt dagarna dessförinnan, ifall de lade märke till någon som strök omkring vid Angelica Whitakers lägenhet innan hon hade försvunnit. Först hade de börjat med natten då hon försvann, precis vid tiden då hon hade gått hemifrån för att åka till klubben. Hon hade dykt upp i kamerabilden 22:30, gått mot en taxi och klivit in. Sedan dess hade de bara sett några bilar köra fram och tillbaka och någon enstaka utekatt som promenerade förbi linsen. Nu var de framme vid 01:28, tiden då hon skulle vara tillbaka från klubben. Hon anlände några sekunder senare. Bilden på skärmen var svartvit och kraftigt pixlig, vilket gjorde det svårt att urskilja vissa detaljer – särskilt märke och modell på förbipasserande fordon – men det gick inte att ta miste på taxin som hade släppt av alla tjejerna, och det rådde inget tvivel om att en av passagerarna hade varit Angelica Whitaker. Efter att ha hasat sig osäkert ur minicaben, snubblat på sina högklackade och dragit ner kjolen till en mer bekväm längd, kysste hon sina tjejkompisar hej då, stängde dörren och vinkade sedan när bilen hade vänt på gatan och kört därifrån. När bilen sedan hade försvunnit ur bild stod hon kvar, fortfarande vinkande, fortfarande tittande, som förstenad.

Ett ögonblick undrade Tomek om hon skulle svänga vänster eller höger – vänster mot hemmet eller höger mot döden. En sekund senare svängde hon vänster och raglade i riktning mot huset.

Och sedan hände inget på filmen på ett tag. Ingenting, förutom något enstaka löv som blåste förbi eller en räv som travade förbi. Tomek tyckte alltid att det fanns något kusligt med att titta på en stilla bild från övervakningskameran. Hjärnan visste att det inte fanns något där, men eftersom han visste att det var en video spelade hans sinne honom ett spratt och fick honom att tro att något skulle hoppa fram och anfalla honom, som en scen ur *Paranormal Activity*.

Tomek sneglade på tidsstämpeln på skärmen. Det stod 01:51. En minut tills hennes telefon skulle tappa kontakten med mobilmasterna. Mindre än trettio sekunder senare dök en bil upp från huvudvägen, dess LED-strålkastare bländade övervakningskameran och förvrängde deras bild av fordonet. Tomek sa åt Chey att pausa materialet. Han reste sig ur stolen och gick närmare skärmen för att granska fordonet. Ljuset var för starkt, och den skymdes av andra bilar på gatan. Det, och det faktum att materialets skärpa var lika grynig som något från åttiotalet, gjorde det omöjligt att identifiera bilen.

Tomek sa åt Chey att fortsätta uppspelningen.

Sedan, tio sekunder senare, när bilen stod parkerad vid vägkanten, dök en gestalt upp. Angelica. Klädd i vad som såg ut att vara samma outfit som hon hade haft på sig bara tjugo minuter tidigare. Hon trippade fram till bilen, klev in och körde sedan därifrån, ovetande på väg mot sin död.

KAPITEL
NITTON

Tomek var säker på att Angelica Whitaker hade klivit in i bilen för att det var någon hon kände. Någon hon litade på.

Strax efter att ha sett filmen hade han bett Chey och Martin att ringa runt till de lokala taxibolagen för att se om de hade fått någon beställning på hämtning vid Angelicas hus, men ingen av dem hade fått några sådana samtal. Sedan hade han bett dem skicka en begäran till Uber om samma uppgifter. Men han tvivlade. Det var något med sättet hon hade skuttat mot bilen, med fjäder i steget, och bara klivit in i framsätet utan att tveka. Det var inget av det där "Hämtning för Angelica?"-tramset som hör till när man kliver in i en taxi, den där korta pausen när man pratar med föraren för att försäkra sig om att han är på rätt ställe. Nej, det här var någon hon kände. Någon hon väntade på.

Och vem passade bättre in på den beskrivningen än ett ex?

Tomek knackade på dörren till Sammy Mercers hem och väntade. Några ögonblick senare öppnades ytterdörren, och han möttes av en kvinna i sena femtioårsåldern med en bobfrisyr och ett par tjocka glasögon som satt tätt mot ansiktet. Hon såg förvirrat på honom.

"Ja?" frågade hon, med tvekan och försiktighet i rösten.

Tomek tog ett steg tillbaka för att stilla hennes begynnande rädsla, och tog sedan upp sin polislegitimation ur fickan. "Jag undrar om jag har kommit rätt. Bor Sammy här?"

"Sammy?"

"Ja. Sammy Mercer. Jag undrade om jag kunde få prata med honom."

"Sammy? *Polisen*? Vad vill du Sam?

"Det gäller Angelica Whitaker..."

Kvinnans ansikte ljusnade vid nämnandet av Angelicas namn. "Åh, Angie. Jag saknar henne... och Sammy var aldrig densamme efter att de gjorde slut. Men... men mår hon bra? Är allting okej?"

Tomek hade inte tid med det här.

"Är Sammy hemma? Jag behöver verkligen prata med honom."

"Åh. Ja. Just det. Okej. Ja, han är inne."

När hon ropade på sin son drog hon igen dörren, som för att hindra Tomek från att höra. En stund senare hördes en djup röst någonstans i huset.

"Han är på väg," sa Sammys mamma, men gjorde ingen gest för att bjuda in honom. De väntade stelt, stirrade på varandra, Tomek väntade på att bli insläppt.

När inbjudan inte kom, frågade han: "Är det okej om jag pratar med Sammy där inne? Det här är viktigt."

"Okej, mamma, vad—"

Sammy hoppade ner från nedersta trappsteget och kom till synes. På huvudet satt ett par gaminghörlurar, kopplade till en PlayStation-handkontroll i handen. Här var en man i tidiga trettioårsåldern, i mjukisbyxor och T-shirt, som bodde kvar hos sina föräldrar och spelade tv-spel. Tomek föreställde sig att mannen hade flerfärgade LED-lampor som blinkade över datorskärmen och bakom sänggaveln, och en vägg av Pokémon-prylar och kort som hade hedersplats på en bokhylla.

"Sammy, det här är polisen."

"Hej." Tomek log och gav en liten vink.

Han väntade inte på något svar, och inte på någon inbjudan heller, utan klev in i den trånga hallen och gjorde en gest mot ett annat rum inne i huset. "Ska vi?"

"Mamma, vad gäller det här?"

"Jag vet inte, älskling. Varför gör du inte som mannen säger så pratar vi om det tillsammans."

Tomek var tveksam till att prata med Sammy med hans mamma närvarande, men bestämde sig för att det var den väg med minst motstånd, och så gav han med sig. De gick in i köket, där Tomek lutade sig mot bänken bredvid spisen och tog fram sin anteckningsbok, med ena benet korsat över det andra.

"Är det Sammy eller Sam?"

"Sam funkar."

Mannen sträckte på sig, men hur mycket han än försökte skulle Tomek inte ta honom på allvar, inte så länge han fortfarande hade hörlurarna på huvudet.

"Jag ska hålla det kort och gott," började Tomek. "Jag är här för att ställa några frågor om din relation med Angelica Whitaker."

"'Lica? Varför? Vad har hänt henne? Hon har väl inte sagt grejer, va?"

"Vad skulle det vara för grejer?"

"Bara... grejer."

"Vill du utveckla?"

"Inte förrän jag vet vad du frågar om."

"Det har kommit till vår kännedom att du och Angelica var tillsammans?"

"Ja..."

"Hur länge?"

"Ungefär sex månader." Försiktigheten i Sammys ton var påtaglig.

"Minns du när det började? Vilken månad?"

Han tänkte efter. "Mars förra året."

"Och sex månader tar er till september förra året?"

"När hon kom tillbaka efter säsongens slut, ja."

"Så hon var ihop med dig under säsongen, när hon flög jorden runt?"

"Ja."

"Såg du mycket av henne under den perioden?"

"Vi försökte. Hon kom över en eller två gånger. Men till slut blev det svårt."

"Det förvånar mig inte. Vem gjorde slut?"

"Hon. Sa att vi var på olika ställen i livet, att jag inte var tillräckligt *mogen*." Han viftade med handkontrollen i luften när han sa det, vilket gjorde det svårt för Tomek att säga emot henne.

"Så klart", sa han, och lät en aning sarkasm ligga kvar i rösten. "Och hur tog du det?"

"Inte särskilt bra, eller hur, Sammy?" flikade hans mamma in, medan hon lade handen på sonens rygg. "Stackars Sammy satt fast på sitt rum hur länge som helst. Ville inte komma ut, eller hur?"

"*Mamma...* han har kommit för att prata med *mig*, inte med dig."

"Just det. Förlåt, älskling. Du berättar för detektiven, hjärtat."

Sammy gav sin påträngande mamma en tillrättavisande blick innan han vände sig tillbaka mot Tomek. "Jag... jag gillade henne verkligen. Jag trodde att hon var den rätta, men det var väl inte meningen. Jag hade pratat med henne om att flytta hemifrån och kanske flytta in hos henne, packa ihop mitt liv och flytta närmare henne. Jag var beredd att göra vad som krävdes för att få det att fungera, men det ville hon inte."

"Sa hon det till dig?"

"Tja, nej, inte riktigt..." Sammy lade handkontrollen på bänken och tog av sig hörlurarna. "Men jag antar att det var det hon menade när hon sa att vi var på olika ställen, att vi ville olika saker."

Tomek förstod hennes skäl att göra slut med honom, och en del av honom tyckte att det fanns mer i det än en enkel fråga om riktning – mycket mer. Kanske var det hans omognad, eller det faktum att han hade en dominant mamma som fortfarande inte hade tagit bort handen från hans rygg.

Men det han hade svårt att förstå var hur de två hade blivit ett par från början.

"Hur träffades ni första gången?" frågade Tomek.

"På en utekväll. I en bar i Leigh. Vi började prata av en slump, och så lät hon mig till slut få hennes nummer. Vi pratade ett par gånger efter det och sen bjöd jag ut henne på dejt. Resten rullade liksom på därifrån."

Tomek nickade. Inget märkvärdigt. Ett ganska standardmässigt, för att inte säga föråldrat, sätt att träffa folk. Numera verkade allt ske online, på Tinder, Bumble, Plenty of Fish – och en massa andra appar med slumpmässiga namn som var normen för att skapa relationer på 2000-talet.

"När pratade du med Angelica senast?" frågade Tomek och bytte plötsligt spår.

Hittills hade Sammy varit mer än tillmötesgående i att svara på frågorna, trots sina tidigare protester, men nu stelnade han till, lade handen på handkontrollen igen, som om den vore en snuttefilt. Antingen det eller så tänkte han använda den som tillhygge och slå Tomek i huvudet. I så fall ville Tomek gärna se det. Han kunde behöva ett skratt.

"För ett tag sen," sa han, förtegen.

"Kan du vara mer specifik?"

Han vred på huvudet men höll blicken fäst vid Tomek. "Varför vill du veta det?"

"För att hon hittades död i morse. Vi gör vittnes- och bakgrundsintervjuer som en del av våra rutinmässiga efterforskningar. Som hennes senaste pojkvän vill vi förhoppningsvis kunna utesluta dig ur vår utredning."

Sammy släppte handkontrollen på bänken. Hans mamma sträckte armarna om honom och kramade honom, snyftande av någon anledning; snyftande över kvinnan hon hade träffat ett fåtal gånger. Samtidigt var

Sammys ansikte blankt, uttryckslöst, som om han just blivit ombedd att lösa ett sudoku för första gången.

"Hon är död?" upprepade han, med svag röst.

"Tyvärr, ja."

"När? Hur?"

Tomek gav honom standardsvaren. Att de fortfarande undersökte saken, att de inte kunde säga för mycket medan utredningen pågick.

"Jag kan inte fatta det," fortsatte Sammy. "Jag... det var bara för ett par veckor sen som jag senast pratade med henne."

"Gjorde du? Vad pratade ni om?"

"Tja... det var kanske fel sagt. Jag formulerar om. Jag skrev till henne och frågade hur hon mådde och om hon ville ses eller ta igen lite, men hon svarade inte. Hon ghostade mig."

Det var ett nytt uttryck som Tomek skulle få vänja sig vid. Tur att han hade hört det från någon annan utan att behöva genera både sig själv och Kasia genom att fråga henne.

"När hörde du av Angelica senast?"

Sammy stack handen i byxfickan och tog upp sin telefon. Han låste upp den och bläddrade igenom sina meddelanden med exflickvännen.

"Senast hon svarade var i december, bara för att säga god jul."

"Okej. Och hur många gånger hade du försökt kontakta henne?"

Sammy räknade snabbt. "Tjugo", svarade han uppriktigt, utan minsta spår av förlägenhet eller skam i rösten. Tjugo gånger på mindre än tre månader. Tomek trodde inte att han hade sms:at Abigail så många gånger och de hade känt varandra i åratal. Nu förstod han vad Elodie Locket hade menat när hon sagt att Sammy hade tagit uppbrottet dåligt.

"När såg du henne senast i verkliga livet?" frågade Tomek.

"När vi gjorde slut. Hon hade åtminstone värdigheten att göra det ansikte mot ansikte i stället för i telefon. Det hade jag nog inte klarat. Efteråt försökte jag gå till några av ställena där jag visste att hon brukade vara, hennes vanliga hak, men hon var aldrig där. Jag ville springa på henne, kanske prata lite, se om vi kunde få igång det igen, men jag tror att hon började umgås med nya gäng, för jag såg henne aldrig någonstans."

Antagligen för att hon försökte undvika dig, tänkte Tomek. Och han kunde inte klandra henne. Han hade gjort likadant om någon som Sammy funnits i hans liv. Mannen borde ha oroat honom, men det gjorde han inte. Han fick inte intrycket att mannen var en mördare. I ett tv-spel, ja. Men i verkligheten, med en kvinna han trånade efter och ville få en relation att fungera med? Tomek var inte så säker.

Men det var inte avgörande. Han hade haft fel förr och var beredd att medge att han kunde ha fel igen. Tills han ställde den sista frågan han hade till Sammy.

"Vad gjorde du för två nätter sedan?"

"Jag var online med några polare."

"Klockan två på natten?"

"Hmm. Vid den tiden sov jag nog."

"Du körde inte hem till henne över huvud taget?"

"Nej."

"Hon sågs lämna sitt hus strax före klockan två på natten. Det är sista gången hon sågs vid liv."

Han ryckte på axlarna. "Det kan inte ha varit jag."

"Nej?"

"Nej, du. Jag kan inte köra bil."

KAPITEL
TJUGO

Tomek stannade bilen och slog av tändningen. Regnet smattrade mjukt mot vindrutan. Han drog en djup, tung suck. Håren i nacken reste sig. Inte av det rogivande ljudet av regnet som slog mot metallburen som omslöt honom, utan för att han var arg, frustrerad. Något under färden från kontoret, någonstans längs den väg han hade kört så många gånger, hade påmint honom om brevet han hade fått från Nathan Burrows.

Berättade Dawid någonsin att han kom och hälsade på mig en gång?

Att hans bror hade besökt Michałs mördare och inte sagt något gjorde honom rasande.

Det var många år sedan nu.

Att han hade hållit det hemligt hela den här tiden förvärrade bara hans avsky.

Vi pratade, vi diskuterade.

Att Dawid kanske visste sådant som Tomek inte gjorde fick honom att vilja strypa sin storebror. Och inte sluta förrän någon tvingade honom.

Sedan Michałs död hade de två glidit isär, blivit främmande för varandra. De hade aldrig varit riktigt nära dessförinnan, men mordet på deras mellanbror hade förvärrat klyftan mellan dem. Det var ingen hemlighet att alla i Tomeks familj bar på någon form av agg mot honom för den smärta och ångest han hade orsakat dem genom åren. Dawids agg hade varit dämpat, tyst, men inte mindre djupt. Hans bror hade inte sett efter honom på skolgården, inte hjälpt honom med läxorna, inte funnits där som en storebror borde när man växer upp. I stället hade han satt sig själv först, blivit det enda ljuset i deras föräldrars ögon, och han hade sugit i sig det. Nu var han en framgångsrik, högavlönad försäkringsmäklare med en egen familj – och egna hemligheter. Tomek kunde inte minnas när han senast hade pratat med Dawid. Men något sa honom att han skulle minnas det här samtalet.

Han tittade ner i knät, tog upp telefonen ur fickan och slog upp Dawids nummer i adressboken. Medan tonen pep i örat betraktade han gatan och lät blicken till slut stanna vid lägenhetens vardagsrumsfönster. Lamporna var tända, gardinerna fortfarande inte fördragna. Kasia hade varit hemma i timmar, ändå var det alltid det sista hon kom ihåg att göra.

"Hej, Mr Tumnus", sa Dawid plötsligt i örat. Hans accent var grövre än Tomeks, eftersom han var äldre och hade haft mycket svårare att gå från polska till engelska. "Det här var en trevlig överraskning. Är allt okej?"

"Du får säga det."

En kort paus. Tomek hörde ljudet av en dörr som slogs igen.

"Vad har hänt?" frågade Dawid. "Är något fel?"

"Du får säga det."

"Det skulle jag om jag visste vad fan du pratar om, kompis."

"Nathan Burrows."

Ännu en kort paus. Den här gången följd av ljudet av steg. "Namnet är bekant. Vad har hänt?"

"Jag ger mig fan på att det är bekant", sa Tomek och kände hur kroppen började svälla av ilska och aggressivitet. "Jag hörde från honom häromdagen. Fick veta att ni två hade haft ett litet kafferep för några år sen, en liten picknick där ni öste ur er varandras hemligheter. Hur länge hade du tänkt hålla det ifrån mig, va? Hur länge hade du tänkt hålla det hemligt, va?"

"Tomek, jag kan—"

"Hur kom det sig att du inte hade stake nog att säga något?"

"Tomek, jag—"

"Vet du vad du är? Du är en fegis. Efter allt som—"

"Tomek!"

Broderns rop fick honom att stanna upp. Det var så högt att Tomek tog bort telefonen från örat. Han hade aldrig hört sin bror höja rösten så där. Han brukade vara lugn, fin i kanten. Inte en som skrek eller gick på folk.

"Kan du bara hålla käften en enda jävla sekund?" väste Dawid. "Jag svär, ibland älskar du ljudet av din egen förbannade röst, eller hur? Herregud, kompis. Är du klar?"

Tomek sa ingenting.

"Bra. Nu, om du låter mig, vill jag förklara."

Tomek öppnade munnen för att säga något, men hejdade sig.

"Du har rätt, ja, jag åkte och träffade Nathan. Men det var år sedan. Fyra, kanske fem. Långt tillbaka. Så länge sedan att jag till och med hade glömt bort det. Jag vet inte vad som flög i mig, och jag vet inte varför jag höll det för mig själv. Jag har inte ens berättat för Kristina, om det är till någon tröst."

"Det är det inte, men fortsätt."

Dawid suckade i luren. "Vad vill du veta?"

"Vad ni två pratade om."

"Jag... jag hade bara några frågor." En paus. "Jag ville veta *varför*. Den frågan hade bränt i bakhuvudet i decennier, och jag var tvungen att få veta."

"Sa han det?"

"Nej." Tomek hörde hur brodern samtidigt skakade på huvudet.

"Vad sa han då?"

"Bara att han var ledsen. Att han hade varit ledsen alla dessa år. Han sa att han ville sluta fred med oss som familj, men jag sa att det inte skulle gå, inte så länge mamma och pappa fanns kvar."

Något i lägenhetens fönster blänkte till och distraherade honom. Det var Kasia, som äntligen drog för gardinerna med en kraftig knyck.

"Kom mitt namn upp över huvud taget?" frågade han.

"Det gjorde det."

"Och?"

"Han sa att han tyckte synd om dig."

"Tyckte synd om mig? Varför?"

"För att det var du som såg det. Han hade ingen aning om att du skulle vara där. Han sa att han vet hur mycket smärta och lidande han har orsakat dig, för han har gått igenom samma sak."

Tomek visste inte vad han skulle säga, visste inte hur han skulle svara. Allt detta var sådant som Nathan hade underlåtit att nämna för honom, saker som han hade varit för stolt för att säga.

"Frågade du om det var någon annan med honom när han dödade Michał?" frågade Tomek.

"Tomek..."

"Bara svara på frågan."

"Han sa att han var ensam. Att ingen var där."

Även om det var vad Tomek hade väntat sig gjorde det inte mindre ont. Och av tonfallet i broderns röst fick Tomek intrycket att Dawid trodde på Nathan. Det var bara ännu en murbräcka mot de försvar som Tomek hade byggt upp så länge.

"Förlåt, kompis", sa Dawid, med uppriktighet i rösten.

Tomek kände klumpen i halsen och harklade sig. "Varför sa du inget?"

"För att jag visste hur du skulle reagera."

"Reagerar jag som du tänkte dig nu?"

Dawid tänkte efter en sekund. "Alltså, till en början gjorde du det – du lät mig inte prata. Men nu... nu, nej, vilket får mig att tro att en del av dig har dragit samma slutsats."

Tomek svarade inte.

"Jag borde ha lagt korten på bordet", fortsatte Dawid. "Jag borde ha sagt något tidigare. Men du, ingen är perfekt. Jag sträcker upp händerna och erkänner att jag har sabbat det. Och det ber jag om ursäkt för."

"Det ska du vara."

Tomek lade på utan att vänta på svar och gick sedan mot lägenheten.

KAPITEL
TJUGOETT

V attnet är varmt mot min kropp – vår kropp. Vi ligger inbäddade i badkaret tillsammans, som två larver tvinnade kring varandra. Angelica vilar på mig, mellan mina ben. Våra kroppar har blivit en. Hennes huvud vilar tungt mot mina axlar, hela tyngden hänger över mig. Jag tycker om trycket det ger. Det känns trösterikt, som om det är hon som skyddar mig. Min älskade ängel.

På badkarskanten ligger en bit kanelinfuserad aleppotvål, en av de snällaste tvålarna mot huden. Bara det bästa åt Angelica. Stycket är stort i mina händer, men jag räknar inte med att det finns något kvar när natten är slut. Jag förväntar mig att allt ska vara borta, inarbetat i hennes hud, varsamt men grundligt. Först för jag duschmunstycket över hennes kropp och översköljer hennes ovansida med ett tunt lager vatten. Nu, när hennes hud är fuktad, börjar jag massera in tvålen i henne. Jag börjar med axlarna, för den över benknotorna, låter den glida över hennes hud, hela vägen ner till armarna, händerna, fingrarna, där jag skrubbar in skummet och bubblorna under hennes naglar. Varje del av henne, varje centimeter av hennes kropp måste bli ren. Hon måste se änglalik ut, perfekt.

När jag är klar med armarna går jag vidare till brösten, mina händer knådar dem som deg, leker lite med dem, låter fingrarna löpa över hennes bröstvårtor och retar upp mig själv på köpet. Jag trycker undan impulsen att lägga mig över henne och suga på dem, bita i dem med tänderna.

Det går inte. Jag har haft min tid för det. Jag får inte vara girig. Jag får inte förstöra rengöringen.

Men snart blir det svårt att fullfölja det så här, med henne ovanpå mig. Jag måste kliva ur badkaret och fortsätta mitt arbete utifrån, hur lite jag än vill.

Nu har jag bättre utsikt över henne där hon ligger i vattnet, alldeles stilla, med slutna ögon, kroppen flytande. Den här gången höjs och sänks inte hennes bröstkorg, det pulserar inte i ådrorna på hennes hals, inget rör sig under hennes ögonlock. Hon är fullkomligt stilla. Helt och hållet min. Hon har gett sig helt åt mig, efter all den här tiden. Äntligen.

Nästa del av rengöringen visar sig knepig. Jag måste ha ena foten i vattnet medan jag tar hand om resten av hennes kropp, masserar tvålen längs konturerna av hennes lemmar och muskler, gnider in den djupt i hennes porer. När jag kommer till hennes vagina flyttar jag på oss båda så att hennes ben är isär. Det är besvärligt, men jag får det att fungera. För den här delen tar jag på mig en handske och går in djupt; tvålen bubblar där inne i henne.

Men det verkliga nöjet är hennes tår. Hennes små grisar. Hennes söta små grisar som glider hit och dit mellan mina fingrar som små korvar. Jag suger på dem, smakar på dem, slickar dem innan jag rengör dem igen. Hon har de mest perfekta fötterna, och jag kan knappt vänta på att få måla dem, smycka dem så perfekt som de förtjänar. Hon kommer att se så vacker ut när de hittar henne.

Om de hittar henne.

Min älskade ängel Angelica.

KAPITEL
TJUGOTVÅ

Blott några minuter före klockan nio morgonen därpå hade Inrikesdepartementets rättsläkare, Lorna Dean, avslutat obduktionen av Angelica Whitaker. Men det dröjde flera timmar innan Tomek och teamet fick resultaten.

"Du hade inte behövt komma hela vägen," sa Tomek medan han tog pappren från henne.

"Det är förstås för att jag har saknat ditt ansikte. Jag får dig bara inte ur skallen."

Tomek stelnade till med pappren i handen, stirrade henne i ögonen, helt blank i huvudet. En sekund senare brast Lorna ut i skratt, slog honom lätt på armen och kunde inte behärska sig.

"Jag tror inte jag någonsin har sett dig så rädd," sa hon. "Och jag hade inte precis dig som typen som är så lättlurad heller."

"Kul. Det är standup nere på the Cliffs i kväll. Ska du uppträda? Tyckte jag såg ditt polisfoto på affischtavlan där nere."

"Tyvärr är jag fullbokad," sa hon.

Tomek vek upp dokumenten, och när han började läsa lade Lorna handen över anteckningarna.

"En del av anledningen till att jag kom ner är att jag ville gå igenom mina fynd med dig personligen," förklarade hon.

"Och den andra anledningen?"

Hon svarade inte.

"Jag hämtar teamet," sa han stelt och lämnade sedan rummet för att rädda ansiktet minst lika mycket för hennes skull som för sin egen. Några minuter senare var de fem i spaningsrummet och såg förväntansfullt på Lorna. Tomek hade ingen aning om vad som skulle komma, men det var det enda han hade kunnat tänka på sedan de hittade kroppen. Vad gärningspersonen hade gjort med den. Hur hon hade dött. Varför hon såg så undernärd och ... tom ut. Han såg fram emot att få svaren.

Lorna satt i andra änden av bordet, som om hon blev intervjuad. Hon harklade sig innan hon började. Hon talade utan att behöva anteckningar eller manus, som om hon hade repeterat i förväg.

"Först vill jag ta dödsorsaken, för jag vet att det är det ni alla kliar i fingrarna att förstå, och sedan går jag igenom några av de mer märkliga, udda punkterna med det här offret. Men, förresten, jag måste inleda med detta: ni kanske vill undanhålla en del av informationen om Angelicas död för familjen. Som mamma själv tror jag inte att jag skulle vilja veta allt jag nu vet om vad som hände henne."

Stämningen i rummet svalnade när alla tog ett ögonblick för att ta till sig hennes varning.

Hon fortsatte: "Som sagt, först dödsorsaken. Först trodde jag att det var alkohol- eller blodrelaterat. Jag tänkte att hon kanske hade druckit för mycket, blivit drogad, eller haft någon form av emboli, men det fanns inget sådant. Jag körde fast i en bra timme, och det var inte förrän jag rullade över henne på mage som jag såg det." Lorna viftade med handen i luften åt Tomek att räcka över manilamappen hon gett honom. Han sköt den över bordet och hon fångade den med handflatan, naglarna klickade mot bordsskivan. Hon tog ut alla blad och lade dem framför sig. Sedan plockade hon upp ett och räckte det till den närmast.

Oscar tog det varsamt och granskade det. Sedan skickade han runt det tills det till slut nådde Tomek. Först visste han inte riktigt vad han tittade på, och även efter att ha blivit tillsagd att vrida sidan ett hundra åttio grader visste han fortfarande inte vad det var en bild av.

"Det ser ut som ett ben," sa han.

"Det är för att det *är* ett ben," svarade Lorna. "Mer precist är det *baksidan* av Angelicas högra ben. Det ni tittar på där är knävecket. Ser ni alla linjer och små fördjupningar där lederna möts?"

Tomek hade ingen aning. Och hur många gånger han än försökte titta på den från olika vinklar hade han fortfarande ingen uppfattning om vad som var upp och ner. Det var som att titta på en ultraljudsbild för första gången och blanda ihop den med ett Rorschachtest.

"Tio poäng om du kan se såret."

Tomek lade fotografiet på bordet i hopp om att lampan ovanför mira-
kulöst skulle få såret att framträda, som om det vore skrivet med osynligt
bläck. Men det fanns ingenting. Inget stickmärke, inga skärsår, inget
kulhål. Inget som tydde på att det fanns något sår där över huvud taget.

"Driver du med oss?" frågade han och sköt bilden över bordet i
frustration.

"Jag önskar att jag gjorde det. Men nej." Lorna sträckte sig efter den,
höll upp den så att de såg och pekade på en liten svart prick på baksidan
av Angelicas knä.

"Det där är väl en leverfläck?" frågade Rachel.

"Det trodde jag också först. Därför ägnade jag det inte någon större
tanke. Men när jag drog fingret över det märkte jag att det var ett hål."

"Ett *hål?*" upprepade Rachel.

"Ja, ett hål, inte en leverfläck."

"Som den där tv-serien!" sa Chey ivrigt.

Hans entusiasm bemöttes av dämpade, frågande blickar.

"Ni vet den där. Är det tårta eller riktig mat? Där folk bakar tårtor som
efterliknar verkliga föremål."

Tomek såg på honom, djupt oimponerad. "Du tittar på den skiten?"

"Gör inte du?"

"Jag skulle hellre äta med sugrör resten av livet."

Innan samtalet hann glida ännu längre från ämnet knackade Lorna i
bordet för att få deras uppmärksamhet. "Hörrni, nu blir vi distraherade,
okej. Jag fattar, ni går igång på det här 'är det ett hål, är det en fläck', men
just den här gången kan jag säga utan minsta tvekan att det är ett hål. Kan
vi gå vidare nu?"

Tomek suckade. "Ja."

"Utmärkt. Vill ni veta vad hålet är till för?"

"Det här är inte en luring, va, som på sexualkunskapen i skolan?"

"Nej. Det är på riktigt. Hålet orsakades av en nål."

"Okej."

"Och sedan en slang."

"En *slang?*"

"Korrekt. Men inte som den i Londons tunnelbana. Den här var av
plast. En sådan man kan få på sjukhus. En kirurgisk slang."

"Okej ..." Tomek var vilse. "Och vad har det med Angelicas dödsorsak
att göra?"

För att svara på hans fråga tog Lorna fram ett annat fotografi. Den här
gången var det av änglavingarna som hade målats på kyrkgolvet. Alla

andra gjorde genast kopplingen, men Tomek låg fortfarande några sekunder efter.

"Mördaren tappade blodet ur hennes kropp och använde det för att måla hennes änglavingar," sa Lorna, och gav honom en hjälpande hand. "Enligt mina beräkningar måste de ha tappat över tre liter blod. Kanske fyra. Det var det som dödade henne."

Det förklarade varför hon hade sett så utmärglad ut, så ... mager.

"Hur?" frågade Tomek.

"Gravitation och ett hjärta som slog, antar jag. Min gissning är att hon fortfarande levde när det hände, även om hon var medvetslös, så hjärtat fortsatte att slå och pumpa blod genom kroppen och ut genom slangen, och när blodnivåerna blev för låga dog hon. Allt mördaren behövde göra var att vänta."

"Hur lång tid kan något sådant ta?"

Lorna ryckte på axlarna. "Ingen aning. Men med tanke på hålets storlek och vodka Red Bull-drinkarna som pumpade runt blodet i hennes kropp, skulle jag säga att det tog omkring fyrtio minuter, kanske en timme."

Tomek vände sig mot den del av whiteboarden han hade skrivit på häromdagen. Han såg över tidslinjen så långt.

01:28 – Angelica kommer hem
01:52 – Angelica går, sätter sig i bilen
09:00 – Angelica skulle börja jobba

Nu lade han i huvudet till ytterligare ett timslångt glapp i tidslinjen.

"Så mördaren måste ha kört henne någonstans, slagit henne medvetslös eller sövt henne på något sätt, och sedan tillbringat en timme med att tappa blodet ur hennes kropp."

"Det stämmer ungefär," svarade Lorna. "Men de skulle ha behövt ännu längre tid för att göra klart resten av det de gjorde med Angelicas kropp."

"*Resten?*"

Tomek var inte säker på att han var beredd att höra svaret. När han först hade sett kroppen hade han inte tänkt att något ont eller olämpligt hade hänt Angelica. Å andra sidan hade han inte heller tänkt att gärningspersonen hade tappat henne på blod, så vad visste han?

"Efter döden rengjordes och rakades Angelicas kropp," fortsatte Lorna.

"Rengjord?" frågade Tomek.

"Ja. Med Aleppotvål. Kaneldoftande Aleppotvål."

"Hur vet du det?"

"Jag kände igen doften. Den satt kvar på huden även efter all den tiden."

"Och hon var rakad också?"

"Ja. När jag säger att den här kvinnans hud var som en barnrumpa, menar jag det. Det fanns ingenting kvar på henne, inte ens de fina vita fjunen man får på underarmar och kinder. Det såg ut som om hon aldrig hade fått ett enda hårstrå i hela sitt liv. Det var som om hon just kommit ut ur livmodern."

I huvudet målade han upp bilder av hur gärningspersonen badade Angelicas kropp i vatten, gnuggade in en tvål i huden och sedan rakade hennes armhålor, ben och könsregion, innan hen drog bladet över resten av huden. Tiden, tålamodet och omsorgen som krävdes var det som gjorde honom illa till mods.

"Vad mer gjorde de med henne?" frågade Rachel och såg lite obekväm ut i stolen.

"Gärningspersonen målade också hennes finger- och tånaglar och sminkade henne ordentligt i ansiktet."

"För att få henne att se ut som en ängel," fyllde Tomek i.

"Det sa jag väl?" kommenterade Rachel. "Jag sa ju till dig att det förmodligen var ett av de bästa sminkjobben jag har sett."

"Så mördaren måste ha kunnat göra professionellt smink?" sa Tomek.

"Så det kan vara en kvinna?" frågade Chey.

"Statistiskt sett, ja. Det är inte många män jag känner som kan sminka så bra," svarade Tomek.

"Men det är en sak till ni inte har hört än," avbröt Lorna och knackade i bordet igen med knogarna.

"Vilken då?"

"Att hon blev våldtagen. Inte brutalt eller så. Men det fanns tecken, lite lättare blåmärken. Och vem det än var var ... tja, välutrustad, om vi säger så. En del av blåmärkena satt djupt. Men det som är värre är att det inte fanns några spår av det. Inget DNA. Ingen sädesvätska. Min teori är att de använde kondom och att de, när de rengjorde hennes kropp, också rengjorde henne invändigt. De lämnade ingenting."

"Jesus," sa Chey tyst och stirrade på bordsskivan. "Han tappade henne på blod, våldtog henne, rengjorde henne, rakade henne, målade ängla-vingar bakom henne ... vem fan är den här snubben?"

"Antingen någon som var fullständigt förälskad i henne eller ett sadistiskt as," sa Rachel, och giftigheten i hennes ton spred sig i rummet.

"Ja ..." lade Lorna försiktigt till.

"Det var inte allt, eller hur?" frågade Tomek. Han kunde höra på Lornas ton att det fanns mer, och hennes min bekräftade hans misstankar.

"Det här är det sista, jag lovar."

"Säg då ..."

"När jag öppnade henne hittade jag något jag inte hade väntat mig."

"Okej. Vad var det?"

"Hon var gravid. Hade varit det i ungefär tre månader. Hon var bara en av de lyckligt lottade som det inte syns på."

KAPITEL
TJUGOTRE

Tomek ville vara den som berättade för familjen Whitaker vad som hade hänt deras dotter. Tja, inte *allt*. Det fanns detaljer, uppgifter som han tyckte var bäst att undanhålla dem, för att bespara dem skräcken och sorgen att höra allt. I stället skulle han hålla det skonsamt.

Med honom följde Anna. Under den korta tid som Anna hade lärt känna familjen hade hon berättat att ingen av dem hade tagit nyheterna väl: Johnny hade lagt beslag på fler ovärderliga skatter från sina föräldrars resor som sina leksaker; Roy hade slutit sig helt och åt eller drack ingenting; och Daphne hade tillbringat morgonen med att stirra på gamla fotografier av Angelica och Johnny som lekte i trädgården.

"Det är som att se en pjäs", viskade Anna när hon öppnade ytterdörren åt honom. "Och inte en bra. Ärligt talat."

Tomek beundrade hennes östeuropeiska rättframhet. Det fanns inga nyanser i hennes språk. Hon sa vad hon tänkte, bara svart eller vitt.

Han fann de tre familjemedlemmarna i vardagsrummet, sittande i soffan i samma ordning som dagen innan. Den enda som saknades var Rose, som hade sin smyckesbutik att sköta. Om det inte hade varit för att de bytt kläder, hade Tomek trott att ingen i familjen Whitaker hade duschat. Deras ansikten var spända, kinderna och ögonen röda av gråt, håret ovårdat och rufsigt. Men mer intressant var dynamiken mellan dem. Först hade Tomek trott att Daphne var den som höll ihop männen i familjen, men nu syntes det tydligt att det hade rasat samman fullständigt; de satt alla ifrån varandra, inte en enda centimeter av deras kroppar vidrörde någon annans, som om de äcklades av varandra. Tidigare hade han sett familjer bete sig precis tvärtom; hålla händer, lägga armarna om varandra, omfamna varandra, modiga, varma, tröstande. Men nu var familjen Whitaker kall, som om de satt mitt i en terapisession i stället för ett möte med en utredare för att få höra resultatet av deras döda dotters obduktion.

"Tack för att jag får komma tillbaka hem till er", mumlade Tomek. När han sjönk ner i soffan märkte han Johnny Whitakers genomträngande blick, de mörkbruna ögonen som brände hål i honom.

"Det där behöver du inte säga", kontrade mannen. "Bara... bara sätt igång." Han gungade fram och tillbaka, masserade sina knogar och såg ut som om han var redo för bråk.

Tomek vände sig mot Anna, som gav honom en uppmuntrande nick. Det fanns inget hon ville lägga till innan han talade.

"I morse utförde rättsläkaren obduktionen på Angelica, och—"

"Ja, ja, ja. Det där vet vi. Bara... bara säg vad ni fick fram, för fan."

"Johnny!" Daphne slog honom på armen.

"Förlåt... *Snälla*", tillade sonen trotsigt, som en bortskämd snorunge. "Berätta vad ni fann, *snälla*."

Efter utbrottet från den snarstuckne jävla idioten ville Tomek inte. Men det var inte rättvist mot Roy och Daphne som satt tålmodigt. Deras rövhål till son skulle inte få hindra dem från att få beskedet.

"I morse skickade rättsläkaren mig sitt utlåtande. Jag har gått igenom det, och jag är här för att berätta att er dotter dog av blodförlust. Man hittade alkohol i hennes blod, och vi har skickat prover vidare för att se om det fanns något mer där, även om jag är ganska säker på att hon kan ha blivit drogad av någon på klubben. Hennes blod tappades ur kroppen, och vi tror att det användes för att måla änglavingarna bakom henne. Nu fanns det också några andra avvikelser. Av någon anledning badade gärningspersonen er dotter, rengjorde henne, rakade henne och gav henne en full sminkning."

"Rakade henne?" frågade Roy.

"Ja. Hennes armar, ben, armhålor – överallt."

"Hon var alltid så osäker på sina underarmar", lade Daphne till tankspritt och stirrade rakt ut i tomma intet, förlorad i sina egna tankar.

Tomek öppnade munnen för att svara, men Roy hann före.

"Sa du att de sminkade henne också?"

"Ja."

"Varför skulle de vilja göra det?"

"Kanske de ville få henne att se fin ut, pappa", snäste Johnny.

Tomek ignorerade kommentaren och fortsatte. "Det verkar som om den som gjorde detta lade ner mycket tid och omsorg på att 'ta hand om' er dotter. Vi vet inte varför än, men vi hoppas få veta snart."

Tomek såg på var och en i familjen och tog god tid på sig att iaktta dem.

"Jag förstår att det här är mycket för er att ta in, men det finns också något annat ni bör veta."

"Vad?" väste Johnny. Under de senaste ögonblicken, sedan Tomek hade iakttagit honom, hade Johnny börjat gnugga händerna mer aggressivt, massera sina knogar mer våldsamt. Tomek väntade sig nästan att mannen skulle kasta sig över rummet och ta strupgrepp på honom.

"Angelica var gravid."

I det här läget förändrades hela familjens reaktion. Det var som om de kunde uthärda nyheten att hon hade blivit rengjord, väl omhändertagen, men drog gränsen vid graviditeten.

"Hon var *gravid*?" frågade Daphne.

"Är du säker?" frågade Johnny.

"Ja. Vi är säkra."

"Hur långt gången var hon?"

Just som Tomek öppnade munnen kastade Roy ur sig svaret. "Ungefär tre månader."

Sedan sjönk temperaturen i rummet när Daphne och Johnny samtidigt sög ut all luft.

"Tre månader? Vad fan menar du, tre månader?" sade Johnny när han for upp ur soffan och viftade med ett finger mot sin pappa.

"Roy, vad pratar du om? Säger du att du har vetat att vår dotter var gravid, att hon hade fått livets gåva, och att du inte berättade det för mig, att du inte gjorde någonting åt det?"

Roy kämpade sig upp ur soffan och lade en hand mot sin sons bröst för att hålla honom på avstånd.

"Du har fel. Jag *gjorde* visst något åt det. Jag sa att hon inte skulle behålla det. Jag sa att hon behövde göra sig av med det."

"Varför skulle du göra det?" frågade Daphne, och reste sig till hans nivå genom att ställa sig på soffan, tittade ner på honom med händerna i sidorna.

"För att hon inte är redo för ett barn. Jag ville inte att hon skulle ha det. Nej, inte när det var utom äktenskapet."

"Så du tvingade henne att göra sig av med det?"

"Jag talade bara om var jag stod. Vi bråkade, sedan sprang hon sin väg. Jag trodde att hon skulle göra det rätta, men uppenbarligen gjorde hon inte det. Jag gav henne inte galgen, eller hur?"

"Jag slår vad om att du fan hade en i handen ändå, eller hur, pappa? Inte första gången, va?" anmärkte Johnny.

Daphne vände sig mot sin son, sedan mot sin man.

"Vad pratar han om, Roy?"

"Ingenting."

"*Roy?*"

"Ingenting."

Och sedan slog hon honom hårt över kinden. Hon hoppade ner från soffan och pekade ett finger mot honom, höll det några centimeter från hans ansikte. För någon så liten och nätt tycktes hon svälla.

"Vad gjorde du?"

"Ingenting. Jag..." Han sjönk ihop på soffan och föll med huvudet i händerna.

"Han har gjort det förut", började Johnny. "När Ange var arton blev hon gravid, han fick reda på det, såg graviditetstestet i hennes rum, och han tog henne till läkaren, fick henne att göra sig av med det."

Temperaturen sjönk ytterligare några grader när Daphne drog in ett djupt andetag igen. Den här gången höjde hon handen och lät den falla över sin man, mycket hårdare, och slog honom över ansiktet. Ljudet dånade i rummet. Tomek och Anna reagerade först. De flög upp ur soffan, och Anna drog bort Daphne.

"Jag tycker att alla behöver lugna ner sig", sade Tomek. "Det finns uppenbart saker som ni måste reda ut och diskutera er emellan, men en sak som jag tycker att ni alla måste komma ihåg är att Angelica är död. Oavsett vad som hände förr måste ni ha henne främst i tankarna nu. Vi måste hitta hennes mördare, och vi behöver er hjälp för att göra det, men det kommer inte att gå om ni slår och skadar varandra. Om vi måste sätta er i varsitt hörn som en bunt jävla ungar, så gör vi det. Jag ville inte behöva tala till er på det sättet, men, tja, ni har tvingat mig."

På ett ögonblick förändrades de tre familjemedlemmarnas beteende. De sänkte huvudet och rösten, bad tyst om ursäkt medan de återvände till sina platser i soffan, Roy masserade sin kind och rörde käken för att försäkra sig om att den satt kvar.

"Tack", sade Tomek med en tung suck.

"Hur är det vi kan hjälpa er, kommissarie?" frågade Daphne.

Tomek slog sig ner på soffkanten, så att de inte skulle tända till igen. "Till att börja med undrade jag om ni kände till namnen på några tidigare romantiska partners som Angelica kan ha haft."

KAPITEL
TJUGOFYRA

Det första namnet som hade kommit ur Angelicas familjs munnar var Cole Thompson, som Angelica hade haft ett av-och-på-förhållande med i sex månader för nästan två år sedan. Det hade inte sagts ett ord om Sammy Mercer, inget om den trettioårige gamern som fortfarande bodde hemma hos sin mamma. Kanske hade hon skämts för mycket för att presentera honom för dem, inte velat visa upp honom. Eller så hade hon helt enkelt använt honom i ett annat syfte, som att lära sig bli bra på *Call of Duty* eller *Grand Theft Auto*. Tomek visste inte, men han tyckte att det sa en hel del. Enligt Daphne och Roy var Cole den perfekta mannen för henne, och Daphne hade alltid hoppats att de skulle hålla ihop, att han en dag skulle bli deras svärson och höja familjens status precis som Rose hade gjort när hon blev en del av den. De sa att han var snäll, hänsynsfull, omtänksam, och väldigt, väldigt, väldigt rolig – "Minns du den där gången", hade Daphne börjat innan hon tappade bort sig i en historia om hur de alla gått ut och ätit en familjemiddag på en fin restaurang. Tomek hade låtit Daphne och Roy minnas tillbaka medan han frågade Johnny vad han tyckte om mannen. Det gick att koka ner till ett ord: legend. Tomek tyckte att det var lite väl, med tanke på att han bara hade känt mannen en kort stund, men han hade inte velat lägga sig i. Han hade däremot frågat varför de gjort slut.

"Jag vet faktiskt inte", hade Daphne sagt. "Hon berättade inte mycket mer än att de inte skulle träffa varandra längre. Hon ville inte prata om det. Och det är så synd, för han var så rar, så trevlig. Han var redan som en familjemedlem."

Ekot av Sammy Mercers mammas sätt att prata om sin son ringde i hans öron när han stannade utanför Cole Thompsons hus. Den tjugonioårige bodde i en enplansvilla med två sovrum i Rayleigh, och när Tomek knackade på dörren möttes han av en liten, skallig man som bar en ryggsäck över axeln.

"Mr Thompson?"

Mannen stannade just som hans korta ben var på väg att göra den långa resan från tröskeln ner till marken. Han stod med ena foten på betongen och den andra fortfarande inne i huset, knät uppdraget mot bröstet.

"Jag är en Mr Thompson, ja. Den andre är på jobbet."

"Cole?"

"Det är min son. Han som är på jobbet. Vad gäller det?"

Tomek visade sin tjänstelegitimation och förklarade att han ville prata med mannens son.

"Han har väl inte gjort något, eller?"

"Förhoppningsvis inte. Vi har bara några frågor vi behöver ställa honom om hans relation med Angelica Whitaker. Säger det namnet dig något?"

Mannen klev till slut ut ur huset och satte ner det andra benet. Det var förvånande hur mycket kortare han var än Tomek. Han rättade till ryggsäcken på axeln i ett försök att verka större. "Ange? Ja, jag minns henne. Riktig snygging. Fattar inte hur han lyckades med den, men vad har han med henne att göra?"

Tomek ignorerade frågan. "Kan du minnas när du såg henne senast?"

Det tog inte lång tid för mannen att svara. "Häromveckan. Cole sa att hon skulle komma över medan hans mamma och jag gick ut och åt. Vi såg henne när vi kom hem."

"Häromveckan?"

Mannen nickade.

Det var betydligt mer nyligen än de två år som resten av familjen inte hade träffat honom.

"Skulle jag kunna få hans jobbadress så att jag kan tala med honom?"

Cole Thompson arbetade som senior revisor på en liten auktoriserad revisionsbyrå på Rayleighs huvudgata, en kort bilresa från hans föräldrars enplansvilla. Kontoret låg ovanför en Superdrug, och när Tomek hittade honom satt mannen vid sitt skrivbord. Han bar en löst sittande skjorta, uppknäppt i kragen, och ett par prydliga byxor. I rummet var luften sval, piskad av en luftkonditionering vid sidan, förmodligen för att maskera lukten av de fem svettiga männen där inne.

Cole Thompson var en fysiskt attraktiv man, med alla rätta egenskaper för att pryda ett magasinomslag någonstans: perfekt manikyrerat hår utan ett enda hårstrå ur plats, en fantastisk käklinje vass nog att skära ost med, breda axlar som fyllde ut skjortan med råge, och ett par tjockbågade glasögon som verkade framhäva hans nästintill symmetriska ansikte. För att inte tala om doften av aftershave som fläktade upp i Tomeks näsa i samma ögonblick som han kom fram till honom, hjälpt, förstås, av luftkonditioneringen. På många sätt påminde han Tomek om mäklaren som hade sålt honom hans lägenhet; den enda skillnaden var att Cole inte hade några Turkiet-tänder – grälla, självlysande vita tänder som gjorts billigt av ett påstått proffs utomlands.

"Cole?" sa Tomek.

Cole kom fram med handen utsträckt. "Det är jag. Hur är läget?"

"Bra."

"Toppen. Hur kan vi hjälpa till? Jag känner inte igen ditt ansikte. Har du jobbat med oss förut?"

Tomek bestämde sig för att spela med. "Nej, men jag funderar på det. Har ni ett avskilt rum där vi kan sitta? Jag har affärer jag vill tala med dig om."

Med ansiktet strålande, och ett leende som visade naturligt raka tänder, tog Cole sin laptop från sitt skrivbord, ledde honom in i ett litet, lika kyligt rum och drog ut en stol åt Tomek.

"Den där behöver du inte", sa Tomek och pekade på datorn.

"Nej?"

Tomek trummade nedlåtande med fingrarna på bordet. "Varför sätter du dig inte, så ska jag berätta om affärerna jag ville diskutera med dig. Jag heter Tomek Bowen och är kriminalsergeant vid polisen i Essex. Jag ville inte säga för mycket där ute ifall dina kollegor blev nyfikna." Cole öppnade munnen för att tala, men Tomek avbröt honom. "Oroa dig inte, du är inte i knipa, inte än, men det är något du behöver veta. I går hittades Angelica Whitakers kropp i en kyrka i Westcliff. Det har kommit till vår kännedom att du en gång var tillsammans med henne i ungefär sex månader. Men när jag nyss pratade med din pappa sa han att hon hade varit hemma hos er häromveckan. Skulle du kunna berätta om din relation med Angelica?"

Coles mun blev kvar öppen, trådar av saliv hängde från överkäken till underkäken. Länge sa han ingenting, bara stirrade på Tomek, tog in allt, bearbetade det.

"Ta din tid", sa Tomek. "Jag kan tänka mig att det här är en chock."

Mannen nickade, men blicken var tom, tusentals mil bort, gömd bakom en spärr i huvudet.

"Hon är... hon är..."

Tomek sa inget. Väntade på att han skulle få ur sig orden ordentligt.

"Hon är... hon är död. Angelica? Och du är... du är säker på att det är hon?"

Tomek nickade.

"Och... du vill prata med mig... men du har redan pratat med min pappa. Och du vill prata med mig..."

"Vi pratar redan", svarade Tomek och lade till: "Typ."

"Just det. Ja... ja, det gör vi. Men, vad... vad...?"

Tomek anade att mannen skulle få svårt med den sista frågan och bestämde sig för att hjälpa till. "Vad jag vill prata med dig om? Enkelt. Jag vill veta allt om er relation. När såg du henne senast? Hur ofta ni sågs. Var du var i fredags kväll. Den typen av saker."

Coles ansikte förblev uttryckslöst, munnen fortfarande öppen. Men salivtråden hade nu gått av och försvunnit tillbaka i munnen. "Kan jag få något att dricka, tack?" frågade mannen.

"Något att dricka?"

"Vatten. Jag behöver vatten."

Tomek snurrade runt på stolen och tittade genom rummets fönster, letade efter en vattenautomat. När han inte såg någon reste han sig, gick ut ur rummet och frågade närmaste kollega.

"Vatten?" frågade mannen, förvirrat, som om han aldrig hade hört talas om det.

"Ja. Vätskan. Vi behöver lite där inne."

Mannen tippade fram i stolen för att titta på Cole. "Jag trodde att han skulle hämta det åt dig."

Tomek vände sig om och tittade på mannen som fortfarande satt där och stirrade ut i tomma intet. "Han håller bara på med riktigt *djupa* tankar där inne just nu. Jag erbjöd mig att hjälpa till medan han bearbetar vissa saker."

En stund senare hade han två muggar vatten i händerna och gick tillbaka till rummet. Han ställde den ena framför Cole och återvände till sin plats. Mannen lyfte den och förde den långsamt mot läpparna.

"Är det okej?"

"Ja", viskade Cole. Tonfallet sade något annat än orden.

"Utmärkt. Ska vi börja med din relation till Angelica? När började ni dejta?"

"För ungefär två år sedan."

"Och hur länge var ni ihop?"

"Ungefär sex månader."

"Vem gjorde slut?"

"Jag."

"Varför?"

"Det... jag, jag, jag var inte intresserad av något långsiktigt."

"Och det var hon okej med?"

Till slut stängde Cole munnen och svalde. När han talade kunde han inte möta Tomeks blick, utan fortsatte att stirra in i väggen bakom honom, som en sovande agent som just aktiverats av en lösenfras.

"Hon kände likadant", förklarade han.

"Så vad hände efter det? Varför var hon hemma hos dig häromveckan? Har ni försökt återuppta er relation?"

"Sex."

Cole sa det så abrupt att Tomek ett ögonblick trodde att mannen försökte ragga på honom.

"Förlåt?"

"Sex. Det är..." Han tystnade, blundade och skakade på huvudet. När han öppnade dem igen mötte han Tomeks blick för första gången. "Det var bara sex. Har varit det de senaste fyra–fem månaderna. Hon... hon DM:ade mig i slutet av sommaren, när hon kom tillbaka från säsongen, någon gång i oktober, och vi har legat med varandra sedan dess, så där kompisar-med-förmåner."

Tomek var bekant med uttrycket, liksom med uttrycket Netflix and Chill, som varken innebar Netflix eller att chilla.

"När såg du henne senast? Den gången när din mamma och pappa gick ut, eller senare?"

Cole tvekade ett ögonblick. "Det var sista gången, ja. Vi skulle ses häromkvällen, men hon ställde in för att hon sa att hon skulle på fest."

"Vet du vilken och var?"

Cole skakade på huvudet, och hans perfekta hår höll sig på plats.

"Och vad gjorde du för tre kvällar sedan?"

"Vilken kväll var det? Fredag? Jag... jag var ute med det här gänget." Han pekade på teamet utanför fönstret. "Vi var på puben."

"Vilken?"

"Paul Pry. Vi tog några efter jobbet. En liten fredagstradition. Vi brukar stanna sent och ångra det dagen efter."

Tomek gjorde en mental notering.

"På tal om ånger", sa han, "har det också kommit till vår kännedom att Angelica var gravid. Du råkar inte veta något om det?"

Cole kliade sig i nacken. "Hon hade berättat det, ja. Jag visste. Men... hon visste inte vems det var. Hon visste inte om det var mitt eller någon annans."

"Vet du vem annars det kan ha varit?"

Han ryckte på axlarna. "Hon gick inte in på det, och jag var för ställd för att fråga. Jag antog bara att det var mitt. Hon måste ha blivit gravid runt jul, nyår, och då hade hon varit över ungefär fyra gånger. Hon var ensam. Fick det där säsongsdeppiga, plus att jag tror att hon just hade fått veta att de inte skulle ta tillbaka henne den här sommaren."

"De skulle inte ta tillbaka henne?" upprepade Tomek.

"Ja. Hon blev jätteledsen över det. Knäckt, tror jag. Hon sa att hon bara behövde någon som höll henne sällskap."

"Använde ni skydd?"

Cole nickade ivrigt, som om det var självklart. "Varje gång. Går aldrig någonstans utan. Har alltid en i plånboken, utifall att."

Utifall att. Tomek fnös för sig själv. Sedan tog han en klunk vatten. "Hur tog du nyheten? Vad var din reaktion?"

"Jag... först fick jag panik. Jag ville inte att hon skulle behålla det. Jag ville inte ha något med det att göra. Jag var inte redo för den typen av grej. Men sedan, efter ett par dagar, kom jag till sans och sa att jag skulle finnas där och stötta henne. Vi behövde inte vara tillsammans eller så, men jag ville bara vara en del av barnets liv. Nu... nu lär jag väl inte kunna det."

Mycket hedervärt, tänkte Tomek. Det påminde honom om hans egen situation, när Kasia hade ställts på hans tröskel efter att hennes mamma gripits för narkotikaförsäljning. Han hade inte haft något val, men det hade Cole, och han hade gjort det respektabla genom att lova att finnas där för barnet, även om det inte var hans. Det var bara synd att det slutat som det gjort.

Tomek räckte ut en hand. Cole betraktade den misstänksamt och skakade sedan den. De höll varandras blickar, sa ingenting, båda männen förstod de tysta uttrycken i varandras ansikten.

"Tack för din tid", sa han när han gjorde sig redo att gå.

Tomeks hand var på dörrhandtaget när Cole bad honom vänta.

"Har du pratat med Shawn?"

Tomek släppte taget.

"Shawn?"

"Ja. Shawn Wilkins. Någon kille som har varit besatt av Angelica så länge jag kan minnas. Förföljde henne, kommenterade hennes inlägg, skickade saker till henne. Ibland drog han det för långt. Tror att hon var tvungen att skaffa ett besöksförbud mot honom vid något tillfälle."

"Shawn Wilkins – är det hans namn?"

"Ja. Vet inte så mycket mer om honom dock. Men om du letar efter hennes mördare kan han vara en bra början."

KAPITEL
TJUGOFEM

Tomek hade gärna velat kolla upp Shawn Wilkins, men på vägen tillbaka till spaningsrummet hade han fått ett telefonsamtal från Victoria som kallade in honom till sitt kontor. I telefonen hade hon varit rakt på sak – inte annorlunda än vanligt – men det hade funnits en viss brådska i rösten som han aldrig hade hört förut. Och så snart Tomek klev in i hennes lilla rum på andra våningen, fick han veta varför. Där väntade Nick Cleaves, stående vid hennes sida. Kommissarien lutade sig mot väggen, armarna i kors, huvudet nedböjt, som om han var med i ett gäng från 50-talet eller en figur ur *West Side Story* redo att brista ut i sång och dans.

Ingen av dem såg särskilt glad ut över att se honom.

"Varsågod och sitt, Tomek", sa Victoria och pekade på stolen som om han inte kunde se den framför sig.

När han sänkte sig ner på stolen, förflyttades han trettio år tillbaka i tiden. Två månader hade gått sedan hans brors död, och han hade kallats till rektorns kontor för att ha skolkat från NO, det ämne han avskydde mest av alla. En av lärarna hade hittat honom när han strök omkring i korridorerna, lät fingrarna löpa längs väggen och skrapade i golvet med skorna. Han hade dömts till en vecka i isolering där han, med hjälp av några av sina klasskamrater där inne som var modiga nog att skapa en avledande manöver, senare rymde – ett beteende som riskerade att ge honom mer isolering, eller till och med avstängning. Tomek hade varit en strulig unge efter Michałs död. Han hade haft svårt att hålla fokus och upptäckt att han hade tappat allt intresse för skolan. Men det som förvånade honom mest var att han inte hade lämnat skolområdet. Om han ville skolka, strunta i lektioner och omfamna friheten att springa runt i Leigh-on-Sea medan alla andra var i skolan, hade han kunnat göra det. Men i stället hade han stannat kvar på skolområdet, sprungit genom korridorerna. *Hoppats* på att bli påkommen. Ropat efter uppmärksamhet, skrikit på hjälp. Och när han hade suttit i rektorns stol hade han känt en känsla av lättnad. Det hade fungerat. Straffet ingick i alltihop. Men nu, när han satt där och mötte Nicks tunga blick, kände han raka motsatsen, fylld av oro, en djup knut som drog ihop sig i magen.

"Välkommen till ditt första möte som utredningsledare", sa Nick när han sköt sig loss från väggen. "Det är nu det roliga börjar."

Något sa Tomek att det inte stämde. Knuten drog ihop sig.

"Vanligtvis går det här till så att jag ställer frågorna till Victoria och hon har alla svaren. Ibland vet hon att mötet blir av, ibland inte, men jag förväntar mig att hon kan svara ändå. Förstår du vad jag menar?"

Det här var en helt annan Nick än den Tomek hade lärt känna och haft att göra med de senaste tretton åren. Visst, han hade varit i konfrontativa möten med kommissarien förut, men aldrig så här. Det här låg på en annan nivå än något han någonsin varit van vid. Och nu började han få en känsla för hur Victoria haft det sedan hon kom in; hans respekt för henne växte några snäpp.

"Jag förstår vad du menar, ja", svarade Tomek.

"Bra, för om du så småningom blir kommissarie, är det den här standarden vi kommer att hålla dig till. Förstår du?"

Tomek svalde djupt och sänkte huvudet.

"Utmärkt. Victoria, han är din."

Nick återvände till väggen och korsade armarna igen. Victoria harklade sig, stängde av datorn och tittade ner på några anteckningar framför sig.

"Vad är senaste nytt om Operation Butterfly?"

Tomek berättade, från samtalen han hade haft med Angelicas familj, via obduktionen, fram till mötet med Cole Thompson mindre än en timme tidigare. De avslöjade ingenting i sina miner, nickade lätt medan han talade.

Hittills, så bra. Det hoppades han.

Sedan sjönk Victorias tonläge några nivåer. "Var är du med dina budgetkalkyler?" frågade hon.

"Budgetkalkyler?"

"Ja. Hur mycket av pengarna som är avsatta till den här utredningen har du fördelat till respektive kostnadspost?"

Tomeks min hade aldrig bleknat snabbare. Han öppnade munnen, men slog igen den igen.

"Hur mycket väntar du att kriminaltekniska analyser ska kosta? Räknar du med att gå över budget eller under?"

Mer öppnande och stängande.

"Räknar du med mycket övertid? Jag såg att teamet arbetade till sent i går kväll, även du. Är det förankrat med personalen?"

Tomek öppnade och stängde ögonen i hopp om att svaren skulle materialisera sig framför honom. Men det gjorde de inte. I stället tittade han på två djupt oimponerade överordnade, vars besvikelse växte för varje obesvarad fråga.

I några ögonblick sa han ingenting. Faktum är att han inte ens var säker på att han andades. Tiden verkade sakta in, och världen kom långsamt, stadigt till ett stillastående. Ljudet av tjutande bromsar ekade i skallen. En tung tyngd lade sig över bröstet och han kände hur pulsen sköt i höjden.

"Jag... jag vet inte", sa han, rösten bruten, knappt mer än en viskning.

"Vad är det du inte vet?"

"Inget... inget av det", sa han. "Varken Chey eller Rachel har kommit till mig med övertidsbegäran."

"Så de jobbar gratis?"

"Jag..." Han försökte tänka tillbaka till senaste gången Nick hade pratat övertid med honom och hur samtalet hade gått. Han kom inte på något.

"Nej. Jag... jag ska se till att de får betalt, men..."

"Men vad? Hur mycket kommer det att kosta oss?"

Tomek sa ingenting, utan fortsatte stirra tomt på Victoria. Nu förstod han hur Cole Thompson hade känt sig: vilse, tom, helt tömd på sammanhängande tankar.

"Jag vet inte."

"Och vad gäller kostnaden för forensiken? Vilka tester har ni gjort hittills?"

"Det... det..."

Kom igen, det här kan du!

"Vi gjorde... vi gjorde..."

Tänk för fan!

"Angelicas kropp", sa han, stakande. "Vi skickade iväg blod för analys. Vi... vi vill se vad som finns i hennes blod. Och... och vi tittar på fingeravtryck på kyrkporten, och..." Det var något mer, något viktigt, men det hade helt fallit honom ur minnet.

"Vad mer kommer ni att behöva analysera?"

"Vad mer?"

"Ja. Vad mer, baserat på din senaste utredning, tror du att ni kommer att behöva skicka iväg?"

Tomek bara skakade på huvudet. Instinktivt, muskelminne. Det bästa han kunde komma på att göra.

Victoria suckade och tittade på pappret framför sig, listan över saker hon hade kvar att pressa honom på.

"Vidare – ditt teams arbetsmoral. Hur skulle du säga att den är hittills? Några flaskhalsar? Något som oroar?"

Tomek hade inga, men kunde inte formulera det i ett sammanhängande svar.

"För jag har noterat att Chey inte har dragit sitt strå till stacken", fortsatte hon. "När du var ute i morse såg jag honom flera gånger med telefonen. Och ser man på åtgärdsrapporten i HOLMES är det tydligt att han har många uppgifter kvar. Vad har du att säga om det? Ger du honom fria tyglar eller är det dåligt ledarskap från din sida?"

Plötsligt kom någonting över Tomek. Angreppet på hans egen person brydde han sig inte så mycket om; det var anfallet på Cheys som till slut fick honom att vakna till.

"Det stämmer inte. Han har gjort massor av jobb åt mig."

"Som vad?"

"Säg vad du vill om mig, men säg inget om mitt team. Om de inte jobbar upp till dina standarder, då ligger det på mig. Inte på honom, Rachel eller någon annan. Det är mitt ansvar som ledare, som utredningsledare."

Victoria spände läpparna, lutade huvudet åt sidan i en kort gest av uppskattning. "Bra, men kom ihåg att skiten rinner nedför, Tomek, och ibland finns det inget sätt att stoppa den."

Tomek höll inte med, men valde att inte säga något.

"Har du något du vill tillägga?" frågade Nick bak i rummet.

Han skakade på huvudet.

"Utmärkt." Nick sköt sig loss från väggen igen. "Det har kommit till vår kännedom att vi har fått många förfrågningar från Abigail på *Southend Echo*. Det har varit mycket liv på sociala medier om vad som händer med Operation Butterfly, och ändå har vi inte släppt några uttalanden. Har du pratat med Anna om en mediestrategi än?"

Du kunde för fan inte vänta, eller hur, Abi?

"Jag... nej, nej, vi har inte pratat om något än. Jag ska... jag ska ta ett snack med Abigail om det."

"Du måste prata med Anna först", sa Victoria. "Du kan inte vara den som överbryggar glappet mellan Annas jobb och Abigails. Det är inte så det funkar."

"Jag vet, men—"

"Lägg de personliga relationerna åt sidan och fokusera på vad som är bra för familjen och vad som är bra för utredningen."

Trycket över Tomeks bröst ökade. Han fick arslet serverat på ett fat. Han visste att han inte skulle gå ur det här mötet med någon guldstjärna eller så. Det blev raka vägen till isoleringen för honom. Och den här gången kände han inte något av den lättnad han hade känt alla de där åren sedan. Det fanns inget rop på hjälp som hade besvarats. Ingen hunger efter uppmärksamhet som behövde mättas. Tvärtom. Han ville ut; han ville bort från allt, bort från rampljuset. Ströva längs Leigh-on-Seas strandpromenad medan resten av hans kollegor satt snällt på plats i klassrummet.

"Avslutningsvis", fortsatte Nick, "innan vi låter dig gå för kvällen: vad är din nuvarande hypotes?"

Rakt på sak.

Den tomma blicken återvände till Tomeks ansikte. Hjärnan blev blank.

"Åt vilket håll leder du utredningen, och varför tror du det?" fortsatte Nick.

Munnen föll öppen, men inget kom ut.

Nick fortsatte: "Blev Angelica Whitaker mördad av någon hon kände, eller var det ett slumpmässigt dåd?"

KAPITEL
TJUGOSEX

T omek hade inte varit beredd att svara på frågan på Victorias kontor. Inte än. Trots att oddsen vid första anblick var femtio–femtio, och att beslutet i princip redan var klart i hans huvud, var det följderna av fel beslut som oroade honom. Om han valde fel, och det dröjde en vecka, två, tre innan de märkte det, skulle det oundvikligen bli en skitstorm och ett monumentalt arbete att backa, göra om och styra upp sig igen. De skulle nästan behöva börja om, samla ihop sig, samlas på nytt. Och han var inte beredd att fucka upp så mycket i sitt första ärende. Han var inte redo att slå fast sin ståndpunkt än. Inte i ett sånt här fall. Därför vägde beslutet tungt på hans axlar, och han kände pressen. Även om han lutade åt ett av de två alternativen – att Angelica hade känt sin mördare – ville han hålla sinnet så öppet som möjligt.

Flera timmar senare, efter en eftermiddag som snabbt hade fyllts av budgetar, prognoser och att låtsas läsa teamets dagliga rapporter, stack Tomek in nyckeln i låset och vred om. Klockan var strax efter sex på kvällen, en av de tidigare kvällarna han haft på länge, och han hittade Kasia i köket, där hon tog ut en plåt ur ugnen.

"Vad står på menyn i kväll?" frågade han.

"Chicken nuggets och pommes."

Så klart.

"Låter gott."

"Ja."

Tomek hängde ryggsäcken på insidan av ytterdörren, lade nycklarna i en liten låda i en byrå och gick mot matbordet. I köket vickade Kasia plåten åt sidan och började lägga upp maten på sin tallrik. Precis när han skulle kommentera något såg han något på bordet. Ett till kuvert, med HMP Wakefield-loggan stämplad uppe till höger. Tomeks namn nedklottrat med knappt läslig handstil.

Ett brev till från Nathan.

"Hej, jag tänkte åka och träffa Yasmin i helgen, men—" började Kasia, men Tomek ignorerade henne.

Han grymtade något, utan att själv vara säker på vad, och gick till sitt sovrum. Han stängde dörren försiktigt bakom sig, oförmögen att slita blicken från kuvertet. Han vägde det i händerna och undrade om det var tyngre eller lättare än det förra. Tyngre. Definitivt tyngre. Han höjde det till näsan, sniffade, väntade på att sinnena skulle hitta något skumt som gnidits in i kuvertet. Ingenting.

Första gången han hade fått ett brev hade han gripits av rädsla och fasa, ett illamående som rev genom kroppen medan han läste. Det andra brevet hade varit något liknande. Men nu, inför det här, kände han märkligt nog en gnutta upprymdhet, en lust att få veta vad som fanns inuti. Som när han var tolv och fick sitt första brev från sin brevvän i Afrika.

Han slog sig ner på sängkanten, stängde ute allt ljud (han hörde hur Kasias kniv och gaffel klirrade mot tallriken) och vände på kuvertet. Den här gången var baksidan förseglad med tejp. Kanske var det därför det kändes tyngre. Eller så fanns det något därinne... något som Nathan hade lagt i för att Tomek skulle se.

Han kilade in tummen i fliken, rev upp kuvertet och lät det falla ner på golvet. Själva brevet var som vanligt – ett A4-ark vikt i tre delar. Förutom att det på baksidan satt fast två papperslappar med häftklammer, uppskurna, fransiga i kanterna. Nyfikenheten tog överhanden och han tittade på dem först: på dem stod två olika mobilnummer, ett på varje lapp. Efter en snabb koll mot brevet han läst häromkvällen var det ena samma mobilnummer som Nathan hade uppgett. Tomek struntade i numren och, kände sig som en tonåring som läste ett kärleksbrev för första gången, vek upp sidan.

Käre Tomek,

jag har inte fått en ända responns från dej alls på siståne å jag börjar bli lite orolig att breven försviner. jag hopas verkligen att du får dom. därför har jag bestämt mej för å skriva dom mer frekwent så att du har störe chans å få dom. Livrem och hängslen, kallade en av vakterna de härom dan.

hur som, jag ville tala om för dej att jag har tänkt en del och jag ville också säga att jag aldrig bad om ursäkt för vad jag gjorde mot din bror. jag är ledsen, från botten av hjärtat och jag hopas du kan förlata mej. det va massa saker som hände i mitt liv när jag gjorde så där mot honom. skullee du vilja höra dom?

min morsa och farsa brukade slå mej. Det kanske inte är nån stor överaskning för dej, men de där jävlarna slog skiten ur mej varje dag i tio år, från när jag va fem tills jag va femton. Det spela ingen roll vad jag gjorde, det va alltid nåt fel. Och dom gilla spesjellt inte när jag svara emot. Min morsa va värst. Spriten och drogerna fick henne att slå ifrån sej, och farsan va för svag för å försvara sej själv och mej, så han börja hänga på det med. Det jag gjorde mot din bror va en hemd, jag visste inte vad som flög i mej och jag hade all den här ilskan och frustrachen som kom ut över din bror. Det är därför jag gjorde det jag gjorde mot honom. Han förtjäna det inte, men det gjorde inte jag heller när morsan bröt armen på mej i dörren, när hon tryckte mej in i kylen, när hon slog mej och tvinga mej klä av mej och hålla händerna i luften och misshandla mej och slog mej på kuken och sa elaka saker till mej. Ingen av oss förtjäna det som hände oss, och vad gäller morsan och farsan så vet fan var dom är. JAG HOPPAS ATT DOM ÄR FÖRBANNAT DÖDA.

jag har aldrig sagt de där till nån förut, så jag hoppas du kan hålla de hemlit snälla, Tomek. jag litar på dej, kompis. de kan va vår lilla grej imellan oss.

jag har nästan slut på plas nu, och jag gillar inte å vända på sidan för de ser stökigt ut och blir förvirande, så jag får skriva ett till brev nån annan gång. jag har häfta fast två mobilnummer på det här arket så du kan ringa mej. jag visste inte om det andra kom bort, och om vakterna tar bort de så har jag ett i reserv. låter de här nån mening?

jag kan inte vänta på å få höra din röst.

Hälsa familjen från mej,

Nathan

Tomek stirrade på orden på sidan, på de hårda klottren där Nathan hade gjort fel och rättat sig (fast det inte gjorde någon skillnad för stavningen i resten eftersom han gjorde samma fel igen). Han beundrade mannen för att han försökte, för att han skrev så mycket som han gjorde. Det kunde inte ha varit lätt för honom, att växa upp så där, övergiven, misshandlad, känslomässigt och fysiskt försummad. Nu blev det begripligt att han inte hade haft resurserna eller omsorgen och uppmärksamheten som behövdes för att utveckla läs- och skrivförmågan. Förutom att bara överleva i det där hemmet hade det inte funnits något annat i hans huvud.

När Tomek satt där och vred och vände på meningarna i huvudet, kände han ett styng av skuld och ånger som sköljde över upprymdheten och nyfikenheten han känt före läsningen. Han visste inte varför, men plötsligt kände han en samhörighet med mannen som hade dödat hans bror. Kanske var det för att han visste hur det var att vara utstött ur sin familj – det var inte alls på samma nivå som Nathan hade upplevt, men efter broderns död hade hans föräldrar försummat honom, slutat älska honom, lämnat honom att ensam bearbeta och hantera traumat efter broderns död.

På det sättet var han och Nathan Burrows väldigt lika.

Tomek vände på sidan och slet av de fastklamrade lapparna. Han tittade på numren, funderade på att lägga in dem i sin adressbok. Till slut lade han dem tillsammans med det vikta brevet längst in i garderoben med de andra. Om han ville ringa Nathan – en reell möjlighet han nu övervägde – skulle han veta var han skulle hitta det.

Precis när Tomek stängde garderoben ringde dörrklockan till lägenheten. Abigail. Hon skulle sova över. Fjärde kvällen i rad. Han undrade om de snart behövde ta samtalet om att hon skulle flytta in för gott.

När han öppnade sovrumsdörren fick han syn på Kasia som stod utanför och tvekade, frusen, fötterna fastnitade i golvet, fångad i ögonblicket mellan att springa mot ytterdörren eller sitt sovrum.

"Vad tror du att du håller på med?"

"Inget."

"Har du tjuvlyssnat?"

"Nej."

"Vad gör du utanför mitt rum då?"

"Jag kom för att fråga en sak."

Lögn.

"Vad?"

"Öh..." Kasia kunde inte svara.

Dörrklockan lät igen. Längre den här gången. Tomeks frustration började bubbla.

"Förlåt? Vad skulle du fråga mig?"

"Öh... jag... jag undrade..."

"Ja?"

Det ringde igen.

"För helvete! Jag kommer!"

Tomek struntade i Kasia, vände på klacken och rusade mot ytterdörren. Han slog handen i handtaget och ryckte upp det. Där på andra sidan stod Abigail med en otålig, irriterad min. Håret var rufsigt och i handen bar hon en datorväska fylld med papper.

"Du kunde inte ha väntat för fan?" fräste han.

"God kväll på dig också. Ska vi försöka igen?"

Tomek skärpte till sig. "Förlåt. Det var inte meningen. Jag bara... stressig dag."

"Säg det. Är det säkert att komma in eller behöver du att jag knackar igen?"

Tomek klev åt sidan och släppte in henne. När han stängde ytterdörren small Kasia igen dörren till sitt rum så att ljudet ekade genom hela lägenheten. Hon slog igen den så hårt att han tyckte sig höra hur träet sprack.

"Är allt okej?" frågade Abigail, med försiktighet i rösten. "Vad är det jag kommer hem till?"

Det där gillade Tomek inte.

Komma hem.

Som om det här också var hennes hem nu. Som om hon bara hade tagit det för givet utan att fråga honom eller kolla hur han kände. Det där gillade han inte alls.

"Jag visste inte att det här var ditt hem," sa han kallt.

"Okej... jag känner att det ligger lite mer bakom den kommentaren än det uppenbara. Jag menade inte så. Förlåt om jag—"

Tomek vände henne ryggen och gick mot köket. Där började han laga middag. Spagetti bolognese. Enkelt, basmat. Och en av hans favoriter att laga. De nästa tjugo minuterna hackade han lök, rörde i köttet, kokade pastan medan Abigail berättade om sin dag. Om hur ingenting hände. Hur det inte funnits något att rapportera på flera dagar. Och vid varje kommentar stack hon in en pik, retades, ifrågasatte varför han och teamet inte hade gett dem någon information om kroppen som hade hittats i kyrkan.

"Alltså, ge mig något att gå på här, Tomek," sa hon. "Vi har levt på smulor och de håller på att ta slut."

"Jag vet."

Han var inte på humör för henne just nu. Faktiskt var han inte på humör för någon eller något. Inte efter eftermiddagen han haft. Inte efter brevet, som hade fullständigt fuckat upp hans kretsar.

"Hörde du vad jag just sa?"

Tomek fortsatte röra i köttet och stirrade ner i såsen.

"Tomek!"

"Ja."

"Du lyssnar inte på mig."

"Jo."

"Vad sa jag nyss?"

"Att ni är hungriga."

"Efter en jävla story, ja. Men det var inte det jag menade. Jag behöver verkligen att ditt team ger mig något här. Vi har skickat så många jävla mejl och frågor om tjejen i kyrkan, men ingen svarar."

"Kan du bara sluta?"

Tomek tog träsleven ur grytan och slog ner den på bänken. Sås stänkte upp på kakelväggen och brödrosten och vattenkokaren bredvid.

"Kan du bara sluta i en enda jävla sekund?"

Utbrottet kom så plötsligt att han själv blev skrämd. Det var första gången han reagerade eller betedde sig så, och han gillade inte den man han just blivit.

"Var... var kom det där ifrån?" Abigails röst var en blandning av förbannad och sårad. Fast han kände att han skulle få igen med råge. "Prata inte med mig på det där sättet. Jag ställde bara en jävla fråga. Det är du som inte lyssnar på mig, så sätt dig inte på dina jävla höga hästar och ge mig allt det där, okej? Du ska ju vara vuxen, och du ska vara SIO för en mordutredning. Hur jävla svårt—"

"Ska vara SIO?" kontrade han. "Ska vara? Vad är det menat att betyda?"

"Det är ju du som leder den här utredningen. Du bestämmer vad som händer och inte händer. Varför tar det er så lång tid att ge oss informationen?" Abigails ögon vidgades och läpparna särades när insikten gick upp för henne. "Har du sagt åt dem att låta bli, är det så? Har du undanhållit information för oss? Varför skulle du göra så? Du vet hur mycket det här betyder för mig. Jag kan inte fatta att du skulle göra något sånt. Vi ska vara ett partnerskap, ett team. Det här är min dröm och du håller på att förstöra den. Jag har väntat på det här ögonblicket hur länge som helst, och du har fuckat upp allt för mig. I dag rapporterade vi om ett enormt hål på stranden vid Southends strandpromenad, som en lokal rymdfotograf och entusiast trodde var en meteorit som hade landat från rymden. Det visade sig vara några jävla snubbar med en jättestor spade och alldeles för mycket tid. Ser du! Jag kan inte gå tillbaka till den där skiten hela dagarna. Jag är bättre än så. Jag har ambitioner."

Hon höjde handen i luften, och klättrade sedan uppför en låtsasstege. Men Tomek brydde sig inte om det. Allt han kunde tänka på var det där hålet.

"Hur..." började han och vände sig långsamt mot henne. "Hur... hur stort var det?"

Abigails kinder blev röda. Linjerna i pannan fördubblades och kråksparkarna djupnade. Pupillerna smalnade och näsborrarna fladdrade. Kvar fanns bara den vrede som kom ur hennes mun.

"Dra åt helvete," spottade hon. "Dra åt helvete, och dra åt helvete med det här stället. Jag drar. Hej då!"

KAPITEL
TJUGOSJU

Världen har antagit en röd nyans. En djup, mörkröd ton som får det att kännas som att jag har blod över ögonen. Mitt blod. Michałs blod. Angelicas blod.

När jag springer ser jag ungarna som hänger utanför närbutiken. En av dem lutar sig mot styret medan en annan håller upp något i luften. Jag tror att det är en jävla spade, men jag kan inte vara säker. Den har ett skaft och allt, och den blänker som fan under butikslamporna, så det ser nästan säkert ut som en spade. Men innan jag hinner tänka mer på det kommer jag fram till köksbutiken Magnet. Och den här gången ser jag Abigail på parkeringen, stående bredvid mannen jag har sett så många gånger förut, så många gånger, men aldrig riktigt lagt märke till. Förutom att det inte är Abigail. I alla fall tror jag inte det.

Hon har Abigails kläder, ja, men hennes ansikte är suddigt, och det är vitt, som ett lakan. Och bakom henne står en röd bil. Men när jag tittar igen inser jag att det inte är en röd bil. Det är ett par vingar. Änglavingar. Blodiga änglavingar.

Och så klipper det.

Jag är på fältet. Vinden har friskat i, och det börjar småstänka, ett stilla regn av blod. Till och med parkens mörker har skiftat i rött, anstruket av död.

Jag hukar mig under räcket och sprintar genom leran. Där står Nathan Burrows över Michał. Han har på sig ett par grå mjukisbyxor och en fläckig grå sweatshirt. Han är orakad, och håret är långt och lite rufsigt. Tänderna lutar åt ena sidan och ögonbrynen har vuxit ihop i mitten. Jag ser ett monster framför mig, stående ensam, axlarna framåtrullade, benen axelbrett isär, armarna häng-

ande vid sidorna, stirrande på mig, nästan hånfullt, väntande på att jag ska ta första steget.

Och det gör jag. Jag är den första som blinkar. Bokstavligen.

Men när jag öppnar ögonen igen har Nathan förvandlats till en femtonårig pojke. Han är klädd i samma blå Lonsdale-träningsoverall och svarta sneakers som han hade när han dödade Michał. Förutom att det nu står två personer bakom honom. En man och en kvinna, på varsin sida. Hans mamma och pappa. De är klädda i vardagskläder. Hans mammas hår är uppsatt i en hästsvans som verkar hänga snett åt ena sidan, som om någon hade dragit i den under ett gräl. På andra sidan står Nathans pappa likadant som han, med axlarna framåtrullade, armarna nere vid sidorna. Den enda skillnaden mellan dem är det vikande hårfästet och den lite rundare magen. I övrigt är de lika som bär.

Alla tre stirrar på mig.

Och så vinkar Nathan åt mig, nästan som om han kallar på mig, vinkar mig till sig.

Och så klipper det.

Jag åker i bilen, polisbilen, med pappa vid min sida. Ljudet av vindrutetorkarna som piskar från sida till sida är det enda ljudet i bilen. Det och regnet. Vi åker, åker, åker. Jag har ingen aning om var vi är; jag vet bara att vi är på väg till stationen. När vi kommer fram öppnar polisen dörren åt mig och för mig in i byggnaden. Lamporna är så starka att jag inte kan se någonting. Allt jag vet är att mannen leder mig, att jag måste följa honom. Till slut, efter några minuter av prat med folk, efter röster och namn jag inte känner igen, visas jag in i ett litet rum. Det är väl upplyst, det finns en fin soffa och en tv där något vardagligt program rullar som jag inte ägnar någon uppmärksamhet. Det är till för att lugna mig, men jag kan inte fokusera på det. Allt jag ser är Michałs blod på mina händer, blandat med smutsen under naglarna. Det sitter på väggarna. Det finns i tyget i möblerna. Det är överallt. Jag ber att få gå på toaletten, få tvätta händerna, men inget händer, ingen svarar. Jag börjar få panik, bröstkorgen höjs, sänks, höjs, sänks, tills huvudet känns lätt och yr. Jag går tillbaka mot soffan för att sätta mig, sträcker mig efter vattenflaskan som står där, och just när jag skruvar av korken öppnas dörren. Där står min mamma, iklädd polisuniform. Hennes glittrande rosa naglar klamrar sig fast vid dörrhandtaget.

"Vi är redo för dig nu, Tomek", säger hon, innan hon förändrar mitt liv för alltid.

KAPITEL
TJUGOÅTTA

Tonläget i bilen var stelt och frostigt. Ingen av dem hade sagt ett ord till varandra den morgonen, förutom det mest nödvändiga: "God morgon", "Klar att åka vid åtta?" och "Din lunch ligger i din väska".

Tomek hade massor han ville säga, framför allt en rejäl ursäkt, men han visste inte hur han skulle uttrycka den. Det var inget han någonsin hade behövt göra förut. Han var inte van att be om ursäkt. Tidigare, när han hade gjort slut med en tjej eller talat om att morgonen efter var slutet på deras relation, hade han alltid avfärdat det med en axelryckning och en himlande blick, utan tanke på den andras känslor. De fanns i hans liv för en natt, kanske två, och bara en natt. Förutom med Kasia; hon skulle finnas i hans liv resten av hans, och hon var inget one-night stand. Hon var hans dotter. Och det var en helt annan femma.

Hittills, under bilresan till skolan, hade Kasia haft hörlurarna i och ignorerat honom totalt. Han hade försökt kasta några blickar mot henne då och då, men hon var så uppslukad av sin telefon och sin musik att hon inte lade märke till honom – eller om hon gjorde det, så visade hon det inte det minsta. Han visste inte varifrån hon hade fått sitt pokeransikte, men han uppskattade det inte.

Efter tjugo minuter stannade han till utanför hennes skola. Eller, inte riktigt utanför skolan; hon ville att han skulle parkera längre ner på gatan så att inga av hennes vänner såg att hon blev avsläppt, antagligen för att hon annars kunde ses som någon sorts social paria. I ett ögonblick satt Kasia stilla. En del av honom trodde att hon kanske samlade sig för att säga något, men när det inte kom, när hon sträckte sig ner i fotutrymmet efter väskan, kramade den tätt mot bröstet och öppnade bildörren, drog Tomek henne tillbaka i armen.

"Kan vi prata om i går kväll?"

Sakta drog Kasia ur hörlurarna ur öronen. Hon höll blicken fäst vid honom. Det syntes tydligt på hennes min att hon ivrigt väntade på hans ursäkt, att hon var sårad.

"Förlåt", sa han, kort och rakt på sak. "Förlåt för att jag gick åt dig och ignorerade dig. Jag... Det är ingen ursäkt, men jag hade en stressig dag i går och jag borde inte ha tagit med mig det hem. Jag borde ha lämnat det vid dörren, och det är jag ledsen för. Jag..." Han drog djupt efter andan och vände blicken mot instrumentbrädan. "Jag fick ett brev till i går kväll, ja, och tack för att du inte öppnade det. Jag behövde bara läsa det på mitt rum, ensam, för de är... de är mycket för mig att ta in." Han snorade till medan han funderade på vad han skulle säga härnäst. "Jag har inget problem med att du träffar din kompis i helgen. Det borde jag ha sagt direkt, men jag hade mycket i huvudet. Igen, ingen ursäkt, jag vet. Jag tar på mig det, och jag är ledsen. Om du behöver skjuts eller vill att jag ska hämta dig från Lakeside, så säg bara till så kommer jag, okej?"

Kasias min förblev oförändrad. Hon drog ur hörlurarna ur telefonen och började vira sladden runt handen. "Förlåt jag också", sa hon med svag röst.

"För vadå? Du har inget att be om ursäkt för."

"För att jag tjuvlyssnade utanför ditt rum."

"Åh, just det. Det där..."

"Jag borde inte ha gjort det heller. Jag var nyfiken på fel sätt. Det är... det är ingen ursäkt heller. Jag vet."

Sedan gjorde hon något som tog honom fullständigt på sängen. Hon knöt näven, placerade den mitt på bröstet och gnuggade näven i en cirkel några gånger.

"Vad var det där?"

"Förlåt på teckenspråk. En tjej i min klass är döv, och hon använder det när hon inte förstår frågan."

Tomek lade knytnäven mot bröstet och gjorde samma rörelse.

"Förlåt", sa han.

"Förlåt", upprepade Kasia. Sedan tvekade hon i sätet, med något kvar på hjärtat. "Har du bett Abigail om ursäkt än?"

"Nej."

"Ska du göra det?"

"Jag vet inte."

"Jag hörde vad som hände i går kväll. Det lät illa..."

"Mm."

"Ska du prata med henne om det?"

Förr eller senare skulle han vara tvungen. Det var det vuxna att göra. Det fanns ingenstans att gömma sig nu, inte när de hade kommit så långt i relationen att han inte kunde få kalla fötter och dra sig ur. Nej, han skulle behöva hålla i ett bra tag innan något sådant ens kunde komma på fråga.

"Jag är säker på att ni löser det", sa Kasia, även om han hörde på rösten att hon inte menade det.

"Hon fyller år om ett par veckor", sa han.

"Vad... vad har det med något att göra?"

Han ryckte på axlarna och stirrade ut genom fönstret. "Jag vet inte." Sedan föll blicken på instrumentbrädan. Klockan var 8:35. "Du borde gå nu. Vi vill inte ha ännu en lapp om sen ankomst från Miss Holloway."

Hennes ögon flackade till av rädsla.

"Såg du det?"

"Det är lugnt", sa han till henne. "Jag såg det på ditt omdöme häromdagen – jag rotade i din väska, förlåt – men sa inget. Så den här gången får du en frisedel. Se bara till att det inte händer igen."

Kasia svarade med att rita en cirkel över bröstet. Tomek svarade på samma sätt.

En sekund senare var hon ute ur bilen, gick uppför gatan, med en ryggsäck som var två storlekar för stor för henne, och sms:ade på telefonen. Tomek vände blicken mot de andra ungarna som gjorde likadant. Kloner, karbonkopior av varandra: blickarna ner, hörlurarna i, hela deras värld innesluten i en svart spegel i stället för världen omkring dem. Till och med de som gick i grupp lyssnade på musik med en hörlur i medan de låtsades umgås i den verkliga världen.

Tomek var så fokuserad på barnen från Kasias skola att han nästan missade att telefonen vibrerade. Han fiskade i fickan och drog upp apparaten. Det var hans pappa, Perry.

"Är allt okej, pappa?" frågade han medan han satte på högtalaren och körde ut från vägkanten.

"Allt är bra."

"Är du säker? Inte likt dig att ringa så här tidigt. Brukar du inte fortfarande brottas med att ta dig ur sängen vid den här tiden?"

"Du kan driva, men det här artroseländet kommer att hinna ifatt *dig* en dag, grabben. Så bli inte för kaxig. Dessutom har jag redan lagat frukost, städat köket, dammsugit nedervåningen, fixat kranen i badrummet och slängt in en tvätt i maskinen. Och nu har din mor mig i garaget för att lampan på hennes sängbord är trasig och den måste fixas på studs, annars kan hon inte läsa sina böcker i sängen i kväll."

"Aj."

"Gift dig inte. Det tar aldrig slut."

Tomek skrattade till medan han fokuserade på att svänga i en korsning.

"Hur är det med alla?" fortsatte Perry. "Kasia? Jobbet?"

Tomek gav honom en snabbversion av gårdagskvällen och utelämnade detaljerna om brevet från Nathan och samtalet med sin bror.

"Aj", svarade Perry.

"Mm."

"Vill du prata om det?"

"Nej. Det är lugnt."

"Okej. Jaha, nåväl..."

Det var allt som behövde sägas i den frågan. De hade hanterat det som män, utan att egentligen säga någonting alls, och nu var det dags att gå vidare. Som tur var hade Perry något annat i tankarna.

"När jag ändå har dig", sa han och sänkte rösten till knappt mer än en viskning. "Det är något jag har tänkt fråga."

Ljudet av verktyg och metall som slog mot metall skramlade i bakgrunden medan han pratade, antagligen för att hindra hans mamma från att tjuvlyssna.

"Okej..." svarade Tomek.

"Det gäller Nathan."

Tomek tvekade. Hade Dawid pratat med honom?

"Okej..."

"När du besökte honom härom månaden sa du att han hade sagt att han agerade ensam."

"Ja. Det stämmer."

När Perry kämpade med att få fram orden ökade ljudet av verktyg som flyttades, gradvis.

"Och jag undrade... jag undrade om, du vet, om du trodde på honom?"

"Om jag trodde på honom?"

"Ja. Tror du att det fortfarande finns en andra person där ute eller... tror du att han verkligen agerade ensam?"

Tomek undrade vart hans pappa ville komma med det här, och vad som hade fått honom att ta upp det efter flera veckor. Tomek hade berättat för familjen om sitt besök hos Nathan Burrows på HMP Wakefield några veckor tidigare, och hans pappa hade inte haft några invändningar då. Faktum var att han hade ställt sig på Tomeks mammas sida och till slut hade de, som familj, gått med på att släppa det. Efter trettio år av att ständigt söka ett avslut hade de bestämt att Nathan Burrows hade agerat ensam, att ingen annan hade varit med honom, och att Tomek hade inbillat sig det. All den pressen, alla bördor hade lyfts från deras liv och de hade kommit varandra närmare. Men nu hade Perry till slut gett röst åt sina farhågor, undan hans mors lyssnande öron.

"Vad har fått dig att ta upp det här, pappa?" frågade Tomek.

"Jag har tänkt lite", sa han. "Det är allt. Undrade bara om du har ändrat dig."

"Jag..." Tomek tvekade. Han visste inte vad han skulle säga. Han visste inte vad Perry förväntade sig att han skulle säga. Han drog djupt efter andan, höll kvar den och släppte sedan ut luften långsamt genom läpparna. "Jag tror inte på honom", sa han, osäkert. "Jag tror... jag tror att Charlie fortfarande är där ute, ja."

"Och allt det där förra veckan vid middagen? Var det för din mammas skull?"

Tomek mumlade, utan att kunna svara.

"Bra. Behåll det så. Hon har mått mycket bättre sedan du gick ut och sa det du sa. Hon är gladare, hon är annorlunda. Jag har inte sett henne så här på nästan trettio år. Hon är en helt annan kvinna."

"Hon får dig fortfarande att städa och laga saker åt henne, ändå."

"Hon får mig fortfarande att städa och laga saker åt henne, ja. Men, tro mig, hon är lyckligare än någonsin. Och jag vill inte att något ska ändra på det just nu. Så... håll det undan för din mamma, okej? Säg inget till henne, och det ska inte jag heller. Vår lilla hemlighet."

Det var inget *litet* med det här. Inte när det gällde Michał. Inte när det involverade Nathan Burrows.

"Jag visste att du dolde något för oss den där kvällen", fortsatte Perry. Ljudet av rörelse och metall som slog mot metall kom tillbaka. "Jag såg på ditt ansikte att du fortfarande trodde det. Och jag vill bara att du ska veta att jag tror på dig också. Jag visste att det inte låg för dig att släppa det här så lätt. Du har kämpat med det i trettio år, och jag vet att du kommer att fortsätta jaga den där jäveln i trettio till, ända till slutet. Jag vet att du kommer att göra det som är rätt för vår familj, grabben. Jag vet att du kommer att hitta honom, för han finns där ute någonstans. Jag känner det. Jag vet det, du vet det. Och jag vet att du har det i dig att hitta honom. Fortsätt kämpa, grabben."

En klump växte i Tomeks hals. En klapp på axeln, upprättelse, en nick: bra gjort. För första gången hade hans far sagt att han var stolt, att han trodde på honom. Trettio år för sent, men ändå. Och när Tomek tänkte på det ett ögonblick insåg han vad det där lilla talet var: hans far som bad om hjälp, bad Tomek att hitta Michałs andra mördare, för även han hade burit samma börda alla dessa år, bara på ett annat sätt, dolt för resten av familjen. Och nu gjorde han det glasklart för Tomek vad som behövde göras, och att han skulle stå vid hans sida varje steg på vägen.

KAPITEL
TJUGONIO

A tt hitta Shawn Wilkins, mannen som hade dömts för att ha förföljt Angelica Whitaker, borde ha varit en snabb sökning, en snabb koll i registret. Men det blev allt annat än det. Hans registrerade adress hade varit hos hans föräldrar, men när Oscar och Rachel dök upp för att ta in honom till förhör fick de veta att han hade flyttat. Problemet var bara att hans föräldrar var riktiga pratkvarnar och höll dem båda upptagna i två timmar innan de till slut gav dem den information de behövde.

Medan han väntade hade Chey ägnat de senaste tjugo minuterna åt att räkna upp all bevisning de hade mot Wilkins för honom. Flera tillfällen då han stått utanför Angelica Whitakers hus mitt i natten, ibland suttit i bilen och tittat på henne genom fönstret med lamporna tända, följt efter henne mitt på gatan nattetid och i fullt dagsljus, dykt upp på Whitaker's, smyckesbutiken, utan förvarning, låtsats köpa något (och till och med gjort det vid ett tillfälle, för att sedan ge henne det som present), skickat meddelanden till henne gång på gång i sociala medier och via sms, ofta med fejkade konton och nya mobilnummer för att nå henne, och ständigt kommenterat vartenda av hennes inlägg i sociala medier med fraserna, "Min vackra ängel" och "Min ängel har fått tillbaka sina vingar", som om de var ett par. Problemet var bara att Tomek inte lyssnade på något av det. Hans tankar var hundratals mil bort i Wakefield, drev omkring utanför fängelset, blickade upp mot gallren utanför byggnadens grå och dunkla fönster. Sedan slog tankarna om till gräsplanen vid lekplatsen där hans bror hade dött – lekplatsen som fortfarande fanns kvar, men såg helt annorlunda ut trettio år senare. Den här gången såg han bänken med Michaɫs namn på. Han hade inte suttit på den bänken, än mindre sett den, på åratal. Och nu var den där, knivskarp på näthinnan.

"Serg?"

Rösten gick in genom ena örat och ut genom det andra.

"Serg, är du med?"

Tomek stod med ryggen mot Chey och stirrade ut genom fönstret som vetter mot parkeringen. Han var bara vagt medveten om mannens spegelbild i glaset. Men när Chey rörde sig bakom honom var det inte spegelbilden som distraherade honom, utan bilen som just svängde in på en ledig plats nära byggnadens entré. Rachel. Parkerade snett efter att ha svängt in den i rutan. En sekund senare såg han henne kliva ur bilen och gå runt till bakluckan, varifrån Shawn Wilkins kom fram. Uppifrån fönstret på andra våningen såg mannen ut som en liten jätte. Han var nästan dubbelt så stor som Rachel, med breda, framåtlutade axlar som aldrig tycktes ta slut, och en gång som fick honom att se ut som en godmodig jätte. Han väntade tålmodigt medan Rachel hämtade något ur bakluckan och följde sedan några steg bakom.

Först när de var några meter från byggnaden såg Tomek hur en gestalt kastade sig ur en bil i närheten och sprang över parkeringen. När han väl insåg vad som höll på att hända var det redan för sent, och som en hind som ser sin kalv bli påkörd mitt i gatan kände sig Tomek hjälplös. Gestalten, i svart hoodie, avverkade sträckan utan ansträngning och var ögonblicket därpå över dem. Han svingade en högerkrok mot Shawn Wilkins och träffade rent, så att den lille jätten gick i backen. Men det räckte inte för angriparen. Han knuffade Rachel åt sidan, grep tag i Shawns krage och började mata slag mot hans ansikte, sparkade honom i magen och benen medan mannen låg försvarslös.

Tomek behövde inte se mer. Han rusade ut ur rummet och tog sikte på trappan, tog två steg i taget nedför den och höll sig i väggen för stöd. När han kom ner for han genom ett par dubbeldörrar och ut i det fria. När han väl kom ut hade situationen redan hanterats av några uniformerade poliser som hade varit i närheten. Det hade krävts tre för att få angriparen under kontroll: en låg över mannens nacke, medan de två andra gränslade honom och började sätta på honom handfängsel.

"Släpp!" skrek angriparen.

Samtidigt tog Rachel hand om Shawn Wilkins. Mannen satt på marken, med benen isär, huvudet sänkt mellan knäna medan en ström av blod rann från hans näsa.

Först kollade Tomek hur det var med Rachel.

"Allt okej?"

Hon såg upp på honom, uppskärrad. "Vad i helvete handlade det där om? Han kom från ingenstans!"

"Inte om man stod där uppe." Tomek pekade mot fönstret. "Vet du vem det är?"

Och då såg Tomek det själv.

Mannen drogs upp på fötter med hjälp av en fjärde uniformerad polis. Armarna bakom ryggen. Smuts och smågrus fast i ansiktet.

Det som stirrade tillbaka på honom var Johnny Whitaker, Angelicas bror och hennes orubblige försvarare.

KAPITEL
TRETTIO

D et hade tagit över en timme att få blodet att sluta strömma ur Shawn Wilkins näsa, åtminstone till den grad att han inte behövde byta pappret som var instoppat i näsborrarna varannan sekund. De medicinskt utbildade i byggnaden hade tagit hand om honom, plåstrat om honom och skickat in honom i förhörsrummet i samma kläder som han hade blivit attackerad i, nedfläckade och blodiga. Tyvärr fanns det inga ombyten, och även om det hade funnits, tvivlade Tomek på att något skulle passa. I förhörsrummet satt också Rachel. Förhöret var frivilligt, så Shawn fick gå när som helst, men Tomek misstänkte att mannen skulle vilja anmäla Johnny Whitaker, och Tomek var sugen på att få honom att stanna så länge som behövdes genom att spara den biten till slutet.

"Shawn Wilkins..." sa Tomek.

"Ja?"

"Är det du?"

"Ja."

"Och du bor på Crescent Drive, eller hur?"

"Mina föräldrar gör det."

"Men inte du?"

"Du vet var jag bor. Ni hämtade mig därifrån." Shawn pekade på Rachel, men Tomek ignorerade det.

"Hur länge har du bott där?"

Shawn ryckte på axlarna. "Två, kanske tre år."

"Så varför har du inte uppdaterat våra uppgifter?"

"Vilka uppgifter?"

"Besöksförbudet mot dig från en Angelica Whitaker."

Shawn lade sina jättelika händer platt mot bordet och drog dem långsamt tillbaka medan han lutade sig bakåt i stolen. Det var en enkel, harmlös rörelse, men ändå kände Tomek en air av hot bakom den. Mannen gav honom Ed Kemper-vibbar. "Är det det det här handlar om? Ni har släpat in mig här för att mina uppgifter är inaktuella?"

Det var Rachels tur att tala. "Nej, vi har tagit in dig för att vi hade några frågor om det."

Shawns ansikte drogs ihop i en rynka. "Allt står väl i akten? I korthet får jag inte gå inom några meter från henne."

"Hur många, exakt?"

"Hundra."

"Det är betydligt mer än bara *några* meter", sa Tomek. "Vad gjorde du för att förtjäna det?"

Tomek visste svaret på frågan – Cheys ord var vaga och dova i hans huvud – men han ville att Shawn skulle stava ut det för dem.

"Det står allt i min akt", svarade mannen trotsigt.

"Varför berättar du inte för oss vad det står?"

"Jag vill helst inte älta det gamla. Det är svårt."

"Men inte i närheten av så svårt som du gjorde livet för Angelica Whitaker, eller hur?"

Mannen gillade inte tonen i Tomeks röst. Tomek såg hur han trängdes upp i ett hörn, med håren resta och klorna redo.

"Vad handlar det här om?" frågade han. "Varför har ni dragit hit mig? Och varför i helvete går någon till angrepp mot mig utanför? Jag vill anmäla."

Rachel höjde handen för att lugna honom. "Det kan vi ta senare", började hon. "Men först vill jag veta när du först träffade Angelica. Hur lärde ni känna varandra? Det var på ett flyg, va?"

Det var något med hennes ton, känsligheten bakom den, lugnet, som gjorde även Tomek mottaglig för hennes frågor. Hon hade ett annat sätt att hantera människor, och oftast fungerade det. Särskilt när hon försökte reda upp Tomeks röra.

"Jag flög hem från Madrid", började Shawn, med blicken fäst vid Rachel. "Jag var med ett par polare. Vi hade varit på en grabbresa. Lugnt, stillsamt, inget stök. Det måste vara tre år sedan nu. Och vi flög hem mitt på förmiddagen. Vi var alla helt slut och resten av grabbarna sov, men jag kunde inte. Jag satt bara och tittade på den vackraste kvinnan jag någonsin sett. Hon var helt otrolig. Du skulle ha sett henne. Figur som en modells, de vackraste ögonen, håret fint uppsatt, sminket satt perfekt. Det var bara något med henne. Så jag började prata med henne längst bak i planet när alla andra sov eller hade hörlurar på, och vi klickade verkligen. Jag drog några oneliners, hon flirtade tillbaka. Men sen var det det. Flyget var framme och hon var borta."

När Shawn Wilkins pratade lyste hans ögon och ansikte upp av glödande begär och djurisk hunger. Uttrycket i mannens ansikte gjorde Tomek illa till mods. Om han njöt så här mycket av att bara *tänka* på Angelica, hur hade han då betett sig när han var nära henne?

"Hur spårade du upp Angelica efteråt?" frågade Rachel.

"Insta", svarade mannen snabbt. "Hittade hennes konto på Insta. Det tog inte så lång tid egentligen, jag hade ju redan ett förnamn och lyckades pussla ihop resten. Sen skrev jag till henne. Hon hade inte kontot privat eller så, så jag hörde bara av mig. Jag tog chansen, och hon svarade. Överraskande nog kom hon ihåg mig. Jag måste ha gjort intryck på henne, och sen rullade det liksom på." Han avslutade meningen med en nonchalant axelryckning, som om Tomek och Rachel borde vara imponerade av hans förmåga.

"Hur?" frågade Rachel, med en platt, avvägd ton. Samtidigt började tankar på Kasia tränga sig in i Tomeks huvud: hur hon skulle riskera sådant här i åratal framöver; hur vissa män inte kunde kontrollera sig och tog ett steg för långt; hur hon skulle behöva vara försiktig varje dag resten av livet om inget förändrades.

Ännu en axelryckning, ännu en trotsig gest. "Du vet, jag skrev bara till henne några gånger. Vi pratade om massor. Hennes jobb, hur hon såg fram emot slutet av säsongen för att hon behövde en paus, men inte såg fram emot det för att det betydde att hon inte längre fick utöva sin passion. Sen berättade hon vad hon gillade att göra, vart hon gillade att gå, vad hon gjorde på kvällarna. Så en kväll, med flit fast som av en slump, sprang jag på henne på Memo. Hon blev förvånad att se mig, så det tog jag som något positivt, och sen följde jag efter henne hem i en annan taxi."

"Bad hon dig om det?"

"Tja, inte *exakt*. Men jag kunde se att hon var sugen, du vet. Hon hade definitivt gett mig signalerna."

I ögonvrån såg Tomek hur Rachel ryste till av obehag åt den kommentaren.

"Och när hon avvisade dig, vad sa du då?" fortsatte Rachel, med rösten som brast lite.

"Avvisade mig? Hon avvisade mig inte. Vi hade sex den kvällen."

Tomek kände hur Rachel tappade luften. Besvikelsen sipprade ur dem båda, över att Angelica så snabbt hade gått i säng med någon hon knappt kände, och någon som hade följt efter henne hem utan att hon såg risken han utgjorde.

"Men jag våldtog henne inte eller något. Det finns allt i protokollet. Hon medgav att det skedde med samtycke."

Men det var då besattheten eskalerade, tänkte Tomek. Steg upp en nivå, och en nivå till efter det. Ju mer hon ignorerade honom när hon hade fått sansen tillbaka, ju mer hon stötte bort honom, desto hungrigare blev han, desto mer desperat blev han efter hennes uppmärksamhet, efter *henne*. Och det som oroade Tomek mest var att det inte fanns någon ånger, inget medgivande om att det han gjort och hur han hade betett sig var fel, omoraliskt, i grunden ondskefullt. Han såg stolt ut över sitt beteende och förtjust över att de pratade om Angelica.

Inför mötet hade Chey skrivit ut listan över bevis som Angelica bifogade när hon ansökte om besöksförbud. Tomek konsulterade den. Vid det här laget hade polisens redogörelse för fakta helt dränkts av den information som Shawn Wilkins gav honom.

"Det står här att du ibland dök upp hemma hos henne utan förvarning, och på hennes arbetsplats vid flera tillfällen?"

Mannens ögon lyste upp. "Du anar inte hur många gånger jag tog slumpmässiga flyg till slumpmässiga länder från Southend Airport bara i hopp om att hon skulle vara med på något av dem. Så många gånger som jag måste ha åkt hela vägen och sen hela vägen tillbaka, det var galet." Han lät ett litet skrock slippa ur sig, upprymd av sina egna minnen. "Och när jag fick veta att hon jobbade med sin svägerska sparade jag en hel *förmögenhet*."

Tomek såg det framför sig: Angelica som jobbade nöjt i guldsmedsbutiken, tog hand om en kund, visade den perfekta ringen eller halsbandet som skulle göra dem till de lyckligaste människorna på planeten, och så hur hennes uppmärksamhet drogs till mannen som just klivit in, som log mot henne, med pigga ögon som följde varje rörelse, väntade på att hon skulle bli klar så att han kunde hugga, utan att lämna henne någon flyktväg.

"Det kan jag tänka mig." Tomek var äcklad. "Har du något emot att jag ställer några frågor?"

Shawn gav Tomek tillåtelse med sina enorma händer.

"Vad jobbar du med?"

"Jag jobbar på biblioteket i Hadleigh."

"Hur länge har du varit där?"

"Tio år."

"Vilken bokgenre gillar du mest?"

"Fantasy. *Game of Thrones*. Den typen av grejer."

"Har du någonsin varit på någon sån där comic con?"

"Ett par gånger. Varför?"

"Har du någonsin fantiserat om att Angelica var en figur ur *Game of Thrones*?"

"Kanske..."

"Har du någonsin kallat Angelica för en ängel?"

"Ja."

"Har du någonsin sagt att hon har vingar?"

"Bara för att jag blev glad när jag hörde att hon hade fått förnyat för nästa säsong. Det var min lilla hyllning till henne."

"Har du någonsin brutit dig in i hennes hem?"

"Va? Nej!"

"Har du någonsin tänkt på att skada Angelica?"

Tvekan.

"Nej..."

"Har du någonsin tänkt på att skada *någon*?"

"Nej."

"Har du någonsin dödat någon?"

"Va?"

Och där tog det slut. Tomek hade hoppats att hans snabba frågerunda skulle ge mer frukt, men inte den här gången.

"Vart vill du komma med det här?"

"Ingenstans", ljög Tomek. Dags att byta spår. "Var var du i fredags kväll?"

"Hemma."

"Hemma hos dig?"

"Ja."

"Ensam?"

"Ja. Varför då? Vad hände i fredags kväll?"

"Inget."

"Varför ställer du alla de här frågorna då?"

Tomek ryckte på axlarna. "Nyfikenhet."

"Har det hänt henne något?"

"Vem?" frågade Tomek och gjorde sig medvetet dum.

"Angelica! Har det hänt min ängel något?"

Tomek lät hjärnan ta in meningen innan han svarade: "Jag är inte säker på vad du menar."

Upphetsningen i Shawns ansikte övergick snabbt i raseri, uttrycket fylldes av gift. Han vände sig mot Rachel och, medan han pekade på Tomek, frågade han henne: "Vad i helvete är det som pågår här?"

"Jag är inte säker på vad herrn menar."

Shawn slog handflatan i bordet.

"Skojar ni med mig, eller? Vad är det här för jävla skitsnack? Jag tänker fan inte sitta här och ta det." Han kastade sig upp ur stolen, väntade på att antingen Tomek eller Rachel skulle stoppa honom, och när ingen av dem gjorde det, dunkade han stolen i bordet och stormade mot dörren.

"Ville du inte göra en anmälan?" ropade Tomek.

Shawn stannade upp, frusen, med handen om handtaget. Bröstkorgens lyft och sänkning syntes från bordet, och ljudet av hans andning var högre än luftkonditioneringen.

"Skitsamma", sa han. "Det är er två jag borde anmäla."

Sen stormade han ut och slog igen dörren bakom sig.

När ljudet av hans tunga steg ebbade bort vände sig Tomek mot Rachel och sa: "Oj, oj, vilket temperament."

KAPITEL
TRETTIOETT

Tomek stötte på Rose Whitaker på väg ut. Smyckeshandlaren var uppskärrad, irriterad. Hon höll hårt om väskan, instoppad under armen, tryckt mot bröstet, och vred på huvudet som en hund på helspänn. Hon stod i receptionen och väntade nervöst på att någon skulle komma fram till henne.

"Jag antar att du är här för att prata med din man?" frågade Tomek lättsamt.

"Jag var nära att inte komma," snäste hon.

"Nä?"

"Det är det sista den där jävla skitstöveln förtjänar."

Tomek anade att det var något mer på gång, något annat än bara besväret med att behöva stänga smyckesbutiken tidigt för att hämta sin man som idiotiskt nog hade sett till att bli gripen för att ha misshandlat någon utanför en polisstation. Om det nu fanns något mer, valde hon att inte gå in på det.

"Jag är faktiskt glad att du är här," fortsatte Tomek och pekade sedan nerför en korridor. "Jag undrade om jag kunde låna dig i några minuter för att ställa några frågor om din man och Angelica?"

Rose himlade med ögonen. "Inga problem. Den jävla idioten kan vänta så länge jag säger åt honom."

Sagt och gjort, hon följde med honom in i ett av rummen för särskilt utsatta vittnen som var utformade för att vara bekväma och hemtrevliga för dem som behövde det mest – barn och offer för våldtäkt och trauma.

Tomek visade med en gest att Rose skulle slå sig ner i soffan medan han själv slog sig ner på kanten av en obekväm trästol som gav honom ont i svanskotan så fort han satte sig.

"Något att dricka?" frågade han.

Hon avböjde med en huvudskakning och lade sedan handväskan på soffan, släppte den till slut i en miljö där hon uppenbarligen kände sig trygg.

"Första gången på en polisstation?" frågade han.

"Ja." Hon lät blicken glida runt i rummet med lika delar förundran och oro, som om hon såg det genom ett lager av förstärkt verklighet. "Förlåt, det är bara... konstigt, du vet. Jag får kryp i skinnet."

Tomek skrattade till. "Det är lugnt. Vi får höra det där ofta. Det här är en främmande och obekväm miljö för nittionio procent av befolkningen. Jag tycker att du vore konstig om du *inte* blev obekväm av att vara här."

Ett stelt skratt. "Du har nog rätt."

Tomek förde samtalet vidare. För det här behövde han varken ett block eller anteckningsappen i mobilen. Han ville använda den bästa appen som finns: den mellan öronen. Han hoppades bara att sömnbristen de senaste dagarna inte hade ställt till det i dess kretsar.

"Förlåt om det är påfluget," började han, "men jag anar en del fientlighet mellan dig och din man."

Hon fnös. "Det kan du skriva upp. Kan du fatta att den jäveln ljög för mig, ljög för oss allihop?"

Tomek sa ingenting. Väntade på att hon skulle fortsätta.

"Den där lilla råttan var inte i Dublin den natten Angelica försvann," sa hon.

Han spetsade öronen.

"Nej, den där lilla skitstöveln låg med en annan jävla kvinna. Någon jävla irländsk brud han träffade på en konferens en kväll för några månader sedan. De har haft en affär sedan dess. Så varje gång han säger att han ska till Dublin i jobbet har han bara legat med den där kvinnan i stället. Förutom den här gången, då bestämde de sig för att variera sig. Vet du hur? Den där ursäkten till människa bokade en Airbnb längs strandpromenaden i Southend. Bara drygt en och en halv kilometer från vårt hus! Inte nog med att han knullade henne bakom min rygg, han gjorde det dessutom mitt framför näsan på mig. Han kunde lika gärna ha gjort det i vår egen!"

"Vår egen vadå?" frågade Tomek, förvirrad.

"Ovanför butiken," förklarade hon, "finns en lägenhet som vi nyligen köpt. Vi planerar att göra om den till en Airbnb, ett gulligt litet ställe för folk att bo på längs Broadway. Det är smidigt eftersom jag är precis under, så när gäster kommer kan jag checka in dem och checka ut dem utan krångel. Vi renoverar den just nu. Eller, *vi* och vi – det är jag som gör allt jobbet, märk väl. Det är mitt namn på avtalet, mitt namn på lånet. Jag vaknar, går till butiken, jobbar där hela dagen och på kvällarna går jag upp och gör städning, spackling, borrning, sågning, alltihop. Under tiden knullar han Fröken Potatishuvud där borta."

Tomek hade hört tillräckligt på den punkten. Han ville inte göra henne mer upprörd, och han ville inte rota i något som uppenbart var ett färskt och öppet sår för henne (även om skvallersidan av honom var nyfiken), så han flyttade fokus i samtalet till Angelica och hennes bror. Så fort fokus skiftade till svägerskan slappnade Rose av i axlarna, kroppen mjuknade och venerna på armarna och i tinningarna försvann snabbt.

"Berätta om dem som syskon," sa Tomek. "Jag vill gärna veta hur de är. Kommer de överens? Bråkar de?"

"Varför det?" frågade hon.

"För att jag fick intrycket att han var en beskyddande storebror, att han gillade att se efter henne."

"Ja. Det kan man väl säga. Han har alltid velat hålla ett öga på henne på det där storebrorssättet. Men missförstå mig inte, de bråkade och gnabbades också mycket, oftast om struntsaker – precis som syskon gör, antar jag – men det fanns ett par gånger då han tappade det helt med henne."

"När då?"

"När han fick veta att hon hade legat med sitt ex, och att hon hade bjudit hem killar hela tiden. Han sa åt henne att ha lite respekt för sig själv, att sköta sig bättre." Hon sköt en lös hårslinga bakom örat och strök baksidan av handen under näsan. "Personligen hade jag inget problem med det. Det är hennes kropp. Hon får göra vad hon vill med den, bara hon är försiktig."

"Men det var hon ju inte, eller hur?"

Tomek syftade på hennes graviditet, och han undrade om Rose kände till den.

"Nej... nej, det var hon väl inte."

Så hon visste.

"När berättade Angelica det för dig?"

"Hon behövde inte. Varningssignalerna fanns där. Jag menar, Johnny och jag har aldrig försökt skaffa barn – tack och lov, för fan, inte efter det han just gjort – men jag vet vad man ska hålla utkik efter. Hon försökte dölja morgonillamåendet så mycket hon kunde, men till slut fattade jag att något var fel. Jag menar, jag har jobbat med henne varje dag de senaste sex–sju månaderna, så det gick inte att dölja. Hon försökte kämpa emot, stackarn, förneka det, men till slut övertalade jag henne att gå på sina ultraljud. Jag följde mer än gärna med henne. Men hon bönade och bad mig att inte säga något till någon."

"Så Johnny var inte den enda som höll hemligheter i äktenskapet."

Orden hade slunkit ur honom innan han hann tänka. Men Roses reaktion var inte vad han hade väntat sig.

"Det är knappast samma sak," sa hon lugnt. "Han låg med någon bakom ryggen på mig medan jag såg efter hans syster. Det är helt olika."

Tomek nickade. "Du gjorde vad du var tvungen att göra. Visste du att hon hade berättat för Roy också?"

Rose nickade. "Hon har alltid stått sin pappa mycket närmare än sin mamma. Det är väl så det ofta är, eller hur? Jag själv var aldrig nära min, men de var *verkligen* nära. Och jag har ofta sett Roy som en fadersgestalt. Han är snäll, omtänksam. Men han har också ett temperament. Han tappade det när hon berättade. Och jag menar *tappade* det. Tyckte du att Johnny var illa häromdagen? Du skulle ha sett honom." Hon vände blicken mot den gröna mattan, förlorad i en plötslig tanke. "Jag undrar vad han sa till Daphne hade hänt med vasen till slut."

Tomek tänkte på den före detta flygkaptenen ett ögonblick. De två gånger Tomek hade sett honom hade mannen framstått som jämnmodig och välartad, inte den aggressiva person som Rose just beskrivit.

"Har han någonsin slagit Daphne, eller har du hört talas om något våld i deras relation?"

Rose pressade ihop läpparna och skakade på huvudet. "Johnny har aldrig nämnt det."

"Har du någonsin sett honom tappa humöret i något annat sammanhang?"

Rose sänkte blicken mot knät och började pilla på sina starkt rosa naglar. Några ögonblick gick innan hon talade. Tomek gav henne tid och utrymme att känna sig bekväm.

"Jag antar att man kan säga att han har varit aggressiv mot mig," sa hon. "Inte *på* mig. *Mot* mig. Indirekt. Skällt och grälat med Johnny om mig. I början av relationen berättade Johnny för dem att jag inte var särskilt religiös, men det är inte Johnny och Angelica heller, vilket är en sanning de inte vill höra, och Roy gillade inte det, sa att Johnny behövde vara med någon av samma tro, någon som hade samma värderingar och trodde på samma saker som de. Det orsakade många bråk mellan dem, och ett tag trodde jag att vi kanske skulle behöva göra slut, så allvarligt blev det. Men genom allt det där hade jag Angelica." En tår började bildas när Rose tänkte på sin svägerska. "Hon fanns där för mig när jag var ny i familjen. Hon hjälpte mig att komma till rätta med mitt nya liv, med min nya svärmor och svärfar. Hon var min klippa. Varje gång vi gick på en släktgrej där jag inte kände någon var hon alltid vid min sida och gjorde jobbet som min man borde ha gjort – att presentera mig. I stället var han ute och söp med sina kusiner och flörtade med sina sysslingar i tredje led eller vad fan de nu var." Hon fångade en tår med fingret, men det var lönlöst mot den tunga strömmen som rann nerför hennes ansikte. Tomek sträckte sig efter pappersnäsduksasken på bordet och räckte den till henne. "I de stunderna kände jag mig verkligen ensam, och när jag behövde min man som mest var han någon annanstans. Men jag hade Angelica vid min sida. Det var den sortens person hon var. Omtänksam, kärleksfull, hjärtlig, utan ett ont ben i kroppen. Det är bara... det är bara så synd att hon behövde gå igenom det hon gick igenom."

Tomeks intresse väcktes ännu en gång. Han lärde sig mer av den här kvinnan än av hela hennes familj tillsammans.

"Varför får jag känslan att du pratar om något annat än hennes mord?"

Rose började pilla med näsduken mellan fingrarna. "Menar du att du inte vet än?"

"Du får nog upplysa mig."

"Hon var deprimerad," sa hon, och pausade ett slag. "Jag vet att det ordet slängs runt mycket, men hennes var säsongsbunden. Det var riktigt illa på vintrarna – varje vinter. När sommaren, och hennes drömjobb som flygvärdinna, var över för året blev hon riktigt nere. Vissa dagar var det en kamp att få henne att komma in. Vissa veckor var hon ute och drack hela tiden, ibland gick hon till klubben ensam och låg med en massa killar. Jag vet inte vad det var eller vad som satte igång det, men hon ropade på hjälp, massivt, och ingen verkade göra något åt det. Ingen av oss var rustad att hantera det, inklusive jag. Jag hatade att se henne göra så mot sig själv. Alkoholen, drogerna—"

"Droger?"

"Kokain, gräs. Aldrig något annat. Men ingen annan visste. Av någon anledning berättade hon alltid för mig vad hon hade tagit." Hon ryckte på axlarna. "Jag vet inte, jag antar att hon alltid såg mig som en storasyster som hon kunde se upp till och lita på. Jag önskar bara att jag hade gjort något för att skydda henne."

"Du ska inte klandra dig själv."

"Kanske."

Tomek lutade sig fram, satte armbågarna mot knäna och log varmt mot henne. "Hur länge har det här pågått?"

"Några år," svarade Rose. "Fyra, kanske fem. Men Daphne och Roy vill inte veta av det. De lever i förnekelse. Det har blivit gradvis värre med åren, men den här vintern, överraskande nog, blev det mycket bättre. Hon kom i tid. Hon var gladare. Hon var sitt vanliga jag, du vet?"

"Någon aning varför?"

Rose dröjde ett ögonblick innan hon svarade. "Jag har tänkt mycket på det här sedan hon dog, och jag minns en gång att hon berättade om en kille hon träffade på ett flyg en gång. En excentrisk miljonärstyp som bjöd in henne till en särskild klubb med vuxentema på flyget. Jag... jag tror att hon följde med dit en gång, men jag vet inte om hon någonsin gick tillbaka. Hur som helst, efter det var det som att hon var tillbaka till sitt gamla jag."

Tomek kände hur pulsen ökade.

"Jag behöver att du berättar allt du kan om den här mannen och den där vuxenklubben."

KAPITEL
TRETTIOTVÅ

Vid det här laget har min älskade ängel varit medvetslös i en halvtimme. Ämnena som någon annan måste ha gett henne har tagit över. Hennes puls har lugnat sig, blodet har saktat in genom kroppen. Hon ser lugn, rofylld, fridfull ut. Änglalik.

Och nu är det dags att inleda kvällens nästa fas.

Jag är ingen kirurg, men jag vill tänka att jag har stadig hand – stadig nog för att orsaka så lite skada som möjligt, i alla fall. På golvet ligger plastslangen, ringlad i cirklar som en orm. I ena änden sitter nålen, som sticker ut ur slangen som en tunga. I den andra finns en stor plastpåse. Jag sträcker mig efter nålen, sedan rullar jag över Angelicas kropp åt sidan. Rörelserna måste vara varsamma, ömma, försiktiga. Hon är skör, en staty huggen ur marmor av Gud, av världens bästa skulptör. Hennes kropp och själ måste behandlas därefter. Ingenting får gå fel.

När hon ligger rätt håller jag hennes ben stadigt på plats och sticker in nålen i knävecket. Nålen glider in i huden utan motstånd. Lite blod sipprar ut, men jag fångar upp det med en kompress. Och efter några sekunders klämmande på påsen som sitter fäst vid slangen, så att ett vakuum skapas, börjar blodet rinna genom den, mjukt, stadigt, nästan graciöst. Inom en timme kommer påsen att vara full och hennes kropp kommer inte att ha något kvar att leva på. Jag lägger handen mot hennes handled och känner efter pulsen. Den är mjuk, stadig, som flödet av blod från hennes ben. Hon märker ingenting, fullständigt ovetande. Jag kan inte föreställa mig att göra det här om hon vore vaken, eller om hon hade dött i förväg. Det hade inte varit rätt. I stället är det bättre för henne att gå bort så här.

Jag sitter bredvid henne, hukad vid hennes mage, och håller hennes hand. Jag ger påsen några extra tryck då och då för att skynda på processen, men jag är nöjd med att det får ta den tid det tar. Jag vill vara vid hennes sida. Jag behöver *vara vid hennes sida, vaka över henne, skydda henne, rena kroppen, ta in den för allra sista gången.*

Så småningom, i takt med att blodet långsamt lämnar hennes kropp, börjar pulsen försvagas, och höftbenen och revbenen blir allt tydligare. Livet sugs bokstavligen ur henne, som luften som smiter ur en uppblåsbar madrass, och när det sista dras ur henne följer jag henne intensivt med blicken, med fingret klistrat vid hennes handled, och känner pulsen.

Svagare. Ännu svagare.

Mellanrummet mellan varje hjärtslag blir större och större.

Tills höjningen och sänkningen av hennes bröstkorg planar ut, blir nästan osynlig. Men i samma ögonblick som hon dör märker jag det. Pulsen stannar tvärt, andningen hackar, hennes bröstkorg stelnar, och sedan, ett ögonblick senare, sjunker kroppen ihop när hennes själ lämnar den och far vidare till nästa liv.

Till slut är hon död.

KAPITEL
TRETTIOTRE

R ose Whitaker visste inte mycket om den vuxenklubb som Angelica
hade berättat om. Hennes svägerska hade varit fåordig med detaljerna, både före och efter tillställningen, och allt Rose visste med säkerhet
var att det var ett evenemang bara för inbjudna, ett prestigeladdat ställe
där folk samlades, antagligen för sociala drinkar med kanske en mörkare,
smutsigare sida. Tomek hoppades att det inte var Southend Seven, en lokal
gentlemannaklubb i hjärtat av Southend, tidigare driven av stadens politiska elit. Nu övergiven och nedlagd, hade den en gång varit hem för en
liten sexhandelsliga. Tomeks första tanke hade varit den slutsatsen, att
Angelica på något sätt hade dragits in i det, men han avfärdade det snabbt
så snart Rose hade bekräftat att det låg någonstans utanför Southend, ute
på landsbygden i Essex.

Under tiden, efter mötet med Rose, hade Tomek skickat Oscar och ett
team med kriminaltekniker och uniformerade poliser för att leta efter
inbjudan i Angelicas lägenhet. Det var ett tryckt dokument, hade Rose
sagt, inte större än A5, med Angelicas namn i en kursiv, handskriven stil,
datum för evenemanget och arrangörens kontaktuppgifter på baksidan.
Nu när de hade en kort beskrivning av vad de letade efter, hoppades man
att de skulle kunna hitta något som tidigare hade förbisetts i den
ursprungliga genomsökningen av Angelicas lägenhet. Trots den detaljerade beskrivningen, och trots antalet personer som letade, hade Oscar och
teamet varit utan framgång, och efter en sex timmar lång genomsökning

som hade tagit dem ända in på de tidiga morgontimmarna, bestämde de sig för att avsluta. Den gick inte att hitta.

Tomek hade legat vaken hela natten och vridit och vänt på tankarna. Tankar på fallet, och på grälet med Abigail. Det hade gått mer än tjugofyra timmar sedan deras uppgörelse och han hade inte hört av henne. Varken sms eller telefonsamtal. Hon hade inte ens skickat honom ett roligt meme eller en video på WhatsApp, vilket i dagens värld för vissa var nästan helgerån. Han hade gått igenom grälet flera gånger i huvudet, spelat upp det i olika scenarier, föreställt sig hur det kunde ha blivit annorlunda om han hade ropat högre eller svarat med vissa comebacks (med facit i hand är man alltid klokare i de lägena), och till slut hade han bestämt sig för att han inte hade något att be om ursäkt för. Visst hade han överreagerat, skrikit henne i ansiktet, skällt ut henne. Men hon hade pressat honom över gränsen, gått över strecket och överskridit gränsen. För att inte tala om att hon hade ifrågasatt hans yrkesheder och ifrågasatt hans förmåga i sin roll. Första gången han ledde en utredning, och hon hade förminskat honom. Tillsammans med den tidigare grillningen han hade fått av Victoria och Nick hade han, om än bara ett ögonblick, undrat om han klarade uppgiften, om han hade det som krävdes.

Han fortsatte att brottas med sina tankar, sitt förlamande tvivel, samma som Angelica hade känt i slutet av varje säsong ("Varför vill de inte behålla mig?", "Är jag tillräckligt bra för att få stanna hela året?", "Kommer de att ta emot mig igen?") morgonen därpå när han steg in på Whitaker's Jewellers. Rose hade ringt honom före klockan nio, precis när han var på väg till jobbet, och meddelat att hon hade hittat inbjudan i en av Angelicas jackor som hon hade lämnat i personalrummet. Tomek hade mer än gärna vänt om och svängt förbi för att titta.

Butikens front bestod helt av fönster från golv till tak, som visade rader av skira och utsmyckade diamanter och ädelstenssmycken som låg prydligt på mjuka sammetskuddar. Ringar, halsband, örhängen. Några av de vackraste och mest intrikata designerna Tomek någonsin hade sett. Och om han tyckte att utsidan var spektakulär, skulle han få en chock när han kom in. Så snart han klev in genom dörren fick han en känsla av att det här var en trygg plats, ett välkomnande ställe för folk – vilsna pojkvänner och makar som var helt ute på djupt vatten – att komma och leta efter förlovningsringar eller generösa gåvor utan hotet från någon provisionshungrig zombie som pressade dem till ett köp. Det här var Roses livsnerv, och han kände att hon visste när hon skulle hålla sig på mattan och när hon kunde kliva precis över gränsen.

Mitten av butiken dominerades av en stor glasmonter. I den hängde dussintals örhängen i varierande former, storlekar och karat från stiliserade grenar, omgivna av en bädd av löv och kvistar. Till höger om honom, längs väggen, stod en liknande monter, fast den var strödd med sand och olika snäckor och stenar uppplockade längs stranden. Till vänster stod en stor skalenlig segelbåt i trä som hette *The Rose* och som stod mitt i montern. Halsband och armband, inklusive deras berlocker och prislappar, hängde från masterna och andra delar av båten. Längst bak i butiken, bakom en kassadisk, satt Rose. Hon reste sig ur stolen och gick runt disken.

"Varje monter är en representation av Leigh-on-Sea med omnejd," sa hon och gick mot montern till Tomeks höger. "Vår fina lilla fiskehistoria," fortsatte hon. "En hyllning till fisken och ostronen som odlas där. Diamanterna och ädelstenarna i den här är gula för att representera sanden." Hon kom fram till honom mitt i rummet, rörde sig långsamt, elegant, nästan förföriskt. "Den här föreställer Belfairs, en av mina favoritskogar. Ibland brukade Johnny och jag gå på promenader där på sommaren." Hon pekade på smaragderna och, när hennes stund av eftertanke var över, gick hon till segelbåten. "Johnny köpte den här till mig när jag först öppnade butiken. Sa att det var en lyckobringare. Synd att det inte var en riktig. Det hade varit fint. Nå, näst bästa, antar jag."

"Det är gesten som räknas," svarade Tomek. "Fast jag tycker att du saknar en..."

"En vadå?"

"En monter."

"Jaså?"

"Var är leran? Du kan inte ha en utställning tillägnad Leigh utan att ha en som innehåller en jävla massa lera."

Mungiporna drogs upp. "Du läser mina tankar," sa hon och pekade mot ett hörn av väggen till Tomeks höger. Han hade inte lagt märke till den, men gömd bakom en betongpelare stod en annan monter, mindre, med brun färg i botten och träpålar som stack upp ur den.

"Ska det där föreställa piren?"

"Jag vet att det är fusk. Southend... inte riktigt Leigh-on-Sea. Men den där är för turisterna."

"Får du många?"

"Fler än du tror."

"Inga från Dublin, hoppas jag." Orden hann lämna munnen innan han hann hejda dem. Han förde handen till munnen och sänkte den sedan.

"Förlåt, jag—"

"Hon får hoppas att hon inte råkar hamna här inne," svarade Rose, vilket överrumplade Tomek. "Jag har vassa verktyg där bak. Och maskiner. Jag kan köra hennes fingrar under en av mina slipmaskiner och sen peta ut ögat på henne med det jävla stiftet från ett av de här örhängena." Hon plockade upp ett från närmaste monter och, med sammanbitna tänder, stack hon sin osynliga motståndare upprepade gånger med den lilla nålen.

Tomek småskrattade, lättad över att hon tog det med humor.

"Jag skulle säga att det är det minsta hon förtjänar," sa han, utan att riktigt förstå varför. Han visste inte varför, men han kände sig dragen till Rose. En sådan han inte borde, en som kändes fel. Men kanske var det just därför han kände så; för att han visste att han inte fick, för att han visste att han inte borde – det var tabu. Hon var attraktiv, intelligent och drev eget. Hon var respektabel, framgångsrik, driven, hårt arbetande, och han beundrade det hos henne. Men när han tänkte på henne på det sättet, hur det skulle vara att kyssa henne, dök en bild av Abigail upp i huvudet, och han vände snabbt blicken mot skogsmontern i mitten av rummet. Grönt, Abigails favoritfärg.

"Behöver du fortfarande något till din flickvän?" frågade Rose.

Tomek hajade till och blev plötsligt blyg. "Åh, det? Nej... nej, det tror jag inte."

"Jaså?"

"Ja."

"Problem i paradiset?"

"Typ. Fast det är inte riktigt samma sak som din situation. Jag gissar att folk skulle kalla det en svacka."

"Jag tänkte just säga, om du behöver låna några vassa nålar vet du var jag finns."

Tomek visste var han kunde hitta henne. Och av det flirtiga leendet på hennes läppar att döma var hon mer än glad att låta honom komma förbi igen, och igen, och kanske en fjärde gång.

En pinsam tystnad uppstod mellan dem. Tomek glömde för ett ögonblick varför han var där och det var inte förrän en kund kom in genom dörrarna som de båda vaknade till. Rose sa till kunden att hon strax skulle komma, och nickade åt Tomek att följa med henne till kontoret där bak. Rummet var inte större än ett litet badrum. Större delen av utrymmet upptogs av flera kappor som hängde på en krok och några par skor som stod staplade på varandra på golvet. Rose stack handen i en ljusgrön jacka på en av krokarna och tog fram ett litet vitt kort. När hon räckte det till honom sa hon: "Du får berätta hur det är om du åker. Ända sedan hon berättade om det har det kittlat min nyfikenhet."

Tomek nickade. Han tackade henne och lät henne gå tillbaka till kunden. När hon gick i väg och tog hand om mannen som just kommit in, granskade Tomek dokumentet. Det var mindre än A5, gjort av tjockt, dyrt papper. I mitten stod Angelicas namn, handskrivet i svart kalligrafi. Under det stod orden, "...är hjärtligt inbjuden till en kväll av kurtis och utsvävningar tillsammans med andra djävulska debutanter." Längst upp på kortet fanns en bild av en maskeradmask med ett litet emblem prytt i det ena ögat. Längst ned stod adressen.

Melback Manor, Burnham-on-Crouch.

Med ägarens namn och telefonnummer på baksidan.

KAPITEL
TRETTIOFYRA

Mannen de letade efter hette Micky Tatton. Kvinnan bakom receptionsdisken på det vidsträckta lantgodset hade sagt att han skulle vara på väg ner om några minuter. Under tiden ställde Tomek och Rachel några frågor om stället och låtsades vara ett par som ville ha sin vigsel där. Melback Manor, sa hon, byggdes första gången för över femhundra år sedan, under Tudor-tiden, och hade funnits i familjen Tattons ägo i närmare två sekel. När det öppnade för allmänheten i början av 2000-talet blev herrgården och den intilliggande stugan en favorit bland blivande brudpar, med över tusen bröllop på tjugo år. De hade öppet fyrtio veckor om året och höll stängt de tolv återstående för underhåll och renovering.

Som potentiell kund reagerade Tomek på den detaljen, så han frågade mer om godset och vad som behövde åtgärdas.

"Stugan på sydsidan är den nyaste delen av fastigheten, men det är tyvärr den som behöver mest arbete", förklarade hon. "Vi har många gäster som bor hos oss, som ni säkert kan föreställa er, och all den rörelsen in och ut ur rummen gör att saker slits. Men som tur är finns våra team alltid till hands för att laga eller byta ut vad ni än kan behöva. Vi har flera paket, alla anpassade efter er, beroende på prisklass och önskemål. Jag kan be någon i personalen att gå igenom dem med er om ni vill?"

Som tur var hann Tomek inte svara och trassla in sig djupare i härvan av lögner, för en man dök upp i en dörröppning med träram.

"Mr Tatton!" sa hon, när hon rundade disken och lade en hand på hans arm.

Mannen stannade tvärt och, trots att irritationen över avbrottet var uppenbar, bar han ett behagligt, välkomnande, om än något ansträngt, leende. Han var i femtioårsåldern och hade ljusblå kostym med matchande slips. Håret var tjockt, vågigt och elegant bakåtkammat. Käklinjen var grov och stilig, och han hade ett stökigt skägg som smög längs ansiktet. Han såg ut som om han kom direkt från Mayfair eller Westminster, med en silverstav uppkörd så långt i arslet att den syntes i munnen varje gång han pratade – men vad annat kunde man vänta sig av någon som ärvt sin familjs tvåhundra år gamla förmögenhet?

"God eftermiddag", sa han med djup baryton, artig och formell. "Hur kan jag hjälpa er? Är ni gäster eller funderar ni på att köpa något av våra paket?"

"Ingetdera", svarade Tomek.

"Ännu", lade Rachel till med en liten sidoblick mot Tomek.

Micky skrattade nervöst till. "Nå, vad det än gäller är jag säker på att vi kan ordna det."

"Fantastiskt, precis vad vi ville höra." Tomek stack ner handen i fickan och tog fram inbjudan, med fingret över Angelicas namn.

Så snart mannen förstod vad det var, tappade han hakan och började babbla. Han stod där och granskade Tomek och Rachel intensivt. Tomek såg förvirringen i mannens ansikte medan han försökte lista ut om han kände igen dem.

"Jag förstår", sa han snabbt. "Följ med mig. Mitt kontor är upptaget just nu, ett affärsmöte, tråkiga grejer egentligen, men vi kan säkert hitta ett rum någonstans där vi kan prata vidare. Ska vi gå och prata?"

Tomek och Rachel gick med. Han tog dem genom en stor öppen dörröppning in i en liten sittgrupp, vidare genom en annan dörr, in i en större sal, den här med tillräckligt många soffor och fåtöljer för att de skulle kunna slå sig ner bekvämt. I hörnet stod en flygel med locket nere, stängd, oälskad. Rummet, och i viss mån hela byggnaden, luktade av gammal, hundra år gammal inredning som för länge sedan passerat sin renoveringstid, av träbjälkar som sugit åt sig så mycket fukt genom århundradena att de börjat ruttna, och av tjocka lager damm som lagt sig i väggars och taks alla skrymslen och vrår. En del skulle kalla det rustikt, original, en del av platsens identitet. Tomek kallade det unket och i behov av en städning. Vilket, med tanke på att stället höll stängt i tolv veckor om året för just renoveringar, väckte frågan vad de egentligen ägnade all den tiden åt att städa?

"För närvarande har vi ett bröllop igång", förklarade Micky Tatton, "så jag kan inte ta med er ut i trädgårdarna. Men beroende på om vi har tur kan ni få se stugan." Micky stannade, höjde ett finger åt dem att vänta, och spanade av korridorerna i närheten. När kusten var klar stängde han dörren och kom tillbaka. "Förlåt, jag känner inte igen era ansikten, fast det borde jag förstås inte, eller hur?"

Tomek visste inte vad han syftade på, men bestämde sig för att spela med.

"Nej. Nej, det skulle du inte."

Micky lutade sig fram och sänkte rösten. "Jag... jag brukar inte prata om Nights of Eden offentligt, särskilt inte i så här öppna utrymmen, men... jag kan väl göra ett undantag. Träffades ni... träffades ni på en av Nights of Eden?"

Tomek och Rachel sneglade på varandra. Hur långt var de beredda att ta bedrägeriet? Till slut hann Micky före dem.

"Tänk, jag trodde aldrig att jag skulle få uppleva det", fortsatte han och drog sin egen slutsats. "Två av mina gäster som möts och blir kära, som kommer för att fråga om bröllopslokaler – *här* av alla ställen!"

Rachel hakade sin arm i Tomeks, men han viftade bort henne.

"Vi är inte här för att prata bröllopslokaler", sa han rakt på sak. "Vi är inte ens tillsammans."

"Men inbjudan...?"

"Inbjudan, ja. Den tillhör Angelica Whitaker." Han visade den för Micky igen och lät den här gången namnet synas.

Micky granskade den, och en skärva av rädsla kröp in i ögonvitorna. Han tog ett litet steg bakåt. "Vem är ni?"

"Vi är polisen", sa Tomek, blixtrade till med sin tjänstelegitimation och ett fräckt, pojkaktigt leende. "Vi vill ställa några frågor om—"

"Nej. Ingen polis. Jag har aldrig brutit mot lagen och har inte tänkt göra det heller. Allt är lagligt, korrekt och frivilligt. Jag låter alla skriva på ett sekretessavtal, så det finns ingen chans att något sånt här händer."

"Vad för slags sak?" pressade Rachel.

Han kunde inte svara.

"Du vet inte varför vi är här eftersom du inte har låtit oss förklara", fortsatte hon. "Om du lät min kollega tala till punkt skulle du kanske förstå varför vi har kommit."

Micky såg upp på Tomek förväntansfullt. "Nå?" Det fanns brådska i rösten nu. Han ville få det här överstökat så snabbt som möjligt.

"Berätta mer om stället först", svarade Tomek.

"Som vad då?"

"Som hur många rum ni har. Hur många gäster ni kan ta. Om *dig*. Din bakgrund."

"Hur är det relevant?"

Tomek ryckte på axlarna. Det var det inte. Han ville bara låta mannen svettas lite till, förlänga paranoian. Efter några minuters utläggning om Tudordetaljer i byggnaden upprepade Micky i stort sett ordagrant allt som receptionisten redan hade sagt. Sedan berättade han att han hade ärvt marken efter sin fars död och, i ett försök att bryta sig loss från den aristokratiska form hans föräldrar format åt honom, fattat ett entreprenörsbeslut att öppna herrgården för allmänheten som bröllopslokal och driva den som ett framgångsrikt och framträdande företag på Essexkusten.

"Kan ni tala om vad det här gäller nu?" frågade Micky så snart han var klar.

"Det gäller Angelica Whitaker. Känner du igen det namnet?"

Mannen sänkte huvudet en aning. "Ja."

"Hur känner du henne?"

Just då kom en grupp om fyra bröllopsgäster, fullare än en artonåring på sin födelsedag, in i rummet och avbröt dem. Micky förklarade att de höll ett privat möte och bad gästerna hitta någon annanstans att ta igen snacket. Det tog några ögonblick innan orden trängde igenom deras spritindränkta hjärnor, men när de till slut gjorde det gick gästerna förargade därifrån och mumlade för sig själva.

"Jag känner inte Angelica väl", förklarade Micky när han stängt dörren bakom dem. "Jag vet bara hennes namn och vad hon jobbar med."

"Hur då?"

"Därför att jag först träffade henne på ett flyg, och namnskylten på uniformen avslöjade det."

Tomek uppskattade inte sarkasmen.

"Förklara då hur det kom sig att du gav henne det här." Han viftade med inbjudan i luften.

Micky gick bort till en liten stol och satte sig på kanten, medan Rachel och Tomek stod kvar.

"Jag var på ett flyg", började han. "Frankrike till Southend, tror jag. Jag skulle träffa en av våra vinleverantörer. Vi köper direkt från vingårdarna. Och jag minns att jag såg henne och tänkte: det är den vackraste kvinna jag någonsin har träffat. Så jag började prata med henne. Hon var rolig, livlig, energisk, allt det där. Det var i slutet av sommaren, så jag frågade vad hon skulle göra efter det, och hon sa att hon inte visste. Hon sa att hon hade något jobb på gång i en juvelbutik som hon inte var så sugen på. Så jag tänkte att jag skulle bjuda in henne till en av Nights of Eden. Ärligt talat såg hon ut att behöva lite spänning i livet, något som höll henne igång, något som påminde henne om hur det känns att vara levande."

"Är det det Nights of Eden är, alltså? Påminnelser om hur det känns att leva?" Tomek gjorde ingen ansats att dölja cynismen i rösten.

"Jag tror det, ja. Och det gör många av våra medlemmar också."

Tomek tog till sist mod till sig och slog sig ner på en stol bredvid Micky. Den var vackert utformad, såg handgjord ut och var perfekt skulpterad, men den var ett helvete att sitta på. Dynan var stenhård och stolens träryggrad tryckte in i ländryggen. Än värre blev det av att den förmodligen kostade en förmögenhet; han kunde inte tänka sig att lägga så mycket pengar på något så obekvämt bara för att förhöja rummets estetik. Han satt hellre på golvet.

"Hur fungerar era Nights of Eden?" frågade Tomek när han gjort det så bekvämt han kunde. "Vad händer på de där tillställningarna?"

"Du vet att du inte måste sätta dem inom citationstecken hela tiden", fräste Micky. "Det är riktiga evenemang som riktiga människor kommer till."

"Då borde du kunna berätta vad som händer där", konstaterade Rachel med skärpa.

Micky skakade häftigt på huvudet. "Nej. Det är strikt konfidentiellt."

Det var precis det svaret Tomek hade hoppats på. "Är de fortfarande konfidentiella när en av dina deltagare hittades mördad häromdagen och ditt namn och det här stället dykt upp i vår utredning?"

Mannen hade inget att säga på det. Han bara tittade tomt på dem.

"Tänkte väl det. Så varför slutar du inte med konfidentialitetsstruntet och berättar det vi behöver veta? Det skulle spara oss alla både tid och stress. Annars kan min kollega här gripa dig misstänkt för mord så tar vi den här diskussionen nere på stationen. Det rör oss inte i ryggen vilket du väljer."

Till slut gick det upp för Micky att han inte hade något val. Innan han fortsatte kollade han korridorerna igen och låste en av dörrarna på andra sidan rummet för att försäkra sig om att de kunde prata utan risk för fler avbrott.

"Vad... vad vill ni veta?" frågade han, med rösten på väg att brista.

"Allt. Från början."

Micky drog ett djupt andetag, började nervöst stampa med foten mot golvet och andades långsamt ut, visslande genom munnen. Det syntes tydligt att det här stred mot allt han trodde på, att det gjorde ont bara att tänka på att släppa ut alla sina mörka små hemligheter. Men han hade inget val. Inför hans utläggning förberedde Rachel penna och anteckningsbok.

"Lyssna", började han och satte redan tonen. "Ni måste förstå att det här är en värld som ni förmodligen inte är bekanta med och kanske aldrig kommer att förstå. Det är inget fel på vad vi gör, inget omoraliskt, korrupt eller olagligt. Det är bara… annorlunda."

"Okej… Nu har du fått din brasklapp ur vägen, så nu kan du berätta allt."

Micky svalde hårt. "Den första helgen varje månad, från fredag till lördag, arrangerar jag en festkväll. Nights of Eden. Det är endast för inbjudna. Resten av egendomen är stängd, alltså inga bröllop, inga gäster, och alla som kommer måste vara utklädda."

"Maskerad?"

"Låt mig prata till punkt!"

Tomek höjde händerna i spelad kapitulation. Han behövde inte höra det två gånger.

"Maskerad kan vara vad som helst", fortsatte Micky med en tung suck, "men det är som en maskeradbal, som förr i tiden. Så ansiktsmasker, som de venetianska du ser på tv, är obligatoriska för att skydda identiteten, eller åtminstone delar av den. Vissa kommer med djävulsmasker, andra med de vanliga maskeradmaskerna. Andra bär något som täcker hela ansiktet. Angelica, minns jag, kommer oftast i samma utstyrsel: en ängel, komplett med en liten, minimal vit klänning, fjädervingar fästa på ryggen, vit ögonmask och en gyllene gloria över huvudet. Såvitt jag minns har hon varit på varje träff sedan jag först bjöd in henne i september. Hon har inte missat ett enda tillfälle – det gör de flesta inte när de väl fått smak på det.

"Det finns vissa regler som alla måste följa om de vill delta. Först måste du kyssa handen på personen som kom precis före dig, och sedan måste du vänta på nästa person som kommer för att kyssa din hand. Det skapar en kedja, och målet är att komma så tidigt som möjligt så att du inte blir den sista. Den personen brukar få stå kvar utomhus i kylan hela kvällen. När gästerna kommit in måste de sedan offra något. Oroa er inte, det är inget morbitt eller blodigt, det är en gåva till mig som värd. De måste ge mig något som är deras: ett klädesplagg, mat, dryck, vilken ägodel som helst som de är villiga att offra. Sedan, efter det, måste de kyssa Paddy the Pig. Igen, oroa er inte, det är inget snuskigt. Det är inte så att man måste kyssa en riktig. Paddy är en uppstoppad gris som familjen hade för många generationer sedan. Han sades ha skänkt vår familj lycka förr, och jag hoppas att han ger mina gäster lycka också. Det spelar ingen roll var man kysser honom, eller hur länge, så länge läpparna rör vid någon del av kroppen har jag inget emot det."

Det här blev märkligare för varje sekund. Normalt skulle Tomek ha kallat allt mannen sa för skitsnack, men av någon anledning trodde han utan förbehåll på vartenda ord som kom ur Micky Tattons mun. Han var häpen över de bisarra ritualer Micky lät sina gäster följa och undrade vilken sorts människa som var villig att gå med på dem. Det var sådant man såg i filmer och tv-dramer – de där hemliga festerna i societetens topp, den politiska och sociala eliten som begår skumma handlingar med djur för att vinna högre status – men han hade aldrig trott att han skulle stöta på det i verkligheten.

"Inne på Nights of Eden har vi olika rum för olika saker. I ett av dem spelar en DJ musik, det finns barer där man kan köpa drinkar. Folk går in där bara för att dansa, lite gnugg och närkontakt. Sedan har vi andra rum där människor roar sig lite friare och med färre kläder, om du förstår vad jag menar."

Tomek visste precis vad han menade, men han kunde inte förlåta mannen för att använda uttrycket bump and grind. Ingen i hans ålder borde säga sådant. Det fick honom att skruva på sig.

"Vad händer i de där rummen?" frågade Rachel, mer för att sätta fingret på Mickys pinsamhet än av egen okunskap.

"Vill ni att jag ska bokstavera det?"

Hon pickade med pennan mot anteckningsblocket. "Om du kunde. Jag måste skriva ner det och kan behöva hjälp med stavningen också."

En lång, tung suck lämnade Micky genom näsan. "I ett par av rummen är det... det är... det är en orgie, okej? Sängar, soffor, kuddar, redskap – överallt. Musik i bakgrunden. Mycket doft i luften. Och människor som bara... gör vad de vill göra med varandra."

"Fick du det, Rach?" frågade Tomek.

"*Gör vad de vill göra med varandra*", upprepade hon och såg upp från anteckningsblocket. "Har du någonsin haft ett fall där någon gjorde något den andra inte ville?"

"Menar du våldtäkt?"

"Eller sexuella övergrepp. Det finns i många former."

Micky skakade så häftigt på huvudet att kinderna kom ifatt resten av ansiktet en bråkdels sekund senare. "Aldrig. Nej. Absolut inte. Jag har aldrig haft något sådant fall. Som jag sa: allt är frivilligt."

"Men om något hände, skulle du berätta det för oss?"

"Ja."

"Det skulle inte krocka med era sekretessavtal?"

"Jag... jag skriver inte på något, så jag är inte bunden av någonting."

"Bara din egen moraliska kompass", snäste Tomek.

Om Micky Tatton tog illa upp visade han det inte.

"Vad mer pågår?" frågade Rachel.

"Mer sex", svarade Micky rakt. "Par, trekanter, så många de vill, kan gå in i några av de privata rummen och ligga tillsammans. Det finns leksaker, remmar, piskor, vad de vill. Allt tillhandahålls."

"Skydd?"

"Vi har kondomer, ja..." Micky tvekade, med munnen halvöppen.

"Varför känner jag ett men på gång?"

"Men hälften av dem är perforerade. Det är en av reglerna vi har. Det står en skål med dem i korridoren, man sticker ner handen, tar en, och..."

"Och hoppas på det bästa?" fyllde Tomek i.

Nu började han undra vem som egentligen var far till Angelicas ofödda barn.

"Något mer?" frågade Rachel.

Micky skakade på huvudet.

"Använde Angelica någonsin något av de här rummen?" frågade Tomek.

Mannen pillade på sin nagel. "Ja. Hon utforskade allihop. Framför allt de privata rummen snarare än det offentliga."

"Vet du med vem?"

Micky tänkte efter ett ögonblick. "Nej. Nej, jag vet inte vem han är."

"Varför inte?"

"Därför att han bär en åsnemask."

Tomek fnissade. "En åsnemask?"

"Ja, en åsnemask."

"Och du kan inte se hans ansikte?"

"Nej. Det är en del av poängen. På Nights of Eden kan du vara vem du vill. Du har inga gränser, bara dem du själv sätter. Du har fullständig frihet och kontroll att göra vad du vill och vara vem du vill. Du kan verkligen släppa på tyglarna. Maskerna döljer individen, så det finns ingen risk att bli påkommen eller igenkänd ute i verkliga världen. Hennes speciella älskare valde att bära en åsnemask, precis som hon valde att bära en änglamask."

Så hon hade legat med en åsna.

"Vi behöver prata med honom", sa Tomek till Micky. "Du måste kontakta honom och se till att han hör av sig till oss."

Det lät inte bra i Micky Tattons öron.

"Jag har inte hans nummer. Det enda sättet för er att ta reda på vem han är vore att ni själva kom till en av Nights of Eden."

Nu var det Tomeks tur att ogilla något. Men när han vände sig mot Rachel märkte han att hon inte delade hans känsla. Hennes ögon lyste vid tanken på att få gå på ett av de där evenemangen, att se dekadensen och utsvävningarna i verkligheten. Det såg ut som om det var något som märkligt nog gjorde henne upprymd, som om det fanns på listan över saker att göra innan man dör.

"Det är ett nu i helgen", lade Micky till, som för att göra erbjudandet mer lockande.

"Toppen", svarade Rachel. "Ge oss en tid så ses vi där."

"Kom bara ihåg att vara i tid, gärna lite tidigt. Vi vill ju inte att ni ska bli stående utanför och gå miste om allt det roliga."

"Nej, det vill vi verkligen inte", snäste Tomek.

"Åh", lade Micky till, "och glöm inte era kostymer."

KAPITEL
TRETTIOFEM

De sista två dagarna av veckan förflöt i ett töcken. Teamet hade haft det så intensivt att Tomek knappt hade hunnit stanna upp och tänka på fredagskvällens aktivitet. Han började jobba klockan sju, lät Kasia ta sig själv till skolan, och på kvällarna kom han inte hem förrän vid åtta eller nio. Då väntade en färdig rätt i mikron och en dotter som låst in sig på sitt rum, så tv:n och soffan var hans. Han hade inte tittat på något; kvällarna lade han på utredningen, gick igenom teamets anteckningar för dagen, tog hand om all administrativ huvudvärk och de skitjobbiga delarna av inspektörsrollen som han hade fått i knät. Allt detta hade inneburit att det inte fanns någon tid för Abigail att komma över. Varken på eftermiddagarna eller kvällarna. Han kunde inte minnas när de senast hade messat varandra. Och när de väl hade gjort det hade det bara varit kort, småprat, nästan platoniskt. Tomek visste vad det betydde i vårt ständigt uppkopplade samhälle: att deras dagar som par var räknade. Att deras relation höll på att ebba ut. Och att det skedde bara några veckor efter att han presenterat henne för sin mamma. Mamma hade godkänt och talat varmt om henne, och ändå hade han inte lyckats ro det i hamn. Var det något i grunden fel på honom? Eller var han bara oförmögen att älska? Med den frågan hade han brottats ensam i sängen om nätterna. Till slut hade han bestämt sig för att han inte var värd kärlek, att han var en idiot, en omogen, barnslig idiot som alltid kastade bort något bra. En barnslig idiot som alltid blev rädd vid första tecknet på trubbel, för de senaste dagarna hade tankar på Rose Whitaker ofta dykt upp i huvudet. Hennes leende, hennes klädstil, hennes manér. Sättet hon behärskade sig. Flera gånger hade han kämpat mot impulsen att kila in i smyckesaffären bara för att småprata i onödan, bara för att se hennes ansikte. Han hade låtit bli enbart för att, såvitt han visste, var han och Abigail fortfarande ihop, och det skulle vara den värsta sortens svek. Det var inte vad hon förtjänade. Han hade gjort det misstaget tidigare, och han tänkte inte göra det igen.

Men just nu kunde Tomek bara tänka på siffrorna, budgetarna, fakta och tabellerna som han hade memorerat inför det här mötet. Det hade legat i kalendern hela veckan. Sista punkten en fredag. Så han hade haft gott om tid att förbereda sig. Vilket innebar att förväntningarna på honom skulle bli ännu större.

Tomek väntade utanför Nicks kontor och lyssnade efter att bli inkallad. När det kom, lade han en nervös hand på handtaget och klev in. Med ett av de falskaste leenden han någonsin fått till nickade han åt Nick och Victoria och slog sig ner mittemot dem.

"Tack för att du kom," började Nick. Han kastade en snabb sidoblick på tiden på datorskärmen och lade till: "Och med ett par minuter till godo dessutom. Den gamle Tomek hade lyckats med motsatsen. Jag är imponerad."

"Gud välsigne modern teknik och larmsystem," svarade Tomek. "Jag kan tänka mig att på din tid fick ni vänta tills solen och månen korsade varandra innan ni visste vad klockan var, va?"

"Nästan," svarade Nick. "Det var solen, månen och Ur-an-us – förlåt, jag menade: du är ett arsle."

Tomek sköt av en fingerpistol, ackompanjerad av en liten blinkning. "Touché."

Innan de hann fortsätta sitt lätt barnsliga käbbel avbröt Victoria dem med en harkling. Hon gav dem båda en tillrättavisande blick, som en ogillande mamma, och sa: "Har du förberett allt vi bad om?"

"Det finns bara ett sätt att få veta."

"Bra. Ge oss det senaste."

Rakt på sak. Inget dröjsmål.

Nu är det vinna eller försvinna, kompis.

"Den här veckan pratade jag och Rachel med en man som heter Micky Tatton, ägaren till Melback Manor och arrangören av The Nights of—"

"Ah, just det. Det hörde jag från Chey," avbröt Nick. "Stället med de där små sexfesterna."

"*Stora* sexfester, om det vi fick höra stämmer."

"Jag hörde också att du fixat en inbjudan."

"I tjänsten—"

"Det där lär inte kvala in som övertid, eller hur, Victoria?" Inspektören gav honom ett sliskigt grin. "Absolut inte."

"Precis vad jag tänkte. Låter som att det blir mer nöje än faktainsamling."

"Chefen..."

Nick höjde en hand för att stoppa honom. "Kom bara ihåg att sköta dig, Tomek. Du representerar polisen när du går på den här... orgien."

Tomek öppnade munnen för att protestera, men insåg snabbt att det var lönlöst.

"Som jag sa, vi ska till en av The Nights of Eden i kväll. Målet är att prata med någon vi har döpt till 'Åsnemannen'. Vi vet inte hur han ser ut, eller något annat om honom, mer än att han går på de här tillställningarna med en åsnemask. Förhoppningsvis är han inte utrustad som en. Vi hoppas få höra vad han kan berätta om sina sexuella möten med Angelica."

"Pervo", sa Nick lättvindigt. Sedan, mer allvarligt, lade han till: "Och du tror att den här personen kan ha haft något med Angelicas mord att göra?"

Tomek tvekade. "Vi håller alla spår öppna. Så långt vi har kunnat utröna var Angelica Whitaker inte någon främling för sex, vilket grumlar vattnet lite när det gäller hennes graviditet. Men utifrån våra samtal med Cole Thompson, en av hennes nuvarande sexpartners, såg hon alltid till att han bar kondom. Vi kan bara anta att den regeln gällde också för de okända människor hon plockade upp under utekvällar. Det enda tillfället där så inte verkar vara fallet är på The Nights of Eden. Enligt ägaren är hälften av kondomerna perforerade, hälften inte, så det är fullt möjligt att Åsnemannen är far till Angelicas ofödda barn, och det finns all möjlighet att hon berättade det för honom samma natt som hon dog och att han dödade henne."

Nick nickade eftertänksamt. Tomek tyckte sig se en gnutta stolthet i chefinspektörens uttryck. "Förstått. Fortsätt."

Tomek gjorde som han blev tillsagd. "Också den här veckan har teamet förhört resten av Angelicas vänner och kollegor. De har tagit över trettio vittnesmål och kontrollerat olika alibin, med målet att göra mer under helgen och i början av nästa vecka. Tonåringarna som hittade kroppen har trätt fram och gett oss detaljerade redogörelser för vad de gjorde och vad de såg. Stackarna blev livrädda. Förhoppningsvis tänker de efter två gånger innan de gör olaga intrång igen. Analysen av hänglåset som klipptes upp för att ta sig in i kyrkan är klar, och tills vi kan hitta verktyget som användes finns inte mycket att gå på där. Blodanalysen är också klar: de hittade Rohypnol i hennes blodomlopp, så vi tror att Adam Egglington, killen hon dansade med på klubben kvällen hon dog, lyckades spetsa hennes drink. Vad gäller Angelicas kläder och telefon är de fortfarande spårlöst borta. Så fort vi får möjlighet söker vi efter dem i misstänktas hem med nödvändiga husrannsakningar. Vi har gjort flera omgångar av forensisk analys på vissa hårstrån och spårfibrer som hittades på brottsplatsen, men hittills har inget gett någon träff. Håren som upptäcktes visade sig komma från penseln som användes för att måla änglavingarna. Jag fortsätter ändå att trycka på för mer forensik på de bitar som plockades upp på platsen."

"Varför?" snäste Victoria.

"För att jag tror att det måste finnas något där. Gärningspersonen måste ha lämnat något spår."

"Och hur är det med budgeten? Du har inte så mycket kvar att leka med, och upprepade forensiska undersökningar kommer att slå ett rätt stort hål i en ganska liten budget."

Tomek ryckte på axlarna och fortsatte sin redogörelse. "Chey har under tiden tittat på CCTV-material från området runt Park Road Methodist Church. Vi har haft flera grannar som hört av sig med material från sina hemkameror från natten då Angelica mördades, men inget konkret har dykt upp än. Vi bedömer att hon dödades mellan två och fyra på morgonen och sedan dumpades vid kyrkan en kort stund senare. Vi tror att gärningspersonen var ute i sista minuten med att måla vingarna innan det började ljusna och folk började vakna för jobbet, men hur som helst lyckades personen ta sig in och slinka ut obemärkt. Utöver allt det har Chey tittat på material i närområdet och längs huvudvägarna vid den tiden. Som tur var var det tidig morgon, så vi hoppas kunna hitta en eller två bilar som kan ha varit på samma vägar och följt färdvägen från Angelicas hem till brottsplatsen. Men hittills har det inte gett något."

Victoria öppnade munnen för att säga något, men Tomek avbröt henne.

"Chey har också gått djupt i Angelicas sociala medier, noterat alla namn på dem som brukade kommentera hennes inlägg och alla som skrev till henne, på alla hennes konton. Vi hittade också ett Tinder- och ett Hinge-konto, som vi har börjat gå igenom. Hon pratade med många män de senaste månaderna, men hittills är det ingen som sticker ut. Om något ändras är Chey den första att få veta."

"Chey har haft att göra," konstaterade Victoria kort. Efter hennes senaste kommentarer om konstapeln hade Tomek tagit det personligt och bestämt sig för att försvara sin teammedlem så mycket som möjligt. Nu hade hon inget att stå på om hon tänkte ge sig på den unge utredaren igen.

"Inte mer än vanligt."

Tomek märkte hur ett fniss lämnade Nicks läppar. Han kvävde det genom att fråga: "Har ni några misstänkta?"

"Några stycken."

"Vilka?"

Tomek räknade upp dem: Shawn Wilkins, stalkern som hade gått över gränsen vid flera tillfällen; Cole Thompson, vännen med förmåner och möjliga pappan till hennes barn vars alibi tog slut efter ett på natten; Micky Tatton och Åsnemannen. Tomek hade andra misstänkta som flöt omkring i tankarna, men valde att hålla dem för sig själv tills vidare. De byggde enbart på intuition och en känsla djupt i magen. Han påpekade att om de kunde hitta någon DNA på platsen skulle han kunna svara på hennes fråga mer definitivt.

"Och om ni inte hittar någon DNA, vad då?" sa Victoria. "Du behöver en backup. Gå igenom vad du tror hände henne. Vad är din hypotes?"

Tomek skruvade på sig. Han hade förberett sig på det här, repeterat det. "Angelica Whitaker gick ut med sina vänner. Fyra totalt. De var på Memo i Southend, där hon dansade med Adam Egglington. Klockan 01.15 åkte hon och vännerna hem. Hon släpptes av först, 01.28, och knappt tjugofem minuter senare hämtades hon upp i en bil. Ungefär samtidigt stängdes hennes telefon av. Vi vet inte varför. Antingen gjordes det manuellt eller så dog batteriet. Vi har kontaktat hennes operatör för samtalsloggar eller de sista meddelandena hon skickade, men de har ingen information till oss om vem hon kontaktade. Vi tror att hon kan ha använt WhatsApp eftersom det inte finns någon logg över meddelanden på hennes sociala medier. Och för att försvåra det hela har hon ingen laptop, bara en iPad utan appen, så vi kan inte logga in på hennes WhatsApp-konto utan tillgång till hennes telefon. Hur som helst, kort efter att hon hämtades upp togs hon någonstans, dödades, våldtogs, rakades, rengjordes, tappades på blod och transporterades sedan till kyrkan där hennes blod användes för att måla änglavingar bakom henne."

Nick och Victoria nickade artigt och gjorde anteckningar i sina block medan han talade.

"Vad är det för typ av person som gör något sådant? Har du ett svar på det än? Tror du att det var slumpmässigt eller någon hon kände?"

Just den frågan hade stannat kvar hos honom mest sedan deras första möte. Av alla hade han vridit och vänt på den ur alla tänkbara vinklar, och nu var han beredd att lägga sin röst på ett alternativ med ganska hög säkerhet.

"Jag tror att det är någon som kände Angelica. Någon som kände henne mycket väl, intimt. Någon som *avgudade* henne. De lade så mycket tid på att rengöra och förbereda kroppen att det här var noggrant planerat. De hade behövt en plats där de kunde göra det ostört, och avgörande nog hade de behövt veta att hon döptes där. Jag tycker inte det är en detalj vi ska förbise. Men var lugna: vi tittar på alla möjligheter, och vi jobbar dygnet runt för att ta reda på vem som gjorde det."

"Utmärkt. Tack för det," svarade Victoria, platt. Tomek blev tagen på sängen av hur rakt på sak hon var. Kanske hade han varit naiv som trott att hon skulle smeka hans ego och ge honom en klapp på axeln för ett väl utfört jobb hittills.

"Hur ser det ut med budgeten?" frågade hon och återvände till sin tidigare fråga.

Han berättade.

"Mycket bra," sa hon. "Jag tror det var allt från mig. Nick, några frågor?"

Chefinspektören skakade på huvudet, så Tomek reste sig motvilligt ur stolen och gick ut ur rummet. När han stängde dörren bakom sig såg han Chey komma ut från köket med en tekopp i handen. Så fort han fick ögonkontakt med Tomek sprack ett barnsligt flin upp i ansiktet.

"Vad är det?" frågade Tomek och kände hur luften gick ur honom.

"Ser du fram emot din sexfest i kväll?"

"Jag åker inte dit för att ha sex, Chey."

"Inte i kväll gör du inte. Men det betyder inte att du inte kan gå dit nästa månad på *privat* basis."

Det hade Tomek inte tänkt på. Kanske skulle han det.

"Se bara till att du har samma kostym, så folk känner igen dig."

"Vad sa du?"

"Din kostym. Se till att du har samma så folk vet vem du är." Chey stirrade in i Tomeks ögon och sa efter några ögonblick: "Du *har* väl en kostym för i kväll, eller?"

Han skakade på huvudet.

"Fan också! Jag glömde totalt. Kan du fixa en åt mig?"

"Absolut inte. Glöm det."

Tomek stack ner handen i fickan och tog fram plånboken. Han drog upp en näve sedlar. "Här är femtio pund," sa han.

"Hur gammal är du? Vem har kontanter nuförtiden? Allt ligger i telefonen eller så betalar man kontaktlöst."

Tomek ignorerade kommentaren. "Ta dem till närmaste maskeradbutik och skaffa en åt mig. Snälla. Jag hinner inte ge mig ut före träffen."

Chey granskade pengarna i Tomeks händer. Först var han tveksam, avvaktande, men sedan kickade ivern in. Han ryckte åt sig pengarna från Tomek och sa: "Får jag behålla växeln?"

"Okej."

"Grymt! Lämna det till mig. Jag ska fixa den bästa utstyrseln någonsin åt dig."

Och med det slet den unge mannen åt sig sin jacka och bilnycklarna och skyndade ut ur rummet. Det var inte förrän den tröga dörren till utredningsrummet slog igen som Tomek insåg att han just gett femtio pund och uppdraget att hitta en maskeraddräkt till den sämsta tänkbara personen: en omogen tjugofemåring. Det var som att ge ett skjutvapen till en bebis.

Ingen bra idé.

Innan han hann älta det för länge började telefonen vibrera i fickan. Han drog fram den och såg vem som ringde: Abigail.

För första gången på nästan en vecka.

Stort av henne, tänkte han, att ta första steget. Det beundrade och respekterade han.

"Hej", svarade han.

"Hej." Hennes röst lät avvaktande, kylig.

"Allt okej?" frågade han.

"Mm. Du?"

"Inte så illa. Upptagen."

"Samma här."

"Mm."

"Så..." började hon. "Gör du... Jag tänkte, vad gör du i kväll? Jag tänkte att jag kanske kunde komma hem till dig, vi kunde laga en chili eller lite fajitas, titta på något på tv och kanske prata om vad som hände..."

Tvekan och rädslan i hennes röst var påtaglig, som om hon hängde på varje ord, och för varje sekund som gick, varje sekund han inte svarade, försvagades hennes grepp mer och mer.

"Abs..." började han. "Jag skulle gärna, men..."

"Det är lugnt. Jag förstår."

"Jag har en jobbgrej. Annars skulle jag…"

"Ja. Nej, jag fattar. Jag…" Hon snörvlade bort klumpen i halsen.

"Kanske en annan gång."

"Ja. Kanske en annan gång."

KAPITEL
TRETTIOSEX

Tomek hade aldrig velat skada någon i hela sitt liv så mycket som han ville skada Chey för det han hade gjort. Teamet, av vilket det bara hade varit några få kvar vid tillfället – lyckligtvis – hade brustit ut i gapskratt så fort de sett utstyrseln den unge konstapeln valt åt Tomek. Den lilla skitstöveln hade dessutom väntat in i det sista med att ge honom den, så att Tomek inte hade något val annat än att ta på sig den. Han hade gjort mycket dumt i sitt liv, det mesta i tjugoårsåldern, när han varit ung, naiv och orädd och inte brytt sig ett dugg om vad någon tyckte om honom. Men nu, över fyrtio, hade han aldrig känt sig mer självmedveten än när han svängde in bilen på Melback Manors vidsträckta ägor. Ljudet av grus som knastrade under däcken var det näst högsta i bilen – näst efter Rachels outhärdliga fniss.

"Du kan antingen hålla käften eller så vänder jag och åker hem", sa han till henne.

"Javisst, sir, förlåt, sir", svarade Rachel innan hon föll in i ännu ett skrattanfall.

Men innan Tomek hann svara, eller ens tänka på att vända bilen, kom en man i skräddarsydd kostym och Volto-mask fram till dem, med händerna bakom ryggen. Han väntade tålmodigt på att Tomek skulle veva ner rutan.

"Era nycklar, sir", sa mannen, med en låtsad svag italiensk accent.

"Det finns fan en parkeringsbetjänt?"

"Ja, sir. Ni kan hämta nycklarna i slutet av kvällen."

Tomek suckade. "Låt mig gissa, jag måste fiska upp dem från botten av en guldfiskskål, va?"

"Ja, sir."

"Strålande."

Mannen öppnade bildörren åt Tomek och tog ett steg tillbaka, med armarna artigt bakom ryggen. Tomek hade inget val. Han gillade inte tanken på att lämna sin bil mitt på en herrgårdsäga utan omedelbar tillgång till nycklarna, men han insåg snart att han skulle behöva kasta sig in i upplevelsen vare sig han ville eller inte. Motvilligt klev han ur bilen, räckte över nycklarna och såg hur mannen körde i väg in i mörkret runt hörnet av ägorna.

"Du får tillbaka den", sa Rachel när hon kom upp vid hans sida. "Precis efter att han tagit den på en åktur."

"Roligt."

"Hoppas du har kontanter till dricks."

Tomek tittade ner på sig själv och gestikulerade mot utstyrseln. "Var i helvete ska jag ha växel?"

"Ingenstans jag vill känna till."

Rachel borstade förbi honom och gick mot ingången. Vid ytterdörren stod två metallvärmare med öppen låga för att hålla gäster varma när de kom in; stora, perfekt klippta buskar stod vid stenpelarna, och en stol hade ställts ut på stenaltanen. En kvinna satt redan där, på stolskanten, framåtlutad av iver. Hon bar en svart begravningsklädsel, med en hattbas i sinamay och en fascinator på huvudet, ansiktet täckt av en svart spets slöja som på ett beräknat sätt suddade ut hennes drag. Kvinnans iver växte när de närmade sig.

Klockan var strax efter sju på kvällen. Nights of Eden hade börjat halv sju, och redan fyllde ljudet av småprat, samtal, skratt och musik – tillsammans med andra ljud som Tomek ansträngde sig för att ignorera – luften.

"Hur länge har du väntat?" frågade Rachel kvinnan.

"Det där är en obekant röst", svarade hon förföriskt. "Jag känner inte igen den. Första gången?"

Tomek gillade inte hur hon lät blicken glida över honom i hans kostym.

"Syns det så tydligt?" frågade Rachel.

"Det är inget dåligt. Vi gillar lite färskt kött. Särskilt du…" Kvinnan nickade mot Tomeks skrev, mot bulan i byxorna som hade orsakats av att grenen i hans utstyrsel tryckt och lyft allting till en otroligt obekväm position och fick det att se ut som om han stoppat ner ett par sockor där. När Tomek inte sa något tillade kvinnan: "Nå, tänker du inte kyssa min hand?"

Tomek tittade på Rachel. Rachel tittade tillbaka. Stunden var inne. Den första delen av ritualen. De hade ett beslut att ta. Vem skulle vara först?

"Jag tänker inte göra det", sa Tomek till Rachel.

"Vill du hellre kyssa min hand?"

"Det skulle kunna bli konstigt. Men hur som helst måste en av oss kyssa den andres..."

"Ska jag göra det lätt för er båda?" Kvinnan gled fram mot Tomek och höll fram handen, vickade med fingrarna framför hans ansikte. Länge betraktade Tomek hennes naglar. De var eldröda, med små glitter i topparna och helt felfria, som om de gjorts för bara några timmar sedan.

Med slutna ögon tog Tomek kvinnans iskalla hand, höll den i sin, och kysste den sedan.

"Så där", sa hon och sänkte den varsamt, "det var väl inte så svårt? Det finns gott om mer av den varan där inne."

"Skjut mig", viskade han när kvinnan blinkade åt honom, vände dem ryggen och gick in, hennes långa svarta klänning jagande efter henne nerför korridoren.

Tomek och Rachel såg på varandra i misstro. Allt som Micky hade berättat – kyssritualen, väntandet, klädkoden – hade varit sant. En del av Tomek, en väldigt stor del, hade hoppats att allt var en bluff, ett utspekulerat skämt som Micky Tatton skulle dra på deras bekostnad, men det var det inte. Det här var blodigt allvar för en massa människor, människor som gick omkring runt honom, på gatan, i mataffären, människor som såg oskyldiga ut på utsidan men hade ett hemligt, dekadent, snaskigt liv bakom stängda dörrar.

"Vad är det?" frågade Rachel. "Du ser upprörd ut."

"Klart jag är upprörd, Rach. Jag har på mig en jävla amerikansk polisutstyrsel som är minst två storlekar för liten. Chapsen utan bakstycke skär in i röven *och* upp i grenen, båda är nästan helt exponerade om det inte vore för shortsen jag tog på mig under. Överdelen är så tajt att jag knappt kan andas, och jag är rätt säker på att knapparna är gjorda för att lossna med ett enda ryck, vilket får mig att tro att det här är typen av plagg en manlig strippa skulle ha. Jag bär en jävla poliskeps men en rånarluva, vilket sabbar budskapet helt. Jag ser knappt genom de där jävla springorna, jag har ett par handklovar i plast som gräver sig in i min jävla höft, och som grädde på moset måste jag släpa runt på *det här*."

Tomek höjde den överdimensionerade polisbatongen som följt med utstyrseln. Den var minst två fot lång och nästan två tum tjock på bredaste stället. Den var inte bara ett satans elände att bära, utan också riktigt tung, och längs sidan, präglade i guld, stod orden, "Du har varit stygg".

"Jag ska fan döda honom i morgon när jag ser honom", väste Tomek. "Jag ska fan döda honom."

"Han såg en chans och tog den. Du kan inte klandra honom. Du hade gjort likadant."

Det hade Tomek, så klart hade han det. Faktum är att han förmodligen hade gjort något värre, mycket värre. Men det behövde inte Rachel veta. Hon hade det lätt. Hon hade bestämt sin egen utstyrsel och såg proper ut i en svart och rosa jockeyutstyrsel, komplett med stövlar i läder till knäna, en piska, keps och goggles över ögonen. Hon bar upp den väl, och den passade henne.

"Nu måste jag kyssa *din* hand", sa hon.

"Nej, det behöver du inte, jag tror vi kan—"

Tomek skulle just säga att de kunde komma undan med det, att ingen skulle titta. Men Rachel lät honom inte avsluta. I stället kastade hon sig fram, grep hans hand och kysste handryggen. Hennes läppar var fuktiga, klibbiga av läppglans som glittrade i eldskenet.

När Tomek drog bort handen sa han: "Tja, det där var konstigt." Sedan började han gnugga på hudfläcken hon just kysst.

"Jag är inte sjuk, Tomek."

"Jag vet. Det är bara... Du älskar det här, eller hur?"

Hon ryckte på axlarna. "Jag har behövt lite spänning i livet på sistone."

"Spara det till nästa månads besök. Du kan komma själv. I kväll har vi ett jobb att göra."

"Javisst, sir, förlåt, sir. Har jag varit stygg, sir?" skämtade hon lekfullt.

"Stick", sa han, och vände sig sedan långsamt mot ingången, mot musiken, mot sexet.

"Är du rädd?"

"Nej", sa han. "Jag har bara inte den blekaste aning om vad som väntar när jag går genom den där dörren."

Hon klappade honom på ryggen. "Ha ett öppet sinne. Kom ihåg, det pågår mycket sånt här i världen. Mer än vi nog vet. I slutändan har du vidgat dina vyer. Och, tja, kanske lär du dig ett och annat."

Tomek vände sig mot henne. "Du är sjuk, vet du det?"

Hon knuffade honom i ryggen. "I väg nu, gå in och reka stället. Jag väntar på att min riddarinna i skinande rustning ska komma och kyssa mig på handen."

"Jag hoppas det är en skrynklig gammal gubbe utan tänder", sa han till henne.

Med det vände han henne ryggen, och innan han klev över tröskeln in i det okända, drog han in ett djupt andetag. Han höll andan länge, tills han inte orkade mer, och släppte den sedan långsamt ut genom näsan. Spänningen i axlar och övre rygg klingade gradvis av.

Sedan gick han med långa steg genom ytterdörren.

Entrén till byggnaden som han hade gått igenom bara några dagar tidigare verkade få ett nytt liv i mörkret. Ljus prydde alla ytor, fladdrade i den milda marsvinden och spred en mängd dofter som fyllde luften med en mjuk, subtil arom. Väggar och möbler skakade av vibrationerna från tung bas som dånade djupt inne i huset. Tomek la handen mot väggen och kände hur det fortplantade sig genom huden, upp genom armen och in i bröstet.

Dumf. Dumf. Dumf.

Annars var det hans bultande hjärta som höll på att spränga bröstkorgen.

Efter några steg kom han till nästa ritual. Den låg dold bakom ett purpurlila sammetsdraperi, en stor glasskål med en blandning av prylar. Hittills hade gästerna redan offrat ett paket skinka, ett måttband, en glödlampa, lite underkläder, en ensam strumpa, ett mini-USB, en blyertspenna och en måttskopa för proteinpulver, bland många fler slumpmässiga hushållsprylar. Tomek blev förvånad över hur många som redan var inne. Han stack ner handen i den lilla bröstfickan på sin utstyrsel och tog fram sitt offer: en flasköppnare. En trasig som han hittat i köket på kontoret. Han la den i skålen, borstade sedan händerna mot överdelen och gick vidare genom ännu ett draperi. Där, på ett litet bardbord, stod den uppstoppade grisen.

"Dra mig baklänges", sa han och stirrade på det stackars djuret. Bilder från några veckor tidigare fladdrade förbi i minnet. Han hade suttit fast mitt i grisarnas inhägnad på en gård, omgiven av sju jättelika bestar medan de frossade på en människokropp. Tomek hade försökt rädda honom, men själv nästan varit nära att stryka med. Han hade inte tänkt på bacon eller rött kött sedan dess, och nu stirrade en påminnelse om den natten honom rakt i ansiktet. Som om det inte räckte, skulle han nu kyssa den.

Innan han gjorde det, överblickade han den lilla delen av rummet. Då såg han övervakningskameran i takhörnet, riktad mot honom, en röd lampa blinkade i den svarta kupan. Den perverse jäveln, tänkte Tomek, sitter och tittar på när vi gör sånt här skit. Motvilligt, och med insikten att han fortfarande inte hade något val, böjde sig Tomek fram och kysste djuret på ryggen. Dess hud och päls var sträv mot hans läppar, och han var säker på att ett hårstrå fastnade mellan dem.

Han tog ett ögonblick för att samla sig och förbereda sig på vad som väntade bortom nästa draperi. Nu hade den lugnande, trösterika doften från ljusen försvunnit och ersatts av doften av dekadens, svett och parfym.

"Skitsamma. Nu kör vi."

Försiktigt sköt han sammetsdraperiet åt sidan med ena handen och klev igenom. På andra sidan ökade musiken tiofalt. Det var som att kliva in i en annan byggnad, dunkande, pulserande. Han kom in mitt i en korridor. En liten skylt direkt framför honom erbjöd två val: "Rummet" till vänster och "Rummen" till höger. Tomek behövde inte veta mer för att fatta vilket som var vilket. Men innan han hann bestämma sig fångade en stor målning ovanför skyltningen hans uppmärksamhet.

"Den heter *Lustarnas trädgård*."

Rösten tog honom på sängen. Han vände sig om och såg Rachel bakom sig, på väg ut ur draperiet.

"Hur i helvete kom du igenom så fort?"

"Någon räddade mig."

"Ingen dam i skinande rustning?"

Hon skakade besviket på huvudet. "Bara någon snubbe utklädd till trafikkon."

Tomek kvävde fnisset och vände sig sedan mot målningen på väggen. "Gillar du konst?"

"Nej. Jag bara *kan* det, det är allt. På samma sätt som *du* kan fixa toaletter kan *jag* konst."

"Sexist. Du kunde väl ha tänkt att jag kanske kan något om trädgård eller smink."

"Vem är sexistisk nu då?"

Tomek puffade henne i axeln och pekade på tavlan. "Nå, sätt igång då. *The Garden of Earthly Delights*..."

"Av en snubbe som hette Hieronymus Bosch på femtonhundratalet. Den kallas ett triptyk, vilket betyder att den är uppdelad i tre delar. I just den här visar varje del ett steg närmare helvetet. Till vänster är Edens lustgård, där allt är rent och oskuldsfullt. Sedan har du *The Garden of Earthly Delights*, där alla är nakna och verkar knulla varandra bland en massa frukt, och till höger har du hans skildring av helvetet, där det bara blir lite... skruvat."

"Lite märkligt är allt."

"Det har förts mycket akademisk debatt om huruvida mittpanelen är en moralisk varning eller en skildring av det förlorade paradiset." Rösten var en djup baryton. Bekant. Sedan trädde en gestalt fram, iklädd borgmästarskrud, komplett med kedjor och en mantel över axlarna. På huvudet bar han en italiensk renässanshatt med en Arlecchino-mask för ögonen. Tomek kände igen honom direkt. "Personligen tycker jag det är det senare, en spegling av paradiset, av njutning, fri själ, möjligheten att göra saker utan vedergällning. Den var inspirationen till The Nights of Eden, och jag är mycket stolt över att ha den här målningen här. Den fångar alltid våra nykomlingars blickar. Angelica stod på samma plats som ni två står nu, stirrade upp på den med vördnad och ställde samma frågor."

"Och vad sa hon?"

"Hon tyckte också att den var förtjusande." Micky Tatton klev framför dem och skymde Tomeks utsikt över den bisarra men lika fängslande tavlan. "Har ni hittat det ni letade efter?"

"Vi har precis kommit," svarade Rachel med lite väl mycket entusiasm för Tomeks smak.

"Utmärkt, då har ni hela kvällen på er att bekanta er med våra aktiviteter. Känn er fria att släppa loss här. Ingen dömer, och all vår personal måste dessutom skriva på ett sekretessavtal. Ingen annan än dem ni ser i kväll kommer att få veta vad som händer."

"Behöver inte vi skriva på ett?"

Micky skakade på huvudet. "Med tanke på era roller tror jag inte att det behövs." När han började gå därifrån stannade han och vände sig halvvägs om. "Och förresten, älskar outfiten. Jag kan se att du kommer bli en favorit hos många av våra gäster."

Tomek kände en knut dra åt i magen och ett blodrus mot penisen. Allt var väldigt förvirrande.

Ett ögonblick senare var Micky Tatton borta. Nu när det var avklarat kunde de börja. Det enda problemet var att välja rum. Vänster eller höger. Till slut, efter ett kort gräl, landade de i The Room. Vänster. Tomek hade redan föreställt sig vad som väntade dem, men det var inte i närheten av verkligheten. Tomek hade aldrig sett så mycket bar hud och genitalier – och, mer oroväckande, *skinka* – i hela sitt liv. Rummet de just kommit in i var bröllopssalen där nygifta skulle njuta av sina lyckligaste dagar. Men i stället för två par som stod hand i hand längst fram i rummet, var det fyllt av två dussin individer som för tillfället låg med och penetrerade varandra. Där fanns ett halvdussin mjuka sammetssoffor, tre vattensängar och ett par sittsäckar och fåtöljer. Belysningen var dämpad, och inte ett enda stearinljus syntes till – förmodligen av säkerhetsskäl. Framför dem slingrade sig kroppar in i varandra, par, trekanter, fyrkanter som hade sex, uppe på sängarna, över fåtöljerna, mot väggen. Det fanns inte en enda ledig plats kvar. Det var som en scen ur *Game of Thrones*. Tomek visste inte var han skulle titta, och under en lång stund stod han helt stilla, oförmögen att slita blicken från en man i mitten av femtioårsåldern som stod bakom en annan man, framåtböjd över en soffarm. Samtidigt stod, ute i utkanten av rummet, män med stånd och runkade åt scenerna. Alla i rummet hade ansiktena täckta. Maskerna varierade från en Zorro-mask till en skidmask, ända till en papperspåse med hål utskurna för ögon och mun. Men oavsett var han tittade, när han väl lyckades slita blicken från den homosexuella akten rakt framför honom, såg han ingen med en åsnemask.

"Jesus Kristus..." viskade han.

"Hej, snygging," sa en röst bredvid honom. Gestalten – en kvinna, definitivt en kvinna, naken, med munskydd och en sjuksköterskehatt från krigstiden med ett stort rött kors på – började ta på honom på axeln och förde handen nedför armen. En sekund senare nådde hon hans batong och inspekterade den. "Har jag varit en olydig flicka? Kanske borde du straffa mig i ett av de mindre rummen. Skulle du gilla det?"

"Ah, fan."

Tomek kände sig snabbt helt utanför sin komfortzon. Han hade en extremt attraktiv kvinna rakt framför sig och allt han kunde tänka på var männen som stod och runkade, som rörde sig själva medan de tittade.

"Rachel... Hjälp..."

Genast klev Rachel framför honom och kysste kvinnan, hårt och rakt på munnen. "Han är upptagen för tillfället, hjärtat", sa hon när hon drog sig undan, "men kanske, när jag är klar med honom, kan du och jag roa oss lite?"

Kvinnan såg tydligt nedslagen ut över att Tomek var upptagen, men överlycklig över utsikten att få tillbringa tid med Rachel efteråt, även om det aldrig skulle hända. Tyst smet kvinnan i väg, och Tomek tackade Rachel för att hon räddat honom.

Till vänster om dem fanns en liten passage som ledde till en bar. De smet in och beställde varsin läsk: Coca-Cola till Tomek, lemonad till Rachel. Bredvid dem, på en soffa i närheten, låg två män och drog linor kokain från varandras magar, som om det var en vodkashot och de befann sig på någon partyö i Medelhavet. En av dem snörvlade till och tittade upp på Tomek, med näsa och mun täckta av vitt pulver. "Vill du vara med?"

Tomek ryggade tillbaka inför mannens kommentar och såg honom gnugga näsan i några sekunder innan han svarade. "Inget för oss, tack. Var fick ni tag på det?"

"BYOD. Bring your own drugs", svarade mannen och återgick sedan till sitt kokain, den här gången drog han en lina från den andre mannens skinkor.

"Gissar att det inte gör det olagligt," viskade Rachel i hans öra.

"Även om det vore det skulle vi nog inte kunna gripa dem. Tänk dig mängden naket skinn som skulle komma utrusande härifrån om vi gjorde det. Vi skulle behöva sanera allt på stationen, och inte ens då tror jag att vi skulle få det rent."

"Bara ingen kör en bajsprotest," tillade Rachel.

När de fått sina drinkar återvände de till orgien. Inom några sekunder kom en man fram till dem, spritt naken, med en pilotmössa och ett par tonade skidglasögon över ögonen. Han var överviktig, med otroligt håriga armar och en bröstkorg som på en björn.

"Allt bra, älskling?" sa han till Rachel. "Känner inte igen dig."

Så snart Tomek insåg att han inte var måltavlan tog han ett steg tillbaka och sippade tyst på sin dryck.

"Tomek..." sa Rachel och räckte ut en hand mot honom. "Tomek..."

"Vet inte vem du pratar med."

"Är det första gången här, älskling?" envisades mannen.

"Jag är med honom", sa Rachel, grep tag i Tomek och drog honom till sig.

"Nej, det är vi inte."

Ja, det är vi."

"Det är lugnt", sa mannen. "Du kan rida mig som en häst hur mycket du vill, jag biter ändå inte."

"Nej tack", insisterade Rachel. Sedan tillade hon artigt: "Kanske en annan gång."

Motvilligt masade mannen i väg, med hängande axlar, uppenbart ledsen över att ha blivit avvisad. När han var utom hörhåll drog Rachel ner Tomek till sin ögonhöjd.

"Vad fan handlade det där om? Jag kom till din räddning när *du* behövde det."

Tomek skakade på huvudet. "Jag tänker inte kyssa någon man på munnen."

"Fegis", väste hon.

Men innan han hann svara fastnade något i Tomeks blick. En gestalt. Naken från halsen och nedåt, med bara en åsnemask i silikon över ansiktet. Förbryllad slog Tomek Rachel upprepade gånger på armen tills han fick hennes uppmärksamhet.

"Gå du," sa han.

"Varför jag?"

"För att du är tjej, och sist jag kollade hade han legat med Angelica, som också var tjej."

"Tack för biologilektionen", sa hon irriterat, ställde sin plastmugg (förmodligen också av säkerhetsskäl) på soffans armstöd och gick mot Åsnemannen. Under tiden följde Tomek långsamt efter, höll sig i bakgrunden och iakttog på avstånd, noga med att inte komma för nära.

"Hej", sa Rachel.

Mannen tittade ner på henne. "Hej, hur är läget?" svarade han med mjuk fransk accent.

"Sugen på att gå till ett privat rum?"

"Visst."

Så enkelt var det. Be så ska du få. Inget förspel, inga presentationer, bara, "Vill du knulla?" "Ja!" "Utmärkt, kom häråt."

"Gör det något om min vän följer med?" frågade hon och pekade på Tomek.

"Öh..."

"Toppen."

Utan att invänta ett svar grep Rachel tag i Tomek i armen och drog ut honom ur rummet och ut i korridoren. När de närmade sig de enskilda rummen på andra sidan herrgården blev ljudet av sex högre och högre. Kvinnor och män som skrek för full hals, sänggavlar och annat som dunkade i väggarna. Som tur var hittade de ett tomt rum längst bort i korridoren, och Tomek stängde dörren bakom sig. Där inne var rummet tyst, stilla. I mitten stod en himmelssäng med en handfull sexleksaker – dildos, piskor, stigbyglar, kedjor – utlagda på överkastet. Tomek ville inte veta om de hade använts eller inte, ville inte gå i närheten av dem. Det här var ett enkelt hotellrum som hade förvandlats till en sexhåla, och han ville aldrig mer bo på hotell.

Då klappade Åsnemannen i händerna och drog upp Tomek ur sin dagdröm.

"Jaha då. Ska vi?"

Rachels röst blev myndig. "Faktiskt inte. Vi avstår gärna, tack. Vi undrade om vi i stället kunde få ställa några frågor om din senaste relation med Angelica Whitaker."

"Va? Vad pratar du om?"

"Angelica Whitaker."

"Vilka är ni?"

Rachel stack handen ner i bh:n och tog fram sin tjänstelegitimation. Mannen granskade den och tittade sedan misstroget på Tomek.

"Det här är inte bara en utklädnad, kompis", sa Tomek och vinkade ivrigt.

Då blev Åsnemannen plötsligt medveten om att han var naken och skylde sig med händerna. Fast det var redan för sent. Skadan var skedd, bilden – tillsammans med många andra – var inristad i Tomeks huvud.

"Vad gäller det här? Kan jag... kan jag ta på mig något?"

"Ingen fara", sa Rachel. "Jag är inte intresserad av något av det där, och det är inte han heller. Vad heter du?"

Fortfarande skyddande sin värdighet med händerna slog sig mannen ner på sängkanten. "Florian. Florian Meunier. Jag..."

"Vad kan du berätta om Angelica Whitaker, Florian?"

Mannen sträckte sig efter närmaste kudde och lade den i knät. "Jag vet inte vem det är."

"Jodå, det gör du, men du känner henne nog mer på utstyrseln än på namnet. En kvinna som brukade komma hit, alltid utklädd till ängel. Säger det dig något?"

Ett igenkännande for över Florians ansikte. "Ja, men jag... jag visste inte att hon hette Angelica."

"Nu vet du det. Och vi har också kommit för att berätta att hon är död."

"Död?"

"Hennes kropp hittades häromdagen. Hon var gravid. Vi har förstått att du har legat med henne vid flera tillfällen. Stämmer det?"

Florians blick föll ner på ryamattan på golvet när han sjönk in i djupa tankar. "Ja. Ja, vi låg med varandra."

"Kan du säga hur många gånger?"

"Fyra. Kanske fem."

"Och ni använde kondomerna där ute? Vissa perforerade, andra inte."

"Ja... ja, men jag trodde aldrig att det här skulle hända."

"Vilken del? Att hon blev mördad eller att hon blev gravid?" frågade Rachel.

"*Mördad*? Du sa aldrig att hon blev mördad. Du tror väl inte... du tror väl inte att jag hade något med det att göra?"

Tomek tog det som sin cue att kliva in. "Det återstår att se", sa han. "Så Angelica sa aldrig att hon var gravid, eller att det kunde vara ditt?" Mannen såg chockad ut. "Nej. Ingenting." "Tillbringade du någonsin natten med någon annan? Såg du henne någonsin gå in i ett rum med någon annan?" Florian skakade på huvudet. "Bara med mig. Men..." Han tvekade. "Vi hade också en trekant en gång, men det... det var med en annan kvinna." Tomeks blick föll på strap-on-dildon vid sänggaveln. "Har du någonsin pratat med Angelica utanför den här miljön?" frågade han. "Nej." "Aldrig skrivit till henne på nätet eller i sociala medier?" Ännu ett huvudskak. "Skulle du kunna komma ner till stationen så att vi kan prata om det här mer i detalj?" "Själv... självklart." "I morgon?" Efter några sekunders eftertanke svarade Florian till slut ja och gav sedan Rachel sina kontaktuppgifter. Precis innan de lämnade honom åt sina tankar, ensam i rummet, lade hon en hand på hans axel, tackade för tiden och följde sedan Tomek ut. Tillsammans gick de mot utgången. Utanför hittade Tomek parkeringsbetjänten, letade i skålen efter sina bilnycklar och väntade sedan på att mannen skulle köra fram bilen.

Parkeringsbetjänten dök upp en stund senare. Tomek tackade honom och satte sig sedan i framsätet. När han slog igen dörren vände han sig mot Rachel och sa, "Vi får aldrig yppa ett ord om det här till någon. Överens?" "Överens."

KAPITEL
TRETTIOSJU

Tomek ville morgonen därpå inget hellre än att torka bort det självgoda lilla flinet från Cheys ansikte. Tjugofemåringen hade sett ut som om han just vunnit på lotto. Och för att göra saken värre hade Tomek och Rachel dykt upp samtidigt, vilket fick det att se ut som om de hade tillbringat natten ihop och gjorde en polisiär variant av skamrundan.

"Så ..." sa han, lutade sig tillbaka i stolen och tuggade på pennans ände, med sitt olidliga grin fortfarande synligt. "Hur var det?"

"Börja inte för helvete," ropade Tomek när han släppte ner väskan bredvid sitt skrivbord. "Du har fan en del att krypa till korset för."

"Varför?"

"*Den* dräkten."

Chey brast ut i skratt, rösten sprack halvvägs, och det sköljde genom kontoret. De var de enda tre där, först på en lördagsmorgon. Snart skulle stället börja fyllas.

"Tog ni några bilder?" frågade konstapeln.

"Snuskhummer," fräste Rachel, först allvarligt, men sedan sprack hennes min och de två vek sig av skratt på Tomeks bekostnad. "Det var möjligtvis något av det roligaste jag har sett."

Tomek gav dem båda fingret. "Vet ni vad som är roligare? När jag kallar in er båda till medarbetarsamtal. Vem skrattar då?"

"Inget kommer att vara roligare än minnena jag har från i går kväll," sa Rachel.

När han anade att de var på väg att avslöja allt skvaller tog Chey sig upp ur stolen och skyndade över.

"Du kan lägga bort det där flinet," sa Tomek till honom. "Vi tänker inte berätta något."

"Kom igen! Skulle du inte vara lite fascinerad om du var i min sits?" Ja. Ja, det skulle han.

"Nej," sa Tomek, "för jag har lite respekt för utredningen. Behöver jag veta något, så väntar jag på att få det berättat."

Det var en iskall lögn, och det visste de allihop. När Tomek vände sig om för att slå på sin datorskärm såg han i ögonvrån hur Rachel lutade sig mot Chey och hörde henne viska: "Det är lugnt, kompis. Jag berättar allt senare."

"Som fan att du gör," snäste Tomek och snurrade runt så fort att han blev yr. "Vad vill du veta? Vi kom dit, uppklädda, var tvungna att kyssa varandras händer, kysste en gris, tog några drinkar, såg en massa sex, såg en massa kukar och fittor, och pratade sedan med en misstänkt."

"Ni hittade en misstänkt?"

"Klart som fan att vi gjorde. Vi åkte inte dit bara för att se vad allt ståhej handlade om."

Rachel fnös spelat. "Tala för dig själv, chefen."

Tomek tittade en extra gång på henne, vände sig sedan mot Chey. "Okej. Jag gick dit i utredningssyfte. Hade jag vetat att Rachel skulle dit av andra skäl hade jag kanske tagit med dig i stället."

Den unge mannens ansikte lyste upp.

"Chefen, tänk efter en sekund," vädjade Rachel. "Han ... tjugofem år ... på *det* stället. Det vore som att släppa in räven i hönshuset. Det skulle bli en jävla massaker."

Cheys ivriga nickande och leende bekräftade Rachels liknelse.

"I så fall går jag ensam om jag måste dit igen," sa han.

Chey och Rachel såg på varandra och gav varandra en menande blick. "Jaha, visst, chefen. Klart du gör. Vi fattar hur det ligger till."

Tomek suckade och himlade med ögonen. "Skärp er. Var inte så barnsliga." Han ville väldigt gärna styra bort samtalet från sig själv, Rachel och The Nights of Eden, så han frågade: "Nå, vad gjorde du av din fredagskväll, unge Chey? Grät du dig till sömns för att du missade allt?"

"Nej, faktiskt. Medan ni två förverkligade era fantasier på er lilla sexfest i går kväll hade jag min egen lilla fest och skrollade igenom Angelicas Instagram."

Tomek såg på honom, bekymrad. "Det där är minst lika konstigt, kompis."

Cheys min föll. "Jag vet. Jag hörde hur det lät. Men lyssna nu, jag hittade något som jag tror kan vara intressant."

Tomek väntade på att mannen skulle förklara.

"Jag hittade en blogg!" utbrast han. Nu var den där ivriga, valpliknande minen tillbaka i ansiktet, men av helt andra skäl. "Den heter "My Little Corner Of The Internet" – vilket faktiskt också är dess URL. Det är en sån där Blogspot-grej från tidigt tvåtusental där det bokstavligen bara är text och ett par bilder. Inget flashigt."

"Hur hittade du den?" frågade Tomek, ivrig att börja från början innan Chey gick vilse i sin egen upphetsning.

"Den låg längst ner på hennes rese-Instagramkonto," svarade han. "Jag kom till slut ner till botten av flödet efter dagar av att gå igenom varje inlägg. Hennes allra första. Det var en liten selfie med en bildtext om att folk skulle gå till hennes blogg där hon skulle lägga upp mer fördjupad info om sina resor."

"Och det var enda gången hon la upp länken?"

Chey ryckte på axlarna. "Gissar att hon tänkte att folk skulle se den och komma ihåg den. Det var för några år sedan, innan de började fippla med alla algoritmer och den organiska räckvidden var mycket bättre än nuförtiden."

Algoritmer. Organisk räckvidd. Ord han nyligen hade tvingats lära sig, men som han fortfarande inte hade en aning om vad fan de betydde.

"Läste du några av blogginläggen?"

"Började, ja. Men det är mycket. Grejen går tillbaka ända till 2016, precis som hennes Insta, men det finns över två tusen inlägg där. Ett för varje dag, ibland fler. Jag tror att hon först använde den för sina resedagböcker, men när hon insåg att ingen hittade den började hon nog använda den som sin dagbok."

Tomek spetsade öronen.

"När var sista inlägget?"

"Dagen hon dog."

Tomek viftade med fingret mot Cheys datorskärm. "Har du den uppe på skärmen?"

"Du kan få upp den på din, farfar. Den ligger på internet. Vem som helst kan se den."

Din jävel, tänkte Tomek. Det där var exakt den typen av sak han skulle ha sagt till Nick. Faktum var att han säkert hade sagt exakt det där till chefsinspektören någon gång. Och nu hade han fört stafettpinnen vidare till Chey. Han var imponerad.

"Fram med den då, smartjävel. Visa mig."

På en sekund hade konstapeln loggat in på Tomeks portal, öppnat en webbläsare och hittat Angelicas Little Corner of the Internet. Startsidan var enkel. Webbplatsens logga låg längst upp på skärmen och såg ut som om hon hade skrivit den i WordArt och gjort den till en bild. Till höger fanns ett foto av Angelica i bikini, med solglasögon stora som ett cyklop som täckte ansiktet, en strand och palmer bakom henne. Under den fanns en kronologisk lista över alla blogginlägg genom åren, från 2016 till i dag. På vänster sida av sidan låg det senaste inlägget, daterat dagen hon dog. Tidsstämpeln visade att det hade lagts upp några timmar innan hon träffade sina vänner.

Tomek lutade sig närmare och kisade mot skärmen. Han hade märkt på sistone att ju äldre han blev, desto mer började ögonen svikta, sudda till sig lite mer än de brukade, men han hade inte gjort något åt det. Han höll inte på att bli blind än, så vad var problemet?

Med nästan slutna ögon började han läsa:

Hej fina du,

Ännu en arbetsdag avklarad. Känner mig bättre i dag. Har en stor utekväll med tjejerna i kväll som jag verkligen längtar efter. Jag måste göra mig i ordning om ett par timmar, så jag håller det här kort och gott. Det lär bli en rolig kväll. Känns som att vi inte har varit ute tillsammans på evigheter. En riktig tjejkväll. Och att det blir den sista innan säsongen drar igång igen, vilket jag är sjukt taggad på. Längtar efter att se tjejernas Insta se snygga och glödande ut de kommande veckorna. Det blir ett toppenavsked, och jag har på känn att vi ska gå ut med en smäll!

Hur som helst, det var allt jag hinner, fina du. Till nästa gång.

"Vem är *fina du*?" frågade Tomek.

"Det är ju du, chefen," retades Rachel.

Tomek gav henne en ointresserad blick. "Du vet att det inte var så jag menade. Vem tror vi att hon pratar med?"

"Med sig själv, kanske? Som en påminnelse ifall hon läser det senare?"

Tomek funderade, vände sig mot Chey och frågade: "Kan du skriva ut allihop?"

"Skriva ut dem?"

"Ja. Du vet, svart och vitt bläck på papper."

"Men varför? Det kommer bli så mycket papperssvinn."

"Skälen är två, unge Chey." Tomek höjde två fingrar mot konstapeln, och inte på det trevliga sättet heller. "Ett, så vi kan dela upp dem i teamet och läsa för att snabba på processen. Två, för att vara förberedda om något händer med domänen och vi förlorar alla bevis."

En förstummad min smög sig över Cheys ansikte.

"Jajamän," svarade Tomek självbelåtet. "Jag kan det där med domäner. Och det påminner mig om det tredje skälet." Tomek visade långfingret för Chey. "För att jag sa det. Nu måste Rachel och jag gå. Vi ska förbereda ett möte med någon från i går kväll."

"Kommer de tillbaka för omgång två?"

Tomek stack ner handen i ryggsäcken, tog upp dräkten som Chey hade köpt åt honom och kastade den i mannens knä.

"Du är skyldig mig femtio pund för den där. Jag vill ha tillbaka mina pengar."

"Jag tror inte de tar emot saker som har varit använda, chefen," sa Chey och tittade på outfiten med sina pliriga ögon.

"Vem har sagt något om att lämna tillbaka den?"

KAPITEL
TRETTIOÅTTA

Tomek hade svårt att titta ordentligt på mannen. Trots att Florian var prydligt klädd i en vit skjorta, en tunn bomullströja och ett par marinblå chinos (fransmän kunde minsann konsten att se bra ut, eller hur?), var den enda bild Tomek hade av mannen hans lätt solbrända, nakna kropp, en stor penis som hängde mellan benen och en latexåsnemask över huvudet.

"Vilken tid slutade du i går kväll?" frågade Tomek, desperat efter att bryta tystnaden.

Florian var smal, med varken mycket muskler eller fett på kroppen. Han såg ut som om han hade varit atletisk i ett tidigare liv, men kanske hade han lagt det på hyllan i jakten på mer dekadenta kickar. Axlarna var framåtlutade och hans kropp verkade krympa bakom bordet.

"Jag gick strax efter att ni båda hade gjort det. Det är ovanligt tidigt för mig, eftersom jag ibland stannar över natten i ett av rummen på hotellet, men jag bestämde mig för att åka hem. Jag kunde inte tänka på något annat än det ni berättade."

Mannen var synbart skakad och illa berörd av nyheten om Angelicas död. Tomek undrade hur mycket som var genuint och hur mycket som var spel.

"Vilken tid brukar de här tillställningarna sluta?" frågade Rachel.

"Klockan tre på morgonen. Ibland fyra, om det är mycket folk. I princip tills folk börjar känna sig trötta och går och lägger sig i rummen."

Rachel slog upp ett nytt blad i sin anteckningsbok. "När träffade du Angelica Whitaker första gången? Minns du datumet?"

Mannen skakade på huvudet. "Jag tror att det var första gången hon kom till The Nights of Eden."

Tomek hatade det namnet. Det lät som någon sorts sekt.

"Jag tror att det var i september," lade han till.

"Och hur träffades ni två?"

"Hon väntade utanför när jag kom dit, men innan jag kysste hennes hand pratade jag lite med henne. Jag kände ju inte igen henne, så jag ville lära känna henne lite bättre, få henne att känna sig lugn. Jag tyckte om hur hon såg ut. Kroppen, sminket, håret. Hon var väldigt söt. Men hon ville inte säga sitt namn. Till slut kallade jag henne min ängel. Sedan hittade jag henne inne i rummet. Först visste hon inte vad hon skulle göra eller vem hon skulle prata med, men..." Han fuktade läpparna. "Men eftersom hon redan hade pratat med mig, kan man väl säga att hon kände sig mer bekväm."

"Tog ni två ett rum tillsammans?"

Tomek mindes hur lätt det hade varit för Rachel att få en natt med Florian.

"Ja. Jag... jag..." Han började klia sig i nacken och drog sig mer och mer in i sig själv. "Jag, man kan säga, jag tog hennes oskuld. Det var hennes första gång där, och det var hennes första gång med—"

"Vi fattar," avbröt Tomek och höjde handen för att få mannen att stanna. "Vad hände efter att ni hade "varit" tillsammans?"

"Hon gick åt ett håll, jag åt ett annat."

Rachel antecknade frenetiskt, och hennes handstil blev allt mindre prydlig och läsbar när hon kämpade för att hinna med.

"När såg du henne nästa gång?" frågade hon.

"På nästa träff, en månad senare."

Rachel väntade tills hon hade skrivit ner allt innan hon fortsatte. Nu var det hennes tempo som gällde. "Och ni två tillbringade natten tillsammans igen?"

"Ja. Vi tillbringade många nätter tillsammans. Varje gång använde vi skydd, förstås."

"Självklart."

"Men... efter det ni sa i går kväll, jag... jag vill veta om barnet är mitt. Går det att ta ett DNA-test för att ta reda på det?"

Rachel öppnade munnen för att svara, men Tomek hann före. "Vad är poängen? Barnet är dött. Ingenting skulle vinnas på det."

Florian tryckte ett finger mot tinningen. "För mitt eget förstånds skull."

Tomek sa till mannen att det inte skulle vara möjligt. "Det var mindre än tre månader gammalt, så som jag har förstått det. Vi kanske aldrig får veta vem fadern är. Jag är ledsen." Mannen sänkte huvudet och stirrade djupt ner i knät. De gav honom båda en stund att samla sig och sina tankar.

"Hon var en av de vackraste kvinnor jag någonsin har sett," förklarade Florian, med orden riktade mot knäna. "Hon var som ett porträtt från renässansen. Hon var som Mona Lisa."

"Är du konstintresserad, eller bara lite allmänt nyfiken?"

"Jag är konstnär." Vid det lyfte Florian på huvudet med en smula stolthet som drunknade i sorgen och förtvivlan.

"Vad målar du?"

"Allt möjligt. Min omgivning. Landskap. Människor."

"Har du någonsin målat Angelica?"

Mannen nickade långsamt. Sedan, utan att säga något, stack han handen i fickan, låste upp telefonen och bläddrade igenom kamerarullen. Några sekunder senare hittade han fotot han letade efter och sköt över telefonen tvärs över bordet. Tomek tog telefonen och höll den mellan dem. På skärmen fanns en närbild av en ängel, sittande på sängkanten, halvnaken. Kvinnan på målningen var utan tvekan Angelica, med det långa svarta håret, de mörka ögonen, den slanka figuren, käklinjen, kinderna, näsan. Det var kusligt träffsäkert.

"Hur gjorde du det?" frågade han.

"Ur minnet. Efter vår första natt tillsammans kunde jag inte få henne ur huvudet. Jag hade en så tydlig bild av henne att jag behövde få ner henne på duken. Det var det enda sättet att få henne ur tankarna."

Det syntes tydligt att Florian hade varit, och möjligen fortfarande var, förtrollad av Angelica. Förälskad i henne på samma sätt som alla män i hennes liv tycktes vara. Från Micky Tatton som tog kontakt med henne ombord på ett europeiskt flyg, till Shawn Wilkins som gillade och bevakade varenda vaken (och sovande) stund av hennes liv, till Sammy Mercer, som fortfarande trodde att det fanns en gnutta hopp om att de skulle bli tillsammans igen. Hon blev dyrkad, älskad, beundrad och i vissa fall åtrådd. Och till slut ledde det till hennes död.

"Fick du någonsin chansen att visa den för henne?" frågade Rachel.

Florian skakade på huvudet. "Jag försökte. Jag skickade den till hennes mobilnummer, men jag tror att hon måste ha gett mig ett felaktigt, för hon svarade aldrig. Och jag kunde inte visa henne den i verkligheten eftersom telefoner inte är tillåtna, så hon fick aldrig se den."

Och nu skulle hon aldrig få se den.

KAPITEL
TRETTIONIO

T omek hade stirrat på bilden på datorskärmen i nästan en halvtimme. Med varje rull på musen och tryck på piltangenterna såg han något nytt, en ny detalj, ett nytt lager av betydelse. Han hade aldrig varit särskilt inne på konst – han tyckte att allt var skitsnack och att konstnärerna bara målade vad de ville, och att det inte fanns någon dold mening bakom konstnärens val att använda just det där penseldraget eller den där färgen i stället för en annan – men det var något med just den här bilden som väckt ett intresse inom honom, ett intresse han inte visste att han hade. De nakna kropparna, den uppförstorade frukten, de märkliga och ovanliga djuren, färden ner i liderlighet och helvete. Det fascinerade honom, och ärligt talat kände han sig, trots sig själv, lite inspirerad. Att han kanske kunde prova något sådant, något unikt och representativt för synd och lust. Men så kom han ihåg att han knappt kunde rita en streckgubbe, så ett fulländat konstverk som *Lustarnas trädgård* låg långt bortom hans förmåga. Ändå var det skönt att drömma, att tänka att han hade det i sig.

När han scrollade vidare till högersidan av triptyken, den mörka och demoniska skildringen av helvetet, började Tomeks telefon vibrera på bordet. Det plötsliga ljudet och rörelsen fick honom att hoppa till. Som tur var fanns ingen i närheten som såg det. Han sträckte sig efter telefonen och sneglade på displayen. På en gång rann all inspiration, förundran och kreativitet han fått av målningen ur honom.

Det var Abigail. Kanske ringde hon för att fråga om att komma över, eller för att gräla om kvällen innan. Eller, och det var betydligt mindre troligt, så gällde det jobbet och vilken information han kunde ha åt henne. *Finns bara ett sätt att få veta.* Han sköt ifrån bordet, bet i det sura äpplet, kastade sig in i ett litet kontor och svarade.

"Är det bra med dig?" frågade han försiktigt.

"Ja. Du?"

"Ja. Inte så illa."

"Bra."

Tomek väntade på att hon skulle säga något. Ingen av dem ville vara först. Ingen visste vad de skulle säga. Precis när Tomek öppnade munnen, avbröt Abigail.

"Kom ner", sa hon.

"Va?"

"Kom ner. Jag vill prata med dig."

Tomek såg sig panikslaget om i rummet, som om hans flickvän plötsligt kunde dyka upp bakom en vägg som ett spöke.

"Vad pratar du om?"

"Jag är utanför. På parkeringen. Kom ner."

Tomek skyndade runt bordet, knäna slog i stol- och bordsbenen när han rusade mot fönstret. Där stod hon, hennes klarröda SEAT parkerad i hörnet av parkeringen. Han drog djupt efter andan och iakttog henne. Han hade inget val.

"Jag kommer ner om en minut."

―――

Temperaturen inne i bilen var kallare än luften utanför. Motorn var avstängd, vilket betydde att hon inte tänkte åka någonstans i brådrasket, och för att verkligen hamra in den poängen för Tomek när han klev in märkte han att bilnycklarna låg i hennes knä. Ett extra moment innan hon kunde köra iväg i ilska eller frustration.

Han väntade sig det värsta.

Abigails hår var uppdraget från ansiktet med hjälp av ett hårband. Hon var klädd i kavaj och prydliga byxor, med en enkel vit skjorta. Doft av tall och ockratoner spred sig från hennes kropp och fyllde snabbt hans näsborrar. Sminket var omsorgsfullt lagt, men det kunde ändå inte dölja den djupt missnöjda och upprretade blicken och uttrycket i hennes ansikte.

Tomek sa inget när han stängde dörren och fyllde kupén med tystnad.

Den varade inte länge.

"Hur var i går kväll?" frågade hon.

Han hörde genast anklagelsen i tonen.

"I går kväll?"

"Ja. Med din flickvän."

Rachel. The Nights of Eden. Fan. Men hur kunde hon ha vetat?

"Hur—?" började Tomek, men hon avbröt honom.

"Jag såg er två gå ut tillsammans."

"Vad menar du, att du såg oss?" Tomek tänkte efter en stund. Han hade kört till Rachels lägenhet, redan utklädd, väntat på henne och sedan kört dem båda till Melback Manor. Vilket betydde: "Du följde efter mig?"

"Jag såg allt", svarade Abigail, giftigt i varje ord. "Du som hämtar din nya flickvän, kör henne till det där huset på landet. Ni två som ser för jävla fåniga ut. Vad gjorde ni där, på maskerad tillsammans, va? Hur länge har det pågått?"

Tomek visste inte om han skulle skratta eller skrika. Han var både oförstående och förbannad. Oförstående över att hon trodde att han och Rachel var tillsammans, och förbannad över att hon hade följt efter honom – *förföljt* honom, rentav. Han visste inte var han skulle börja. Till slut sa han ingenting, utan stirrade tomt på henne.

Det gjorde ingenting för att lugna situationen.

"Hur länge har ni två träffats? Kan slå vad om att ni är sådär gulliga, va, går på en liten maskerad ihop? Slog du vad när jag bad att få träffa dig i går kväll? Hur många gånger har du skitit i mig för hennes skull? Var du med henne den där onsdagen när jag ville komma över, men du sa att du var tvungen att fixa några akutgrejer till Kasia i affären? Eller den där helgen när jag sa att du kunde komma över, men du sa att du hade rugby och sen skulle till puben med Sean och Warren? Låg du med henne i stället?"

Tomek var helt ställd. Han kunde inte ens minnas de där två tillfällena. De var så länge sedan. Men det var inget problem för Abigail. Hon hade minne som en Mensa-medlem.

"Har du allt det här nedskrivet i en dagbok eller något?" frågade Tomek.

"Svara på frågan", fräste hon.

"Nej."

"Så det är sant då?"

"Nej."

"Varför vägrar du då att svara mig."

"För att du beter dig så jävla dumt."

"Vad gjorde du på det där hotellet i går kväll?"

"Jobb."

"Jaså, visst. Är det så ni kallar det? Är det något litet kodord ni två har för det?"

Tomek vände bort blicken från henne, lät den falla på instrumentbrädan. I ett ögonblick stängde han av medan hon fortsatte skälla, skrek honom i örat, orden blev gradvis dova och avlägsna. Det var inte förrän hon slog honom på armen som han vaknade till.

"Lyssnar du ens på mig?" skrek hon. "Jag försöker prata med dig här."

"Nej, det gör du inte. Du skriker åt mig, och nu slår du mig. Du anklagar mig dessutom för skit jag inte har gjort, för något du fått för dig som inte ens är verkligt. Det finns inget mellan Rachel och mig, och det kommer det aldrig att göra. Vi gjorde en jobbgrej i går kväll, och det är allt du behöver veta."

Tomek lade handen på dörrhandtaget. Hon höll kvar honom med ett hårt, skruvstädslikt grepp.

"Vart tror du att du är på väg?"

Han kunde nästan se ångan komma ut ur hennes öron.

"Tillbaka till jobbet. Och jag tycker att du ska göra detsamma." Han öppnade dörren och vände sig sedan tillbaka mot henne. "Jag tycker också att vi behöver lite tid ifrån varandra, en paus, eller något, antar jag. Vi hörs senare. Jag har en mordutredning att återvända till."

KAPITEL
FYRTIO

I tystnad tog det Tomek över en timme att lugna ner sig, att rensa tankarna. Abigail hade inte bara brutit och förstört hans förtroende, utan hon hade också visat sitt rätta jag. Hon hade tagit till att följa efter honom, spåra hans rörelser som om han vore ett vilset husdjur. Han visste inte om han kunde tolerera en sådan person i sitt liv, ständigt behöva förklara var han var och vem han var med. Livet blev snabbt rätt deppigt på det sättet, och han hade viktigare saker att oroa sig för. Strax efter att han hade kommit tillbaka till utredningsrummet sprang Tomek av en slump på Sean, en av hans närmaste vänner i kåren. På sistone hade de glidit isär, men det hade inte hindrat dem från att vara vänner, inte långt under ytan. Och det hade sannerligen inte hindrat Sean från att lägga märke till den oroliga och plågade blicken i Tomeks ansikte. Så de två hade hittat ett litet kontor, där Tomek hade fått ur sig allt, som förr, som de hade gjort så många gånger tidigare, delat sina liv med varandra, lutat sig mot varandra för råd och vägledning. Sedan hade Sean sagt som det var, påmint honom om råden han hade gett Tomek i början av relationen med Abigail: att deras relation hade varit byggd på gentjänster, på att de kliade varandras ryggar för att ta sig fram, tills de till slut hade glidit in i en relation. På ett sätt hade de båda fått vad de ville: varsitt nytt jobb. Men det fungerade inte för deras relation. Och Tomek medgav att Sean hade haft rätt. Att han hade utnyttjat Abigail för information tidigare och vice versa, och att det nu inte var hälsosamt, inte hållbart. En del av honom hade vetat det redan då, men en ännu större del hade inte orkat bry sig. Och nu stod han här, stod de här, inför slutet på relationen. Tomek borde ha känt sig tom, varit ledsen över det, men han kände ingenting. Kanske var det stoicismen i honom, det faktum att han inte hade känt något på de trettio åren sedan hans bror dog, det känslomässiga lidandet och tumultet han hade gått igenom spelade honom fortfarande spratt även år senare. Kanske skulle han känna *något* någon gång. Kanske. Men just nu hade han ett möte att gå på, och det tänkte han inte missa på grund av någon han hade känt intimt i bara ett par månader.

Han hittade Chey, Rachel och Oscar sittande i utredningsrummet, där de pratade lågmält sinsemellan. Tomek stängde dörren bakom sig och gick till bordets kortända, där han grep en whiteboardpenna. Han tog av korken och hittade en tom yta på närmaste whiteboard.

"Okej, era rötägg," började han. "Låt oss försöka få in det här i skallen. Slå ihop våra hjärnor och låt dem mysa ihop sig och vrida sig till en."

"Mår du bra, chefen?" frågade Chey.

Tomek ignorerade frågan.

"Våra hjärnor måste ner i skiten, och vi måste förlika oss med vad vi vet och vad vi inte vet. Oscar!" Tomek vrålade mannens namn så att det fyllde det lilla rummet. Han pekade med pennan på polisen och sa sedan: "Vad har du att berätta för mig?"

Oscar vände sig till sina kollegor för vägledning och hjälp, men ingen av dem hade någon aning, så de ryckte på axlarna och lät honom ta det.

"Om vad då, chefen?"

Tomek skakade frustrerat på huvudet och började sedan klottra på whiteboarden. Om de inte tänkte hjälpa honom, fick han göra det själv. Han började med att skriva Angelicas namn i mitten av whiteboarden, sedan skapade han runt det ett spindelnät av ord: *smink, våldtäkt, rengöring, kyrka, änglavingar, bil.* Så fort han var klar knäppte han på korken med en smäll, backade några steg och stirrade på tavlan utan att säga något, förlorade sig i sina tankar. Trettio sekunder gick, en minut. Men i själva verket tog han inte in någonting. Åtminstone inte helt, inte medvetet. Tankarna var någon annanstans, hos Abigail, hos deras tid tillsammans, trots att han visste att han inte borde, trots att han just hade intalat sig själv att han inte brydde sig om henne.

Tomek kunde höra teamet viska med varandra.

"Chefen...?" Det var Chey som var modigast och sa något. "Chefen, är du okej? Du... du har inte sagt något på ungefär en minut."

"Faktiskt har det varit två," lade Oscar till.

"Där är Kaptenen!" utbrast Tomek. "Det var ett tag. Jag har saknat att höra din lilla röst poppa upp. "Faktiskt!", "Faktiskt!", "Faktiskt!""

För varje gång han härmade Oscars paradfras blev Tomek mer och mer farsartad och barnslig i sina handgester. Innan han hann göra en till, for Rachel upp från stolen och ställde sig framför honom.

"Vad håller du på med?" väste hon högt.

"Vad?"

"Du beter dig som en skitstövel. Varför ger du dig på Oscar sådär?"

Och då vaknade han till. Han blinkade hårt, skakade på huvudet, vände sig mot Oscar. Mannen, som brukade sitta spikrak med perfekt hållning, satt nu hopsjunken i stolen, huvudet lutat framåt.

Skulden sköljde plötsligt över Tomek som vågor i en storm, slog honom i magen om och om igen. Han hade ont, även om han inte ville erkänna det för sig själv, och han hade låtit det gå ut över Oscar. Det var inte rätt mot Oscar, och det var inte rätt mot de andra i rummet heller.

"Förlåt," viskade han till Rachel.

"Det är inte mig du ska be om ursäkt till."

När Rachel satte sig igen, bad Tomek uppriktigt om ursäkt till Kaptenen.

"Det är lugnt, chefen. Jag vet hur jag kan vara ibland."

Nu slet skulden i magen på honom.

"Sluta inte," sa Tomek. "Jag älskar när du rättar folk. Mindre när det är mig. Men jag tror det är det som gör dig till dig. Sluta inte med det på min bekostnad."

"Hade faktiskt inte tänkt det," svarade mannen med ett varmt leende.

Tomek sköt en fingerpistol mot Oscar. "Det är min kapten, åh min kapten."

"Faktiskt, det är "O kapten! Min—""

"Utmana inte ödet," sa Tomek bestämt, gav mannen en blinkning och återgick sedan till att fokusera på whiteboarden. Innan han började igen drog han in ett djupt andetag. "Angelica Whitaker," sa han. "Hennes mördare. Mördarens profil. Jag vill att vi lägger lite tid på att räkna ut *vem* som kan ligga bakom det här. Men först, något besked om DNA-analysen?"

Han såg ut över ett gäng tomma ansikten.

"Inget konkret ännu, chefen," svarade Oscar.

"Okej. Fortsätt ligga på. Det måste finnas något där." Sedan vände Tomek uppmärksamheten mot whiteboarden igen. Han petade på orden på tavlan. Först när han tittade på dem insåg han hur oläsliga de var. Han struntade i det och pekade på ordet *våldtäkt*.

"Det här hjälper oss att snäva in det," sa han. "Vi letar efter en man."

"Just det," svarade Chey, en aning tvekande.

"Och vilka män hade Angelica i sitt liv?"

Chey rabblade upp namnen. Från hennes bror och far till Shawn Wilkins, hennes stalker, och Cole Thompson. Från Sammy Mercer till Florian Meunier.

"Utmärkt. Nästa. Rengöringen." Tomek duttade pennan mot hakan flera gånger. "Mördaren tillbringade *lång* tid med hennes kropp, rengjorde den, rakade den, gjorde vad han nu gjorde med den. Det är någon som är samlad och kontrollerad, någon som är så förälskad i Angelica att han ville släta ut alla små skavanker, de där små imperfektionerna." Han vände sig mot rummet. "Vem passar in på det?"

Kort paus.

Rachel valde att tala. "Shawn Wilkins är det uppenbara valet."

"Bra. Och varför då?"

"För han har inte låtit kvinnan vara ifred sedan han först träffade henne."

"Okej. Och inte Florian?"

Rachel lutade huvudet åt sidan, som om hon blev förvirrad. Men sedan började kugghjulen i hennes hjärna snurra, och hon omprövade. "Jag menar, han är spenslig och liten, och lite timid – väldigt timid, faktiskt. Men jag tror inte... Han ser inte ut att ha det i sig."

"Det är alltid de man minst anar," sa Tomek till henne och tillade: "Bara något att tänka på. Dessutom gillar vår vän, åsnan, också att måla. Jag tittade på en del av hans arbeten på hans hemsida, och de är väldigt bra, väldigt realistiska. För att inte tala om att han har erfarenhet av att måla änglavingar."

Tomek gick fram till whiteboarden och ringade in orden "rengöring" och "änglavingar", drog sedan två streck mot Florians namn. Den andra linjen han ritade kopplade "rengöring" till Shawn Wilkins.

"Kan någon annan måla?" frågade Tomek.

"Alltså, jag ritade en skog en gång när jag gick i skolan," svarade Chey. "Fick ett C på det på GCSE, men där ungefär tar mina färdigheter slut."

"Strålande, grattis. Jag är säker på att dina föräldrar var stolta. Men det var inte det jag menade. Jag omformulerar: kan någon av våra *misstänkta* måla?"

"Det är inget vi har frågat dem," svarade Oscar.

"Skriv upp att vi ska följa upp med dem om det. Och ta med Micky Tatton i de frågorna också; han är konstfantast, så han kanske kan ett och annat om att måla med."

Nästa på listan var kyrkan.

"Angelicas mamma sa att Angelica var döpt i Park Road Church. Jag tror det är mer än en slump," förklarade Tomek, och lade sedan till Johnny och Roy Whitakers namn på tavlan. "Av uppenbara skäl är de de enda som kan veta det."

"Shawn Wilkins kan göra det också, chefen," lade Rachel till.

"Möjligen. Men hur?"

Hon ryckte på axlarna.

"Det enda sättet vore om hon har lagt ut informationen någonstans på nätet, eller pratat om den med något av sina ex. Chey? Något på sociala medier?"

Den unge polisen skakade på huvudet.

"Hur är det med bloggen? Hur går det med utskriften?"

"Det kommer ta mig hela veckan, men vi är på väg."

Tomek nickade eftertänksamt. Han lät blicken vandra runt i rummet och tog in uttrycken i kollegornas ansikten. Där fanns en blandning av förvirring och förväntan. Känslan av att de var nära. Att någon av personerna på tavlan var ansvarig för att ha dödat Angelica Whitaker. Tomek hade varit i samma situation många gånger tidigare, sett på bevisen, sett på vittnesmålen och listan över potentiella misstänkta, och litat på sin intuition, den lilla knuten i magen, för att styra honom åt rätt håll. Innan han hann göra något mer öppnades dörren, och in klev DC Anna Kaczmarek. Hennes kropp frös till när hon insåg att hon just avbrutit. Tomek bjöd in henne, och hon satte sig.

"Förlåt…" sa hon medan hon lade två tjocka mappar på bordet. "Men jag har en uppdatering."

Tomeks ögon vidgades. "Fortsätt."

"Det gäller Johnny Whitaker."

Tomek pressade ihop läpparna och korsade armarna.

"Talar man om trollen. Nu håller du oss alla på halster, Anna."

"Jag har just fått veta av hans föräldrar att han inte var i Dublin som han sa att han var," förklarade familjekontakten.

"Ja, just det, han var med kvinnan han har haft en affär med," fyllde Tomek i, utan att kunna dölja besvikelsen i rösten.

"Fel."

"Fel?"

"De senaste arton månaderna har Johnny Whitaker uppträtt på drag-klubben Cool Cats and Kittens i Southend. Han går under namnet Johnny Bra-vo och uppträder där varje månad, i full dragmundering, smink och högklackade stövlar – hela paketet. Rose hittade hans kostym och smink i garderoben häromdagen. När jag åkte förbi för att träffa henne berättade hon att han inte hade nekat när hon konfronterade honom om det. Han ljög för oss, och han ljög för sin familj om kvinnan från Dublin, även om jag kanske ska tillägga att han uppträder med irländsk accent. Varför, det är jag inte så säker på. Jag frågade inte. Men det fanns ingen annan kvinna, för *han är* den andra kvinnan."

Tomek gjorde en paus för att tänka. Han visste inte mycket om den världen, men det han visste, från att ha kastat ett par blickar på tv-skärmen när Kasia hade tittat på *RuPaul's Drag Race*, var att dragartister var exceptionellt duktiga på smink, och i alla fall enligt hans dotter, bättre än de flesta kvinnor.

Tomeks blick föll på det sista ordet på tavlan.

Smink.

Mördaren var någon som visste hur man professionellt applicerar de kemikalier som hade förbryllat och förbryllat så många män över hela världen bättre än en kvinna kunde. Vilket drastiskt snävade in listan över misstänkta.

"Vad gjorde han vid tidpunkten för mordet?" frågade han.

"Jag har pratat med stället, och de har bekräftat att Johnny avslutade sitt nummer klockan ett på morgonen," svarade Anna.

Gott om tid för honom att komma tillbaka och plocka upp sin lillasyster.

Gott om tid att döda henne och rengöra hennes kropp.

Om han trots allt hade ljugit för polisen två gånger, vad mer kunde han då ha ljugit om?

KAPITEL
FYRTIOETT

Det första Tomek lade märke till var spiselhyllan. Den tidigare ovärderliga prydnaden som tyvärr hade gått sönder när Johnny Whitaker fick ett raseriutbrott, hade sedan dess ersatts med ännu en ovärderlig prydnad, som om Roy och Daphne hade en plastlåda full av sådana ute i garaget. En ut, en in. Pengar var inget problem. Den nuvarande ersättaren var en mänsklig skalle som var huggen ur sten. Markeringarna och fördjupningarna i panna och ögon, djupa och framträdande, tydde på att den hade förts hit från någonstans i Sydamerika. Tomek lyfte upp den. Tung, massiv, definitivt tillräcklig för att orsaka ordentlig skada.

"Den där fick vi från Peru sommaren åttionio", sa Daphne när hon stannade vid hans sida. I händerna höll hon en kopp te till honom. "Vi hade inte varit tillsammans så länge, och det var vår första semester. Vi ville åka någonstans där ingen av oss hade varit. Det var vackert. Jag glömmer det aldrig." Hon tog stenhuvudet från Tomek och höll upp det mot ljuset. "Det här kommer från ett tempel mitt i Peru. Det sägs ha tillhört Chavín, en sedan länge förlorad civilisation från omkring tusen f.Kr. Det var landets första stora kultur, men väldigt lite är känt om dem. Jag hittade den här lilla saken liggande på golvet."

"Bara liggande på golvet?" Tomek var tveksam.

"Ja."

Att den här biten historia hade legat orörd i årtusenden och att den första som råkade snubbla över den var en flygvärdinna på British Airways på semester med sin pojkvän var minst sagt svår att tro.

"Så den bara låg där, och du bestämde dig för att ta den?"

"Tja..."

"Du hittade den alltså inte i en souvenirbutik?"

"Tja, nej..."

"Jaha."

Och där satt Tomek och tänkte att det var en kopia från Kina, inte ett stulet föremål. Var det så de hade skaffat resten av sakerna i sitt hem? Genom att plundra och stjäla dem som ett par privata kolonisatörer? Han visste inte. Men han var ytterst frestad att ringa Perus nationalhistoriska museum, om det nu fanns något sådant, och anmäla ett brott. Innan Daphne hann rättfärdiga sina handlingar ytterligare, kom hennes man in i rummet. Han var uppskärrad, händerna fladdrade i luften, och han var klädd i mörkblå byxor och en tunn tröja. Ett par glasögon vilade uppe på huvudet, och han var översållad av färgstänk.

"Förlåt", sa han, andfådd. "Jag höll just på med mitt plan."

Tomek skakade hans hand.

"Hoppas att det där inte är en eufemism."

"Förlåt? Åh. Det där. Bra. Nej, jag lade sista handen vid min modell-flygplats. Jag jobbar just nu på en Boeing 787-8."

"Det håller honom tyst", kommenterade Daphne med en antydan till förakt i rösten. "Ibland sitter han instängd där i timmar."

"Just det", svarade Tomek.

"Jag har terminaler och allt. Alla bagagevagnar, brandbilar, säkerhets-fordon, bogserbilar, till och med små figurer på marken som vinkar med markeringarna. Det håller mig sysselsatt."

"Hur funkar det?" frågade Tomek. "Köper du dem som de är eller måste du måla dem, som i Warhammer?"

"Smaksak. Men jag föredrar att måla dem själv. Först måste du doppa dem i en lösning så att dekalerna bara glider av. Sen väntar du tills det torkar och *voila*! Din duk är redo att börja."

"Fint", sa Tomek, även om han inte hade något intresse för sånt. Inte för att han tyckte det var dumt eller barnsligt, utan för att han inte hade tid att vara intresserad av det, medan det för Roy hade varit en livslång passion, en hobby som blivit en lukrativ karriär, och nu, i pensionen, hade han hittat en annan ventil för sin kärlek till flyg. "Hur länge har du hållit på med det?"

"Tjugo år. Flygplatsen har förändrats gradvis under den tiden – bygg-nader har kommit och gått, planlösningen har ändrats, människorna har smält i solen – men passionen har bestått."

Tomek gav mannen ett tunt leende, gjorde en gest åt honom att sätta sig i sitt eget hem och slog sig sedan ner bredvid Anna i soffan. Hon hade väntat tålmodigt, tyst, och lyssnat på deras samtal från fåtöljens bekvämlighet.

"Det är fint att se dig igen, Anna", noterade Daphne, medan mungiporna fladdrade till i ett varmt leende.

"Förvånad att du inte är trött på mig", svarade konstapeln.

"Aldrig."

Tomek trodde henne. Anna var en av de bästa, enastående i sitt jobb. Och även om hon inte alltid kom med goda nyheter, kunde hon hjälpa till att lindra smärtan, sorgen, lidandet efter en älskads död på ett omtänksamt och medkännande sätt. Hon var deras säkerhetsfilt, deras stödsystem. Och när det togs ifrån dem, undrade Tomek hur paret skulle klara sig sedan.

"Vi beklagar att vi stör er eftermiddag", började Tomek, "men vi undrade om vi kunde få tala med er son."

Daphne och Roy sneglade på varandra. "Vi... vi tror att han är på puben", svarade Daphne. "För att vara ärlig vet vi faktiskt inte var han är."

Tomek smalnade med blicken.

"Efter allt trassel som kommit fram med honom och Rose bjöd vi in honom att stanna här, men..."

"Men han har faktiskt inte stannat här alls", avslutade Roy. "Han sa att han skulle gå till puben, det var första kvällen hos oss, och sen har han inte kommit hem."

"Har ni pratat med honom?" frågade Tomek.

"Åh, ja. Daphne har suttit i telefon med honom oavbrutet för att försäkra sig om att han fortfarande lever."

"Och?"

"Han lever", svarade kvinnan mjukt. "Bara väldigt, väldigt full."

"Har han haft problem med alkohol tidigare?"

Makarna såg på varandra igen. Tomek såg rakt igenom det. "Han brukade hetsdricka mycket när han var yngre", svarade Daphne. "I tidiga tjugoårsåldern, du vet. Så full att han svimmade. Till den grad att han kräktes i sömnen. Men vi lyckades få honom ur den perioden i hans liv med Guds hjälp, visst gjorde vi det, älskling?"

"Ja", svarade Roy. "Han var en annan man då. Han var inte vår son. Vi kände knappt igen honom, så vi tog med honom till kyrkan och lät honom sluta tvärt."

Uppenbarligen var det inte tillräckligt tvärt.

"Vad hette puben han sa att han var på?" frågade Tomek.

"The Prince Albert", svarade Roy.

"Oturligt namn på en pub, men det är väl rätt passande, med tanke på allt."

"Vad ska det betyda?" frågade Roy, med anklagelsen tung i tonen.

Tomek tvekade, hejdade sig innan han öppnade munnen. Sen tittade han på Anna, som diskret skakade på huvudet.

"Förlåt mig. Ni vet inte, eller hur?"

"Veta vad?"

"Om er son."

"Vad är det med honom?"

Tomek lutade sig tillbaka i soffan och lät Anna förklara. Nyheten skulle komma bättre från henne. Hon var mycket mer taktfull när det gällde sånt här.

"Säger namnet Johnny Bra-vo er något?"

"Menar du barnserien?"

"Inte riktigt. Det är namnet på en dragartist."

"En *drag*artist...?" upprepade Daphne, medan insikten snabbt gick upp för henne.

Det tog hennes man några sekunder att komma ikapp, och när han gjorde det, flög han upp ur stolen.

"Drag? Säger ni att min son är bög?"

"Inte nödvändigtvis", avbröt Tomek. "Kanske tycker han bara om att klä ut sig till kvinna."

"Ja, men det betyder att han är jävla bög. Min son, Johnny, bög!"

Just som Tomek skulle svara började Roy gå av och an, skakade på huvudet. Sedan gjorde han en plötslig rörelse mot altandörrarna och tittade ut över trädgården bortom, med armarna bakom ryggen. Tomeks första intryck var att han var mer upprörd över att sonen klädde ut sig till kvinna än han hade varit över sin dotters död.

"Jag tror fan inte på det här", sa han. "Hur länge har det här pågått?"

"Det där tror jag ni behöver ta med er son. Precis efter att vi är klara med honom."

Utan förvarning slog Roy näven i glaset. En gång, två gånger, tre gånger, dunkade han knytnäven mot rutan. Sen vände han sig om, grep stenhuvudet från Chavín och kastade det mot glaset. Huvudet studsade mot dubbelglaset, spräckte det lite, och föll sedan till golvet, där det landade i en hög med skärvor.

"Vad är det med den här jävla familjen och jävla hemligheter?" skrek Roy.

Ja, sannerligen, tänkte Tomek medan han skyndade för att lugna mannen. Vad är det med er familj och hemligheter?

KAPITEL
FYRTIOTVÅ

Det enda som krävdes för att Roy Whitaker skulle lugna ner sig var en enda örfil på kinden från hans fru. Som om hon hade slagit ut djävulen och vreden ur honom. Strax därefter var han sig själv igen. När de insåg att de inte hade mer att tillägga eller lära, lämnade Tomek och Anna dem att bearbeta den senaste informationen om deras son. Men först hade de ett stopp att göra: ett snabbt depåstopp på The Prince Albert. Puben byggdes första gången i början av nittonhundratalet och liknade Shakespeare's Globe, med vita väggar, träbjälkar och halmtak. Invändigt var puben lika föråldrad. Möblerna var i trä och såg ut att dela ut flisor i samma takt som baren serverade öl. Taket var för lågt och träbjälkarna gav Tomek chansen att försöka ta sig igenom en hinderbana han aldrig tidigare prövat. En tjock, kvav unken lukt låg kvar i luften, och det var tack vare en person: mannen som satt i hörnet, hasad i en stol, huvudet framåt, instoppat mot bröstet, saliv som hängde från munnen, ett halvfullt glas lager placerat på kanten av ett glasunderlägg. Om det inte hade varit för bröstkorgens jämna höjningar och sänkningar hade Tomek antagit att mannen var död.

"Oroa dig inte", ropade bartendern, en kille i tjugoårsåldern med begynnande hockeyfrilla, från andra sidan baren. "Jag ger honom en knuff varje timme bara för att se till att han inte har trillat av pinn eller nåt."

Tomek tittade på ölglaset. "Hur många har han druckit?"

Med en axelryckning svarade bartendern: "Sedan jag kom idag, skulle jag säga typ tre."

"Och totalt?"

Ytterligare en axelryckning. "Jag har inte varit här lika länge som han."

"Strålande. Tycker du kanske att du borde sluta servera honom?"

Den unge mannen höjde armarna i låtsad kapitulation, friade sig från all skuld och allt ansvar. "Jag gör bara som jag blir tillsagd. Och vill han ha en öl, då häller jag upp en öl. Så länge han kan betala är det inget problem för oss."

"Hans lever kan ha något att säga om det."

Tomek räckte glaset till Anna och bad henne ta det till baren. När hon ändå var där lutade hon sig över mot bartendern och viskade tyst i hans öra. Ett varningens ord, utan tvekan. Tomek drog fram en stol från bordet, och när han satte sig petade han Johnny Whitaker på armen. Mannens kropp rörde sig och skakade av knuffen, men han rörde sig inte. Sedan gav Tomek honom två örfilar. Fortfarande ingenting. Koma, medvetslös. Det var inte förrän Tomek bad om ett glas vatten från baren och kastade det över honom som han till slut kvicknade till.

"Wahblugarf", mumlade Johnny.

"Johnny, hör du mig?"

"Draåff."

"Jag tror han försöker säga åt dig att dra åt helvete", sa Anna när hon anslöt.

"Det där språket kan jag tala."

Tomek lutade sig fram och fortsatte att lätt ge honom örfilar, och bytte sida varje gång Johnny rullade huvudet åt andra hållet. Nästan en minut senare öppnades Johnnys ögonlock och avslöjade ett par ögon i samma färg som hans systers änglavingar. Han såg ut som om han hade varit på en femdagarsfylla och inte ens var igenom det värsta än. Håret var rufsigt och fett, och huden lika oljig och klibbig, alkohol och skuld sipprade ur porerna. Andedräkten var så stark att Tomek höll andan medan han väntade på att mannen skulle bli någorlunda klar i huvudet, och en tunn rännil snor hade runnit från näsan och in i munnen. Mannen var ett vrak och i skriande behov av att nyktra till.

Anna räckte Tomek ett glas vatten. Tomek tog det från henne och höll det mot Johnnys läppar. Men det var lönlöst. Ansiktet var så slappt att det var omöjligt att sära på läpparna tillräckligt för att glasets kant skulle få plats, och Tomek var inte sugen på att bli hans vårdare. Åtminstone inte utan hjälp av en handske.

"Det är som att mata ett barn", kommenterade Anna.

"Ett fett och fult."

"De är alla feta och fula någon gång."

Det här var löjligt. Just nu existerade Johnny Whitaker bara. Han hade inga funktioner i gång, ingen känsla för var han var; han var inte i skick att göra någonting, än mindre svara på frågor om lögnerna och hemligheterna som slitit sönder hans äktenskap och familj. Han behövde till sjukhus. Tomek tog fram telefonen och ringde efter en ambulans. Den kom drygt tjugo minuter senare, efter att ha kämpat sig fram genom de smala landsvägarna och den lilla, nästan obrukbara pubparkeringen. Några minuter efter att den kommit satt Johnny Whitaker bak i ambulansen, på väg till Broomfield Hospital i Chelmsford. Tomek och Anna höll sig vid hans sida hela vägen, som om de vore hans anhöriga, omtänksamma och oroliga för hans välbefinnande, trots att Tomek inte kände någon sympati för mannen alls; den smärta och det lidande han genomlevde var helt självförvållat.

Efter nära två timmar i en sjukhussäng, kopplad till dropp, efter att ha slösat med NHS:s tid och resurser, var Johnny Whitaker äntligen redo att besvara några frågor.

Så snart Tomek fick klartecken tvekade han inte att fånga mannens uppmärksamhet.

"Johnny, min bäste man!" ropade han med flit. Mannen grimaserade och drog sig tillbaka i sängen av den plötsliga smällen mot trumhinnorna. "Hur mår du? Bättre?"

"Varför... varför skriker du?" sa mannen medan han kämpade med det fortfarande lätt sluddriga talet.

"Jag vill bara vara säker på att du hör mig, kompis. Du var rätt jävla borta där på puben."

"P... puben?"

"Minns du inte ens att du var på puben?"

Mannen skakade på huvudet så långsamt att han nästan liknade en sengångare.

"Kära nån, du har druckit ett tag, va? Vad kan du minnas från de senaste dagarna?"

Johnnys blick vandrade långsamt från Tomek ner mot filten, nästan robotlikt, som om någon slagit av knapparna. Antingen det, eller så var han ur funktion.

"Jag bara... Rose... Jag minns—"

"Bråkade med Rose? Berätta om det."

"Ni... ni vet redan?"

Tomek klappade mannen mästrande på låret. "Det gör jag, ja. Men jag vill höra din version. Vad har du att säga till ditt försvar?"

Någonstans, djupt inne i Johnnys hjärna, slog strömbrytarna på igen och kuggarna började snurra, för han lyfte långsamt blicken tillbaka mot Tomek, ögonen lite klarare, mer fokuserade den här gången.

"Hon är en fitta", spottade han.

Tomek lade handen på bröstfickan. "Vill du ha det där protokollfört eller...?"

"Hon är en fitta."

"Och varför det, Johnny?"

"Därför... därför att hon är det. Jag svär vid Gud, nästa gång jag ser henne..."

"Nästa gång du ser henne, vad?"

"Inget. Hon är en fitta."

Tomek förstod att det här skulle bli en ännu segare process än han hade räknat med.

"Och varför då, Johnny? Hur fick hon reda på att du i smyg har uppträtt i drag i Southend de senaste arton månaderna? Hur tror du att hon kände sig? För det verkar för mig som att det var du som ljög för henne. Inte tvärtom. Så är det väl du som är fittan, Johnny?"

Mannen mumlade något ohörbart.

"Hur reagerade du när hon konfronterade dig med det, Johnny? Slog du Rose, Johnny?"

Mannen skakade på huvudet.

"Vad hade hänt om det var tvärtom? Vad hade hänt om du hade fått reda på att hon var otrogen, eller att hon klädde ut sig till man? Hade du slagit henne då, Johnny?"

Ännu en skakning.

"Vem mer visste det här, Johnny? Vem mer visste att du hade ljugit för hela din familj, ljugit för dig själv? Angelica? Visste hon?"

Tomek märkte en fladdring i blicken, en rörelse i ansiktsmusklerna. Den var liten, men märkbar för Tomeks tränade öga.

"Hon visste, eller hur? Hon fick reda på det, visst? Hur?"

"Hennes... hennes vän", började mannen. "De bjöd in... Jag uppträdde..."

"Så hon såg dig. Hon såg dig och plötsligt var din hemlighet ute. Vad gjorde du när hon konfronterade dig?"

Mannen blev åter orkeslös och svarslös, kroppen föll åt ena sidan som på en strokepatient.

"Blev du arg på henne, Johnny? Dödade du henne för att hon hotade att berätta för Rose om din stora hemlighet? Var det så det gick till?"

Mannen höjde en arm och började svinga den mot Tomek, men rörelsen var så långsam att Tomek hade haft gott om tid att lämna rummet, fylla en liten mugg med vatten och återvända till sin plats innan den träffade. När mannen insåg sitt misstag—att försöka slå en polis är inte den smartaste idén ens en bra dag—vidgades hans ögon och han sänkte näven innan någon kontakt uppstod.

"Försökte du just misshandla mig?"

"Nej."

"Jo, det gjorde du. Jag såg det för fan. Jag har ett vittne." Tomek pekade på Anna, som satt på andra sidan sängen och gjorde tysta anteckningar. "Du försökte slå mig. Det är väldigt allvarligt, särskilt mot en polis. Vill du att jag ska gripa dig?"

Johnny skakade på huvudet.

"Det borde jag. Jag borde verkligen det. Jag menar, du har redan visat hur våldsam du är. Att du slog Shawn Wilkins upprepade gånger i ansiktet. Vem säger att du aldrig har slagit din fru eller aldrig skadat din syster? Kanske till och med dödat henne."

Johnnys panna veckade sig och uttrycket hårdnade. "Jag... dödade... aldrig... henne..."

"Det säger du, men jag har svårt att tro på något du säger just nu. Hittills har allt du sagt visat sig vara en lögn. Först var du borta i jobbet, sen hade du en affär, och nu är du i smyg en dragqueen." Tomek hasade fram på stolen och lutade sig fram, med armbågarna mot knäna. "Varför är du inte ärlig med mig, Johnny? Vi börjar med en enkel: vad gjorde du efter att du avslutat ditt nummer på Cool Cats and Kittens den natt då Angelica mördades?"

KAPITEL
FYRTIOTRE

K asia väntade på honom så fort han öppnade dörren, med en orolig min över ansiktet.

"Jag såg dig från fönstret när du kom gående," sa hon.

"Okej..."

"Jag ville ge dig det här."

I handen höll hon ett kuvert.

Nathan.

"Varför?" frågade han. "Jag trodde att vi kom överens om att lämna det på bordet, ifall att..."

"Jag vet, men det här är typ det tredje på mindre än en vecka." Hon ryckte på axlarna. "Jag vet inte. Jag ville bara vara säker på att du fick det."

Tomek tog försiktigt kuvertet från henne och granskade det, vände och vred på det i händerna. Kanterna på förseglingen var lite sönderrivna.

"Har du försökt öppna det?" frågade han.

Kasia skakade på huvudet.

"Varför ser du så orolig ut?" frågade han.

"Jag gillar inte hur många vi får," sa hon. "Det... det gör mig obekväm. Jag... jag läste ett av de andra du fick."

Tomek valde att inte reagera direkt.

Kasia fortsatte: "Och... och jag önskar att jag inte hade gjort det. Men det var så svårt att låta bli att öppna det. Förlåt, pappa. Jag vet att jag inte borde ha gjort... gått igenom dina grejer. Jag vet att det var ett intrång i din integritet, men... jag var bara nyfiken."

Innan Tomek öppnade munnen för att svara ville han tänka först. Han var rasande, ursinnig på henne för att hon hade gått igenom hans privata saker – hans brev från hans brors mördare, dessutom. Det hade han väntat sig av Abigail, men inte av Kasia. Kasia skulle inte bry sig om de där breven. Hon skulle behandla dem med samma slängiga nonchalans som en räkning från kommunen eller ett brev från mäklaren. Men det hade hon inte gjort. Hon hade letat igenom hans saker och svikit hans förtroende. För andra gången.

Å andra sidan trädde den mer rationella delen av hans hjärna in nu; hon var nyfiken. Hon var bara tretton. Oskuldsfull, ung, naiv. Kanske hade hon gjort det för att hon kände att hon inte kunde fråga honom om dem, eller inte visste hur, och det här hade varit det enda sättet för henne att få svar själv. Problemet var att hon nu hade hela sanningen, med alla dess vassa kanter och skärsår, och inte den avmattade, släta version som Tomek skulle ha gett henne.

"Kash..." började han, men hon avbröt honom.

"Hur vet han vad jag heter?"

Fan.

"Har du sagt det till honom?"

"Nej," svarade Tomek. "Absolut inte." Han lade båda händerna på hennes axlar, vilket genast lugnade henne. "Jag vet inte hur han vet vad du heter. Jag har försökt tänka igenom det, gå igenom tiden då jag träffade honom, ifrågasätta om jag sa något till honom om dig, men jag är säker på att jag inte gjorde det. Jag vet inte hur han vet ditt och Abigails namn. Det är något jag håller på att ta reda på." Sedan lade han armarna om henne och drog henne mot sitt bröst. De hade inte mycket fysisk kontakt som far och dotter, men Tomek tyckte att det var på sin plats. Just nu behövde hon försäkran, att känna sig trygg. Tidigare hade hon varit utsatt för ett personligt angrepp som nästan hade dödat henne. Det var något hon levde med varje dag, och Tomek ville se till att hon slapp mer oro och ängslan.

"Du är säker," sa Tomek till henne. "Han sitter i fängelse. Han kan inte skada oss. Han kan inte göra någonting mot mig, mot dig, mot någon. Okej?"

Kasia tittade upp på honom, rädsla och paranoia, med en glimt av tro, simmande i hennes stora bruna ögon.

När de lossade kramen frågade hon: "Är du arg?"

Tomek rufsade henne i håret. "Nej, självklart inte. Jag borde ha berättat för dig. Jag borde ha varit öppnare mot dig. Det ligger på mig. Du har ingenting att be om ursäkt för, okej?"

"Okej," sa hon, utan att se övertygad ut. "Förlåt, pappa."

Tomek drog in henne i en kram igen, höll henne hårt, och släppte henne sedan. "Om du någonsin har frågor om vad som hände med Michał och allt det där, då frågar du bara, okej? Och..." Han drog djupt efter andan och tog sats för nästa del. "Om du någonsin ser något misstänkt eller något du tycker att jag borde veta, så säger du till mig. Klart?"

"Deal."

Med det öppnade Tomek brevet och började läsa.

Käre Tomek,

Jag hoppas att du ska se att min stavnig har förbat tats avsevärt sen sist. Några av folket här försöker hjälpa mig med stavningen men jag säjer åt dom att jag vill lära mig själv. Jag har all tid i världen och jag vill göra nåt för mig själv åtminstone en gång i livet. Ibland tänker jag på sakerna jag gjort och vad jag kanske skulle göra om jag inte hade dödat din bror. Gör du nånsin det? Har du nånsin tänkt på vad du skulle göra om du slutade vara polis? Jag tror att jag skulle vilja bli målare eller dekoratör, göra nåt med händerna. Vi har massor av träslöjd och hantverks klasser här för att hålla oss underhålda. Dom är några av mina favoriter. Härom dan byggde jag en liten fågel holk. Mannen som lärde mig hur man gör sa att han var jätte imponerad och skulle ställa den i ett trädgårdscenter och se om nån vill köpa den. Om dom gör det, sa mannen att jag kan få lite av pengarna för den. Jag sa åt honom att se till att den hamnar i ett trädgårdscenter nära dig i Essex, men jag vet inte om han gör det. Jag gillar verkligen mina hobbys. Har du några? Anstalts chefen måste se till att det finns massor av vakter runt förat vi ibland har hammare och andra verktyg. Några av dom andra här inne har försökt starta slagsmål med dom, men jag håller mig borta. Det är så himla fånigt.

Imorgon... Men det kan redan ha gått förbi när du får det här, jag tror inte posten här är så snabb, och kanske är den inte så påli tlig heller. Men hur som helst imorgon kommer dom igen och den här gången techar dom mig hur man bygger nåt av järn. Jag vett inte vad det heter, men om du är intresserad kan jag skicka det till din hem adress. Vakterna här omkring brukar inte låta saker i den storleken gå ut, men jag tror dom gör ett undantagg för mig.

Hur som hälst, tänker på dig.

Nathan

PS - Jag har fortfarande inte hört från dig än på nån av mina mobil nummer. Jag har skrivit dom igen åt dig på baksidan ifall att. Snälla tappa inte bort den.

PPS - Jag har skrivit Michałs namnen på undersidan av fågel holken jag gjorde, ifall du ville gå in i ett trädgårdscenter och leta efter den.

PPPS - Jag lärde mig om det här PS-grejjen härom dan. Det är coolt, eller hur!

"Vad står det?"

Rösten lät avlägsen, som om den kom utifrån, och drog honom bort från hans tankar.

"Pappa, vad står det i brevet?"

"Strunt," sa han tankspritt.

"Va?"

"Strunt. Han... han pratar bara om en fågelholk han gjorde."

En fågelholk med hans brors namn på.

Tomek visste inte varför, men allt han kunde tänka på var den där fågelholken i trä. Den var säkert fyra träbitar som limmats ihop med en stor cirkel utskuren i en av väggarna. Den var säkert gjord av ett kit: alla bitar i en låda som man bara satte ihop med lite vitlim. Det krävdes ingen hantverksskicklighet, ingen riktig färdighet. Och ändå ville Tomek ha den.

Jag har skrivit Michałs namn på undersidan.

Tomek räckte henne brevet. Hon tog försiktigt emot det och började läsa. Han såg hennes ögon röra sig från sida till sida när hon började på en ny rad, hur pannan rynkades, ansiktet förvreds.

"Har han gett dig sitt mobilnummer igen?" sa hon.

"Han verkar väldigt angelägen om att jag ska ha det."

"Har du messat honom?"

Tomek sa att det hade han inte.

"Ska du?"

På det hade han inget svar. Tanken hade slagit honom flera gånger. Men han hade inte gjort något åt den.

Än.

Efter att hon återigen hade bett om ursäkt för att hon gått igenom hans saker lagade Tomek middag åt dem. Ugnspizzor. Pepperoni till honom. Skinka och ananas till henne. Medan maten var i ugnen smet Tomek iväg till sovrummet. Under förevändning att byta ur arbetskläderna till något bekvämare satte han sig på sängkanten med brevet i ena handen och telefonen i den andra.

Han petade på skärmen med tummen och den vaknade, och visade hans bakgrund: en standardbild av jorden. Face ID gjorde sitt och låste upp enheten. Det enda han behövde göra nu var att svepa uppåt, vilket han gjorde. Sedan gick han försiktigt till Kontakter-appen på telefonen och höll fingret svävande över det lilla plustecknet i hörnet på skärmen. Höll det där. Tänkte, funderade, övervägde. Och sedan gjorde han det.

Han tryckte på knappen och lade till båda mobilnumren Nathan hade gett honom i sin adressbok. Innan han hann göra något med dem pep timern på ugnen och signalerade att pizzorna var klara.

KAPITEL
FYRTIOFYRA

Trots allt är det bara fåglarna jag hör. Dussintals, hundratals, om inte tusentals, stämmer upp i en kör, ropar till varandra där uppe i skyn. Jag hör dem över ljudet från bilarna, från vinden, från ungarna på andra sidan gatan. Jag är för rädd för att titta upp, men jag föreställer mig att de allihop flyger ovanför mig och ser mig springa mot parken. Kanske försöker de kommunicera med mig. Skriker åt mig att stanna. Skriker åt mig att skynda mig. Försöker säga mig att Michał redan är död, att det inte finns något jag kan göra.

Kanske är det de dödas röster, dem han är på väg att göra sällskap.

När jag till slut kommer in i parken försvinner ljuden, tystnad överallt, utom ljudet av en ensam fågel som flyger in i ett träd i närheten. Jag kastar en blick mot den, men i mörkret är den osynlig, borta. Och så sänker jag blicken några grader och ser Nathan Burrows stå där. Han är fyrtio år igen, klädd i jeans och en tunn vinröd sweatshirt. Han ser normal ut, som om han just var på väg att gå ut och äta med vänner, och inte som om han satt på livstid för mord.

Min första reaktion är att han har blivit frisläppt, att han på något sätt har följt varenda rörelse jag gjort, men det är inte möjligt. Jag vet att det inte kan vara så.

Han står där i bortre delen av fältet med armarna bakom ryggen. Jag rör mig mot honom och tar långsamt av mig ryggsäcken medan jag går. Jag släpper den i marken, ner i lera och gräs. Till slut stannar jag några meter från honom, med min döde bror liggande mitt emellan oss, kroppen helt stilla.

Innan något händer tittar jag ner på mina händer. De är stora, muskulösa, ådriga, täckta av hår. Det här är inte händerna på en tioårig pojke; det är händerna *på en fyrtioårig man. Mina händer. Två vuxna, två fullvuxna män som återvänder till en trettio år gammal brottsplats. Det är första gången vi två har mötts så här. Jag borde vilja kasta mig över Michał och lägga händerna runt Nathans hals. Jag borde vilja kasta mig över min döde brors svårt stympade kropp och slå skiten ur honom, slå ihjäl honom. Men det kan jag inte. Jag kan inte röra mig. Faktum är att jag inte vill röra mig. Något stoppar mig, något håller mig tillbaka.*

Rädsla, kanske.

Kanske sorg, skuld.

Eller kanske är det medkänsla.

Jag vet inte, men vad det än är håller det mig helt stilla.

Några ögonblick går så här. Tystnad, inget annat än vinden som prasslar i träden.

Det finns inga bilar, inga fåglar nu.

Bara Nathan och jag.

Och så säger han till mig: "Förlåt att jag dödade er bror, Tomek. Jag ångrar det varenda dag i mitt liv."

"Det är okej", svarar jag, "jag förstår."

KAPITEL
FYRTIOFEM

Brevet, precis som alla de andra, fortsatte att gnaga i honom. Nästa dag ordnade Tomek en tidig söndagsmorgonrunda med en gammal skolkompis, Warren Thomas. De sa inte mycket till varandra när de joggade längs strandpromenaden i Southend, kämpade rakt in i vindarna, hoppade undan morgontidiga barnfamiljer och hundägare. Det fanns inte så mycket att säga. I stället använde Tomek tiden till att rensa huvudet, bearbeta sina tankar, bearbeta drömmen.

Det är lugnt... Jag förstår.

Vad i helvete handlade det där om?

Vad var det för fel på honom? Varför tillrättavisade han inte sin brors mördare? Varför förlät han honom i praktiken och urskuldade allt han hade gjort mot Michał och allt han hade gjort mot hans familj sedan dess? Det gick inte ihop och, ärligt talat, gjorde det honom lite illa till mods. Antingen behövde han ta kontakt, eller så behövde han kapa banden omedelbart. Det förstnämnda var det han föredrog, men han oroade sig för att ju mer han höll fast vid det och ju mer han gav Nathan utrymme, desto mer skulle mannen bita sig fast i huvudet och fortsätta hemsöka hans drömmar. Om han lät det rinna ut i sanden och stängde mannen ute ur sitt liv (hur, visste han inte ännu), skulle han aldrig få svar på sina frågor, aldrig få det avslut han behövde.

Det var Moment 22, och han visste inte vad han skulle göra.

Som med det mesta (se bara på Abigail) sköt han undan det längst bak i huvudet och lät det ligga där tills tiden var rätt. Det var söndag. Vilodagen. Det kunde vänta en dag till.

Efter att han sagt hej då till Warren körde han tillbaka genom Leigh Broadway och fick syn på en ledig parkeringsplats längs huvudgatan – en raritet vilken veckodag som helst, än mer en söndag – och svängde snabbt in. Han stängde av motorn, klev ur bilen och gick mot Whitaker's.

Butiken var tom, en seg dag efter vilken måttstock som helst, och Rose satt längst bak i lokalen och virkade i knät.

"Stör jag inte, va?" sa han sarkastiskt. "Du ser upptagen ut. Jag kan komma tillbaka när det är lugnare."

Så fort hon insåg att det var han, föll den begynnande ilskan som hans kommentarer väckt.

"Och du ser ut som att du just har tagit ett dopp i havet", kontrade hon. "Jag hoppas att du inte drar in någon sand på mitt golv."

Tomek pekade mot den stora montern som rymde modellsegelbåten som hennes man hade köpt åt henne. "Lägg det bara till din strandkuliss", svarade han.

"Vill du ha den?" frågade hon och överrumplade honom.

"Va?"

"Båten. Vill du ha den?"

"Varför skulle jag?"

Och då förstod han.

"Jag tror att du skulle kunna få ett hyfsat belopp för den", sa han.

"Jag vill inte ha ett hyfsat belopp. Jag bryr mig inte om den brinner upp eller om en mås skiter ner den. Jag vill ha bort den."

"Bara en mås eller en hel flock? För det blir mycket skit för bara en mås."

"Jag tror inte det råder brist på dem", sa hon. "Allt jag behöver göra är att ställa ut den en timme eller två så blir den antingen snodd eller nedskiten av djurlivet där ute."

Tomek skakade på huvudet medan han gick fram. "Du vill inte använda de där måsarna, de är alldeles för känsliga. Jag känner en kille."

"Du känner en kille?"

"Ja."

"En måskille?"

"Ja. Jag har en måskontakt."

Rose lät virket falla ner i knät och brast ut i ett skrattanfall tills Tomek tyckte sig se tårar samla sig i hennes ögon.

"Vem i helvete har en "måskontakt"?"

"Definitivt inte jag." Tomek gjorde en fingerpistol mot henne. "Men jag gissar att det där var första gången du skrattade på vad som kändes som länge, eller hur?"

"Kanske", sa hon och blev plötsligt blyg.

"Bra. Då är mitt uppdrag här slutfört."

"Du kan rädda en annan dam i nöd nu."

Tomek småskrattade. Han uppskattade den lättsamma flirten. Och till sin förvåning kände han den här gången ingen skuld över något av det.

"Jag hoppades faktiskt att jag kunde prata med dig om en sak", sa han.

"Det kommer att kosta."

"Det är det jag oroar mig för." Han snurrade runt på stället och gick fram till displayen i mitten av butiken. Vid fönstret pekade han på ett silverarmband med två gröna berlocker: en fyrklöver och en liten kattunge som kramade ett nystan mot bröstet. "Det är den här jag är ute efter", sa han.

"Så saker och ting är på banan igen med flickvännen, då?"

Tomek gav henne en blick som sa: "Var inte fånig".

"Jag tänkte mer på min dotter. Hon är tretton, har varit hos mig i ett par månader, och jag känner att hon behöver det. Hon har varit med om mycket, och jag vet inte varför, men jag känner att det här skulle kunna vara en fin sak att göra för henne."

"Det är en *jättefin* sak att göra för henne. Hon kommer att bli överlycklig."

Rose drog på sig ett par handskar, stack in en nyckel upptill på montern och fiskade fram armbandet. Sedan lade hon det på en liten plyschkudde.

"Och innan vi går vidare: får jag kompispris, eller åtminstone blåljusrabatt?"

Roses kinder blev varma. "Du kan få något bättre än så. Eftersom du piggade upp mig får du familjerabatt och jag drar av femtio procent."

Tomek blev överrumplad. "Det kan jag omöjligt... Det är för generöst."

Hon rörde honom lekfullt vid armen, även om det fanns en avsikt bakom. "Dumt prat. Antingen tar du det eller så säljer jag det inte alls till dig, och då blir din dotter ledsen och besviken."

"Skuldbeläggning... Du är verkligen en säljare."

"Det är så jag har lärt mig att få det jag vill." Rose gick mot kassan och började lägga armbandet i påse. Först kom den lilla mörkblå filtpåsen, komplett med Whitaker's logga i silverfolie. Sedan lade hon ovanpå ett visitkort med texten "With Thanks". Därefter placerade hon de två sakerna på en bädd av strimlat papper och slog in det två varv, innan hon till sist lade det i en påse med varumärket på. Tomek såg på när hon rörde sig vant och elegant genom varje steg i processen.

"Du har gjort det där förut."

"Det här är bara min andra gång. Det har varit skralt med affärer." Tomek log snett och gjorde sig sedan redo med sitt betalkort.

Några sekunder senare slog hon in totalsumman, och han betalade. Sedan lade hon kvittot i påsen och lät handen ligga kvar där, i väntan på att han skulle sträcka sig fram och röra vid den.

"Det här var inte den enda anledningen till att du kom hit, eller hur?" frågade hon.

Tomek stammade.

"Det handlar om min man, eller hur?"

"Har du pratat med honom?" Tomek sträckte sig efter paketet. Till slut gav hon med sig och lät honom ta det.

"Inte sedan jag kastade ut honom, nej."

"Vill du veta var han är?"

"Inte direkt. Så länge han fortfarande lever och kan skriva på skilsmässopappren skiter jag i var han är, vad han gör eller hur han mår. Han har ändå ljugit för mig om allt det där tillräckligt länge, så han borde klara det. Vid det här laget är han för fan expert."

Tomek tittade ner i golvet. "Han är på sjukhus. Vi hittade honom på The Prince Albert, i närheten av Roy och Daphnes. Kraftigt berusad. Vi trodde nästan att vi skulle behöva magpumpa honom. Han hade inte många snälla saker att säga om dig, bara så du vet, men jag gissar att du inte har så många snälla saker att säga om honom heller. Hur som helst, han är på Broomfield om du skulle få för dig att åka dit."

"Fan heller. Han kan stanna där för allt jag bryr mig, för han kommer definitivt inte i närheten av här, huset eller lägenheten där uppe. Kan du fatta att han försökte stanna där efter att jag kastade ut honom?"

"Det kan jag", svarade Tomek utan att mena att låta nedlåtande och sarkastisk.

Om hon tog illa upp visade hon det inte. "Jag sa åt honom att dra åt helvete. Mitt namn står på alla avtalen. Det är jag som tar all risk. Det är mina fastigheter. Han får inte komma i närheten av dem."

Tomek mindes sitt samtal med Johnny Whitaker.

"Har han någonsin varit våldsam mot dig?"

Rose skakade på huvudet.

"Har han någonsin utsatt dig för psykisk misshandel?"

Hon skakade igen på huvudet.

"Hur är det med hans pappa, Roy? Har du någonsin sett någon aggressivitet hos den mannen?"

Den här gången dröjde det innan Rose svarade. Hon funderade, lät tankarna snurra runt i skallen medan hon sökte igenom hårddisken.

"Jag menar, han har aldrig varit fysiskt våldsam mot mig, lite konstig och aggressiv ibland, men jag har bara hört talas om ett tillfälle med honom och Daphne. Johnny berättade att det fanns en gång när de var på semester och han slog henne över ansiktet medan barnen var i poolen. Johnny var inte säker på om han hade sett det eller inte. Allt han såg var sin mamma hålla sig för ansiktet. Men han sa aldrig något då. Jag tror att han var typ tio, elva, så han visste väl inte bättre."

Tomek skiftade tyngd från ena foten till den andra.

"Och det var enda gången?"

Hon ryckte på axlarna. "Som han berättade för mig om. Det betyder inte att det inte hände när de inte var där."

Tomek tänkte tillbaka på sina besök i familjen Whitakers hem; om han hade sett något olämpligt. Dynamiken mellan Roy och Daphne hade skiftat flera gånger. Ibland var det Daphne som bestämde och tog hand om Roy, och nästa gång var det tvärtom. Det fanns ingen tydlig maktordning eller hotfull underton som han hade kunnat snappa upp. Oavsett det gjorde han en mental notering om att följa upp det med Anna. Hon hade tillbringat mer tid med familjen; hon kanske hade sett eller lagt märke till något.

Precis när Tomek skulle gå tillade Rose: "Han har aldrig blivit fysisk med mig, men..."

Tomek gav henne all tid hon behövde för att fortsätta. Det här var inget som kunde forceras.

"Han... han gjorde närmanden mot mig en gång, vilket jag tyckte var lite konstigt." Hon drog in ett djupt andetag, som för att förbereda sig på att återuppleva minnet. "Vi var på ett bröllop i släkten – någon avlägsen, syssling-sex-led-bort-grej. Jag kände ingen, och det gjorde inte Johnny heller, men han sa att han ville gå för han älskar bröllop och de är alltid en bra ursäkt för att ha kul och bli hur full som helst. Det här var när han var mitt uppe i det värsta av sitt alkoholproblem."

"Daphne och Roy berättade om det", avbröt Tomek. "De sa att de satte honom inför Gud och fick honom att sluta tvärt med spriten."

Rose fnös. "Det var vad de ville tro, men det höll inte länge. Missförstå mig inte, Johnny drack fortfarande, men han drack inte lika mycket. Och när vi var hos hans föräldrar på middag eller något evenemang var han bara väldigt bra på att dölja det och se till att inte bli påkommen – precis som med allt annat, verkar det som." Rose himlade med ögonen och fortsatte sin berättelse. "Hur som helst, efter ungefär två timmar på det här bröllopet var Johnny redan på dansgolvet, dansade, pratade med alla och allt som gav honom minsta uppmärksamhet; jag tror att jag såg honom prata med en växt vid något tillfälle. Men medan Johnny dansade kom Roy över till mig, satte sig precis bredvid och lade armen över min rygg. Först tänkte jag, okej, han har kommit för att säga något, men när han inte flyttade den började jag bli lite orolig. Sedan började han stryka mig över armen, klämma om min axel. Jag kände mig jätteobekväm och som att jag inte kunde ropa på hjälp. Ingen annan var i närheten för att rädda mig: Angelica och Daphne var också på dansgolvet och svingade runt med varandra. Och så lutade han sig mot mitt öra och stönade till."

"Stönade?"

"Ja. Typ som ett sexuellt stön."

"Sa han något?"

Hon nickade.

"Ja. Han kallade mig en ängel för att jag tog hand om Johnny som jag gjorde, och sedan gick han. Jag menar, han var rätt full också, men... jag vet inte, det kändes bara konstigt, du vet?"

"Ja", sa Tomek. "Jag vet."

KAPITEL
FYRTIOSEX

H an hade ingen aning om vad som var på tv:n. Något skräp som han hade låtit Kasia sätta på eftersom hon hade en massa läxor att göra på sin laptop, hade hon sagt, och tydligen kunde hon inte koncentrera sig om hon inte hade något i bakgrunden. Hennes tonårshjärna tålde inte tystnad, och hennes koncentrationsförmåga hade blivit så usel av det ständiga dopaminbombardemanget från mobilen att hon inte kunde fokusera på en enda sak längre än några minuter, vilket innebar att Tomek tvingades stå ut med det också.

Han hade försökt hålla sig sysselsatt med ärenden och sysslor, men både kropp och huvud var helt slut. Benen värkte efter löprundan och huvudet värkte av informationen Rose hade gett honom. När han satt där och stirrade på tv-skärmen malde tankarna på Johnny och Rose Whitaker. På poolen, på vigseln. På Roy Whitaker, den ansedde och högt dekorerade piloten, som attackerade en kvinna och gick över gränsen med en annan.

"Pappa, kan jag få ett glas cola, snälla?"

Kasia satt skräddare i soffan, med laptopen på knäna. Från handleden hängde det nya armbandet som hon hade tackat Tomek för hundra gånger. Det skramlade varje gång hon rörde handleden och slog i sidan på laptopen, så att Tomek omedelbart ångrade köpet.

"Du vet var kylen står", sa han till henne.

Hon blängde på honom. "Jag är upptagen."

"Det är jag med."

"Jag har matteläxa att göra!"

"Och det har jag också. Som att räkna ut hur mycket ditt armband kommer att kosta mig i försäkring om du någonsin tappar det."

Hennes min sjönk. "Kul. Kan jag få en cola nu, tack? Du kan ta en till dig själv också, om du vill."

"Ska jag för fan fixa drickan själv också när jag ändå är igång, eller?" sa han medan han hävde sig upp ur soffan.

"Svär!" ropade hon.

Tomek stönade och stack handen i fickan, hittade lite mynt och släppte ner dem i en burk. De senaste veckorna hade de infört en svärburk. Den var mest för Tomek, som ibland hade dålig koll på munnen, men det hade funnits tillfällen då även Kasia hade tvingats ner i fickorna (som egentligen var *hans* fickor) och bidra med lite pengar (som egentligen var *hans* pengar) till kassan. När den väl var full skulle de utan tvekan lägga den på en hämtpizza eller kinesiskt, vilket var mer belöning än straff och liksom gjorde hela poängen med svärburken ogjord. Men ingen av dem klagade.

När Tomek öppnade kylen och stack in handen efter burken med läsk, kände han telefonen vibrera. Han kollade nummerpresentationen innan han svarade.

"Vad har jag gjort för att förtjäna den äran?" sa han.

"Det nöjet kan du få helt och hållet den här gången, kompis", svarade Nick högt.

"Jaha."

"För jag får inget nöje av det jag tänker säga, grabben."

Tomek sneglade bort mot Kasia, som såg förväntansfullt på honom. Han tog ut en burk cola ur kylen och räckte den till henne innan han gick tillbaka in i köket, där det var tystare och mer privat.

"Fortsätt", sa han till Nick.

"Jag ville ge dig en förvarning", fortsatte kommissarien. "Så att du får höra det från någon du känner innan det blir allmänt. Från och med i morgon tar Victoria över som SIO för Operation Butterfly. Du kommer fortfarande att ha en roll som biträdande SIO, men hon tar in resten av teamet för att bistå i utredningen. Hon har uttryckt oro över hur lång tid allt tar och hur mycket av budgeten som har bränts i onödan på övertid och kriminalteknik. Hon är orolig för att allt har slösats bort och skötts ineffektivt, och den här gången har jag hållit med henne. Förlåt, det är skit att säga en söndag, men sånt händer, kompis. Det är inget personligt. Vi gör bara det som är bäst för utredningen."

Som han hade lett. Som han hade drivit från början. Det gick inte att inte ta det personligt. Han kände sig förrådd, knivhuggen i ryggen.

Mattan hade ryckts undan under fötterna på honom, och han hade landat så hårt på arslet att han inte hörde Nick avsluta samtalet. Det var inte förrän han hörde tonen i örat som han till slut kom till.

"Är allt okej?" frågade Kasia försiktigt från vardagsrummet.

Tomeks blick föll på svärburken.

"Ja", ljög han. "Allt... allt är bra. Så, kom igen, tillbaka till läxorna. Men förvänta dig inte att jag hjälper till med något av det, för algebra var ett av mina minst omtyckta ämnen."

KAPITEL
FYRTIOSJU

Till att börja med märkte Tomek, så fort han klev in på kontoret morgonen därpå, hur allas blickar borrade sig in i honom. Av någon anledning var han en av de sista in, och därmed hade han det tvivelaktiga nöjet att hantera teamets dömande och obekväma blickar som riktades mot honom medan han tog sig till sin plats. Han kunde också känna deras tankar, som malde sönder hans skalle. Medlidande, en rejäl dos medlidande med en extra portion skuld.

Tomek behövde det inte. Han var inte på humör för det. Och han var sannerligen inte på humör för ett samtal med Victoria.

Samtalet med Victoria.

Men han hade inget val; en minut senare kom hon ut från sitt kontor och kallade in honom. Kände sig som ett barn som just hade plockats ut från lektionen av rektorn, gick Tomek mot hennes kontor, bara att den här gången hördes inga hån från klasskamraterna.

"God morgon, Tomek", sa Victoria och höll dörren öppen för honom.

Tomek grymtade ett hej.

"Varsågod, slå dig ner."

Han gjorde som han blev tillsagd.

"Jag vet att det är tidigt en måndag, men det är något jag måste berätta—"

"Jag vet", svarade han. "Nick sa det."

"Jag förstår", sa hon lugnt. Om hon var besviken och upprörd över sveket visade hon det inte. Faktum var att det fanns en resignation i rösten som tydde på att hon hade vetat att Nick skulle bli den som först bröt nyheten. "Och förklarade Nick varför?"

Tomek pressade ihop läpparna, lovade sig själv att inte säga något och nickade sedan.

"Jag förstår. Och... nämnde han det om Abigail?"

Tomek lutade huvudet åt sidan. "Abigail?"

Suckande himlade Victoria med ögonen och mumlade: "Så klart gjorde han inte det, den fegisen."

"Vad har Abigail med det här att göra?"

"Hon ringde häromdagen", förklarade Victoria, "och pratade med Martin. Hon bad honom om detaljer om fallet och, i ett tillstånd som bara kan beskrivas som en mild jävla panik, gav han henne en del information."

"Martin gjorde det?"

Victoria höjde en hand för att lugna honom. "Oroa dig inte. Det hanteras. Jag sköter det."

Han knöt näven mot knät och borrade in naglarna i låret. "Vad sa han till henne?"

"Uppgifterna om änglavingarna och platsen där Angelica Whitakers kropp hittades. Även att hon fördes bort några minuter efter att ha blivit avsläppt hemma."

"Så mycket?"

"Jag är rädd för det. Och..." Hon drog in ett skarpt andetag. "Han kan också ha råkat försäga sig om att hon... hur ska jag säga? Att hon har haft många sexpartners tidigare."

"Strålande."

"Några av kommentarerna till *Southend Echo*s inlägg i sociala medier har varit, minst sagt, nedslående."

"Medelålders våldtäktsapologeter som säger att hon på något sätt förtjänade det?"

Hon sänkte blicken. "Tyvärr."

Tomek släppte ut en lång, djup suck. "När hände det här?"

"I lördags", svarade hon.

Efter The Nights of Eden. Efter grälet.

"Och Martin?"

Hon frustade och skakade på huvudet. "Som sagt, jag hanterar det."

Och det var det med den saken. Det fanns inget mer han kunde göra. Inget mer att tillägga. Abigail, den elaka subban, hade gått runt honom, gått bakom ryggen på honom och utnyttjat en uppenbart inkompetent och oerfaren DC som inte hade något med utredningen att göra och som hade berättat allt han snappat upp och allt hon ville veta. *Den där beräknande, svekfulla…*

Victoria klappade i händerna och drog honom ur sina tankar. "Som Nick förklarade kommer jag att ha översyn över allt från och med nu, så du rapporterar till mig. Ungefär som du har gjort sedan jag började, det är bara att nu—"

"är jag tillbaka på min gamla titel."

"Typ så."

Tomek lämnade rummet i vredesmod och gick rakt mot den lilla köksdelen längst bak på kontoret. Där gick han raka vägen till kaffemaskinen. När maskinen surrade igång lutade han sig mot bänkskivan och stirrade ner i avloppet i den närliggande diskhon. En sekund senare började mobilen vibrera.

En del av honom hoppades att det skulle vara Abigail så att han kunde ge henne en rejäl utskällning och officiellt göra slut på deras relation för att hon hade minskat hans delaktighet i Operation Butterfly. En annan del ville explodera och låta henne få höra. Men, till hans besvikelse, var det inte hon. Det var ett nummer han inte kände igen.

Tveksamt svarade han och höll telefonen mot örat. "DS Tomek Bowen."

"Detektiv, det är du!"

Den franska accenten avslöjade honom direkt.

"God morgon, Florian. Är allt okej?"

"Så bra det kan vara. Jag har inte kunnat sluta tänka på allt hela helgen."

"Ibland kan det ta ett tag att bearbeta."

"Som jag sa, jag funderade", fortsatte mannen, som om han inte lyssnade på Tomek alls.

"Jaså?"

"Och jag kom ihåg vad du sa om att ringa om jag tror att något kan vara viktigt."

"Okej…"

"Och jag tänkte på det här hela helgen, och jag hoppas verkligen att du förlåter mig för att jag inte nämnde det tidigare. Jag tyckte inte att det var viktigt, men nu gör jag det…"

"När som helst nu, Florian", sa Tomek och tittade på klockan.

"Just det. Självklart. Förlåt mig. Jag har inte varit så här nervös på åratal."

Tomek föreställde sig konstnären gå av och an i sin ateljé, omgiven av ett dussin målningar till av Angelica på väggarna.

"Det gäller Angelica...", fortsatte mannen.

"Ja, det förstod jag."

"Vid mer än ett tillfälle var hon och jag... vi... vi tillbringade kvällen med en annan kvinna. Vi tre, i ett av rummen. Och... och jag är ganska säker på att hon låg med samma kvinna ensam. Jag vet inte om det är viktigt, men... jag tänkte bara att du skulle få veta."

KAPITEL
FYRTIOÅTTA

Tomek tyckte att det var viktigt. Han tyckte att det var väldigt viktigt, faktiskt. När han till slut hade lagt på luren med Florian for tankarna direkt till Angelicas brottsplats, till hennes kropp som låg på rygg på golvet. Sminket, rakningen, omsorgen och noggrannheten – den nästan *kvinnliga* omsorgen och noggrannheten – som hade lagts på att rengöra och bevara hennes kropp i döden. Och sedan förflyttades hans tankar till ett av rummen. Med Florian, med Rachel, med himmelssängen mitt i rummet och sexleksakerna som låg på den.

Dildon.

Hela tiden hade de dragit slutsatsen att hon hade blivit våldtagen av en man. En man som hade använt kondom och städat upp efter sig. Men tänk om det inte hade funnits någon penis alls? Tänk om det i stället hade varit en tolvtums gummidildo som den han hade sett på sängen?

Det var inte omöjligt.

Efter samtalet med Florian hade Tomek skickat ut Rachel och Chey för att tala med Angelicas närmaste vänner, Xanthia, Elodie och Zoë. Om Angelicas bisexualitet gick bortom utforskandet och experimenterandet i rummen på Melback Manor ville Tomek veta det. Om hon hade andra kvinnliga sexpartners som de, och hennes familj, inte kände till, skulle de behöva spåra upp dem och förhöra dem, för Tomek var övertygad om att det fanns ett spår där. Ett svagt, nästan ogripbart sådant, men likväl ett spår (och efter sin tidigare svada inför Victoria om att ha vänt på alla stenar och följt upp alla spår ville han inte att just det här skulle komma tillbaka och bita honom i arslet). För att skaffa sig ett försprång var Tomek under tiden på väg till herrgården. Med följde Oscar, den enda andra polisen just nu som han litade fullt ut på, och en av de sista kvarvarande i hans ursprungliga team. Hittills hade ingen av dem sagt något, ingen ville vara den som tog itu med elefanten i kupén, men Tomek brydde sig inte. Ibland uppskattade han tystnaden, tomrummet under en lång bilfärd. Det hjälpte honom att nollställa tankarna. Och när han, trettio minuter senare, svängde in vid Melback Manor hade han bara en tanke i huvudet: Micky Tatton.

När han rullade in bilen till sakta stopp på parkeringen på andra sidan byggnaden, förflyttades Tomek tillbaka till den där fredagskvällen. Så annorlunda platsen såg ut i dagsljus, nu när den i hans huvud hade färgats av fördärv och liderlighet. Han kunde inte se på byggnaden på samma sätt, på personalen som hade sett sådant de svurit att tiga om. De bar allihop på en hemlighet, och han undrade hur många fler de kunde ha.

Och i synnerhet hur många fler Micky Tatton kunde ha.

Tomek och Oscar hittade ägaren utomhus på herrgårdens ägor. Han stod i ett lusthus av trä som låg mitt i en liten sjö söder om fastigheten, djupt försjunken i samtal med en i personalen. Lusthuset var målat månvit, med sex trästöttor som bar upp det i vattnet. Små lyktor kantade gångbron, och rankor av konstgjorda blommor var virade runt lusthusets pelare. I vattnet flöt näckrosblad och fallna löv på ytan, och rörde sig sakta i brisen. Runt strandlinjen låg ett arboretum av ek, alm och björk, med blad som just sprack ut när våren började spira. Till höger skickade en stor vatteninstallation upp plymer av vattenånga i luften. Tomek tyckte att ljudet var rogivande. Det påminde honom om en fontän de hade haft när han växte upp; hur han låg i trädgården om somrarna som tonåring, lät solen bränna kroppen, och hörde det mjuka bruset från fontänen bredvid huvudet som om han befann sig mitt i en indonesisk regnskog.

När de närmade sig fick Micky Tatton, hotellägaren, syn på dem, viskade något till personalmedlemmen och skickade henne sedan vidare. Den kvinnliga anställda undvek deras blick när hon smet förbi på den smala gångbron.

"Sergeant", sa Micky. "Vilken trevlig överraskning."

Han räckte fram handen till Tomek. Tomek tog den och klev sedan åt sidan för Oscar.

"Vem har vi här?" frågade Micky.

"Kriminalassistent Perez."

"Ett nöje", svarade Tatton.

"Inga bröllop i dag?" frågade Tomek.

"Inte en måndag. Ingen vill gifta sig på en måndag, även om det är avsevärt billigare."

"Jag kan tänka mig att ni har en hel del städning kvar ändå."

Micky grimaserade obekvämt. "Det finns alltid mycket att städa. Till och med de mest väluppfostrade gästerna stökar mer än de inser."

"Jag vågar knappt tänka på hur mycket de sämst uppförda gästerna stökar ner", svarade Tomek. I ögonvrån såg han hur Oscars ansikte drog ihop sig i hövlig förvirring.

Innan han svarade vände Micky sig mot vattnet och pekade mot träden. "Vackert, eller hur? Det här är min favoritdel av hela egendomen. Visst, några av de ursprungliga detaljerna finns kvar från början – som skorstenarna, dörrarna och vissa fönster – och så har ni tunnlarna och några av de större sovrummen. Men här ute... här ute känner man sig avskild från allt. Det är här vi skapar minnen åt människor, och när jag står här känns det som att jag på något sätt blir en del av det."

Så han var inte bara del av människors sexuella avvikelser, han försökte också tränga sig in i kundernas lyckligaste minnen. Mannen var ett kontrollfreak.

Han fortsatte: "Ibland kommer jag ut hit för att få lite lugn och ro att tänka. Och också för lite spökjakt!"

"Spökjakt?" sa Tomek och kunde inte dölja cynismen i rösten.

"Om man nu tror på sånt, förstås. Det gör jag, men många håller inte med. Dessutom är det roligt för barnen, håller dem sysselsatta."

"Vilket spöke?" frågade Tomek och bestämde sig för att spela med.

"Det sägs att min farfars farfars farfars farfars hustru tog livet av sig här för några hundra år sedan. Enligt legenden var hon inte så nöjd med äktenskapet och såg då ingen utväg, så hon tog livet av sig. Men historien säger att hon tyckte så mycket om markerna att hon bestämde sig för att stanna, och jag tror att hon ville ha lite revansch också, för hennes spöke har setts flera gånger. Jag har sett henne en gång, men jag vet att hon har varit här mer än så. Ibland kan jag känna hennes närvaro i rummet."

"Var hon här i helgen?" frågade Tomek. "Jag kan inte tänka mig att hon var särskilt nöjd med det hon såg."

Oscars ansikte drog ihop sig ännu mer.

"Det får vi kanske aldrig veta. Det är ju inte så att jag har övervaknings-kameror i varje rum..." Micky harklade sig. "Hur som helst, herrar, nu svävar jag iväg. Jag antar att ni har kommit för att ställa fler frågor om Angelica?"

"Ja", sa Oscar. "Det har kommit till vår kännedom att hon tillbringade natten med en kvinna när hon var här. Kommer ni ihåg vem?"

Micky lutade sig åt sidan och kikade förbi Tomek för att se om någon var i närheten. När han var övertygad om att ingen var inom hörhåll svarade han: "Det är inte ovanligt. Våra gäster tillbringar natten med vem de önskar."

"Ja, men det fanns en särskild kvinnlig gäst som Angelica tillbringade natten ensam med, och vid mer än ett tillfälle."

Micky korsade armarna över bröstet. "Det var Florian som sa det, va?"

"Florian?" upprepade Tomek medan alla varningsklockor började ringa. "Jag trodde att ni inte kände till hans namn?"

Mannen stammade. "Jag..."

"Hur mycket mer vet ni om honom? Kan jag få se er telefon?"

Mannens hand flög ofrivilligt till bröstfickan. "Nej. Absolut inte."

"Varför inte? Vad har ni att dölja?"

"Ni kan inte be att få se min telefon."

"Jo, det kan jag. Jag tänker inte ta den med våld. Jag ger er möjlighet att frivilligt lämna ifrån er telefonen. Om ni ger mig tillåtelse är det inget fel med det. Men det faktum att ni inte vill ge mig den får mig bara att tro att ni döljer något. Vilket, med tanke på att ni ljög för oss om att ni inte kände till Åsnemannens namn—"

"Åsnemannen?" avbröt Oscar, när nyfikenheten tog överhanden.

"Jag förklarar senare", sa Tomek till honom och vände sig snabbt tillbaka till Micky. "Det faktum att ni ljög för mig om att ni inte visste vem Florian är får mig att tro att ni faktiskt har mer att dölja. Nu ska jag fråga igen, och den här gången gör jag det enkelt för er: känner ni till kvinnan som Florian syftar på?"

Mannen tvekade, och en inre kamp utspelade sig i hans ansikte. Det var uppenbart att han visste svaret men inte ville lämna det ifrån sig.

"Jag kan tillägga att om ni undanhåller oss den här informationen, och det senare visar sig att ni visste vad vi var ute efter, så lägger ni hinder i vägen för en utredning, vilket kan leda till fängelse", lade Oscar till.

Det brukade alltid fungera.

"Okej", sa mannen irriterat, stack sedan handen i fickan och räckte över sin telefon till Tomek. "Hon heter Emilia Solveig. Hon har en egen hår- och skönhetssalong i Southend. Hon har kommit till The Nights of Eden i ungefär ett år nu. Jag bjöd in henne första gången efter att ha stött på henne i salongen. Det var sent och jag behövde klippa mig. Hon var det enda stället som hade öppet."

"Och ni började bara prata om urspårade sexfester och orgier med en fullständig främling?" sa Tomek med avsikt högt. Hans röst bar över vattnet, men dränktes snabbt av den forsande fontänen.

"Tyst! Säg det inte så högt. Alla vet inte vad som pågår här." Micky suckade tungt. "Hon... hon var i en svår situation, okej. Jag är säker på att hon kommer att berätta allt när ni träffar henne."

KAPITEL
FYRTIONIO

E milia Solveig var trettiotvå år, med långt blont hår som hade lockats till täta, perfekta korkskruvar. Hennes ansikte var täckt av smink, men det var skickligt lagt, som om hon ägnade större delen av två timmar åt det varje morgon, och flera år av sitt liv åt att utbilda sig till proffs. Hon stod mitt i att klippa en kund när Tomek och Oscar klev in i hennes salong. Där inne var det ett kakofoni av ljud: tung bas i bakgrunden, hårtorkar som blåste varm luft, vatten som forsade ur ett duschmunstycke och högt kackel, tillsammans med ljudet av saxar som klippte och aluminiumfolie som slets. Tomek hade ingen aning om vad som försiggick; han var van vid kort i nacken och på sidorna, med en liten puts uppepå, men det här var industriellt på en helt annan nivå. Det fanns fyra kunder totalt, var och en omhändertagen av en i personalen, alla i olika stadier av klippningen.

Emilia, i andra änden av raden med stolar, fick syn på dem i spegeln och vände sig mot Tomek.

"Tjena, grabbar?" frågade hon. "Endast tidsbokning, killar. Vi tar inte drop-in."

"Men ni gjorde det för Micky Tatton", sa Tomek.

Då stannade Emilia upp, lade ner saxen på disken och tog sig försiktigt mot Tomek. När hon närmade sig studerade Tomek hennes ansikte för att försöka avgöra om han hade sett henne i fredags kväll, om han kände igen henne utan kostym.

"Varför säger du det namnet här?" frågade hon lågt. "Vilka är ni?"

"Polisen", viskade Tomek. Han behöll polislegitimationen i fickan, så att

ingen av hennes kunder eller kollegor skulle se. "Vi undrade om vi kunde
ställa några frågor till dig om en vän till dig."

"En vän? Vem?"

"Angelica."

Emilias blick blev tom. Läpparna särades och uttrycket föll bakom en
vägg av djupa tankar.

"Angelica? Hon... vad har hänt?"

"Kan vi gå någonstans mer privat?"

Emilia vände sig om. "Det finns ingenstans. Jag..."

Tomek gav henne möjlighet att göra klart med kunden. Under tiden
satte sig han och Oscar gärna ner. Tomek såg förundrat på processen. Klip-
pandet, tvättandet, schamponeringen, folien, färgningen. Allt för att göra
håret finare. Tomek tänkte sällan på sitt eget. Bara håll det kort, ta lite gel
då och då, låt naturen och vinden sköta resten. Han insåg att han hade det
mycket enklare. För att inte tala om billigare. Han hade baxnat inför priset
för en full klippning åt Kasia när hon hade bett honom. Över tvåhundra
pund för full klippning, färg och resten, vad det nu innebar. För det priset,
skämtade han, skulle han behöva ta ett bolån. Till slut köpte han i stället en
hårfärg i låda från mataffären för en bråkdel av priset och övervakade
henne medan hon gjorde det själv. Mer än så gick allt honom förbi.

Tjugo minuter senare var Emilia Solveig redo. Hon tog sin kappa från
väggen bakom disken och höll upp dörren åt dem.

"Jag är i desperat behov av kaffe", sa hon när de gick ut ur salongen.
"Fast för det här befarar jag att jag kan behöva något starkare."

Tomek sa inte emot. Som tur var låg kaféet hon tog dem till precis vägg
i vägg, och efter några minuters väntan hittade de en liten bänk i en närlig-
gande park.

"För det första", började Tomek, "tack för att du tar dig tid att prata
med oss. Vi förstår att det här kommer lite från ingenstans, och du har
säkert många frågor. Förhoppningsvis kan vi svara på några av dem, men
vi hoppas att du kan svara på alla våra."

"Självklart", svarade hon med svag röst.

"Förra veckan mördades Angelica Whitaker, en kvinna som vi tror att
du känner väl."

"Mördad?"

"Mördad, ja. Hur känner du Angelica?"

"Hon..." Emilia smuttade långsamt på sin dryck och tog tid på sig att ta
in allt. "Vi träffades på herrgården, under en av The Nights."

"Kan du minnas när?"

"Jag tror att det var första gången för henne. Någon gång i september, kanske. Jag... vi stötte ihop i baren. Hon verkade nervös, lite chockad över allt. Jag försökte prata med henne, men hon var inte särskilt mottaglig. Jag tror hon var lite ute på djupt vatten."

"Men ni två kom närmare vid följande tillfällen?"

Emilia nickade bortvänt. "Andra gången sprang jag på henne igen – hon hade alltid samma outfit, så jag visste att det var hon – och sedan tillbringade vi natten tillsammans med en man utklädd till en åsna."

Florian.

Hittills stämde allt; innan de kommit för att prata med henne hade Micky Tatton förklarat grunddragen av allt han sett, snappat upp eller överhört om Emilias och Angelicas växande relation. Nu var det upp till Emilia att sätta kött på benen.

"Vi tre tillbringade natten tillsammans. Jag tror... jag tror att det var första gången med en kvinna för henne, jag är inte säker. Men hon gillade det. Vi var varsamma mot henne. Försiktiga."

Precis när Tomek öppnade munnen för att ställa en fråga for en tonåring på cykel förbi dem och spelade musik på högsta volym från en högtalare som var fastspänd bak på cykeln.

"Sov ni två någonsin ensamma tillsammans?" frågade han.

"Två gånger", sa hon. "Det var... Hur mycket detaljer vill ni ha?"

"Så mycket du vill dela med dig av", svarade Tomek och gjorde sig beredd.

"Det var magiskt", svarade hon. "Något av det bästa sex jag någonsin haft med en kvinna. Jag vet inte vad det var, men det var något annorlunda med Angelica. Mer erfaren, mer skicklig, mer... experimentell. Hon var helt annorlunda jämfört med första gången jag träffade henne, och det på bara några få besök. Jag vet inte om det betydde att hon experimenterade med någon annan eller vad, men..." Hon tog en klunk kaffe när hon tystnade. "Efteråt brukade vi sitta och prata, du vet? Lära känna varandra på ett djupare, personligt plan. Hon var... hon var speciell, du vet? Jag vet att det låter fånigt att säga, med tanke på hur vi träffades och allt, men..."

"Började du få känslor för henne?" sa Tomek, som redan anade vartåt det barkade.

"Ja. Hon var bara... så karismatisk, fattar du? Hon bara fattade mig, förstod mig på ett djupare plan. Som jag säger, jag vet inte om det var alkoholen eller drogerna, men saker blev bara djupare för min del." En lång, tung suck lämnade hennes läppar, och blicken föll mot fötterna.

"Men det blev det inte för henne", fortsatte hon. "Jag fick hennes nummer och försökte ses ett par gånger utanför The Nights, men det... det funkade bara inte. Hon var alltid för upptagen, och jag drev det här stället. Hon ghostade mig ett par gånger. Men jag såg alltid fram emot att träffa henne igen, tillbringa natten med henne på herrgården, du vet?" Hon tvekade, tog en ny klunk. "Och sedan såg jag henne med en annan kvinna, någon kvinna i svart overall och med svetsmask. Jag vet inte vad hon heter eller hur hon såg ut under sin kostym, men hon och Angelica blev oskiljaktiga. Jag tillbringade inte någon mer natt med henne efter det. Hon var borta, hade gått vidare till nästa grej."

Tomek visste inte vad han skulle säga. Det var inte direkt något man tröstade någon över. Och även om det hade varit det, hade han ingen aning om hur han skulle svara. Och att döma av den förvirrade, vilsna blicken i Oscars ansikte hade inte han det heller.

"Hur fick det dig att känna?" frågade Tomek till slut, när kugghjulen i hjärnan började snurra. "Arg? Ledsen?"

"Förrådd", svarade Emilia.

"Älskade du henne?"

"Jag... jag tror det. Även om det låter fånigt att säga det."

"Inte om det var så du kände", anmärkte Tomek. Han beslöt sig för att byta spår. "Hur länge har du hållit på med hår och smink?"

"Hela mitt liv. Det var det enda jag var bra på i skolan, så jag utbildade mig och har drivit mitt ställe i ungefär fem år nu. Innan dess gjorde jag hår och smink på ett par tv-program på BBC och ITV."

"Snyggt", sa Tomek. "Du måste ha mycket tålamod för det. Jag har hört att det ibland kan ta timmar att göra hår och smink."

Hon ryckte på axlarna och nickade. "Det kan det. Men när man vet vad man gör kan man korta den tiden avsevärt."

Nu var det Tomeks tur att nicka och ta en klunk av sin dryck. Länge sa ingen något. Tomek såg en grupp mammor som sköt barnvagnar över fältet. En av dem släppte en hund lös och sköt, med hjälp av en bollkastare, iväg en boll femtio meter över gräset. Hunden skuttade efter den, fångade den till slut i munnen och rusade sedan tillbaka till sin ägare.

"Vi måste fråga", började Oscar och bröt tystnaden. "Men vad gjorde du fredagen förra veckan? Inte den som just varit, utan den dessförinnan."

Emilia började fingra på muggen i händerna och samlade sig. Trettio sekunder senare svarade hon på frågan.

"Jag var ute med mina vänner. Vi var på Memo bar i Southend. Jag såg Angelica vid baren, hon stod och dansade med några killar, men jag tror inte att hon kände igen mig. Jag tänkte gå fram och prata med henne, men ärligt talat var jag vid det laget klar med henne. Jag ville inte ha något mer med henne att göra."

Intressant, tänkte Tomek. Kanske var Emilia så färdig med henne, så upprörd och kände sig förrådd av Angelicas agerande, att hon hade reagerat och dödat henne.

KAPITEL
FEMTIO

Tomek kände sig genuint oroad få gånger i livet. Som när han stått öga mot öga med sin brors mördare, eller när han hängts ut över en bro ovanför ett järnvägsspår. Men inget av det var i närheten av den oro han kände när han såg DC Chey Carters ansikte när han kom tillbaka till kontoret. Flinet på konstapelns läppar var brett, glåmigt, obehagligt. Och för att göra saken värre fanns det något demoniskt i hans blick, som om han blivit besatt och Tomek var hans nästa offer.

"Herregud", sa Tomek. "Vad har du gjort? Antingen har du klantat dig rejält eller så är du på väg att ge mig de bästa nyheterna någonsin."

Chey sa ingenting. I stället gestikulerade han åt Tomek att följa med in i ett litet rum. I famnen bar konstapeln sin laptop. När han stängde dörren bakom dem sa Tomek: "Du ska inte säga upp dig, va?"

"Vadå, och gå miste om chansen att bli din bästa vän? Knappast, chefen. Du blir inte av med mig så lätt."

"Inte heller blir jag av med det där jävla flinet", svarade Tomek. "Sluta. Det skrämmer mig."

Konstapelns ansikte föll på kommando.

"Bättre?"

"Bättre. Mycket, mycket, mycket bättre. Le aldrig sådär igen. Du kommer att bli gripen."

"Jag skulle mer än gärna låta dig gripa mig, chefen. Och efter historierna jag hör om helgen kanske du skulle vara rätt nöjd med att göra det."

Tomek höll andan. "Vad i helvete ska det betyda? Vilka historier har du hört? Vad har Rachel berättat för dig?"

Han visste att det var en dålig idé att sätta de två tillsammans. De gick inte att lita på. Rachel – det var hon som var problemet. Hon hade haft alldeles för roligt i fredags kväll. Han visste att hon skulle vilja berätta för alla i teamet vad de hade sett, och han hade varit dum som trott att de kunde hålla det hemligt, trots deras överenskommelse.

"Inget smaskigt, chefen. Bara att du drog till dig rätt mycket uppmärksamhet", svarade Chey.

Tomek sköt fram bröstet och försökte dölja sin förlägenhet. "Det gick rätt bra, tack."

"Det gjorde Rach också. Fast inte den sortens uppmärksamhet hon var ute efter, om man ska tro hennes version."

"Vi var där strikt i tjänsten, Chey. Ingenting hände."

Konstapeln ställde sin laptop på bordet mitt i rummet och fällde upp locket. "Tror du att du skulle kunna fixa en inbjudan åt mig till en sån där grej, kanske?"

Tomek svarade inte.

"På strikt professionell basis också."

"Din slampa", svarade han och fnissade. "Arrangören var inte särskilt sugen på att ha oss där från början. Jag kan inte tänka mig att han blir överförtjust när vi börjar bli fler och olika personer dyker upp varje månad."

Chey himlade med ögonen. "Tråkmåns." Sedan vände den unge mannen tillbaka fokus till sin laptop, och medan han loggade in förklarade han: "Vi pratade med Angelicas vänner igen, som du bad om. Och en av dem, Xanthia heter hon, tja, hon gav oss lite mer än vi hoppats på."

"Just det."

Chey gjorde klart det han höll på med vid datorn och tittade upp på Tomek. "Det visar sig att Xanthia och Angelica har haft något litet på gång", förklarade han. "Ett fyllesnedsprång, typ ett one-night stand."

"Ja, det fattade jag."

"Men det var snarare ett två–tre-nätters-upplägg. De hade tillbringat ett par nätter tillsammans efter att de varit ute och druckit i grupp. Det var alltid efter en utekväll, och de nämnde det aldrig för någon annan."

"Det var deras lilla hemlighet", sa Tomek, medan tankarna spann. Kunde det här vara den andra personen som Emilia Solveig hade syftat på? Svetsaren?

"Det var mer än en hemlighet", fortsatte Chey. "För Angelica, har jag fått höra, hade det inte hänt. Hon nekade alltid när Xanthia försökte ta upp det, men sedan, när de senare blev fulla ihop, hände det saker. Och dagen efter mindes Angelica inte ett dugg."

Nu började kuggarna snurra snabbare.

"Kan Xanthia ha drogat Angelica så att hon skulle glömma?"

Chey funderade på det ett ögonblick. "Jag... jag hade inte tänkt på det. Men vi kan kolla upp det. Jag menar, hon jobbar på ett apotek, så hon kan veta hur man får tag på sånt." Det gick upp ett ljus för Chey, och Tomek kunde se hur den unge mannen gjorde en mental anteckning, en referensram för lärande längre fram. Äntligen hade Tomek förmedlat lite visdom till konstapeln.

"Var det allt? Var det därför du log sådär, eller fanns det något mer?"

Leendet kom tillbaka. Tomek kunde inte möta mannens blick.

"Något mer", svarade Chey.

Tomek pekade på laptopen och sa: "Kom igen, visa mig. Ditt ansikte påminner mig om några av snubbarna från i fredags, som stod ute i kanten av rummet och tog på sig själva."

Det tycktes ta död på det; Chey tryckte på Enter-tangenten, och när skärmen tändes vred han datorn mot honom. På skärmen fanns Angelica Whitakers blogg. "My Little Corner of the Internet" stod skrivet överst på sidan, med en liten bild av en strand till höger. Under det fanns en artikel daterad två veckor tidigare med titeln "Var skulle jag vara utan dig?"

Tomek tog över laptopen och skrollade ned på sidan, hans ögon svepte över hela inlägget.

"Har du SparkNotes-versionen, eller vill du att jag ska läsa allt?"

"Ingetdera, chefen", sa Chey och tog tillbaka laptopen. "Jag vill att du lyssnar."

Förvånad och lite förolämpad lutade sig Tomek tillbaka i stolen, lade det ena benet över det andra och väntade tålmodigt på förklaringen.

"Du bad mig skriva ut alla blogginlägg, eller hur?"

"Ja."

"Det gjorde jag. Och jag delade ut dem till var och en i teamet, så att de kunde börja läsa dem, eller hur?"

"Precis."

"Men när jag kom tillbaka från mötet med Xanthia insåg jag att det fanns ett litet problem med utskrifterna. Egentligen var det ett jävligt stort problem—"

"Vad var problemet?"

"...men jag fixade det, och—"

"Vad var problemet, Chey?" envisades Tomek.

Mannen suckade, vände sig mot skärmen och skrollade längst ned på webbsidan. När han vred runt datorn såg Tomek misstaget. Längst ned i blogginlägget fanns en kommentarssektion. En plats där okända människor, eller nära vänner och familj, kunde skriva vad de tyckte om det de läst i Angelicas lilla hörn av internet.

"Det här kom inte med när blogginläggen skrevs ut."

"Så vårt gäng har i princip suttit och läst en massa skit?"

Chey ryckte på axlarna. "Inte helt och hållet. Det finns en del viktigt där, men det riktigt saftiga är det här." Konstapeln petade på skärmen så hårt att datorn nästan välte bakåt. Han pekade på kommentaren längst ned på webbsidan.

"'*Så stolt över allt du har tagit dig igenom, min ängel. Du har fått tillbaka dina vingar. Tänker alltid på dig*'."

Cheys ögon vidgades av förtjusning.

"Min ängel..." fortsatte Tomek, medan tankarna drog iväg. "Min ängel..."

"Och det finns mängder till som låter likadant. Ibland svarar Angelica, ibland gör hon det inte."

Till slut vaknade Tomek till. "Hon kommunicerar med personen?"

Chey nickade.

"Betyder det att hon vet vem det är?"

En axelryckning. "Möjligen. Det går inte att veta. Vi kan ju inte precis fråga henne."

Tomek funderade på det en stund och lät tankarna cirkulera i huvudet. Sedan pekade han på det sista ordet i kommentaren.

"Kan vi ta reda på var meddelandena kommer ifrån?"

Leendet kom tillbaka på Cheys ansikte. "Jag hoppades att du skulle fråga. Jag gick igenom inläggen från de senaste månaderna och såg ungefär femton olika kommentarer med samma innehåll, så jag skickade ner det till digitalenheten, och de lyckades spåra IP-adressen."

Tomek kände hur han lutade sig fram ofrivilligt.

"Och?"

Precis när Chey skulle svara öppnades dörren. In klev Rachel. Hon blev stående i dörröppningen.

Chey fortsatte ändå. "Inläggen har kommit från en allmän dator på biblioteket i Hadleigh."

Tomek hade svårt att dölja sin upprymdhet. Nu var det hans tur att bära ett obehagligt flin. "Bra jobbat, kompis. Du påminner mig mer och mer om en ung Tomek Bowen för varje dag."

"Herrejävlar", sa Rachel, fortfarande kvar i dörröppningen. "Det är det sista världen behöver."

KAPITEL
FEMTIOETT

Iden tid det tog uniformerade poliser att hitta Shawn Wilkins på biblioteket i Hadleigh och ta in honom, hade Tomek och teamet bara hunnit gå igenom och analysera de senaste åtta månadernas blogginlägg på Angelicas lilla hörn av internet. Totalt hittade de över hundra kommentarer från sin mystiska kommenterare, alla med samma budskap: "Min ängel har fått tillbaka sina vingar."." Exakt de ord som Shawn Wilkins hade skrivit under hennes Instagraminlägg. Chey hade till och med kunnat mata in kommentarerna i ett program på nätet som gjorde dem till ett ordmoln: en visuell representation av hur ofta varje ord förekom. Ju större ord, desto fler gånger hade det använts. Föga förvånande låg "min" och "ängel" i topp, och tog upp det mesta av utrymmet i ordmolnet. Tomek hade aldrig sett programmet förut och hade varit tveksam till nyttan från början, men efter att ha sett resultatet hade han bestämt sig för att skriva ut det och ta med ner till förhörsrummet.

Sedan Tomek senast sett honom hade Shawn Wilkins hår blivit rufsigt och ovårdat, som om han inte hade tvättat det på hela veckan. Inne i förhörsrummet satt han hopsjunken på stolen, lutad mot väggen med tinningen mot ytan. Ögonen var blodsprängda, ett tunt skäggstubb hade börjat synas på käklinjen, och spåren från mötet med Johnny Whitaker häromdagen syntes fortfarande på näsan.

"God eftermiddag", sa Tomek när han klev in och släppte en mapp på bordet.

Mannen grymtade till svar och undvek ögonkontakt.

Tomek drog ut stolen från bordet och la det ena benet över det andra. Självförtroendet bubblade under ytan, och han kunde inte hålla tillbaka det sneda leendet.

"Hur är det idag, Shawn?" frågade han, med en ton som vibrerade av förväntan.

"Varför är jag här?"

"Vi har bara några fler frågor till dig."

"Varför var ni tvungna att komma och släpa hit mig?" frågade han, som en snarstucken tonåring. "Nu kommer alla på jobbet veta att jag blir förhörd om den här skiten."

Det där lät som ett Shawn-problem, inget som rörde honom.

"Jag hoppas att du inte ställde till med en scen", sa Tomek. "Annars spär det bara på spekulationerna."

Shawn rynkade på näsan åt Tomek och grimaserade. "Du har fortfarande inte sagt varför jag är här."

"Allt i sinom tid", svarade Tomek och petade på mappen på bordet. "Allt i sinom tid." Tomek drog långsamt mappen till sig och öppnade den i knät, utanför Shawns synfält. Sedan tittade han på första sidan. Där, framför honom, var startsidan på Angelicas blogg. Tomek tog ut den ur mappen och sköt den över bordet. "Känner du igen det här, Shawn?"

Shawn gav arket en snabb blick. "Ja."

"Vad är det, tack?"

"Angelicas blogg."

"Och hur känner du till den?"

"För att jag har sett den förut."

"Hur många gånger skulle du säga att du har sett den?"

En axelryckning. Nonchalant, avfärdande, som om han just blivit tillfrågad om han skulle ta nästa runda – bara om han måste.

"Om du var tvungen att sätta en siffra på det", insisterade Tomek. "Hur många gånger? Ett dussin? Femtio? Hundra?"

"Vet inte."

"Så det är rimligt att anta att du har sett den många gånger?"

"Kanske."

"Och hur hittade du till det här lilla hörnet av internet, Shawn? Skickade Angelica länken direkt, eller hittade du det på annat sätt?"

Shawn suckade djupt, tungt. Så djupt att Tomek kände luften snudda vid knogarna.

"Jag såg det i ett av hennes Instagraminlägg", erkände förföljaren. "Det är inget fel med det. Om hon ville göra det privat kunde hon ha gjort det.

Om hon inte ville att folk skulle hitta det, skulle hon inte ha lagt upp det. Det var hon som la ut det. Det är inte som att jag letade efter det."

"Och det är helt rätt", sa Tomek.

"Va?" mumlade Shawn, tagen på sängen.

"Jag håller med. Det är en webbplats, webbplatser finns för att hittas. Precis som sidor i sociala medier. Jag har inget problem med att du tittar på den, men det jag har problem med, och som jag vill ha lite mer klarhet i, är om du någonsin har postat något i kommentarerna? Såvitt jag förstår fick den här sidan inte mycket trafik, så var det här ännu ett sätt för dig att nå Angelica, låta henne veta att du tittade, att du höll uppsikt över hennes liv?"

"Nej!" Mannens röst fyllde det lilla rummet.

Tomek lyssnade inte. I stället tog han ut nästa ark ur mappen och la det på bordet. "Det här är en av kommentarerna vi har sett: "Önskar att jag var i dig just nu, min ängel." Postad klockan 13.32 den tjugotredje januari. Rätt grovt till lunch, eller hur?" Han drog ut ännu ett ark, läste det och la det ovanpå det första. "Den här är lite snällare: "Du är det mest dyrbara i världen för mig, min ängel." Också postad vid ungefär samma tid. Och så har vi den här. Och den här. Och den här."

Och så fortsatte det, varje gång lade Tomek ett utskrivet ark ovanpå det förra, tills han kom till sista sidan – ordmolnet.

"Du brukade kalla Angelica en ängel, eller hur? Det är ett ganska vanligt uttryck här", sa han och nickade mot ordmolnet. "Jag har sett dig skriva samma sak under hennes Instagraminlägg och i hennes direktmeddelanden. Det där var ett av dina favorituttryck, eller hur?"

"Många kallade henne det."

"Hur vet du det?"

Shawn svarade inte.

"Känner du igen någon av de här kommentarerna?" frågade Tomek medan han spred ut arken över bordet.

"Nej", svarade mannen rakt.

"Är du säker?"

"Ja." Han lutade sig fram i stolen. "Jag har aldrig sett dem där i hela mitt liv."

"Är du säker? Tycker du inte att det är intressant att alla kommentarerna har postats ungefär vid samma tid? När brukar du ta lunch när du jobbar?"

"Vid ett-snåret."

"Intressant. Och hur länge sa du att du har jobbat på biblioteket?"

"Ett par år."

"Ännu mer intressant."

I trettio sekunder sa Tomek ingenting. Han väntade på att Shawn skulle nappa på hans sista kommentar, men när det inte kom, la han till: "Vill du veta varför?"

"Nej."

"Nå, jag tänker berätta ändå. Ser du, vi har spårat IP-adressen för de här kommentarerna, och gissa varifrån de har postats."

Shawn sa ingenting. Antingen var han otroligt trög och visste inte svaret, eller så visste han faktiskt svaret och var för rädd för att medge det.

Tomek tog ut ännu ett ark. På det fanns en utskrift från Google Maps Street View. Han drog ut dokumentet ur mappen och la ner det varsamt, innan han petade med nageln mitt på sidan.

"Precis där", sa han. "Ser det bekant ut?"

Shawn behövde inte se dokumentet för att förstå vad Tomek syftade på.

"Något att säga om det?" frågade Tomek.

"Jag postade inte de där kommentarerna. De var inte från mig."

"Du jobbar på biblioteket. Du är den enda med koppling till Angelica. Du är den enda som har förföljt henne på varenda tänkbar plattform, och när hon blockade dig på resten och fick ett kontaktförbud mot dig, tänkte du att du skulle trakassera henne på bloggen, hennes lilla hörn av internet. Stämmer det rätt bra?"

Shawn dunkade näven i väggen. "Jag postade inte de där jävla kommentarerna!"

"Hur kan du bevisa det?"

Mannens ansikte förvreds av ilska.

"Har ni övervakningskameror på biblioteket som vi kan titta på?"

"Självklart inte. Det är ett jävla bibliotek. Vi har knappt pengar för att hålla igång som det är. Dessutom vill ingen sno jävla böcker."

"Så inga kameror då?"

"Nej, okej? Nej, vi har inga jävla kameror." Ännu en smäll på väggen. "Men jag postade inte de där kommentarerna, och jag hade inget med Angelicas mord att göra. För om jag hade det skulle du ha hittat mitt DNA på henne, men det har du inte, eller hur? Ni har inte ett enda konkret bevis som pekar på mig. Så, om det är allt ni har vill jag tillbaka till mitt jobb, tack, och kom aldrig tillbaka till min arbetsplats igen. Hör du?"

"Eller vadå?" frågade Tomek när Shawn kastade stolen bakom sig och tornade upp sig över honom. "Ska du döda mig också?"

KAPITEL
FEMTIOTVÅ

Intervjun med Shawn Wilkins hade inte lett någonstans. Tomek hade inte fått det resultat han hade hoppats på – någon form av bekännelse – och mot slutet hade Shawn hotat med att lämna in ett formellt klagomål till Independent Office for Police Conduct med anledning av Tomeks beteende och det som Shawn hade stämplat som "trakasserier". Efter att ha övertalats av Rachel, som hade smickrat hans ego (och strukit honom över armen) en aning, hade Shawn stormat ut från stationen och styrt tillbaka mot biblioteket.

När han kom tillbaka till sin plats fann Tomek Oscar sittande där. Polisen var djupt försjunken i samtal med Anna och diskuterade stalkerns beteende. När han kom fram förklarade Oscar att de uniformerade poliser som hade skickats till biblioteket för att genomsöka stället hade bekräftat att inget material från övervakningskamerorna sparades på plats längre än fyrtioåtta timmar, och att det inte fanns något sätt att ta reda på vem som hade använt datorn och vad personen hade tittat på. Det verkade alltså inte finnas några konkreta, fysiska bevis som gick att använda för att åtala Shawn Wilkins. Så hade det varit från början. Inget konkret. Gärningsmannen hade gjort ett så föredömligt jobb med att döda Angelica och sanera brottsplatsen utan att lämna spår att Tomek och teamet famlade i mörkret.

Tomek bar fortfarande utredningens börda på sina axlar. Även om den formellt hade flyttats över till Victoria såg han den fortfarande som sin.

Han hade startat den, och nu ville han avsluta den. Det enda problemet var priset hans kropp fick betala. Han hade inte ätit ordentligt. Han hade hoppat över ett antal middagar och luncher, eftersom han hade velat jobba på utan pauser. Han hade inte sovit ordentligt heller, hans sinne visade honom bilder av Angelicas änglavingar varje gång han slöt ögonen, och när han tittade på sig själv i badrumsspegeln innan han gick den dagen insåg han för första gången vilken effekt det hade haft på hans hår och skägg. Det som en gång var ett oklanderligt, nästan becksvart, tjockt hår och ett mörkt, iögonfallande skägg var nu pepprat med några grå strån. Katastrof.

På vägen hem svängde han förbi mataffären och köpte hår- och skägg-färg. Då var kvällen fixad – efter att Kasia hade gått och lagt sig, förstås. Han skulle inte klara av hånet och gliringarna han utan tvekan skulle få om hon såg honom. Han, en fyrtioårig man, som färgar skägg och hår? Vart var världen på väg? Hon skulle berätta för sina vänner, och sedan skulle de berätta för sina andra vänner, och till slut skulle hans hemlighet vara ute bland alla föräldrar och lärare.

Men hans planer för kvällen hotades av gestalten som stod utanför hans hus, iklädd en lång, tunn kappa och med en cigarett i handen.

"När började det där?" frågade Tomek och pekade på cigaretten.

Abigail blåste en stor plym av rök upp i luften. "Ungefär när jag fick veta att jag skulle bli chefredaktör. Befordringar är inte alltid så märkvärdiga som man tror."

Det kan du skriva under på.

"Vad gör du här, Abigail?"

"Fullständigt namn, va? Är det så vi har det?"

"Svara på frågan."

Hon tog ett nytt djupt bloss på cigaretten och lät den falla från läpparna när hon talade. "Jag ville träffa dig. Jag hoppades att vi kunde prata."

"Inte där inne", sa han och nickade mot vardagsrumsfönstret på första våningen. "Inte efter förra gången."

"Okej. Var då?"

Tomek höjde handen, skramlade med bilnycklarna och låste upp bilen. Bakom honom blinkade de orange lamporna till och ett litet *pip* lät. Några sekunder senare satt de inne i bilen.

"Jag försökte ringa dig", sa hon och stängde dörren bakom sig.

"Gjorde du?"

Han visste att hon hade det. Han hade sett de oräkneliga samtalen och ignorerat dem – åtminstone några. De andra hade kommit när han suttit i förhör eller varit ute i fält.

"Jag har haft fullt upp", sa han.

"Är det så här det ska vara?" frågade hon, med anklagande ton. "Jag ringer och du ghostar mig? Jag ringer och du låtsas att jag inte finns?"

"Jag sa att jag hade fullt upp, inte att jag raderat dig ur minnet."

"Det är så det känns", sa hon och blev allt mer uppretad. Samtidigt höll Tomek rösten sval och kontrollerad. De satt trångt, och även om ingen skulle kunna höra dem ville han ha tillräckligt med utrymme för att försvara sig om det skulle bli... handgripligt.

"Vad jag minns var det jag som bad om utrymme, Abi. Vad betyder utrymme för dig, och hur ser det ut?" Han drog fram telefonen och öppnade samtalslistan. "För just nu ser jag femton samtal de senaste tre dagarna och att du står precis utanför min ytterdörr. Det liknar inte att ge mig utrymme."

På det hade Abigail inget att säga. Lukten av rök sipprade ur hennes kläder, andedräkt och hud, och Tomek kände hur den trängde in i klädseln och satte sig i bilen. Han ville avrunda det här.

"Dessutom", fortsatte han, "vad är det jag hör om att du gått bakom ryggen på mig och bett Martin om information – information som han inte var förberedd på att ge – om mitt fall?"

"Du... du bad om utrymme. Och... och det var jag som gav dig utrymme. Jag ville inte tjata på dig om det."

"Nej, du gick ett steg längre och undergrävde mig hos Victoria och Nick. Nu har de tagit in Victoria igen och degraderat mig till biträdande SIO. Det är att lägga sig i mitt liv på en helt annan nivå."

"Men det är min karriär", sa hon och lät nästan uppgiven.

"Och det är min också."

Hon tittade ner i knäet och började gräva in tummen i handflatan. "Hur går vi vidare?"

"Jag vet inte."

"Jag menar, jobbet. Jag kommer fortfarande behöva komma till dig för information, och du kommer fortfarande behöva komma till mig för stöd."

Tomek drog ett djupt andetag och samlade sig. Han kunde inte tro att han hörde det här. Där satt hon och pillade med tummarna, spelade oskyldig och blyg, bekymrad över hur det här skulle påverka deras arbetsrelation, hur det skulle påverka hennes karriär.

"Låt mig göra det här enkelt för dig då, Abigail. Riktigt enkelt. Du och jag – klart. Det är slut. Inga fler gånger när du kommer över och sover över, inga fler middagar, inget mer sex. Vi är färdiga. Och vad gäller vår professionella relation förändras ingenting. Fast jag tycker att vi, tills vidare, ska undvika att jobba med varandra så mycket som möjligt. Och om du någonsin dyker upp vid mitt hus oannonserad igen, kommer jag att göra livet väldigt svårt för dig." Tomek lutade sig över i bilen, sträckte sig över hennes knä och öppnade dörren åt henne. "God natt, Abigail", fortsatte han. "Ha en trevlig kväll."

KAPITEL
FEMTIOTRE

Tomek hade suttit kvar i bilen i ytterligare tjugo minuter, andats, tänkt, hållit humöret i schack, tills kurrandet i magen blev så högt och så aggressivt, och magontet så besvärligt, att han tvingades gå upp för att leta efter mat. Som tur var hittade han Kasia mitt i att göra bönor på rostat bröd, och när hon frågade om han ville ha, sa han att han skulle kunna mörda för en portion. Det fanns något så förtjusande enkelt med bönor på rostat bröd som gjorde både honom och magen upprymda. Kanske påminde det honom om barndomen. Eller så var det knastret från det lätt rostade brödet, sötman i den osunda dosen tomatsås och sälta från den smälta cheddarn som strötts ovanpå. Hur som helst var det en av de bästa måltiderna han ätit på länge, vida överlägsen den de åt för att fira Abigails befordran.

Tomek tänkte fortfarande på det när han kom in på kontoret morgonen därpå. Faktum är att han till och med hade tänkt äta samma sak till frukost. Det enda problemet var att hans favoritkafé, Morgana's, nyligen hade stängt efter en människohandelsutredning, så Tomek var på jakt efter ett nytt ställe att frossa i de ljuvliga frestelserna flottigt bacon och dubbel hjärtattack-specialare. I stället möttes han, när han kom in på kontoret, av en deprimerande portionpåse Quaker Oats i skrivbordslådan, en relik från en bantningsperiod han gått igenom för flera år sedan. Hur många gånger han än försökte äta nyttigt, fungerade det aldrig. Det enda som hindrade honom från att lägga på sig rejält var hans dagliga löprunda längs strandpromenaden och fritidsidrott på helgerna – även om det mesta av det där hade runnit ut i sanden de senaste månaderna.

"Det där är en sorglig skål gröt", sa Chey när Tomek motvilligt kom tillbaka till skrivbordet med skålen som brände i händerna. "Ser ut som om en hund just har spytt."

Tomek tittade ner på skålen, sedan på Chey, och tillbaka på skålen igen. "För fan. Varför var du tvungen att säga det där? Nu vill jag bara hälla allt över dig."

Tomek fintade med skålen mot Chey, och den unge konstapeln ryckte undan. När han snavade fastnade foten i sidan på en skrivbordsstol och han stapplade bakåt och föll i golvet. Kontoret bröt ut i en skrattsalva.

"Det lär dig att inte driva med min mat", sa Tomek medan han gick till köket och började hälla den i soptunnan.

Ett ögonblick senare kom Oscar in bakom honom och ställde sig i dörröppningen för att hindra någon annan från att komma in.

"God morgon, sergeant", sa han, med försiktighet i rösten.

"God morgon, kapten."

"Har du hört det senaste?"

"Att trampa på tre sprickor kommer att knäcka min mammas rygg? Ja."

"Nej. Om DNA:t."

Tomek avbröt det han gjorde och ställde skålen på köksbänken.

"DNA? Vilket DNA?"

Tomek höll andan.

"Det DNA som hittades på Angelicas brottsplats."

Tomeks ögon vidgades. Han höll andan. "Har vi fått resultatet?"

"Klockan sju i morse."

Tomek sköt sig närmare konstapeln.

"Och?"

"Vi har en träff."

Äntligen. Efter all hans envishet.

Dra åt helvete, Nick. Och dra åt helvete, Victoria.

"Och?" sa han. "Vems är det? Shawns?"

Oscar skakade på huvudet. Ett snett leende smög sig upp i hans ansikte.

"Det DNA som hittades tillhör Johnny, sergeant. Johnny Whitaker."

KAPITEL
FEMTIOFYRA

Tomek körde in bilen på Daphne och Roy Whitakers uppfart. Han hoppade ur innan den hunnit stanna i parkeringsläge och, medan han slog igen dörren bakom sig, sprang han över gårdsplanen mot Whitakers ytterdörr. Han bankade med knytnävarna. Tre, fyra gånger. Inget svar. Han försökte igen, den här gången lutade han sig åt sidan och pressade ansiktet mot vardagsrumsfönstren. Ingen rörelse.

Först sjukhuset, och nu det här.

Tomek visste inte var Johnny Whitaker fanns, och det gjorde inte sjukhuset heller. Enligt distriktssköterskan hade Johnny skrivits ut för flera timmar sedan, utan att lämna någon adress eller meddela sina närmaste anhöriga, som råkade vara hans föräldrar. Tomek hade satt ihop ett team och beordrat dem att åka till The Prince Albert, ifall Angelicas bror hade återvänt till sitt vattenhål, men de hade inte hittat något och var just nu på väg för att möta honom.

Tomek vände sig mot ytterdörren och bankade med knytnävarna på den igen. Fortfarande ingenting.

Precis när han hukade sig och öppnade brevinkastet för att skrika genom det, flög dörren upp. Tomek klev in utan tillåtelse och utan att vänta på att hans närvaro skulle registreras.

"Vad i helvete?" skrek Daphne när hon tvingades backa av Tomeks plötsliga och kraftfulla intrång.

"Johnny", sa han, nästan andfått. "Var är han?"

"Vem?"

"Din son."

I ett ögonblick, ett långt, plågsamt ögonblick, sa Daphne ingenting, utan bara stirrade på honom som om han hade bett henne räkna ut kvadratroten ur en miljon.

"Var är din son?" upprepade Tomek. "Vi behöver prata med honom."

Fortfarande ingenting. Kanske var det chocken av hans plötsliga närvaro. Eller kanske var det den sakta insikten om vad Tomek frågade: att den enda anledningen till att Tomek kunde fråga efter hennes son – *igen* – var att de hade hittat något, något som kopplade honom till hans systers död.

"Sjukhuset..." mumlade hon, med tankarna hundra mil bort.

"Utskriven. Sedan tre timmar tillbaka. Nu vet vi inte var vi ska hitta honom. Har du sett honom?"

Långsamt, medan hon stirrade in i det mörka utrymmet bakom honom, skakade Daphne på huvudet.

"Var är din man?"

"Ute. I trädgården."

Nästan som på beställning dök Roy Whitaker upp i hallen, iklädd ett par trädgårdshandskar och en ljusgrön fleeceväst.

"Sergeant..." började han. "Vad är det du—?"

"Han vill veta var Johnny är", svarade Daphne.

"Johnny? Igen? Varför?"

"För att vi har fler frågor till honom."

"Om vad?"

Tomek ville inte gå in på det just nu, men insåg snabbt att det skulle vara enda sättet att skynda på saken.

"Bevis", sa han samlat, andningen hade återgått till det normala. "Vi har hittat hans DNA på brottsplatsen där Angelica dog. Vi vill bara veta hur det hamnade där."

Daphnes händer flög genast upp till munnen. Roys blick av bestörtning och oro övergick i fasa och misstro.

"Johnny... Angelica... Nej... Det kan väl inte stämma..."

"Säkert", sa Tomek.

Och kalla mig inte Shirley.

"Men hur? När? Varför?"

"Jag vet inte, men jag hoppas att din son kan svara på de frågorna åt mig. När såg du honom senast?"

Roy tog av sig handskarna och lade dem på en yta i närheten. "Inte sedan han stack häromdagen. Som jag sa. Hittade du honom på puben?"

Tomek nickade och förklarade att de därefter hade tagit honom till sjukhuset.

"Har du försökt där?" frågade Roy.

För i helvete, de gick runt i cirklar.

Tomek bekräftade att de hade det och frågade sedan: "Har ni någon aning om var han kan vara? Någon aning över huvud taget?"

Johnnys föräldrar tittade på varandra, med uppspärrade ögon och gapande munnar.

Sedan skakade de båda på huvudet och sa nej, de hade ingen aning om var deras son kunde vara.

Men det hade Tomek. I den stunden visste han exakt var han skulle hitta honom.

KAPITEL
FEMTIOFEM

"Så den här, den här är en av mina favoriter," förklarade hon. "Den är satt med min favoritsten, safir."

"Handgjord?"

Hon nickade artigt. "Ja. Allt ni ser här är handgjort av mig. Jag har en liten verkstad längst bak där jag skapar mina små alster."

Kvinnan satte ringen på fingret och höll upp den mot ljuset, beundrade den ett ögonblick. "Du är väldigt skicklig."

"Tack."

Rose hade fått nog. Den här kvinnan var en tidstjuv. Punkt slut. Intresserad av en enda sak: att slösa bort Roses tid. Med åren hade hon utvecklat ett sinne, en slug förmåga att nosa upp skräpet från "jag betalar vad som helst för det här skräpet!" och hon brukade se dem på mils avstånd. Den här kvinnan hade dock fått henne att låta tvivlet komma henne till godo. Det var något med henne som hade fått Rose att tvivla på sin instinkt. Kanske var det designermodet, eller det nyblekta blonda håret, eller maken som uppenbart slogs långt över sin viktklass, dreglande bakom varje steg hon tog, men så fort hon hade grinat illa åt prislappen på ringen och börjat ställa sina jävla idiotfrågor, hade Rose bestämt att kvinnans tid var ute. Dags att gå ut och komma tillbaka när de hade råd med hennes smycken. Hon tog tillbaka ringen och började bemöta dem med förakt, så att de skulle förstå att hon hade genomskådat dem. Efter några repliker till fattade de äntligen vinken och började gå. Rose visade dem ut.

"Om ni behöver något mer, vet ni var ni hittar mig," sa Rose bakom ett påklistrat leende. Paret försvann snabbt ut på den livliga huvudgatan, och smälte in i bakgrunden bland de andra fotgängarna. När hon slog igen dörren bakom sig, viskade hon för sig själv: "Jävla idioter," och gick tillbaka till sin virkning.

Hon hade gjort klart ängladockan som hon hade gjort till minne av Angelica, och gick nu vidare till sin nästa skapelse: en liten polis, komplett med blå mössa och blå uniform, även om bilden hon utgick ifrån såg mer ut som Postman Pat än Mr Plod.

Hon höll på att plocka fram sina grejer när butiksdörren öppnades. Innan hon hälsade kunden tog hon ett djupt andetag, satte på det trevliga kundleendet som blev allt svårare att frambringa, och vände sig sedan mot nykomlingen.

Hon stelnade till.

Där, i dörröppningen, stod hennes man. Mannen hon kände att hon knappt kände, med axlarna uppdragna, tornande upp sig, dominerande.

Det första Rose tänkte på var inte sin egen säkerhet, utan säkerheten för sina skapelser. Mannen var en vandrande apa, och av de bleka, härjade, lätt gula kinderna i ansiktet – för att inte tala om stanken av alkohol som sipprade ur porerna – var han fortfarande full.

"*Du*," sa han.

Hon trodde inte att det gick att sluddra på ett enstavigt ord, men på något sätt lyckades han.

"Vad fan gör du här?" fräste hon. "Stick för fan ut ur min butik. Du är inte välkommen här."

Men han brydde sig inte om varningen. I stället stängde han dörren bakom sig, sköt igen regeln och låste säkerhetslåset. Ljuden ekade genom hela butiken som pistolskott, och studsade i hennes öron.

Och sedan blev det tyst.

De två skildes bara åt av någon meter. Han, tre gånger så tung som hon. Hon, utan telefon inom räckhåll och utan reaktioner som kunde vara snabbare än hans.

Johnny tog första steget. Trots sin berusning tog han sig över butiksgolvet på nästan ett enda kliv, slog i montrarna på vägen, och var över henne på en gång. Utan att tveka grep han henne i skjortkragen, ryckte henne från stolen och släpade henne ut från butikens baksida i håret. Rose skrek när brännande smärta blossade i hårbotten. Hon kunde inte göra någonting, kom inte på något annat än att hålla i Johnnys hand för att lindra den brännande smärtan.

Efter att ha fingrat på dörrhandtagen längst bak i butiken kom de in i en liten hall. Dörren till höger ledde upp till lägenheten ovanpå, där Rose hade tillbringat nästan varje natt de senaste månaderna. Och ändå hade hon väldigt lite att visa för det. Det fanns ännu ingen heltäckningsmatta. Golvet var stökigt och täckt av verktyg och sågspån. Väggarna behövde slipas, golvlister sättas dit och spackel dras över ytorna. Lampor, element och köksapparater behövde alla ett besök av en elektriker, liksom vägguttagen och köksfläkten. Det enda som faktiskt fungerade var vattnet. Hon hade gott om rinnande vatten, och det mest färdiga rummet i lägenheten var badrummet.

Men Johnny verkade inte bry sig om det. Han verkade inte bry sig om något annat än att skada Rose.

Så snart ytterdörren till lägenheten slog i väggen bredvid kastade han ner henne på golvet och satte sig grensle över henne. Hans enorma tyngd pressade ner henne och höll henne kvar. Han var alldeles för stark för henne.

Och sedan slöt han händerna runt hennes hals. Omedelbart kände hon hur luften pressades ut ur halsen och lungorna. Sedan kände hon hur andningen snördes åt, hur halsen krossades, hur lungorna sjönk ihop.

"Din jävla fitta!" skrek Johnny. "Du var tvungen att ta reda på det, va? Du var tvungen att förstöra mitt liv, för fan! Jag kommer aldrig att förlåta dig!"

Det fanns ett demoniskt uttryck i hans ögon. Samma som hon hade sett en gång tidigare. När de precis hade blivit tillsammans och Johnny hade skyddat henne från någon äcklig typ på tåget efter en dag i London. Vreden och ursinnet hade varit riktade mot någon annan den gången, men de fanns där ändå. Då hade hon dumt nog tagit det för trygghet, en sorts beskydd. Nu insåg hon att samma sorts beskydd höll på att döda henne, snabbt kväva livet ur henne. Och det fanns inget hon kunde göra åt det.

KAPITEL
FEMTIOSEX

I fall det fanns en sak Tomek hatade mest med sin hemstad Leigh-on-Sea, så var det parkeringen. Han var fullkomligt, utan minsta tvekan, hundra procent säker på att han hade förlorat över ett dygn av sitt liv på att leta efter en jävla parkeringsplats, särskilt längs Leigh Broadway. Och nu, just i dag av alla dagar, fanns det inte en enda. Han hade kört runt, upp och ner, in och ut i fem minuter för att hitta någonstans att stå. Till slut utnyttjade han sin ställning och körde upp på trottoaren utanför butiken. Han var ur bilen på en gång och skyndade mot juvelerarbutikens ytterdörr.

Den var låst.

De två gånger han hade varit där hade den aldrig varit låst. Han tittade på klockan – 13:37.

Mitt på eftermiddagen. Whitakers borde ha varit öppet. Utställningarna i fönstren var fortfarande intakta, så var var Rose?

Tomek bankade och bankade, men han visste att det var lönlöst. Att han var för sent ute. Att Johnny var där inne någonstans. Han kupade händerna kring ansiktet mot glaset men såg ingenting, bara en tom butik.

Och då kom han ihåg lägenheten ovanför. Tomek sträckte på nacken och tittade upp, i hopp om att han skulle se dem två stå och småprata genom glaset, men han visste att det inte var möjligt.

Johnny var arg, rasande till och med. Han hade dödat förut, och han kunde mycket väl döda igen.

Bakom Tomek fanns en grupp uniformerade poliser som hade följt hans rörelser. Två av dem hade just parkerat bredvid honom och var i färd med att kliva ur fordonet när han beordrade dem att gå runt till baksidan av butiken. Under tiden hade ett annat par poliser anlänt till fots. En av dem bar en enforcer, en tung murbräcka konstruerad för att slå in även de starkaste dörrarna. Polisen höjde den högt i luften och lät, med hjälp av rutin och rejäla muskler, gravitationen göra resten. Dörren behövde bara ett slag innan den vek sig och gav vika.

På en gång strömmade Tomek och resten av poliserna in i butiken, trängde sig förbi varandra, kämpade om att komma in först. Där inne var det tomt, öde. Längst in i rummet lade Tomek märke till en öppen dörröppning. Han styrde rakt mot den och kom in i en liten hall som påminde honom om hans egen lägenhet – trång, gammal och som luktade fukt. Dörren precis till höger var öppen, och där, i hallen, hörde han ljud av obehag och kamp.

"Häråt!" ropade han åt poliserna.

Tomek var först. Först att ta språnget och rusa uppför trappan. Han tog två steg i taget tills han nådde toppen och brakade genom dörren längst upp i trappan.

Där var han: Johnny Whitaker satt grensle över sin fru, höll henne nere, pressade livet ur henne.

Tomek tvekade inte. Han gick på mannen bakifrån, lade ena armen runt Johnny Whitakers hals, låste den med den andra och började pressa. Hårt. Lät honom smaka sin egen medicin. Överraskande nog höll mannen ut längre än Tomek hade väntat – tio sekunder i stället för fem – innan han till slut släppte taget om Roses hals och föll till golvet. Tomek höll kvar greppet tills mannen svimmade och musklerna i överkroppen slappnade av.

KAPITEL
FEMTIOSJU

F yra timmar senare var Johnny Whitaker äntligen redo att bli förhörd. Ett snabbt test av hans blodalkoholhalt och en titt på viss CCTV-film visade att dragstjärnan, efter utskrivningen från sjukhuset, hade gått in på The Broadway, en pub som låg precis mittemot Roses smyckesbutik. Där hade han hittat ett bord vid fönstret, beställt in fem stora öl och sippat på dem tålmodigt, medan han avvaktade och höll en vaksam blick på butiksentrén. När Rose hade gjort sig av med sin sista kund och Johnny hade samlat tillräckligt med förakt och frustration gentemot sin fru, hade han raglat över vägen, snubblat in i butiken och låst dörren om dem båda.

Tomek kände till resten.

Med honom i förhörsrummet fanns Rachel, Johnny – som såg sämre ut än sist Tomek sett honom – och hans advokat, som satt på en ensam stol längst bak i rummet. I rummets hörn filmade videokameror mötet, och en digital inspelare stod på bordet mot väggen. Rachel tryckte på On-knappen och började spela in. När hon var klar med formaliteterna var det Tomeks tur att förhöra Johnny.

"Vad gjorde du på Whitakers smyckesbutik i eftermiddags?" sa Tomek och kämpade för att kväva en gäspning som kommit från ingenstans. Det hade varit en lång dag, och han behövde en drink när allt det här var över.

"Inga kommentarer."

"Vad hände inne i din frus butik, Johnny?"

"Inga kommentarer."

"Varför låste du dörren?"

"Inga kommentarer."

"Hur tog du dig in i lägenheten ovanför butiken?"

"Inga kommentarer."

"Vad hände i lägenheten ovanför butiken?"

"Inga kommentarer."

Johnnys ansikte var beslutsamt, hopskruvat till en hård boll av indignation och förakt. Han höll armarna korsade över bröstet och axlarna uppdragna, nästan ända upp mot halsen. Mannen hade förändrats avsevärt sedan Tomek först träffade honom. Han hade blivit ett skal, krossad. Det såg ut som om han inte hade ätit på veckor och bara levt på alkohol.

"Varför ströp du din fru, Johnny?"

Mannen rörde inte en min.

"Inga kommentarer."

Tomek suckade inom sig. Det här skulle bli en lång kväll.

"Vi har bevis som styrker att du gjorde det. Flera polisers vittnesmål. Jag såg det med egna ögon. Varför svarar du inte på frågan? Varför försökte du döda din fru?"

Johnny sköt fram halsen och väste: "Inga kommentarer", och drog sig sedan tillbaka.

"Är det för att hon outade dig, avslöjade din hemlighet?"

"Inga kommentarer."

Tomek tittade ner i sina anteckningar och hittade samtalet han hade haft med Johnny i sjukhussängen.

"Du sa till mig häromdagen, och jag citerar: "Jag svär vid Gud, nästa gång jag ser henne..." Vad menade du med det, Johnny? Nästa gång du såg henne, skulle du döda henne? Ville du döda henne för att du tycker att hon förstörde ditt liv?"

Ingenting. Mannens min var tom.

"För från där jag sitter verkar det som om du stod för allt det där själv." Tomek sjönk ner i stolen och speglade Johnnys hållning. "Det var du som ljög för henne alla dessa år. Det var du som ljög för dina föräldrar... din syster." Tomek lät den sista kommentaren hänga i luften innan han fortsatte. "Berätta om gången då hon upptäckte att du var dragqueen."

Innan han svarade vände Johnny sig långsamt mot sin advokat, gav mannen en blick och vände sedan uppmärksamheten tillbaka mot Tomek. "Hon gick på en av mina föreställningar", sa han. "Det var ren flax, ett totalt sammanträffande. Hon visste inte att jag skulle vara där, och jag hade inte minsta aning om att hon skulle vara där heller. Det var... det var en chock."

"Vem såg vem först?"

"Varför är det relevant?"

Tomek ryckte på axlarna. "Nyfiken."

"Det var hon som såg mig", svarade Johnny med en suck. Han började gnida knogarna med tummen. "Hon kom och letade upp mig där bak när jag var klar. Som tur var besparade hon mig pinsamheten att komma backstage med sina vänner."

"Vad sa hon?"

Mer gnidande. Mer aggressivt den här gången, medan han återupplevde händelserna i huvudet.

"Jag förväntade mig mer av henne, fattar du. Hon var den yngre, den friare. Den som hade lyckats komma undan allt mammas och pappas skitsnack, trots att de i princip hatade henne för det. Hon hade inte samma religiösa bojor som de försökte sätta på mig. Hon behövde inte gå i kyrkan varje söndag som jag gjorde. Hon slapp allt det där, och jag trodde att just hon, av alla, skulle vara mer förstående. Men hon äcklades av mig. Sa att det jag gjorde var omoraliskt och oetiskt. Att hon skulle berätta för mamma och pappa. Att hon skulle berätta för Rose."

Det fanns en hårdhet i hans röst, som om han höll tillbaka tårarna.

"Och gjorde hon det?"

Johnny skakade på huvudet.

"För att du såg till att hon inte kunde, eller hur?"

"Nej! Absolut inte." Mannen slog handen i bordet. Tomek hade sett tillräckligt många idioter för att veta när något sådant var på gång och ryckte därför inte till. "Jag fattar vart du vill komma, men jag hade inget med det som hände Angelica att göra. Jag övertalade henne att inte säga något till någon – pengar, det var alltid pengar med henne, och mycket – men hon höll det alltid emot mig. Som syskon gör. Hon lovade att hon inte skulle säga något, och jag trodde henne. Jag hade ingen anledning att döda henne."

Tomek tog fram ett papper och sköt det över bordet. Nyfiket lutade sig Johnny fram och granskade dokumentet. Tomek petade på arket med pekfingret.

"Det där säger något annat", förklarade han.

"Vad är det?"

"Det där är bevis som kopplar ditt DNA till det DNA-prov som hittades på din systers brottsplats."

"*Vad?*"

"Vilken del behöver du förtydligad? Hur lång ditt straff kan bli, för att—"

"Det där är inte mitt jävla DNA!" skrek Johnny. "Det där är inte mitt. Jag har blivit ditsatt. Jag har—"

"Så du var inte på Park Road natten då hon mördades?"

"Nej!"

"Men det här säger att du var där..."

"Nej! Det var jag inte!"

"Så om du inte var där, berätta vad du gjorde."

Johnny sa ingenting.

"Du kan fortfarande inte berätta, eller hur? Enligt mina anteckningar slutade du på klubben vid ett på natten. Då var Angelica fortfarande på Memo. Hon släpptes inte av förrän halv två, och hon gick inte därifrån förrän ungefär tio i två, vilket hade lämnat gott om tid för dig att lämna Cool Cats and Kittens and köra mot hennes hus för att hämta upp henne."

"Jag... jag... jag har ju sagt att jag har blivit ditsatt! Det där var inte jag. Jag var inte där, jag lovar. Jag var..."

Tomek väntade och nickade långsamt. "Fortsätt."

Johnny släppte ut en lång, jämn suck. "Jag var med någon. En kille. En kund från klubben. Han... vi började prata efter att jag var klar och vi gick hem till honom. Han... han har en lägenhet längs strandpromenaden i Westcliff. Vi... vi tillbringade natten tillsammans. Han heter... han heter James Fry. Jag kan ge dig alla hans uppgifter. Men... jag svär, det där var inte jag."

KAPITEL
FEMTIOÅTTA

The Fork and Spoon stank av svettiga män och avslagen lager. Ägaren, Jim, en gammal vän till Tomek, hade låtit standarden sjunka sedan han senast var där. Möblerna var smutsiga och tilltufsade, heltäckningsmattan fläckig och ovårdad, och ölutbudet dåligt. Det enda tecknet på renovering och nymodigheter var varuautomaten i hörnet som spydde ur sig ett ljus lika starkt och hudskadligt som solen. Automaten skulle vara en extra intäktskälla för ägaren, men Tomek var säker på att han hade sett samma påse Salt and Vinegar Walkers på samma plats, hängande precis på kanten, ända sedan den sattes in. Vid baren stod Sean, Rachel, Oscar och Chey. Tomek var i desperat behov av en drink, och därför hade resten av teamet följt med. Det fanns inget att fira, inte än i alla fall; Johnnys alibi behövde fortfarande kollas upp, men det såg bra ut. De hade DNA som kopplade honom till brottsplatsen. Det gick inte att komma ifrån. Dessutom stämde han in på profilen: han visste allt om Angelica; han visste vilken betydelse kyrkan hade; han visste att hennes smeknamn var Angel; han kunde lägga smink; han var i besittning av en penis, alltså skulle han utan vidare ha kunnat våldta henne. Den enda oro Tomek hade, och den hade växt snabbt ända sedan Johnny kommit med sitt nya alibi, var att hans aggressionsproblem inte stämde med mördarens profil. Johnny hade redan bevisat att han var aggressiv och våldsam, vilket blåmärkena runt hans frus hals bekräftade, men det fanns inga fysiska spår på Angelicas kropp. Inga. Inga blåmärken, inga trubbiga våldsskador. Inget som tydde på att han hade agerat vilt. Tomek hade, det måste han medge, svårt att föreställa sig att samma man han hade sett sitta grensle över sin fru med händerna runt hennes hals, skulle tappa sin syster på blod och sedan varsamt rengöra hennes kropp.

Det gjorde honom illa till mods.

Innan han hann tänka vidare på det kom gänget tillbaka från baren. Sean ställde Tomeks drink framför honom och kilade ner bredvid honom på en vinglig stol.

"Tack för hjälpen där, kompis. Uppskattar verkligen att du bar drinkarna åt oss", skämtade Sean.

"Jag har burit det här teamet under utredningen tillräckligt länge. Det var på tiden att du gjorde detsamma."

"Burit oss?" svarade Anna medan hon tog en klunk av sin gin och tonic. "Det var inte du som tillbringade all tid med Roy och Daphne. Aldrig förr har jag sett ett par som varit så långt ifrån varandra. Och mina föräldrar är ändå skilda."

Tomek satte ned glaset på bordet. "Så illa alltså?"

"Mer än du anar. Ett par gånger kom jag dit och Daphne hade ingen aning om var Roy var. Sa att han bara hade gått ut utan att säga något."

Kugghjulen började snurra.

"Gör han så ofta?"

"Ja. Tydligen ett par gånger i veckan de senaste trettio åren. Vid alla möjliga tider."

"Vet hon vad han gör eller vart han går?"

Anna ryckte på axlarna. "Går promenader, mest."

"Promenader?"

"Ja, där man sätter ena foten framför den andra," avbröt Chey till skratt. Tomek gav honom fingret och återgick sedan till samtalet med Anna.

"Han går bara ut på långa promenader?"

"Ja", sa hon. "Allt stod i mina rapporter. Läste du... gjorde du inte...?"

Nej, det hade han inte. Han hade inte hunnit läsa igenom teamets dagliga sammanställningar, tack vare den mentala distraktion som Abigail orsakat de senaste dagarna. Det, och känslan av att vara helt ute på djupt vatten. Att ta steget upp till inspektör, insåg han nu, hade varit en kulturchock han inte var beredd på. Strålkastarljuset som riktades mot honom, det mödosamma pappersarbetet, den krypande skräckkänslan som drog åt i magen exponentiellt för varje dag som gick utan framgång. Och som grädde på moset, all tid det stal från att vara hemma med Kasia.

Hans dotter hade blivit ett nytt ansvar i hans liv, och han var inte säker på att han var redo för ytterligare ett.

"Är vi säkra på att den här snubben inte är en stalker eller seriemörda-re?" frågade Rachel uppriktigt.

Det dröjde en sekund innan Tomek vaknade till. Han skakade på huvudet.

"Nej. Nej, det är vi inte."

Precis när Rachel öppnade munnen för att svara avbröt Martin.

"Nog om jobbet", sa han. "Det håller vi på med hela dagarna, varje dag." Han tog första klunken av sin öl, ställde ned den och vände sig sedan till Tomek. "Jag såg din unga tjej häromdagen."

"Vilken av dem då?" svarade Sean. "Det har varit ett gäng genom åren."

"Hon som skriver för *Echo*."

"Hon är inte min tjej längre."

Gänget vände sig plötsligt mot honom, med chock i ansiktena.

"Sedan när?" frågade Rachel.

"Häromdagen. Saker blev lite väl... affärsmässiga, så att säga."

Rachel lade en hand på hans axel. "Säg inget mer."

"Jag ville be om ursäkt för det i alla fall", fortsatte Martin, fast ingen ägnade honom någon uppmärksamhet. "Hon bad mig om information, och..."

"Jag vet", svarade Tomek.

"Du vet? Hur då?"

"För att det är en av anledningarna till att Victoria klev in igen som inspektör."

"Fan." Mannens uttryck blev tomt, och han stirrade ut i tomma intet. "Mitt fel."

"Det är lugnt. Jag är okej med det, helt ärligt. En aha-upplevelse, om du vill." Han tog en snabb klunk till av sin drink, förvånad över hur lite han redan hade kvar. "Men jag skulle hålla mig borta från Abigail om jag vore du. Hon vill ha dig för en enda sak och inget annat."

"Hans irriterande vackra långa hår som är bättre än någon kvinnas jag någonsin sett?" skämtade Rachel. "Inget illa menat, Anna."

"Ingen fara. Jag skulle raka av allt och ge det till mig själv om jag kunde."

"Lustigt att du säger det", började Martin och harklade sig. "För tjejen jag dejtar vill att jag rakar av det."

"Va!?" ekade det samfällt från hela bordet.

"Varför vill hon det?" frågade Chey.

Men innan Martin hann svara gick Rachel emellan och sa: "Oj, vänta,

vänta. Det finns ett par saker vi måste ta upp. För det första: " *flickvän* "? Sedan när?"

"Nej. Inte flickvän. Tjej jag dejtar."

"Sluta larva dig. Det är samma sak. Hur länge har det pågått, och varför har du inte berättat för oss?"

"För att... jag antar att jag bara inte har tänkt på det."

Tomek trodde sig veta varför. Martin var en av de senaste tillskotten i teamet, han hade börjat samtidigt som Victoria, och en del av honom hade känt sig utanför, lite utstött, när han försökt klämma sig in i ett redan sammansvetsat gäng. Det var helt naturligt att han inte hade känt sig bekväm nog att dela intima detaljer om sitt privatliv med dem än.

"Du måste berätta för oss", fortsatte Rachel. "Vi har rätt att veta. Vi är en arbetsfamilj."

För första gången på länge såg Tomek ett leende i mannens ansikte.

"Berätta allt", insisterade Anna.

"Hon heter Lauren. Hon jobbar med digital marknadsföring, bor i Leigh-on-Sea, och vi träffades... vi träffades online."

"Härligt", sa Rachel och lutade sig över bordet och smekte hans arm ömt. "Jag är glad för din skull. Gillar du henne?"

Martin blev blyg, som en skolpojke. "Jag tror det."

"Har du träffat familjen?"

"Ja."

En kör av "*oohs*", ordentligt betonade och överdrivna, kom från hela bordet.

"Då är det nog seriöst", sa Chey.

"Ja, men hennes farsa är ett rövhål."

"Det är för att farsor *är* rövhål", sa Tomek. "Jag är likadan med Kasia. Överbeskyddande. Och det är mitt jobb att skämma ut henne och alla andra som kommer in i hennes liv."

Tankar på Roy Whitaker flimrade förbi.

"Tack för rådet", sa Martin.

"På tal om råd", började Rachel, "vad är det här med håret? Varför vill hon att du klipper av det?"

Martin tittade ner på bordet och började rita en cirkel med fingret på ett ölunderlägg, och hans hästsvans föll passande nog över vänster axel. "Hon gillar det bara inte. Säger att det är för långt. Var bara modernt på sjuttiotalet. Tycker att jag ska raka av allt och skänka det till välgörenhet."

Det syntes hur Rachel sjönk ihop i axlarna. Hon lade båda händerna över Martins och såg honom i ögonen.

"Vet du vad jag säger om det?"

"Vad?"

"Det gör ont att säga det, men jag tycker att du ska veta. Det är vad familjer gör. De säger till när det går bra och när det går dåligt. Men skicka henne åt helvete. Ingen ska få dig att känna dig mindre värd. Gillar hon det inte kan hon hitta dörren. Du behöver någon som vill ha dig för den du är. Inte någon som ska forma dig efter sin egen bild. Icke."

"Åt helvete med henne", svarade Martin. Han sa det så tyst, så lugnt, att Tomek nästan inte hörde honom. "Ja. Vet du vad? Du har rätt. Åt. Helvete. Med. Henne." Sedan svepte han resten av sin pint, slog glaset i bordet och sa: "Okej. Vem vill ha en till? Nästa runda bjuder jag. Och jag är sugen på dubblar."

KAPITEL
FEMTIONIO

Tomek skämdes över hur mycket huvudet dunkade dagen därpå. Nu visste han hur Johnny Whitaker hade mått den senaste veckan, när han dränkte sina sorger i slutet av en rad bottenlösa drinkar. Tomek hade sagt till sig själv att han bara skulle stanna på en – Martins runda – men en hade blivit två, två blivit tre, och vid den femte hade han tvingats gå hem. Kasia hade, ska sägas, inte gett honom någon sympati när han snubblade in genom dörren vid den fortfarande anständiga tiden klockan nio, inte heller när han morgonen därpå kom ut ur sovrummet efter att ha försovit sig. Han var inte tjugoett längre, och han lurade ingen om han trodde att han kunde hänga med Chey och Rachel, som var betydligt yngre än han. Promenaden till pubens parkering den morgonen hade känts som en skamrunda, där varje steg påminde honom om bakisångest, vånda och ånger. När han klev in på kontoret ljusnade humöret dock något när han insåg att alla andra mådde minst lika risigt. Rachels hår var utsläppt och stökigt, och sminket ännu mer. Chey hade sjunkit ihop i sin stol med en stor tvålitersflaska vatten vilande under hakan, redo att tömmas när som helst. Martin bar solglasögon, och Sean hade ett paket paracetamol bredvid sin mus som, av allt att döma, hade tömts av resten av personalen.

"God morgon, gänget!" vrålade Tomek med flit högt, till en kör av stön.

Han kände sig plötsligt mycket bättre. Och på det hela taget var han nog minst bakfull av alla. Kanske kunde han låtsas vara tjugoett igen trots allt.

"Jag litar på att vi alla har sovit gott, men vi får inte bli bekväma. Vi—"

"Tomek," avbröt Sean svagt. "Jag älskar dig och allt det där, men håll käften."

Innan Tomek hann svara ringde kontorets fasttelefoner. Ur ögonvrån såg han Rachel och Chey kupa händerna över öronen och vända sig bort från telefonerna. Efter några ögonblick hade ingen svarat, och ingen såg särskilt sugen ut heller.

"Då tar väl jag den, eller?"

Tomek sträckte sig efter närmaste telefon och svarade.

"Hallå?"

"Hej," sa rösten. "Det är Sharon. Kan någon av er komma ner? Det är en kvinna här som vill prata med någon om Angelica Whitaker-ärendet."

"Sa hon vad det gällde?"

Tomek kunde nästan känna hur Sharon skakade på huvudet. "Nej, tyvärr."

"Inga problem. Jag är på väg ner nu. Säg att jag är där om två minuter."

———

Tomeks första tanke var att kvinnan som hade stulit Angelicas hjärta från Xanthia och Emilia Solveig hade klivit in genom dörrarna – de hade hittills inte lyckats hitta den mystiska svetsaren från The Nights of Eden-festerna – men det var det inte alls. Kvinnan som hade kommit till polisstationen den morgonen var i sextioårsåldern. Sylvie. Liten, nätt, med professionellt stylat, blekt blont hår. Hon bar lätt smink och var prydligt klädd. Hon såg ut att ha varit attraktiv som ung, och efter år av att ha fortsatt ta hand om sig själv, var hon fortfarande attraktiv nu.

"Jag hoppas att jag inte avbröt dig i något," sa hon.

"Inte alls," svarade Tomek. "Vi hjälper gärna till. Vad var det du kom hit för?"

Tomek hade ställt fram en ask pappersnäsdukar på bordet ifall det hon ville prata om var rått och smärtsamt och skulle väcka en mängd känslor till liv. Hon drog ut en näsduk ur asken och började pilla med den, mer som en tröst än för att torka några tårar.

"Jag har förstått att en ung kvinna vid namn Angelica Whitaker mördades häromveckan," sa hon mjukt.

"Det stämmer."

"Har ni gjort några gripanden än?"

"Det har vi," svarade Tomek efter en kort paus.

"Jag undrade om du skulle kunna säga mig vem det är ni har gripit?"

Tomek dröjde en stund till. Denna gång för att inte råka läcka Johnny Whitakers namn till en fullständig främling.

"Det kan jag inte dela med dig, nej. Det är en privat och konfidentiell uppgift."

"Ah. Jag förstår. Nåväl..." Hon gjorde en liten reva i näsduken. "Om jag säger hans namn, kommer du att göra en notering?"

Tomek bekräftade att det var okej.

"Säger namnet Roy Whitaker dig något?"

Tomek började skriva namnet medan hon sa det, men hejdade sig igen. "Det där ingick inte i överenskommelsen. Det var inte särskilt rättvist."

"Jag vet," sa hon. "Förlåt mig, snälla."

Tomek lade pennan på bordet. "Varför säger du det namnet?"

"Därför..." Nu kom tårarna. Långsamt, stadigt, till en början bara en enda tår. Hon höll försiktigt näsduken under ögat i förväntan. "Därför att för ungefär trettiofem år sedan brukade vi arbeta tillsammans. Han var pilot på British Airways och jag var flygvärdinna på flera av hans flyg."

Det förklarade hennes välvårdade utseende.

"Vi gjorde många långflygningar tillsammans. Bali, Indonesien, Karibien. Och därför var vi ofta tvungna att stanna ett par nätter på hotellen för att komma över jetlagen innan vi flög tillbaka. En kväll började vi dricka i hotellbaren i Barbados och, tja, han utnyttjade mig."

Tomek nickade långsamt, för att visa att han lyssnade på henne.

"Hur utnyttjade han dig?"

"Han... Våldtäkt. Han våldtog mig. På hotellrummet. Jag minns det inte fullt ut, men jag vet att det hände. Jag hade druckit några glas, men inte så mycket att jag skulle glömma vad som hade hänt kvällen innan."

"Konfronterade du honom?"

Hon skakade på huvudet.

"Berättade du för någon?"

"Bara för några före detta arbetskollegor, många, många år senare."

"Hade någon av dem arbetat med Roy? Var någon av dem med om något liknande som du?"

Sylvie nickade svagt.

"Sex av dem sa att han hade våldtagit även dem. Jag är inte ensam. Jag vet inte vad som hände den stackars kvinnan, och jag tycker så synd om hennes familj, men inte om den mannen. Den mannen är ond och farlig. Och ni måste titta närmare på honom, för jag fruktar att han har gjort något som är så mycket värre än något han någonsin har gjort tidigare."

KAPITEL
SEXTIO

R oy Whitaker hade kommit in utan ståhej. Han hade inte protesterat. Han hade inte börjat bråka eller försökt fly. Han hade skött sig, hela vägen från ytterdörren till förhörsrummet där han nu befann sig.

"Jag ska fatta mig kort", började Tomek. Men han hade inte alls för avsikt att fatta sig kort. Han ville att mannen skulle sitta och bli allt mer uppskärrad ju längre han hölls kvar. "Säger namnet Sylvie Weiss dig någonting?"

"Sylvie…? Weiss?"

"Du kanske känner henne vid hennes flicknamn: Greene."

"Sylvie Greene? Japp. Det ringer en klocka…" Tvekandet i hans röst var påtagligt.

"Kan du säga varifrån du känner henne?"

Roy tvekade, strök håret bakåt och klappade sedan på det upprepade gånger så att det låg ordentligt. "Vi brukade jobba tillsammans. Hon var en av kabinvärdarna. Vi gjorde många långflygningar ihop, till andra sidan jorden."

"Brukade ni två någonsin bo på hotell när ni var på andra sidan jorden?"

"Det gjorde vi allihop. Det var ett krav från flygbolaget. Vi hade just flugit tio, elva, tolv timmar. De skulle inte låta oss flyga direkt tillbaka. Vi behövde vila, så vi stannade ett par nätter och åkte sedan hem igen."

"Minns du mycket från när du först träffade Sylvie?"

"Varför?"

Roys ton steg, liksom oron i hans röst.

Tomek ignorerade motfrågan och fortsatte. "Hade du träffat Daphne vid det här laget, eller kom Sylvie innan du träffade din fru?"

"Jag förstår inte vad det här har med saken att göra."

"Minns du att du bodde på Hilton på Barbados?"

"Va?"

"Sommaren åttioåtta."

Roy skakade misstroget på huvudet, som om han försökte få ihop sina tankar.

"Jag har inte en jävla aning om vad du pratar om!"

"Så du minns inte att du satt i baren med Sylvie på Hilton på Barbados sommaren åttioåtta?"

En lång, tom suck undslapp Roy. "Jag trodde att du hade tagit hit mig för att prata om Angelica."

"Det stämmer, men först vill jag ta reda på vad som hände mellan dig och Sylvie natten den femtonde juli 1988."

Och då upphörde skådespelet. Det förvirrade, misstroende uttrycket föll från hans ansikte och ersattes av en hotfull blick.

"Så hon har varit här och träffat dig då, va?" frågade han.

"Det är inte relevant. Svara på frågan: vad hände mellan er två natten den femtonde juli?"

Roy fnissade till och korsade armarna över bröstet. "Det kan jag slå vad om att hon har, eller hur? Hon har säkert en del att säga, kan jag tänka mig. Har väl redan berättat det för dig också, annars skulle du väl inte fråga mig om det här?" Han skakade på huvudet och småskrattade. "Jag har aldrig gjort något av det hon anklagar mig för. Jag vet inte vad det är hon tror att jag har gjort, men jag gjorde det inte."

"Och det som sex andra kvinnor säger att du har gjort, då?"

"Vad då?"

Tomek drev samtalet vidare.

"Mig veterligen brukar du försvinna och lämna huset lite hur som helst i ett par timmar åt gången, stämmer det?"

"Har du pratat med min fru också?"

Tomek gjorde en min. "Det är väl inget problem, eller hur? Om du inte är orolig för att det finns något hon kan berätta för oss."

Roys försvarsmurar åkte upp igen.

"Inga kommentarer", sa han.

"Vart går du när du lämnar huset ensam?"

"Inga kommentarer."

"Vad gör du?"

"Inga kommentarer."

"Vem träffar du?"

"Inga kommentarer."

"Hur länge har du gjort det?"

"Inga kommentarer."

"Började det efter din natt med Sylvie? Smyga omkring på gatorna om nätterna—"

"Jag *smyger omkring på gatorna* inte. Jag är ingen jävla seriemördare, om det är det du försöker antyda." Den sextioettåriges försvar rasade återigen samman. Och Tomek fick jobba för att hitta balansen som höll honom där han ville ha honom.

"Vad gör du då?"

"Går. Rensar tankarna. Ibland tittar jag upp mot himlen och ser flygplanen passera."

Titta på flygplan? Var det det han gjorde mitt i natten och på dagarna, i timmar i sträck? Tomek var skeptisk.

"Hur var det natten när Angelica mördades?" frågade han.

"På allvar?" väste Roy, chockad. "Vill du gå den vägen? Jag har redan sagt till ditt team att jag var hemma och sov med min fru då. Jag hade ingenting med hennes mord att göra. Jag kan inte fatta att du anklagar mig för att ha något med det som hände henne att göra. Det är illa nog att Johnny har kastats in i allt det här."

"Du har rätt, du sa att du sov. Men med tanke på det vi nu vet om dina slumpmässiga och ibland oförklarliga försvinnanden tänkte jag fråga igen var du befann dig natten då din dotter dog. Finns det något mer du vill berätta för mig?"

Mannen föll tillbaka i stolen och korsade armarna igen. "Absolut inte. Jag hade över huvud taget inget med min älskade ängels död att göra. Jag finner antydningen frånstötande. För det första sov jag när det hände. För det andra bor jag en halvtimme bort, så ni skulle ha sett min bil passera trafikljus och fartkameror. Ta en titt. Ni kan kontrollera."

Tomek sa ingenting. Väntade.

"För det andra, och det här borde i ärlighetens namn ha varit första punkten: *varför*? Varför skulle jag göra det mot min dotter? Jag älskade henne mer än allt. Jag dyrkade marken hon gick på. Varför skulle jag döda henne?"

"För att du, som djupt troende metodist, inte accepterade flera av hennes vanor. Du stod inte ut med att hon hade blivit gravid igen, att hon

hade relationer med både män och kvinnor, att hon tog droger och miss-
brukade alkohol. Du klarade inte av att hon var på en mörk plats och
gjorde allt det du avskydde."

Tomek kunde knappt tro att han just hade sagt det. Men han kände
vart samtalet var på väg – utför – och därför ville han få ut allt i det öppna.

"Hon låg med kvinnor? Tog droger? Min Angelica?"

"Låtsas du att du inte visste?"

"Jag säger att jag inte visste."

Tomek svalde djupt. Utförsbacken blev allt brantare.

"Men ändå..." fortsatte Roy. "Jag... Det hade inte stört mig. Inte det
minsta. Jag har inga problem med något av det där."

Av tonen hördes tydligt att han inte trodde ett ord av det han just sagt.

"Och du verkar inte ha några problem med våldtäkt heller, av att döma
av hur det låter", sa Tomek. Orden lämnade hans mun innan han hann
stoppa dem, och han ångrade sig genast.

"Ursäkta? Är det det här det handlar om? Är det vad Sylvie har sagt
om mig? Absolut inte. Och du tror för fan på henne? Ni har inga bevis mot
mig för hennes påståenden. Och ni har inga bevis mot mig för det som
hände Angelica."

"Är det ett erkännande?"

Roy hejdade sig innan han svarade. "Absolut inte. Jag dödade inte
min dotter. Inte nog med att jag inte har tillräckliga skäl, jag sov också
när det hände, och jag kan inte göra hälften av de saker du sa hände
henne."

"Vad menar du?" frågade Tomek.

Roy suckade och kavlade upp ärmarna. "Jag kan inte sminka. Inte det
minsta."

"Du har arbetat med vackra kvinnor hela ditt liv som ständigt bar
smink. Din fru och din dotter gjorde detsamma. Det är möjligt att du snap-
pade upp det genom osmos."

"Genom *osmos*? Är du från vettet?"

"Du kan måla", sa Tomek och insåg snabbt att han höll på att förlora det
här, att utförsbacken nu nästan blivit lodrät och att det inte fanns något
sätt att stoppa sig själv.

"Jag kan måla? Vad fan har det med något att göra? Åh, du menar *ving-
arna*? Snälla. Jag målar miniatyrflygplan, det är inte samma sak."

"Det kräver stadig hand och tålamod, egenskaper som mördaren hade."

"Hör du dig själv nu? Hör du orden som kommer ur din mun? Du tror
på allvar att jag dödade min dotter, och den enda anledningen till att du

hänger det på mig är att jag kan använda en jävla pensel? Är du inkompetent?"

Tomek sa ingenting. Han kände hur han föll i fritt fall.

Roy fortsatte: "Dessutom har jag aldrig rakat min kropp; armhålorna, armarna, benen, låren. Bara ansiktet, och inte ens där har jag kunnat odla särskilt mycket. Jag har aldrig använt någon våldtäktsdrog eller vad det nu var ni hittade i hennes system. Och jag har aldrig våldtagit någon i hela mitt liv. Hur vågar du försöka lägga det här på mig när du mycket väl vet att ni inte har några bevis som styrker det här skitsnacket och de här bisarra påståendena."

KAPITEL
SEXTIOETT

Tomek hade låtit mannen gå, även om det inte skedde utan bråk. När Tomek eskorterade honom ut ur förhörsrummet och ut ur byggnaden, hade Roy Whitaker viskat tomma hot och förolämpningar i hans öra: att han var en usel utredare, att han skulle sluta i ett dike någonstans en dag för att ha retat upp fel person, att han inte förtjänade att vara utredare och att han skulle gå raka vägen till sin advokat. Tomek tog glåporden på hakan; han hade hört dem alla förut, och mer därtill. Men det hindrade dem inte från att skära djupt där nere, långt under ytan. Han kunde känna hur de skar bort bitar av hans identitet, hans ego, hans tro på sig själv. Men smärtan var så stympad, så dämpad efter alla dessa år att han hade lärt sig att ignorera den, bortse från den tills den inte längre var ett problem. Tills den, kanske en dag, bara kunde flyta upp till ytan som ett lik på vattnet.

När han stängde dörren bakom sig, drog Tomek en tung suck och släppte på spänningen och trycket i axlar, rygg och nacke. De senaste timmarna – att höra Sylvies anklagelser, utreda dem med teamet och tala med Roy Whitaker – hade tagit musten ur honom, mentalt, känslomässigt och fysiskt. Och den bultande huvudvärken hade inte hjälpt, den heller.

Han räknade ner från tio innan han gick upp igen till ledningsrummet, tillbaka till galenskapen. Vägen dit var långsam och tung när han släntrade genom korridorerna, tog god tid på sig och tänkte på vad han hade kunnat göra annorlunda, vad han hade kunnat göra bättre. Men till slut kom han fram till att det inte fanns något. Hans magkänsla om att Roy Whitaker hade haft något med Angelicas död att göra var fel. Bevisningen mot hans son, Johnny, var oemotsäglig – DNA:t som hittats på brotts-platsen och det i sista stund uppdykande alibit som hade visat sig vara en lögn – och Tomek hade försökt övertyga sig själv om motsatsen.

När han till slut kom tillbaka till ledningsrummet, sådär två minuter senare, ropade han till sig Oscar och bad honom hämta Johnny Whitaker från arrestcellen. De hade fortfarande några timmar kvar innan tidsfristen gick ut, men Tomek såg ingen anledning att hålla honom kvar längre. Medan Oscar skyndade nerför trappan, knackade Tomek på Victorias dörr och gick in utan att vänta på svar. Han fann henne mitt i ett telefonsamtal. Hon bad personen i andra änden om ursäkt och lade sedan på.

"Det här får allt vara viktigt", sa hon. "Någon framgång med Roy?"

Tomek skakade på huvudet.

"Och kläderna?"

"Fortfarande inget." Efter DNA-fyndet och Johnnys gripande hade Tomek beordrat teamet att genomsöka familjen Whitakers hem efter Ange-licas saknade kläder och mobil. Söket hade varit resultatlöst. "Jag gissar att han gjorde sig av med dem någonstans."

"Okej. Varför kom du hit?"

"För att säga att jag vill väcka åtal mot Johnny Whitaker för mordet på Angelica."

Victoria funderade ett ögonblick. "Har du gjort klart allt pappersarbete?"

Tomek nickade.

"Och ringt CPS?"

"Jag ska precis göra det."

"Bra. Och bevisningen?"

"Vattentät. Om han inte har fler påhittade engångsligg."

"Då är han din."

———

Tomek kände sig tom. Det fanns ingen glädje i honom, ingen entusiasm. Det verkade ha runnit ur honom på samma sätt som Johnny Whitaker hade sugit livet ur sin systers kropp. De hade sin man. De hade sin gärningsman. Så varför kände han så här? Var det för att han hade schabblat så illa med Roy att han fortfarande kände skuld, eller var det baksmällornas urmoder som gav honom en monumental omgång bakisångest och fyllde honom med en oändlig känsla av oro och tvivel? Det visste han inte. Men åtminstone mådde han inte lika dåligt som

Johnny Whitaker. Efter att ha förklarat för mannen att han åtalades för sin systers mord och att han skulle sättas i häkte någonstans, hade mannen brutit ihop i en okontrollerbar gråtattack, bönat och bett att Tomek skulle tänka om. Ingen chans, hade Tomek sagt. Det var för sent, skadan var skedd. Det fanns ingenstans att gömma sig; han skulle få leva med sina handlingar resten av sitt liv. Till en början hade Tomek väntat sig att mannen skulle explodera i raseri, kasta sig mot honom, gå till angrepp och försöka få honom att ändra sig med knytnävens kraft, men Johnny Whitakers reaktion hade varit en annan. Ånger. I det ögonblicket ändrades hans uppfattning om mannen.

"Är det någon du vill ringa?" frågade Tomek honom vid arrestdisken.

"Sista chansen."

Johnny Whitaker stod i den polisutdelade träningsoverallen, rödögd och knäckt. Han stirrade tomt på väggen, huvudet helt tömt på tankar.

"Vill du ringa dina föräldrar?"

Ingenting.

"Rose?"

Johnny vände långsamt huvudet mot Tomek. "Absolut jävla inte."

KAPITEL
SEXTIOTVÅ

Tomek klandrade inte mannen. Han skulle inte ha varit särskilt pratsam själv heller. Men han hade åtalat tillräckligt många för att veta att de senare brukade ångra sig, att de skulle göra vad som helst för att få chansen att ringa ett sista samtal som fri människa igen.

Strax efter att Johnny hade skrivits in gick Tomek för att ge Rose nyheterna. Först hade han försökt hos Rose och Johnny, men ingen var hemma. Sedan kom han på att hon skulle vara i lägenheten och fortsätta med det slitiga, oändliga renoveringsarbetet. Efter incidenten med Rose och hennes man hade platsen genomsökts efter bevis, men den hade snabbt klarats. De många vittnesuppgifterna till polisen hade gjort att de inte behövde dröja kvar längre än nödvändigt. Tomek hade inte pratat med henne sedan den kvällen, men han ville vara den som berättade för henne, öga mot öga, vad som hände med hennes man.

Som tur var, som om gudarna log mot honom, hittade han en parkeringsplats längs Broadway, precis utanför Whitaker's Jewellers, på första försöket. Han hoppade upp på trottoarkanten och tog sig till butikens baksida, gick in genom bakdörren, som till hans förvåning var olåst, och stannade i hallen. Rakt framför honom låg ingången till baksidan av juvelerarbutiken. Tomek mindes den från häromkvällen. Genom öppningen såg han den lilla kontorsytan och kapprummet. Angelica Whitakers kappor och tillhörigheter fanns fortfarande kvar där, hängande på ett par krokar på väggen. Tomek stack försiktigt in huvudet, ifall han skulle trigga några rörelsedetektorer eller larm, som i en *Mission: Impossible*-film. Där inne var det tomt och stilla. Obehagligt stilla, som att gå in på ett museum mitt i natten. Och så hörde han det: dova toner från en högtalare, överröstad av hamrande och borrande.

Tomek vände på klacken och gick uppför trappan.

"Rose?" ropade han från nedersta trappsteget, för att ge sig till känna.

"Rose?"

Inget svar.

———

Chey ville inget hellre än att gå hem. Han hade inte varit så här bakfull sedan helgen i Zante med skolkompisarna. Där hade han haft solen, kopiösa mängder fet mat, sockersötade drycker för att få i sig vätska och den underbara stranden som fick honom att glömma bakfyllan. Här var han i stället omgiven av människor han ansåg vara mycket äldre än han, ett instängt kontor med unken luft och en kaffemaskin som, trots all lovsång från resten av teamet, spottade ur sig svagt kaffe. Allt han ville var att åka hem och sova länge, vilket var på tiden. Men Castle Point County Council hade satt stopp för det. De hade just skickat över flera buntar med CCTV-material från parkeringen vid Hadleigh bibliotek. Det hade tagit en evighet för någon stackars tjänsteman att hitta materialet och ändå hade de bara lyckats gå tillbaka två veckor, ungefär i samma veva som den senaste kommentaren på Angelicas lilla hörn av internet. Ja, han ville hem, men han ville också få det här gjort, bocka av det så att han hade en sak mindre att oroa sig för morgonen därpå, för det skulle säkert dyka upp något nytt tills han kom. Eller två, eller tre.

Med vad han intalade sig var dagens sista kopp kaffe gick Chey tillbaka till sin plats och låste upp datorn. På skärmen fanns en stillbild av parkeringen vid Hadleigh bibliotek. Bakom låg trafikerade London Road och längre bort låg stormarknaden Morrisons. Tiden på skärmen var 13:18, ungefär fem minuter innan kommentaren hade postats inifrån biblioteket.

Chey tryckte på play och såg hur dussintals, hundratals bilar susade fram längs vägen, på jakt efter att hinna till närmaste trafikljus. Tills en bil som såg påfallande lik den gryniga filmen utanför Angelica Whitakers hus svängde av vägen och in på en ledig plats.

"Men jävlar", mumlade han när han såg föraren kliva ur bilen. "Tomek!?"

Chey stack fram huvudet runt skärmen, letade efter Tomek, men sergeanten var inte där.

"Är det någon som vet var Bowen är?" ropade han ut i det halvtomma kontoret och reste sig.

"Han har gått ut, tror jag", svarade Rachel.

"Tror han har gått för att ge Rose Whitaker beskedet om hennes man", lade Martin till.

"Herregud."

———

Tomek höll andan när han nådde sista trappsteget. Försiktigt stack han in huvudet genom den öppna dörren och knackade högt, men ljudet dränktes av hamrandet. Rose, klädd i vit overall täckt av färg, stod med ryggen mot honom och var i färd med att slå sönder en bokhylla med en hammare.

"Rose!" ropade Tomek.

Fortfarande inget svar.

Han ville inte gå fram till henne. Inte när hon svingade en hammare. Han kunde bara föreställa sig skadan hon kunde göra honom om hon trodde att han var en angripare. Eller, värre, att hennes man kommit tillbaka för rond två.

I stället tog han en bit bruten plywood och kastade den försiktigt i hennes riktning. Den träffade hennes vänstra ben, och hon snurrade runt på stället, höjde hammaren med båda händerna, redo att använda den. Så fort hon kände igen Tomek släppte spänningen i kroppen och hon sänkte föremålet vid sidan. Innan hon sa något skyndade hon fram till högtalaren och stängde av musiken.

"Tomek", sa hon och strosade mot honom, borstade undan håret från ögonen. "Vad gör du här?"

"Förlåt att jag stör", sa han. "Jag ville inte gå i närheten av dig, inte medan du har den där i handen."

Rose tittade ner på hammaren och lade den sedan på en verktygslåda.

"Har du kommit för att hjälpa till?"

"Inte direkt", sa han. "Sånt här har aldrig varit min grej. Min pappa brukade bygga hus, hade eget byggföretag, så det här är precis hans grej."

"Du borde bjuda hit honom. Kanske kan han hjälpa till."

"Jag ska se om han är i närheten." Tomek satte händerna i sidorna och överblickade rummet. Under dagen sedan han varit där sist hade Rose hunnit riva ut köket helt och slå ner en vägg som förband det med vardagsrummet, vilket gav en fin, öppen planlösning. "Du har legat i."

"Jag har varit med om mycket", svarade hon. "Det visar sig att förstöra saker är bra för själen och immunförsvaret."

Tomek skrattade till.

"Är du här för att berömma mitt arbete?"

"Nej."

"Om du inte har kommit hit för att hjälpa till", började hon, "och om du inte har kommit hit för att berömma mitt arbete, vad har du kommit hit för då?"

"Det gäller Johnny."

Vid nämnandet av hennes mans namn försvann glädjen ur hennes ansikte.

"Åh."

"Vi har i eftermiddag åtalat honom för mordet på Angelica och mordförsök på dig. Han ska skickas till HMP Chelmsford, där han kommer att sitta häktad i väntan på rättegång. Vi har inget datum än, men jag antar att du kommer att kallas till domstol, särskilt efter vad han gjorde mot dig."

Rose tog en handduk från verktygslådan och började torka händerna. Sedan, utan att säga något, vände hon honom ryggen och gick in i köksdelen. Tomek följde efter. Till höger fick han syn på ett enormt hål i väggen.

"Ramlade du igenom av misstag?" skämtade han.

Rose pekade på en slägga på andra sidan köksgolvet. "Nej, men den där besten gjorde det."

Stående i det som en gång varit dörröppningen betraktade Tomek resten av kökets skelett. Bruna ringar fläckade golvet efter år av spill. Kablar stack ut ur väggarna där spisen och tvättmaskinen tidigare stått. Verktyg och bråte låg utspritt över linoleumgolvet och på andra sidan köket stod en stor kartong.

Rose släppte sin handduk på den. Tomek såg den falla ner på kartongen och önskade genast att han inte hade gjort det.

Där, gömt under handduken, låg något som fick honom att hålla andan: en svetsmask och en svart overall. Utstyrseln som den mystiska kvinnan bar på The Nights of Eden-festerna. Utstyrseln som kvinnan bar som Angelica hade tillbringat flera nätter med. Kvinnan som hade tagit henne från Emilia Solveig. Under, som stack fram ur tyget, låg något Tomek kände igen direkt. Ännu en inbjudan från Micky Tatton till The Nights of Eden. Adresserad till Angelica.

Tomek öppnade munnen men stammade.

"Är allt okej?" frågade Rose.

Han vacklade till. I fickan började telefonen vibrera.

"Du..." Tankarna sprang iväg. "Du sa... du sa att badrummet var klart? Är det okej om jag lånar det?"

"Du har ju inte ens erbjudit mig något att dricka", svarade hon.

"Ha. Förlåt. Jag..."

"Självklart. Tror du att du hittar?"

Telefonen slutade ringa.

"Ja, det ska jag nog."

Sakta hasade sig Tomek ut. När han tog sig mot badrummet hade rummet, väggarna, golvet alla blivit svarta, flutit ihop till ett. Huvudet kändes yrsligt, lätt. Pulsen dunkade i öronen och ett ögonblick trodde han att Rose hade satt på musiken igen. Han kände sig utdragen ur kroppen, lemmarna rörde sig fritt och oberoende av varandra, som om han inte satt vid rodret.

Till slut, efter vad som kändes som världens längsta promenad, gick Tomek in i badrummet och stängde dörren bakom sig. Hon hade rätt. Badrummet var klart. De vita klinkerplattorna på golvet, den porslinsvita toaletten och handfatet bredvid varandra, fönstret ovanför, badkaret inklämt i hörnet, förvaringshyllan i rotting i det andra hörnet. Det var som att kliva in i en annan värld. En värld som förvirrade och desorienterade Tomek ännu mer.

Då ringde mobilen igen, drog ut honom ur tankarna.

Han tog upp den och svarade.

"Det var Rose", skrek Chey i hans öra. "Det var Rose som postade på Angelicas blogg från biblioteket. Du måste ut därifrån nu. En uniformspatrull är på väg."

Precis när Tomek skulle svara hörde han ljudet av en dörr som slog igen.

Ytterdörren.

Hon flydde!

Tomek slängde mobilen i fickan och slet upp badrumsdörren.

Ljuset som reflekterades i hammarhuvudet fångade hans blick först, och han reagerade instinktivt, dök under svinget och undvek det dödande slaget mot skallen. Rose, med svetsmasken på, vrålade när hon höjde hammaren för att sänka den över honom igen. Men han var för snabb. Han sträckte sig upp, grep tag i den, tog tag i henne och kastade sedan hammaren ifrån dem. Metallverktyget for genom luften och slog i väggen på andra sidan badrummet och skapade ett stort hål. Under hans grepp använde Rose den andra handen för att slå och riva honom över revbenen och i ansiktet. Motvilligt släppte Tomek greppet om hennes arm, och när han gjorde det slungade hon båda armarna runt honom och tryckte honom bakåt, med naglarna djupt i huden. Innan han visste ordet av var han i badkaret och dunkade bakhuvudet i väggen. Sedan satte Rose på vattnet. Vattenstrålen gjorde honom yr och fick honom att kvävas. Hon höll hans huvud under i några sekunder innan hon vände sig om och sprang därifrån. Blindad av vattnet i ögonen fann Tomek fäste på badkarskanten och drog sig upp. Rose försökte fly, men Tomek hade andra planer. Han sträckte ut en hand, grep tag i overallen, slöt armarna runt hennes midja, låste henne i en björnkram och lyfte henne från golvet. Roses armar och ben sprattlade i luften. Sedan fick hon fäste mot toaletten och med all styrka i benen tryckte hon honom bakåt. Tillsammans, som i en scen ur *Titanic*, vinglade de bakåt, Tomeks övre rygg slog i gipsskivan och rev upp ett stort hål. När han föll till golvet, utan luft och omtöcknad, regnade det gips och färgflagor över dem, Rose kravlade av honom och började mot utgången.

När han kvicknade till, trevade hans händer över golvet och fann hammaren. Han slöt fingrarna runt skaftet, höjde den, tog sikte och kastade. Hammaren voltade genom luften tills den träffade Rose i bakhuvudet och skickade henne rakt in i handfatet, som kollapsade under hennes tyngd. När kroppen föll till golvet sprutade vattnet ut ur handfatet och började spraya i luften, och golv och väggar täcktes snabbt. Efter några sekunder fick Tomek luft och stapplade på alla fyra mot henne. Först grep han hammaren och slängde ut den i vardagsrummet, sedan rullade han över henne och kände efter puls.

Hon levde. Andades, men var medvetslös.

Tomek sjönk ner på golvet, lutad mot badkarskanten, medan vattnet från den trasiga handfatsledningen fortsatte att dränka honom. Han satt där i några ögonblick, hämtade andan, flämtade. Han vände blicken mot förödelsen deras bråk hade orsakat. Det krossade porslinet på golvet. Blodpölen från såret i Roses bakhuvud som blandades och virvlade med det stigande vattennivån. Hammaren, täckt av rester från gipsskivan bakom honom. Och så såg han det, glittrande i ljuset.

Sakta tog han sig upp på fötter och steg fram, höll om revbenen och masserade kinden.

Under tumultet hade Tomek rivit upp ett enormt hål i gipsskivan bredvid badkaret, och där inne låg en stor plastpåse av Ziplock-typ. Han drog ut den och granskade innehållet. Inuti låg klänningen och underkläderna som Angelica bar den natt hon dog. Hennes mobiltelefon. En tolv tum lång dildo som hade använts för att våldta henne. En vit ängladräkt och ett par vingar. En pensel som fortfarande var täckt av blod. En lång, tunn plastslang och en stor burk färg, täckt av intorkat blod.

Bevis för mordet som hade begåtts här.

Bevis för att Rose hade dödat Angelica, troligen just i det här rummet, tappat hennes kropp på blod, våldtagit henne, rengjort henne och sedan lagt ett lager smink i hennes ansikte.

Medan han stod och stirrade på påsen flög lägenhetens ytterdörr upp och kort därpå vällde flera poliser in. Chey var först in i badrummet. Han tvärstannade i dörröppningen och tog in scenen.

"Är hon död?" frågade han rakt på sak.

"Nej", svarade Tomek, "men Angelica är det, på grund av henne."

KAPITEL
SEXTIOTRE

E fter två dagar av intensiva förhör och utfrågningar hade Rose till slut gett med sig och berättat allt. Ända sedan hon först lade ögonen på sin svägerska hade hon blivit förälskad i henne, besatt av hennes skönhet och den godhet hon bar i sin själ. Med åren hade det där begäret och den där lusten vuxit, och i takt med att hon kände sig glida isär från Johnny hade hennes känslor bara intensifierats. Men det var först när Angelica hade berättat för henne om The Nights of Eden-festerna som Rose hittade en ursäkt att ta deras relation till nästa nivå. Hon hade stulit en inbjudan ur Angelicas kappa en eftermiddag och använt den för att ta sig in på festen. Väl där, förklädd till svetsare, hade hon gått fram till Angelica, och de två hade delat säng den natten. För Angelica hade det varit en överraskning att se sin svägerska där, men det hade inte stört henne det minsta. Och som följd hade deras relation utvecklats i hemlighet; de träffades varje månad för sex, lite tid tillsammans och trösten i varandras sällskap. Angelica hade hyst samma intensiva känslor, hade Rose förklarat, men så snart hon fått veta om barnet hade Rose beslutat att deras relation inte kunde fortsätta. Angelica hade ljugit för henne, svikit henne. Barnet skulle förändra allt, förstöra allt, och det kunde Rose inte tolerera. Om hon inte kunde få henne, skulle ingen annan göra det. Och så, natten då Angelica dog, hade Rose skrivit till henne på WhatsApp, när hon visste att hon skulle vara berusad, hämtat upp henne, tagit henne till lägenheten och sedan dödat henne. Lyckligtvis, åtminstone enligt henne själv, hade hon fått en hjälpande hand av Adam Egglington, som hade lyckats ge Angelica våldtäktsdrogen när hon inte såg, vars effekter redan hade börjat ta fäste i henne inom några minuter efter att de kommit till lägenheten. Resten av kvällen hade fortskridit varsamt och med den ömhet Angelica förtjänade, hade Rose sagt.

Tomek kunde lägga ihop resten och slutade därför titta på livesändningen i spaningsrummet. Han lämnade rummet och gick till sitt skrivbord, med skulden som slet i kropp och sinne. Han satt vid skrivbordet i några ögonblick innan Victoria ropade hans namn från andra sidan kontoret.

"Har du en minut?" frågade hon.

Tomek bekräftade att han hade det och gick långsamt över.

"Sätt dig", sa Victoria när han stängde dörren efter sig.

Tomek gjorde som han blev tillsagd.

"Hur mår du?"

Han lade märke till mjukheten och varsamheten i hennes tonfall.

"Jag har mått bättre", svarade han.

"Vad är det som bekymrar dig?"

"Jag var nära att skicka en oskyldig man i fängelse."

Victoria tuggade på underläppen. "Sånt händer", sa hon. "Du ska bara vara tacksam över att du fick tag i rätt person vid rätt tillfälle."

Tomek fann föga tröst i det.

"Behöver du lite ledigt?" frågade Victoria.

Han stannade upp och funderade på det. Ledigt? För att låta tankarna och skulden gro? Nej tack.

"Jag klarar mig."

"Nå, om du någonsin behöver någon eller något, vet du vem du ska prata med."

"Nick?"

"Dra åt helvete", sa hon och kvävde ett skratt. "*Jag*. Jag pratar gärna om du behöver något. Jag finns också här för att hjälpa dig arbeta med förbättringarna du kan göra för att bli en bättre inspektör."

Tomeks blick föll mot bordet. "På tal om det …", började han. "Jag har funderat en del."

På tal om det och allt annat.

"Och?"

"Och jag tror inte att jag är redo att bli inspektör. Missförstå mig inte, jag är tacksam för möjligheten du gav mig, men jag får tacka nej för tillfället. Jag var nära att sätta en oskyldig person i fängelse, och jag tror inte att jag skulle kunna leva med risken att göra samma misstag igen."

KAPITEL
SEXTIOFYRA

Tomek satt i hörnet på The Fork and Spoon, snurrade sitt pintglas i handen och stirrade upp på fotbollen på tv:n. Vid baren satt två snubbar i jeans som såg ut att inte ha tvättats på åratal och smuttade långsamt på sina glas, skrek och svor åt spelarna på planen, som om de kunde höra dem på flera hundra mils avstånd.

Tomek drack ur det sista och gick sedan fram till baren.

"Passa bollen för fan, din jävel!" vrålade mannen närmast honom. En stund senare: "Passa för fan! Du tjänar hundra papp i veckan och du kan inte ens passa den jävla bollen!"

Tomek brydde sig inte om honom och väntade på att ägaren, Jim, skulle komma över. Några sekunder senare dök han upp och sträckte sig efter Tomeks glas.

"Samma igen, kompis?"

"Ja tack, Jim."

Ian tog glaset från honom och började sedan tappa upp en pint åt honom. Tomek såg hur den tjocka, gula vätskan långsamt steg i glaset, med bubblor som strömmade upp till ytan.

"Vad tänker du på?" frågade Jim när han ställde fram ölen framför honom.

Bredvid Tomek fortsatte fotbollssupportern att vråla svordomar åt skärmen.

"Det vill du inte veta", svarade han och vände sig sedan mot tomrummet i puben där varuautomaten en gång hade stått. "Inte så lyckat affärsdrag, va?"

"Du anar inte", svarade Jim. "Jag svär på Gud, får jag tag i jäveln som sålde den till mig så krossar jag hans jävla knäskålar."

"Inget man ska erkänna för en snut, Jim. Men jag låter det passera den här gången."

"Är du snut?" skrek supportern och vred överkroppen mot Tomek.

"Tyvärr, ja", svarade Tomek. "Någon någonstans tyckte att det var en bra idé att göra mig till en."

Först hade Tomek väntat sig att mannen skulle svinga mot honom eller starta ett bråk, men det blev tvärtom. Mannen ställde ner sin öl på disken och klappade sedan Tomek på ryggen. "Bra jobbat. Min farsa brukade jobba med hundarna på sjutti- och åttiotalet. Jag har stor respekt för dig och jobbet du gör."

"Tack", svarade Tomek, en smula ställd.

"Har du jobbat med det där mordet på den unga tjejen i kyrkan?"

"Ja."

"Jag såg att ni gjorde ett gripande. Snyggt. Jävligt hemskt det som hände den där tjejen."

"Tack", sa Tomek. "Jag var utredningsledare ett tag."

Mannen räckte fram handen. Den var svettig och klibbig, men Tomek brydde sig inte.

"Bra jobbat. Världen skulle må bra av många fler som du."

Tomek log lite stelt. Han visste inte vad han skulle säga. Det var inte ofta han fick beröm, än mindre från någon utifrån.

En stund senare ställde Jim kortterminalen framför Tomek.

"Redo när du är det", sa han.

När Tomek stack handen i plånboken efter kortet stoppade mannen honom och sa: "Den här tar jag, okej?"

"Nej, det går inte."

"Struntprat. Det är det minsta jag kan göra."

Just då kände sig Tomek verkligen ödmjuk. Att en helt främmande människa uppskattade det han gjorde, förstod och erkände hur mycket det tärde på honom, var något han aldrig hade upplevt tidigare. Och efter att ha låtit mannen stoppa handen i fickan och räcka över lite kontanter blev Tomek kvar vid baren och tittade på fotboll med honom. Han delade mannens frustration över spelarnas totala oförmåga att passa, och tillsammans skrek de åt tv:n i tio minuter, fram till halvtid.

Precis när domaren blåste kände Tomek hur telefonen vibrerade i fickan.

Han höll upp ett finger mot sin nye vän, bad om ursäkt och klev undan. Han svarade utan att kolla vem som ringde och höll telefonen mot örat.

I några sekunder var det ingenting annat än tystnad.

Sedan hördes tung andning.

Sedan: "Hej, Tomek. Varför har du inte försökt ringa mig? Jag har väntat vid telefonen i veckor nu. Hur mår du? Jag har en liten överraskning till dig när du kommer hem. Den borde ha kommit med posten i dag."

ÄVEN AV JACK PROBYN

Bok 6: Dödens Ängel

När flygvärdinnan Angelica Whitaker anmäls saknad efter en utekväll på en av de populäraste nattklubbarna i Southend, hamnar fallet på kriminalinspektör Tomek Bowens bord – för första gången i hans karriär. Så snart utredningen drar igång riktas misstankarna mot mannen hon dansade med på klubben, men när hennes kropp senare hittas i en kyrka, arrangerad som en ängel, börjar samma fingrar peka mot en beräknande, kontrollerad och sadistisk mördare.

OM FÖRFATTAREN

Jack Probyn är en brittisk kriminalförfattare och har skrivit kriminalthrillerserien om Jake Tanner, som utspelar sig i London.

Han bor numera i Surrey med sin partner och sin katt, och arbetar på en ny mordgåteserie som utspelar sig i hans hemtrakter i Essex.

Vill du inte skriva upp dig på ännu ett nyhetsbrev? Då kan du hålla dig uppdaterad om Jacks nya släpp genom att följa något av kontona nedan. Du får ett meddelande när jag släpper en ny bok, utan krånglet med att behöva prenumerera på mitt nyhetsbrev.

BookBub författarsida "Följ":
1. Precis som för Amazon ovan, klicka på länken här: https://www.bookbub.com/authors/jack-probyn
2. Bredvid min profilbild finns en knapp med texten "Följ"
3. Klicka på den, så meddelar BookBub dig när jag har en ny utgåva.

Vill du ha ännu mer aktuell information om nya släpp, min skrivprocess och allt däremellan, är min Facebook-sida bästa stället för att hålla dig uppdaterad. Där växer det fram en liten gemenskap. Varför inte bli en del av den?